O MENINO DO VAGÃO

PAM JENOFF

O MENINO DO VAGÃO

Tradução de
Marconi Leal

HarperCollins

Rio de Janeiro, 2023

Título original: Orphan's Tale

Contatos:
Rua da Quitanda, 86, sala 218 – Centro – 20091-005
Rio de Janeiro – RJ – Brasil
Tel.: (21) 3175-1030

Publisher	Omar de Souza
Gerente editorial	Mariana Rolier
Assistente editorial	Tábata Mendes
Copidesque	Ana Cecílio
Revisão	Mariana Oliveira
Diagramação	Abreu's System
Capa	Osmane Garcia Filho

CIP-Brasil. Catalogação na Publicação
Sindicato Nacional dos Editores de Livros, RJ

J52m

Jennof, Pam
O menino do vagão / Pam Jenoff ; tradução Marconi Leal. – 1. ed. – Rio de Janeiro : Harlequin, 2017.

Tradução de: Orphan's tale
ISBN 978-85-398-2481-6

1. Romance americano. I. Leal, Marconi. II. Título.

17-43531 CDD: 813
CDU: 821.111(73)-3

PRÓLOGO

Paris

Eles devem estar me procurando neste exato momento.

Paro nos degraus de granito do museu, procurando o corrimão para conseguir ficar de pé. Uma dor, mais aguda que nunca, atinge o lado esquerdo do meu quadril, ainda não totalmente curado desde a fratura do ano passado. Na avenida Winston Churchill, através da cúpula de vidro do *Grand Palais*, o céu de março é rosado ao pôr do sol.

Espio em volta da entrada arqueada do *Petit Palais*. Das colossais colunas de pedra, sai uma faixa vermelha que desce de uma altura de dois andares: *Deux Cents Ans de Magie du Cirque* — Duzentos Anos de Magia do Circo. Ela é enfeitada com elefantes, um tigre e um palhaço, suas cores bem mais vivas em minhas lembranças.

Deveria ter dito a alguém que estava partindo. Mas eles tentariam me impedir. Minha fuga, planejada havia meses, desde que eu tinha lido no *Times* sobre a abertura da exposição, foi bem orquestrada: subornei um auxiliar no asilo para tirar a foto que eu precisava para fazer o passaporte, e paguei pela passagem de avião em dinheiro vivo. Quase fui pega quando o táxi que chamei parou diante da casa no escuro da madrugada e buzinou alto. Mas o guarda continuou dormindo à mesa.

Reunindo todas as minhas forças, começo a subir de novo, dando um passo doloroso por vez. No lobby, a noite de abertura já está a toda; grupos de homens em smokings e mulheres em vestidos de festa se misturam debaixo do teto abobadado com uma decoração elaborada. Conversas em francês se espalham ao meu redor como um perfume há muito esquecido que tento inalar desesperadamente. Palavras familiares me vêm à mente, primeiro como um pequeno riacho, em seguida como um grande rio, embora faça meio século que eu não as escute.

Não paro na recepção para fazer o check-in; ninguém está esperando por mim. Em vez disso, desviando dos aperitivos e champanhe servidos por garçons, abro caminho pelo chão de mosaico, passo por paredes com murais e sigo para a exposição circense, cuja entrada ostenta uma pequena versão da faixa lá de fora. Há fotos ampliadas e suspensas do teto por um fio muito fino para ser percebido, imagens de um engolidor de espadas e cavalos dançarinos e ainda mais palhaços. Das mesas que ficam embaixo de cada fotografia, os nomes me voltam à mente como uma canção: D'Augny, Neuhoff — grandes dinastias circenses europeias desaparecidas pela guerra e pelo tempo. No último dos nomes, meus olhos começam a arder.

Para além das fotos está dependurado um grande e gasto cartaz de uma mulher suspensa pelos braços em cordas de seda, uma perna estendida atrás dela em um arabesco em pleno ar. Mal consigo reconhecer seu rosto e seu corpo jovem. Em minha mente, o som do carrossel começa a tocar baixinho e suave, como uma caixa de música. Sinto o calor apavorante das luzes, tão quentes que eram quase capazes de arrancar minha pele. Um trapézio foi colocado acima da exposição, como se estivesse em pleno voo. Mesmo agora, minhas pernas de quase noventa anos coçam com o desejo de subir lá.

Mas não há tempo para lembranças. Chegar até aqui levou mais tempo do que eu esperava, como tudo mais nesses dias, e não posso desperdiçar um minuto. Engolindo o nó que se formou em minha garganta, vou adiante, passo por fantasias e adereços, artefatos de uma civilização perdida. Finalmente, alcanço o vagão. Alguns painéis laterais foram removidos para revelar os pequenos e apertados leitos dentro dele. Fico espantada com o tamanho compacto, menos que a metade do meu quarto compartilhado no asilo. Parecia tão maior em meu pensamento. Havíamos realmente vivido ali por meses a fio? Estico a mão para tocar na madeira apodrecida. Embora soubesse que o vagão era o mesmo no minuto em que o vira no papel, alguma coisa no meu coração tinha muito medo de acreditar até agora.

Vozes crescem atrás de mim. Dou uma breve olhada por sobre o ombro. A recepção está se dispersando e os convidados se aproximam da exposição. Em alguns poucos minutos, será tarde demais.

Olho mais uma vez para trás, depois me agacho para deslizar por baixo do cordão de veludo. Esconda-se, uma voz parece me dizer, o instinto longamente adormecido despertando em mim mais uma vez. Mas, em vez disso, passo minha mão por baixo do fundo do vagão. O compartimento está lá, exatamente como me lembrava. A porta ainda está presa, mas se eu a pressionar o suficiente... Ela abre com um leve ruído, e imagino o entusiasmo de uma jovem garota olhando um convite manuscrito para um encontro secreto.

Mas, quando procuro lá dentro, meus dedos se fecham no espaço frio e escuro. O compartimento está vazio, e o antigo sonho de que ele pudesse conter respostas evapora como névoa fresca.

CAPÍTULO 1

Noa

Alemanha, 1944

O som chega baixo como o zunir das abelhas que certa vez perseguiram papai pela fazenda e o fizeram passar uma semana envolvido em bandagens.

Deixo de lado a vassoura com que limpava o chão, que já fora de um mármore elegante, mas agora estava rachado sob o peso de saltos de botas e manchado com finas linhas de lama e cinza que nunca sairão. Procurando saber de que direção vem o som, cruzo a estação anunciada pelo cartaz com letras gritantes: Bahnhof Bensheim. Um grande nome para nada mais que uma sala de espera e dois banheiros, uma bilheteria e uma pequena loja de linguiças que funciona quando há carne para ser consumida e o clima não está horrível. Inclino-me para apanhar uma moeda ao pé de um dos bancos, embolso-a. Fico impressionada com as coisas que as pessoas esquecem ou deixam para trás.

Do lado de fora, minha respiração sobe em baforadas no ar noturno de fevereiro. O céu é uma sobreposição de marfim e cinza, mais neve ameaçando cair. A estação fica no fundo de um vale, cercada por exuberantes colinas de pinhos em três lados, seus topos pontudos sobressaindo acima dos galhos cobertos de neve. O ar tem um leve cheiro de queimado. Antes da guerra, Bensheim era apenas mais uma das pequenas paradas pelas quais a maioria dos viajantes passava sem perceber. Mas os alemães, aproveitam tudo daqui, e o local é bom para estacionar trens e trocar motores durante a noite.

Estou aqui há quase quatro meses. Não foi tão ruim no outono e fiquei feliz de encontrar abrigo depois de terem me mandado fazer as malas com comida para apenas dois dias, três se economizasse. O lar para garotas em que eu vivia, para onde meus pais me chutaram depois que descobriram que eu estava grávida, ficava longe de tudo, em nome da discrição. Eles poderiam ter me deixado em Mainz, ou pelo menos na cidade mais próxima, mas simplesmente abriram a porta, mandando-me embora a pé. Caminhei até a estação de trem, sem perceber que não tinha lugar algum para ir. Nos meses em que estive longe, pensara mais de uma vez em voltar para casa, implorando perdão. Não que eu fosse muito orgulhosa. Eu teria me posto de joelhos se achasse que faria alguma diferença. Mas eu sabia, pela fúria nos olhos de meu pai no dia em que ele me expulsou, que seu coração estava fechado. Não suportaria ser rejeitada duas vezes.

Por sorte, porém, a estação estava precisando de uma faxineira. Espio os fundos do prédio agora, na direção do pequeno depósito onde durmo em apenas um colchão. O vestido de grávida é o mesmo que usava no dia em que saí de casa, a não ser pelo fato de que a parte da frente cai agora frouxamente. Não vou viver para sempre assim, claro. Vou encontrar um emprego de verdade — um que pague mais do que pão não muito mofado — e um lar propriamente dito.

Vejo-me na janela da estação de trem. Tenho o tipo de rosto passável, cabelo de diferentes tonalidades de louro, que fica branco ao sol do verão, olhos azul-claros. Minha falta de graça já me incomodou; aqui, é um benefício. Os dois outros trabalhadores da estação, a garota da bilheteria e o homem no quiosque vêm e vão para casa toda noite, mal falam comigo. Os viajantes passam pela estação com a edição matutina do *Der Stürmer* enfiada debaixo do braço, esmagando cigarros no chão, sem se preocupar com quem eu sou ou de onde vim. Apesar da solidão, preciso que seja assim. Não posso responder perguntas relativas ao passado.

Não, eles não me notam. Mas eu noto todos os que passam: os soldados de licença voltando para casa, e as mães ou esposas que vêm todos os dias à plataforma com a esperança de ver um filho ou marido, mas que acabam indo embora sozinhas. Sempre dá para perceber quem está tentando fugir. Procuram parecer normais, como se estivessem apenas tirando férias. Mas estão estufados vestindo várias camadas de roupas e carregam malas tão cheias que ameaçam explodir a qualquer momento. Eles não encaram ninguém, mas empurram suas crianças agitadamente com rostos pálidos e tensos.

O zunido fica mais alto e mais estridente. Vem do trem que ouvi apitar mais cedo e agora está estacionado mais à frente, no trilho. Começo a andar até ele, passo pelas caixas de carvão, a maioria levada do depósito por tropas combatendo no Leste. Talvez alguém tenha deixado um motor ou uma máquina ligada. Não quero que me culpem, não posso arriscar perder meu emprego. Apesar da minha situação miserável, sei que poderia ser pior — e que tenho sorte de estar aqui.

Sorte. Escutei isso de uma alemã idosa que dividia um arenque comigo no ônibus de Den Hague, depois que saí da casa de meus pais. "Você é o ideal ariano", ela me disse, mastigando o peixe com as gengivas, enquanto serpenteávamos através de desvios e estradas esburacadas.

Achei que ela estivesse brincando; eu tinha um cabelo louro comum e nariz pequeno. Meu corpo era forte — atlético, até começar a amolecer e ficar curvilíneo. Até aquela noite em que a alemã sussurrou palavras doces em meus ouvidos, sempre me considerara desinteressante. Mas agora me disseram que eu me encaixava. Vi-me confiando à mulher a história de minha gravidez e de como havia sido expulsa. Ela me disse para ir a Wiesbaden, e rabiscou um bilhete dizendo que eu estava carregando um bebê do Reich. Peguei a nota e fui. Não me ocorreu pensar se era perigoso ir à Alemanha ou se deveria recusar a oferta. Alguém precisava de crianças como a minha. Meus pais teriam morrido antes de aceitar ajuda dos alemães. Mas a mulher me disse que eles me dariam um teto; quão maus eles podiam ser? Não tinha outro lugar para ir.

Tive sorte, disseram de novo, quando cheguei ao abrigo para garotas. Apesar de holandesa, fui considerada da raça ariana, e meu bebê — fora dali marcado pela vergonha de ser um *uneheliches Kind,* concebido fora do casamento — poderia ser aceito no programa Lebensborn e criado por uma boa família alemã. Passei quase seis meses lá, lendo e ajudando com o trabalho doméstico, até que minha barriga ficou grande demais. A instalação, se não esplêndida, era moderna e limpa, projetada para dar à luz bebês em boa saúde para o Reich. Conheci uma garota robusta chamada Eva, cuja gravidez estava alguns meses mais avançada que a minha, mas uma noite ela acordou sangrando e a levaram ao hospital, e eu nunca mais a vi. Depois disso, preferi ficar sozinha. Nenhuma de nós permaneceria ali por muito tempo.

Minha hora chegou em uma fria manhã de outubro, quando deixava a mesa de café da manhã no lar para garotas e minha bolsa rompeu. As dezoito horas seguintes foram um borrão de dor terrível, pontuada por palavras de comando. Sem palavras de encorajamento ou um toque tranquilizador. Por fim, o bebê emergiu com um choro e meu corpo inteiro tremeu com o vazio, uma máquina sendo desligada. Um olhar estranho perpassou os olhos da enfermeira.

— Que foi? — perguntei. Eu não deveria ver o bebê. Mas lutei contra a dor para me sentar ereta. — Que há de errado?

— Está tudo bem — assegurou o doutor. — A criança é saudável. — Sua voz estava perturbada, porém, e seu rosto parecia furioso atrás dos óculos grossos, por sobre o lençol creme. Eu me inclinei para a frente e um par de penetrantes olhos cor de carvão encontraram os meus.

Aqueles olhos não eram arianos.

Entendi então a angústia do doutor. A criança não se parecia nada com a raça perfeita. Algum gene escondido, do meu lado ou do lado do alemão, deu a ele olhos escuros e pele cor de oliva. Ele não seria aceito no programa Lebensborn.

Meu bebê chorou, esganiçado e estridente, como se tivesse ouvido sobre seu destino e estivesse protestando. Tentei tocá-lo apesar da dor.

— Quero segurá-lo.

O doutor e a enfermeira, que estavam registrando detalhes da criança em algum tipo de formulário, trocaram olhares desconfortáveis.

— Nós não... quer dizer, o programa Lebensborn não permite isso.

Fiz força para me sentar.

— Então, eu o pegarei e vou embora.

Era um blefe, não tinha para onde ir. Assinara papéis abrindo mão de meus direitos quando cheguei, em troca de me deixarem ficar, havia guardas no hospital. Eu mal podia andar.

— Por favor, deixem-me pegá-lo por um instante.

— *Nein* — a enfermeira abanou a cabeça enfaticamente, deixando o quarto enquanto eu continuava a pedir.

Quando não dava mais para vê-la, alguma coisa em minha voz forçou o doutor a ceder.

— Só por um instante — disse ele relutantemente, entregando-me a criança. Fitei o rosto vermelho, inalei o delicioso aroma de sua cabeça, que estava pontuda depois de tantas horas lutando para nascer, e me concentrei em seus olhos. Aqueles olhos bonitos. Como algo tão perfeito poderia não ser o ideal deles?

Mas ele era meu. Uma onda de amor brotou e se espalhou por mim. Eu não quis aquela criança, mas naquele momento, todo o arrependimento se esvaiu, dando lugar à saudade. Pânico e alívio me atravessaram. Eles não iriam querê-lo mais. Tinha que levá-lo para casa, porque não havia outra escolha. Eu ficaria com ele, encontraria um jeito.

Então a enfermeira retornou e o arrancou de meus braços.

— Não, espere — protestei. Enquanto lutava para alcançar meu bebê, algo pontudo perfurou meu braço. Minha cabeça flutuou. Mãos me empurraram de volta à cama. Desmaiei, ainda vendo aqueles olhos negros.

Acordei sozinha na sala de parto fria e estéril, sem meu bebê, ou um marido ou mãe ou mesmo uma enfermeira, um vaso vazio que ninguém queria mais. Disseram depois que ele foi para um bom lar. Eu não tinha como saber se estavam falando a verdade.

Engulo em seco, forçando a lembrança a ir embora. Então saio da estação para o ar frio e cortante, aliviada porque a *Schutzpolizei des Reiches,* a vigilante polícia do Estado que patrulha a estação, não está por ali. Provavelmente, eles estão combatendo o frio com alguma garrafa dentro do caminhão. Eu olho o trem por todos os lados, tentando perceber de onde vem o zunido. O som se propaga do último vagão de carga, colado ao dos passageiros — não é do motor. Não, o barulho vem de dentro do trem. Algo está vivo.

Paro. Pus na cabeça que jamais me aproximaria dos trens, que olharia para o outro lado quando passassem — porque eles carregam judeus.

Eu ainda vivia em casa, em nossa vila, quando vi pela primeira vez o sofrido ajuntamento de homens, mulheres e crianças na praça do mercado. Corri para o meu pai, chorando. Ele era um patriota e enfrentava tudo, por que não aquilo?

— É horrível — concordou ele, por trás de sua barba que começava a ficar grisalha, manchada de amarelo por causa do fumo do cachimbo. Ele secou minhas bochechas lavadas pelas lágrimas e me deu uma explicação vaga sobre como havia maneiras diferentes de lidar com as coisas. Mas aquelas maneiras não haviam impedido minha colega de turma Steffi Klein de ter que marchar para a estação de trem com seus pais e seu irmão mais novo, usando o mesmo vestido que usara no meu aniversário, um mês antes.

O som continua a aumentar, ficando quase perfurante, como o de um animal ferido. Olho a plataforma vazia e espio os cantos da estação. A polícia pode ouvir o barulho também? Permaneço hesitante no final da plataforma, espiando para os trilhos que me separam do vagão de carga. Eu deveria sair dali. Mantenha os olhos baixos, essa é a lição dos anos de guerra. Nunca vem nada de bom quando nos metemos no que não é da nossa conta. Se for pega bisbilhotando nas áreas da estação onde não devo estar, serei demitida, não terei mais um lugar para viver, ou talvez até seja presa. Mas nunca fui boa em evitar olhar as coisas. Muito curiosa, minha mãe me dizia quando eu era pequena. Sempre precisava saber. Dou passos para a frente, incapaz de ignorar o barulho que, quanto mais me aproximo, mais parece um choro.

E quando chego mais perto, vejo o pequeno pé no vão da porta entreaberta do vagão de carga.

Abro a porta.

— Ah! — minha voz ecoa perigosamente pela escuridão, pronta para ser ouvida. Há bebês, pequenos corpos, incontáveis, deitados no chão coberto de palha do vagão de carga, espremidos e empilhados uns sobre os outros. A maioria não se mexe e eu não consigo distinguir se estão mortos ou dormindo. Do meio da quietude, choros lamentosos se misturam a soluços e gemidos como o balido de ovelhas.

Seguro-me à lateral do vagão de carga, lutando para respirar por sobre o cheiro de urina, fezes e vômito que me toma de assalto. Desde que cheguei aqui, me fechei para as imagens, como se fossem um pesadelo ou um filme que não podiam ser reais. Isso é diferente, no entanto. Tantos bebês, sozinhos, arrancados dos braços de suas mães. Meu estômago começa a queimar.

Permaneço desamparada diante do vagão de carga, paralisada de choque. De onde vieram esses bebês? Devem ter acabado de chegar, porque com certeza não resistiriam a essa temperatura congelante.

Tenho visto os trens seguindo para o Leste há meses, lotado de pessoas onde deveriam estar gado e sacas de cereais. Apesar da crueldade do transporte, eu dizia a mim mesma que estavam sendo levadas a algum lugar, como um campo ou vila, apenas sendo mantidas em um lugar. A ideia era confusa em minha mente, mas imaginava um lugar com cabanas ou tendas, talvez, como o parque à beira-mar que fica ao sul de nossa vila, na Holanda, para onde iam aqueles que não podiam pagar por férias de verdade ou preferiam algo mais rústico. Realojamento. Nestes bebês mortos ou morrendo, no entanto, vejo a mentira por inteiro.

Dou uma olhada por sobre o ombro. Os trens com pessoas são sempre protegidos por guardas. Mas aqui não há ninguém — porque simplesmente não há chance de as crianças escaparem.

Bem perto de mim, há uma criança de pele cinza, os lábios azuis. Tento espanar a fina camada de gelo de seus cílios, mas ela já está dura e morta. Retiro minha mão, observando os outros. A maioria dos bebês está nua ou apenas enrolada em um cobertor ou tecido, sem qualquer coisa que possa protegê-los do frio severo. Mas, no centro do carro, duas pequenas botinhas de um rosa pálido sobressaem, enrijecidas no ar, pertencentes a um bebê que, não fosse por elas, estaria completamente nu. Alguém teve a preocupação de tricotá-las, ponto a ponto. Um suspiro escapa de meus lábios.

Uma cabeça se eleva entre as outras. Palha e fezes cobrem seu rosto em forma de coração. A criança não parece sofrer ou estar incomodada, mas tem uma expressão intrigada, como se dissesse: "O que é que eu estou fazendo aqui?". Há algo familiar nela: olhos negros como carvão, trespassando-me exatamente como no dia em que dei à luz. Meu coração cresce no peito.

O rosto do bebê se enruga de repente e ele chora. Minhas mãos se lançam e eu luto para alcançá-lo por sobre os outros antes que alguém mais ouça. Falho em minha tentativa de pegar o bebê, que chora mais alto. Tento subir no carro, mas as crianças estão tão coladas umas às outras que eu não consigo, com medo de pisar em uma delas. Desesperadamente, estico meus braços mais uma vez, e alcanço. Pego a criança que chora, preciso fazê-la se calar. Sinto sua pele gelada quando a retiro do carro, nua, exceto por uma fralda de pano suja.

O bebê está em meus braços agora, e, no segundo em que o segurei, parece se acalmar na curva do meu braço. Poderia este ser meu bebê, trazido de volta para mim pelo destino ou sorte? Os olhos da criança se fecham e sua cabeça se inclina para frente. Se ela está dormindo ou morrendo, não posso dizer. Agarrando-a, começo a me afastar do trem. Volto-me: se alguma outra daquelas crianças ainda está viva, sou sua única chance. Deveria pegar mais.

Mas o bebê que estou segurando chora de novo, o som agudo cortando o silêncio. Cubro sua boca e corro de volta à estação.

Caminho até o depósito onde durmo. Parando à porta, olho em volta desesperadamente. Não tenho nada. Mudando de ideia, entro no banheiro feminino, mal percebendo o cheiro úmido de sempre depois de sentir o do vagão de carga. Na pia, limpo a sujeira do rosto da criança com um dos trapos que uso para faxinar. O bebê está mais quente agora, mas dois de seus dedos do pé estão azuis e eu me pergunto se os perderá. De onde ele veio?

Abro a fralda imunda. A criança é um garoto, como o meu. Mais perto agora, posso ver que seu pequenino pênis parece diferente do dos alemães, ou do garoto que me mostrou o dele quando eu tinha sete anos. Circuncisado. Steffi me dissera a palavra uma vez, explicando o que haviam feito com seu irmão mais novo. A criança é judia. Não é minha.

Dou um passo para trás quando me dou conta da realidade que sabia o tempo todo: não posso ficar com um bebê judeu, ou qualquer bebê que seja, sozinha, limpando a estação doze horas por dia. Em que estava pensando?

O bebê começa a rolar de lado do peitoril perto da pia em que o deixei. Dou um pulo para frente, pegando-o antes que caia no chão duro. Não estou acostumada com bebês e o seguro à distância de um braço agora, como se ele fosse um animal perigoso. Mas ele se aproxima, acomodando-se em meu pescoço. Desajeitadamente, faço uma fralda com o outro trapo, então carrego a criança para fora do banheiro e da estação, encaminhando-me de volta ao vagão de carga. Tenho que botá-lo de volta no trem, como se nada disso tivesse acontecido.

Ao final da plataforma, congelo. Um dos guardas está caminhando agora ao lado dos trilhos, e impede que eu alcance novamente o trem. Olho desesperadamente em todas as direções. Ao lado da estação, há um caminhão de entrega de leite, com a caçamba atulhada de grandes latas. Impulsivamente, caminho em sua direção. Enfio o bebê em uma das latas, tentando não pensar em quanto o metal deve estar frio ao contato de sua pele. Ele não solta nenhum som, mas apenas me fita desamparadamente.

Enfio-me debaixo de um banco quando a porta do caminhão bate. Em um segundo, ele vai partir, levando o bebê com ele.

E ninguém vai saber o que eu fiz.

CAPÍTULO 2

Astrid

Alemanha, 1942 — 14 meses antes

Estou de pé à beira da terra ressecada que certa vez fora nosso abrigo de inverno. Embora não tenha havido combate aqui, o vale parece um campo de batalha, carroças quebradas e fragmentos de metal espalhados por toda parte. Um vento frio sopra através da janela vazia da cabana deserta, fazendo cortinas de tecido esfarrapado subirem no ar antes de caírem, murchas. A maioria das janelas está destruída e eu tento não pensar se isso aconteceu com o tempo, ou se alguém as quebrou em uma luta ou em um acesso de raiva. As portas rachadas estão abertas, e a propriedade sem reparos, como nunca teria ficado se mamãe estivesse aqui para cuidar dela. Há um cheiro de fumaça no ar, como se alguém tivesse queimado arbustos recentemente. À distância, um corvo grasna em protesto.

Apertando mais o casaco ao meu redor, caminho para longe dos destroços e sigo em direção à mansão que um dia foi minha casa. O terreno está exatamente igual a como quando eu era pequena, a colina subindo diante da porta de entrada, fazendo a água correr atropeladamente para o saguão quando as chuvas de primavera vinham. Mas o jardim onde minha mãe cultivava hortênsias, tão adoráveis a cada primavera, está murcho e coberto de pó. Ainda posso ver meus irmãos lutando no jardim da frente antes de serem repreendidos por desperdiçar energia e arriscar se ferirem, pondo em risco o show. Quando crianças, nós adorávamos dormir a céu aberto no jardim durante o verão, dedos entrelaçados, o céu um toldo de estrelas sobre nós.

Paro. Uma grande bandeira vermelha com uma suástica preta está pendurada sobre a porta. Alguém, sem dúvida um oficial de alta patente da SS, mudou-se para a casa que um dia foi nossa. Cerro os punhos, enojada de pensar nele usando nossas roupas de cama e nossos pratos, sujando o belo sofá e o tapete de mamãe com suas botas. Então desvio o olhar. Não é pelas coisas materiais que eu lamento.

Perscruto as janelas da casa, procurando em vão por um rosto familiar. Eu soube que minha família não estava mais aqui desde que minha última carta retornou sem ter sido entregue. Mas vim mesmo assim. Alguma coisa dentro de mim imaginava a vida intocada, ou ao menos tinha a esperança de encontrar uma pista do paradeiro deles. Mas o vento sopra através da terra desolada. Não há mais nada aqui.

Percebo que eu também não deveria estar aqui. A ansiedade rapidamente substitui minha tristeza. Não posso me permitir ficar perambulando e arriscar ser vista por quem quer que more aqui agora, ou ser questionada sobre quem sou e por que vim. Meus olhos passeiam pela colina na direção do imóvel vizinho, onde o Circo Neuhoff se acomodava no inverno. Sua imensa mansão de ardósia fica em frente à nossa, dois sentinelas guardam o vale Rheinhessen, entre elas.

Mais cedo, quando o trem se aproximava de Darmstadt, vi um cartaz anunciando o Circo Neuhoff. Primeiro, senti crescer dentro de mim o desgosto por aquele nome. Klemt e Neuhoff eram circos rivais e nós competimos durante anos, tentando superar um ao outro. Mas o circo, ainda que disfuncional, continuava sendo uma família. Nossos dois circos cresceram lado a lado, como filhos em quartos separados. Éramos rivais na estrada. Na baixa temporada, porém, nós, crianças, íamos para a escola e brincávamos juntas, descendo a colina de trenó e, ocasionalmente, compartilhando refeições. Certa vez, quando Herr Neuhoff fora atingido por uma dor nas costas e não pôde mais atuar como mestre de cerimônias, mandamos meu irmão Jules para que ajudasse no espetáculo deles.

Não vejo Herr Neuhoff há anos, no entanto. E ele era gentil, então tudo mudara. Seu circo floresceu enquanto o nosso se foi. Não, não posso esperar ajuda de Herr Neuhoff, mas talvez ele saiba o que aconteceu com minha família.

Quando chego à casa dos Neuhoff, uma criada que não reconheço abre a porta.

— *Guten Abend* — digo. — *Ist Herr Neuhoff hier?* — Fico repentinamente tímida, envergonhada de chegar sem aviso à soleira da porta deles, como uma espécie de mendiga. — Sou Ingrid Klemt. — Uso meu nome de solteira. Mas o rosto da mulher revela que já sabe quem sou. Se do circo ou de algum outro lugar, não sei dizer. Minha partida, anos antes, dera o que falar, e foi comentada em sussurros por quilômetros de distância.

Ninguém sai de casa para se casar com um oficial alemão como eu fiz — especialmente quando se é judia.

Erich fora ao circo na primavera de 1934. Eu o notei por trás das cortinas — é um mito que a gente não consiga ver o público sob os refletores —, não só pelo uniforme, mas porque ele estava sentado sozinho, sem uma esposa ou filho. Eu não era uma menininha nova, facilmente seduzida, tinha quase vinte e nove anos. Ocupada com o circo e sempre na estrada, presumira que o casamento tinha ficado para trás. Erich era incrivelmente bonito, com um maxilar forte, marcado apenas por uma covinha no queixo, e feições quadradas, abrandadas pelos olhos mais azuis do mundo. Ele voltou uma segunda noite e rosas cor-de-rosa surgiram diante da porta do meu camarim. Namoramos naquela primavera, e toda semana ele fazia longas viagens de Berlim até as cidades em que nos apresentávamos, para passar algum tempo comigo entre os espetáculos e nos domingos.

Nós deveríamos saber, mesmo naquela época, que o nosso relacionamento estava condenado. Embora Hitler só tivesse subido ao poder no ano anterior, o Reich já deixara claro seu ódio pelos judeus. Mas havia paixão e intensidade nos olhos de Erich, o que fazia tudo mais ao nosso redor deixar de existir. Ele me pediu em casamento, eu não pensei duas vezes. Nós não vimos os problemas que se avizinhavam, imensos, tornando nosso futuro juntos impossível — simplesmente evitamos encarar os fatos.

Meu pai não brigou comigo quando saí de casa com Erich. Esperei que me repreendesse por casar com um não judeu, mas ele apenas sorriu tristemente quando lhe contei.

— Sempre pensei que você tomaria conta do espetáculo depois de mim — disse ele, com seus tristes olhos cor de chocolate espelhando os meus por trás de seus óculos. Fiquei surpresa. Eu tinha outros três irmãos, quatro se contasse com Isadore, que fora assassinada em Verdun; não havia razão para imaginar que papai pensara em mim. — Especialmente agora que Jules está fazendo seu próprio show em Nice. E os gêmeos... — Papai sacudira a cabeça com pesar. Mathias e

Markus eram fortes e graciosos, e realizavam maravilhas acrobáticas que arrancavam suspiros da plateia. Suas habilidades, porém, eram puramente físicas. — Era para ser você, *liebchen*, com sua cabeça boa para os negócios e o faro para a presença de palco. Mas não vou mantê-la aqui como um animal enjaulado.

Jamais soubera que ele me via daquela forma. Só naquela hora em que o estava deixando. Poderia ter mudado de ideia e ficado. Mas Erich e a vida que eu sempre julgara ter desejado acenavam para mim. Então segui para Berlim, levando a benção de papai comigo.

Talvez, se não tivesse partido, minha família ainda estivesse aqui.

A criada me leva até uma sala de estar que, embora ainda seja grandiosa, dá sinais de desgaste. Os tapetes estão um pouco puídos e há espaços vazios no armário de prata, como se as peças maiores tivessem sido roubadas ou vendidas. Cheiro de fumaça de cigarro se mistura ao perfume de limão da cera de lustrar móveis. Espio pela janela, tentando ver a casa da minha família através do nevoeiro que se espalhou acima do vale. Pergunto-me quem mora na mansão agora e o que vê quando olha para as acomodações de inverno, abandonadas e desertas.

Depois de nosso casamento — uma pequena cerimônia com um juiz de paz —, mudei-me para o espaçoso apartamento de Erick, com vista para o Tiergarten. Passava os dias andando pelas lojas da Bergmannstrasse, comprando quadros e tapetes ricamente coloridos, e almofadas bordadas de cetim, pequenas coisas que fariam de sua casa, antes pouco mobiliada, nosso lar. Nosso maior dilema era qual café frequentar para tomar o *brunch* aos domingos.

Estava em Berlim havia quase cinco anos quando a guerra começou. Erich recebeu uma promoção a um cargo que eu não entedia direito e tinha a ver com munições, e passou a ficar mais tempo no trabalho. Ou ele voltava para casa sombrio e ranzinza, ou inebriado de entusiasmo por causa de coisas que não podia compartilhar comigo.

— Tudo vai ser tão diferente quando o Reich for vitorioso, acredite em mim.

Mas eu não queria mudança. Gostava de nossa vida exatamente como era. O que havia de errado com os velhos costumes?

Porém, as coisas não voltaram a ser do jeito que haviam sido. Pelo contrário, elas pioraram rapidamente. Diziam coisas terríveis sobre os judeus no rádio e nos jornais. Quebravam janelas de lojas de judeus e pintavam suas portas.

— Minha família — eu lamentava com Erich durante o *brunch* em nosso apartamento de Berlim, depois de ter visto as janelas estilhaçadas de um açougue de judeus na Oranienburger Strasse. Eu era a esposa de um oficial alemão. Estava segura. Mas e minha família em nossa casa?

— Ninguém vai machucá-los, Inna — ele me acalmava, esfregando meus ombros.

— Se está acontecendo aqui — insisti —, então não pode estar melhor em Darmstadt.

Ele me envolveu em seus braços.

— Shh. Houve alguns atos de vandalismo na cidade, uma manifestação. Olhe em volta. Tudo está bem.

O apartamento estava perfumado com o aroma de um excelente café. Uma jarra de suco de laranja fresco descansava sobre a mesa. Certamente não poderia ser tão pior em outras partes. Recostei minha cabeça no amplo apoio que eram os ombros de Erich, inalando o calor de seu pescoço.

— O circo da família Klemt é conhecido internacionalmente — reassegurou. Ele estava certo. Nosso circo fora erguido ao longo de muitas gerações, nascera dos velhos espetáculos de cavalos na Prússia, diziam que meu trisavô abandonara o Lipizzaner Stallions, em Viena, para começar nosso primeiro circo. E a geração seguinte continuou, e a que veio depois também, o negócio de família mais estranho do mundo.

Erich continuou:

— Foi por isso que eu parei para ver o espetáculo quando voltava de Munique naquele dia. E aí vi você. — Ele me puxou para seu colo.

Ergui a mão, interrompendo-o. Normalmente, eu adorava quando ele recontava como nos conhecemos, mas estava muito preocupada para escutar.

— Eu deveria ir ver como eles estão.

— Como você vai encontrá-los se estão em turnê? — perguntou ele, uma nota de impaciência surgindo em sua voz. Era verdade; em pleno verão, eles poderiam estar em qualquer lugar da Alemanha ou França. — E o que você faria para ajudá-los? Não, eles iriam querer que você ficasse aqui. Segura. Comigo. — Ele me aninhou, brincalhão.

Claro que ele estava certo, eu dizia a mim mesma, embalada por seus lábios em meu pescoço. Mas a preocupação ainda incomodava. Então, certo dia, chegou a carta. "Querida Ingrid, nós nos desfizemos do circo." O tom de papai era prático, não havia apelo por ajuda, embora eu pudesse imaginar bem sua angústia ao encerrar o negócio de família que florescera por mais de um século. A carta não dizia o que eles fariam em seguida ou se partiriam, e eu me perguntei se aquilo tinha sido de propósito.

Escrevi imediatamente, implorando a ele para que dissesse quais eram seus planos, se precisavam de dinheiro. Eu traria a família inteira para Berlim e a acomodaria em nosso apartamento. Mas isso apenas significaria trazê-los para mais perto do perigo. Em todo caso, era um ponto discutível. Mas minha carta voltou sem ter sido aberta. Havia acontecido seis meses atrás e ainda não tinha notícias. Aonde eles tinham ido?

— Ingrid! — ribomba Herr Neuhoff, entrando na sala de estar. Se ele está surpreso em me ver, não dá a menor indicação. Herr Neuhoff não é tão velho quanto meu pai e, em minhas lembranças de infância, ele fora elegante e bonito, embora corpulento, com cabelo preto e um grande bigode. Mas ele é mais baixo do que me lembrava, com uma barriga estufada e apenas uma franja de cabelo grisalho. Levanto-me e vou até ele. Então, vendo um broche com uma suástica em seu colarinho, paro. Ter vindo até aqui foi um erro. — É só para manter as aparências — diz ele apressadamente.

— Sim, claro. — Mas não sei se posso acreditar nele. Eu deveria ir embora, sem mais. Porém, seu rosto parece genuinamente feliz de me ver. Resolvo arriscar.

Ele aponta uma cadeira coberta de rendas e eu me sento, acomodando-me inquietamente.

— Conhaque? — oferece ele.

Eu titubeio:

— Seria ótimo.

Ele balança uma sineta e a mesma mulher que abriu a porta traz uma bandeja — agora era apenas uma criada, onde um dia houve muitas. O Circo Neuhoff não tinha escapado incólume da guerra. Finjo dar um gole da taça que ela me oferece. Não quero ser rude, mas preciso me manter sóbria para descobrir aonde ir depois daqui. Não há mais lugar de repouso para mim em Darmstadt.

— Você chegou agora de Berlim? — O tom dele é polido, a um passo de me perguntar o que estou fazendo aqui.

— Sim. Papai escreveu dizendo que se desfez do circo. — A testa de Herr Neuhoff se enruga com uma pergunta não feita: o circo acabou meses atrás.

Por que vim agora? — Mais recentemente, perdi contato e minhas cartas voltaram sem resposta — acrescento. — O senhor tem notícia deles?

— Não tenho — responde ele. — Havia apenas alguns deles no final, todos os trabalhadores tinham ido embora. — Porque era ilegal trabalhar para os judeus. Meu pai tratara seus artistas e mesmo os trabalhadores braçais como família, cuidando deles quando se adoentavam, convidando-os para as festas de família, como os *bar mitzvah* dos meus irmãos. Fora muito generoso com a cidade também, fazendo espetáculos de caridade para o hospital e doando dinheiro a políticos para angariar simpatia. Tentando tão arduamente nos fazer ser um deles. Nós quase nos esquecemos de que não éramos.

Herr Neuhoff continua:

— Eu fui atrás deles, sabe, depois. Mas a casa estava vazia. Tinham ido embora. Agora, se eles partiram por vontade própria ou se alguma coisa aconteceu, não saberia dizer. — Ele anda até a mesa de mogno que fica a um canto e abre a gaveta. — Eu guardei isso. — Ele revela uma taça de *kidush* e eu me levanto, lutando contra o impulso de gritar ao ver as letras em hebraico, tão familiares. — Isso é de vocês, não?

Balanço a cabeça afirmativamente, pegando o objeto. Como ele conseguira aquilo? Havia uma menorá também e outras coisas. Os alemães devem ter ficado com elas. Corro o dedo pela borda da taça. Na estrada, minha família se reunia em nosso vagão só para acender as velas e compartilhar um pouco de algum vinho e pão que pudesse encontrar, alguns minutos em que ficávamos a sós. Vejo ombros se encolhendo para caber em volta da pequena mesa, os rostos de meus irmãos iluminados à luz de velas. Não éramos muito religiosos — tínhamos que nos apresentar aos sábados e não conseguíamos comer *kasher* quando em turnê. Mas nos apegávamos rápido às pequenas coisas, um pouco de ritual a cada semana. Não importa o quanto fora feliz com Erich, algo dentro de meu peito sempre escapava dos alegres cafés de Berlim e se dirigia aos calmos sabás.

Afundo na cadeira mais uma vez.

— Não deveria nunca ter ido embora.

— Os alemães teriam impedido seu pai de trabalhar do mesmo jeito — salienta ele. Mas se tivesse ficado, talvez os alemães não houvessem forçado minha família a deixar nossa casa ou a aprisionado, ou o que quer que tenham feito para ela não estar mais aqui. Minha ligação com Erich, que eu valorizava como uma proteção e tanto, no final havia se provado inútil.

Herr Neuhoff tosse uma vez, depois outra, seu rosto ficando vermelho. Eu me pergunto se ele está doente.

— Desculpe se não posso ajudá-la mais — diz ele ao se recompor. — Você vai voltar a Berlim agora?

Eu me ajeito na cadeira de modo estranho.

— Creio que não.

Faz três dias que Erich retornou inesperadamente cedo do trabalho para nosso apartamento. Eu me joguei em seus braços.

— Estou tão feliz de ver você — exclamei. — O jantar está quase pronto, mas a gente pode tomar um drinque. — Ele passava tantas noites em jantares oficiais ou enterrado em papéis no seu escritório. Eu nem me lembrava mais da última vez que passáramos uma noite calma juntos.

Ele não pôs os braços a meu redor, permaneceu duro.

— Ingrid — disse ele, usando meu nome, e não o apelido carinhoso que me dera —, precisamos nos divorciar.

— Divorciar? — Eu nunca tinha usado aquela palavra antes. Divórcio era algo que acontecia em filmes ou livros sobre gente rica. Não conhecia ninguém que já houvesse se divorciado. Em meu mundo, casamento era até a morte. — Tem outra mulher? — gaguejei, mal conseguindo expelir as palavras. Claro que não havia. A paixão entre nós tinha sido inabalável, até agora.

Dor e surpresa tomaram seu rosto à mera menção da ideia.

— Não! — E com essa palavra compreendi exatamente a profundidade de seu amor e que aquela coisa terrível o estava ferindo. Então por que ele dissera aquilo? — O Reich ordenou que todos os oficiais com esposas judias se divorciassem — explicou ele. Quantas, perguntava-me, poderia haver, afinal? Ele sacou alguns documentos e me entregou com mãos macias e fortes. Os papéis tinham um pouco do cheiro de sua colônia. Não havia ao menos um lugar para eu assinar. Se eu concordava ou não era irrelevante era *fait accompli*. — Foram ordens do Führer — acrescenta. Sua voz estava calma, era como se estivesse falando de coisas do dia a dia que aconteciam em seu departamento. — Não há escolha.

— Vamos fugir — disse eu, forçando o tremor em minha voz. — Posso arrumar as malas em meia hora. — De maneira impensada, retirei a carne assada da mesa, como se ela fosse a primeira coisa que iria levar. — Traga a mala marrom. — Mas Erich permaneceu imóvel, pés plantados no chão. — Que foi?

— Meu emprego — respondeu ele. — As pessoas vão descobrir que fugi. — Ele não iria comigo. O assado caiu das minhas mãos, o prato se quebrou, o cheiro de carne quente e molho subindo, flutuando nauseantemente. Era preferível ao resto da mesa imaculada, uma caricatura da vida perfeita que pensava que tínhamos. O líquido marrom respingara em minha meia-calça, manchando-a.

Levantei o queixo desafiadoramente.

— Então eu vou ficar com o apartamento.

Mas ele abanou a cabeça, remexendo em sua carteira e esvaziando o conteúdo dela em minhas mãos.

— Você precisa partir. Agora.

Partir para onde? Minha família estava toda desaparecida; eu não tinha documentos fora da Alemanha. Ainda assim, encontrei minha mala e pus as coisas dentro mecanicamente, como se estivesse saindo de férias. Não tinha ideia do que levar.

Duas horas depois, com a mala arrumada e pronta para partir, Erich ficou na minha frente em seu uniforme, muito parecido com o homem que eu havia espiado na plateia para além dos holofotes no dia em que nos conhecemos. Foi estranho vê-lo me esperar caminhar até a porta, como se ele estivesse se despedindo de um convidado.

Fiquei diante dele por vários segundos, fitando-o com olhos suplicantes, desejando que seus olhos se encontrassem com os meus.

— Como é que você pode fazer isso? — perguntei.

Ele não respondeu. Isso não está acontecendo, uma voz dentro de mim parecia dizer. Em outras circunstâncias, teria me recusado a partir. Mas fora pega de surpresa, levara um inesperado soco no estômago e mal conseguia respirar. Estava simplesmente muito atordoada para brigar.

— Aqui. — Tirei minha aliança de casamento e estiquei a mão. — Isto não é mais meu.

Olhando para a aliança, seu rosto inteiro parecia se descompor, como se compreendesse pela primeira vez que o que estava fazendo não tinha volta. Eu me perguntei naquele momento se ele rasgaria os papéis que decretavam o fim de nosso casamento e diria que enfrentaríamos o futuro juntos, e nada mais importava. Ele enxugou os olhos.

Quando sua mão deixou o rosto, a dureza do "novo Erich", como eu o vinha chamando nos últimos meses, quando tudo parecera mudar, reapareceu.

Ele empurrou a aliança e ela tiniu no chão. Apressei-me a apanhá-la, as bochechas queimando com a agressividade de seu toque, antes tão gentil.

— Fique com ela — disse ele. — Você pode vendê-la se precisar de dinheiro. — Como se a única coisa que nos unia significasse tão pouco para mim. Fugi do apartamento sem olhar para trás e, naquele momento, os anos que compartilhamos pareceram evaporar e desaparecer.

Claro que não conheço Herr Neuhoff bem o bastante para lhe contar nada disso.

— Deixei Berlim para sempre — digo, com uma firmeza que impedia mais perguntas sobre o assunto. Passo o dedo pela minha aliança, que coloquei no dedo ao deixar Berlim para não chamar muita atenção durante a viagem.

— Então, para onde você vai? — pergunta Herr Neuhoff. Não respondo.
— Você deveria deixar a Alemanha — acrescenta ele gentilmente.

Deixar o país. Era uma coisa da qual ninguém mais falava, a porta que havia se fechado. Mamãe sugerira isso uma vez, anos atrás, antes de as coisas ficarem ruins. Naquele momento, a ideia parecia risível, nós éramos alemães e nosso circo estava ali havia séculos. Vendo agora, era a única saída, mas nenhum de nós foi sábio o suficiente para escolhê-la, porque ninguém imaginava como as coisas ficariam tão mal. E agora não havia mais aquela chance.

— Ou você poderia se tornar uma de nós — acrescenta Herr Neuhoff.

— Uma de vocês? — a surpresa em minha voz beira a rudeza.

Ele balança a cabeça afirmativamente.

— Ao nosso circo. Estou sem uma trapezista desde que Angelina quebrou o quadril. — Olho para ele sem acreditar. Ainda que trabalhadores sazonais e até artistas possam se transferir de um circo para outro, uma família circense trabalhando para outra é algo inédito. Não consigo me imaginar fazendo parte do Circo Neuhoff, da mesma maneira que um leopardo não pode mudar as manchas. A sugestão faz sentido, no entanto, e ele disse isso não como se estivesse me oferecendo caridade, mas como se eu fosse preencher uma necessidade.

Ainda assim, fico tensa.

— Não poderia, é impensável. — Ficar aqui significaria estar em dívida com Herr Neuhoff, outro homem. Depois de Erich, jamais farei isso de novo.

— É sério, você estaria me prestando um enorme serviço — a voz dele é sincera. Eu sou mais do que apenas uma artista substituta. Ter uma Klemt em seu circo, bom, seria um trunfo, ao menos para as pessoas mais antigas, que lembravam de nosso espetáculo em seus dias de glória. Com meu nome e reputação como trapezista, sou uma espécie de artigo para colecionadores, um item a ser conquistado.

— Sou judia — disse eu. Empregar-me agora seria um crime. Por que ele atrairia tal perigo para si?

— Sei disso — o bigode dele treme, descontraído. — Você é *Zirkus Volk* — acrescenta ele calmamente. Isso transcende tudo mais.

Ainda assim, permaneço em dúvida.

— Você tem alguém da SS morando ao lado, não é? Será muito perigoso.

Ele abana a mão, como se aquilo não tivesse a menor importância.

— Vamos trocar seu nome.

Mas meu nome é o que ele quer, exatamente o que me torna mais valiosa para ele.

— Astrid — pronuncia ele.

— Astrid — repito, para ver como é que fica. Próximo de Ingrid, mas diferente. E soa escandinavo, vagamente exótico, perfeito para o circo. — Astrid Sorrell.

Ele ergue as sobrancelhas.

— Não era esse o sobrenome de seu marido?

Por um segundo, hesito, surpresa por ele saber. Depois balanço a cabeça afirmativamente. Erich tirara tudo de mim, menos aquilo. Ele jamais saberia.

— Além do mais, posso usar seu bom senso para os negócios — acrescenta ele. — Somos só eu e Emmet. — Herr Neuhoff recebera um golpe cruel. No circo, famílias grandes são a norma; o nosso tinha quatro irmãos, cada um mais bonito e talentoso que o outro. Mas a mulher de Herr Neuhoff morrera dando à luz Emmet, e ele não se casara de novo, ficando sozinho com um único herdeiro incapaz, que não tinha nem o talento de artista nem cabeça para comandar os negócios. Em vez disso, Emmet passava o tempo jogando nas cidades pelas quais faziam turnê e olhando lascivamente para as bailarinas. Estremeço ao pensar no que vai ser de seu circo quando o pai morrer.

— Então, você vai ficar? — pergunta Herr Neuhoff. Pondero sobre a pergunta. Nossas famílias nem sempre se deram bem. Minha vinda aqui hoje fora uma mudança. Nós éramos rivais, até agora.

Quero dizer não, entrar em um trem e continuar procurando minha família. Basta de depender dos outros. Mas os olhos de Herr Neuhoff são suaves;

ele não sente prazer com o infortúnio que se abateu sobre minha família e só está tentando ajudar. Já posso ouvir a música da orquestra, e a vontade de fazer minha performance, sufocada tão profundamente dentro de mim que quase me esquecera dela, cresce com força. Uma segunda chance.

— Está bem, então — digo finalmente. Não consigo recusar a oferta dele e não tenho outro lugar para ir. — Vamos tentar. Talvez, na estrada, a gente possa ter notícias do paradeiro da minha família. — Ele aperta os lábios, não querendo me dar falsas esperanças.

— Você pode ficar na casa — oferece ele. Ele não espera que eu more no alojamento das mulheres como uma artista comum. — Seria ótimo ter sua companhia.

Mas não posso ficar ali e esperar que as garotas me aceitem como uma delas.

— É muita gentileza, mas deveria ficar com as outras. — Quando criança, sempre me sentira mais à vontade na cabine com os artistas. Eu ansiava para dormir no alojamento das mulheres, o qual, apesar dos muitos corpos, cheiros e barulhos, tinha uma espécie de solidariedade.

Ele balança a cabeça afirmativamente, aquiescendo à verdade em minhas palavras.

— Vamos lhe pagar trinta por semana. — Em nosso circo, não se discutia sobre dinheiro. Os salários eram pagos justamente, com aumentos ao longo dos anos. Ele retira um papel da gaveta da mesa e escreve nele. — Seu contrato — explica. Olho para ele, confusa. Conosco não havia isso de contratos, as pessoas faziam um acordo verbal e o mantinham ao longo de décadas de trabalho conjunto. Ele continua: — Ele só estipula que, se você quiser nos deixar antes que a temporada acabe, você nos devolve o dinheiro. — Eu me sinto pertencendo a alguém como nunca antes e odeio aquilo.

— Venha, vou ajudar você a se acomodar. — Ele me guia para fora da casa, colina abaixo, na direção do alojamento. Mantenho meus olhos em um ponto adiante, não olho para trás, na direção de minha antiga casa. Nós nos aproximamos de um velho ginásio e minha garganta se aperta. Um dia minha família treinou aqui. — Eles não estavam mais usando o lugar — explica ele, a voz cheia de desculpas. Mas aquilo fora nosso. Naquele instante, eu me arrependo da barganha que fiz. Trabalhar para outra família circense parece traição.

Herr Neuhoff continua, mas eu paro em frente à porta do ginásio.

— Eu deveria treinar — digo.

— Não precisa começar hoje. Certamente você quer se acomodar.

— Eu deveria treinar — repito. — Se não começar agora, não começarei nunca.

Ele balança a cabeça afirmativamente.

— Muito bem, vou deixá-la em paz. — Enquanto ele se afasta, olho para a base da colina, do outro lado do vale, para o lar de minha família. Como posso permanecer aqui, tão insuportavelmente perto das sombras do passado? Vejo os rostos de meus irmãos. Vou atuar onde eles não podem.

A porta do ginásio range quando a abro. Deixo minha mala no chão, rodando minha aliança no dedo. Há alguns outros poucos artistas espalhados pela quadra. Alguns rostos são vagamente familiares, como se pertencessem a outra vida; outros, nunca vi. Ao fundo da quadra, perto do piano, há um homem alto com um rosto longo e sombrio. Nossos olhos se encontram e, embora não o reconheça de meus anos de circo, parece que nos conhecemos de algum lugar. Ele sustenta meu olhar por vários segundos antes de finalmente se virar.

Inalo o cheiro familiar de palha e estrume, fumaça de cigarro e perfume, não tão diferentes. A grossa resina reveste o interior de minhas narinas e é como se nunca tivesse ido embora.

Tiro a aliança e a coloco no bolso, depois vou me trocar para começar o ensaio.

CAPÍTULO 3

Noa

Claro que não o deixei ali.

Afastei-me da criança, imaginando minha vida como ela era até alguns poucos minutos antes. O caminhão de leite iria embora e eu poderia retornar ao trabalho e fingir que nada daquilo tinha acontecido. Então parei de novo. Não poderia abandonar um bebê indefeso e deixá-lo sozinho ali para morrer, do mesmo modo como certamente morreria no trem. Corri rapidamente até a lata de leite de cheiro azedo e o tirei de lá. Um minuto depois, o motor rosnou e o caminhão seguiu adiante. Apertei mais a criança e ela se aninhou em mim, clemente. Seu calor preencheu meus braços. Naquele segundo, tudo estava bem.

O policial que estava perto do trem gritou algo que não consegui entender. Um segundo guarda apareceu na plataforma da estação, segurando pela coleira um pastor alemão que rosnava. Em meu pânico, sobressaltei-me, e a criança quase escorregou de meus braços. Segurando-a com mais força, rodeei a esquina enquanto eles passavam por mim em direção ao trem. Eles não teriam como perceber que um bebê havia sumido entre tantos outros. No entanto, estavam apontando da porta do vagão de carga, que em minha pressa deixei aberta, para minhas reveladoras pegadas na neve.

Corri desesperadamente para a estação, em direção ao depósito onde eu dormia. No fundo, havia uma escada bamba que levava até o sótão. Ao me esticar para alcançá-la, meu pé se enrolou em um lençol surrado no chão. Balançando a perna para me soltar, comecei a subir a escada. Mas tinha apenas um braço para me segurar e escorreguei do segundo degrau, quase derrubando o bebê, cujo choro soou, ameaçando nos entregar.

Recuperando-me, comecei a subir de novo. As vozes ficavam mais altas, cortadas por um latido nítido. Cheguei ao sótão, um espaço com um teto baixo, cheirando a roedores mortos e mofo. Passei rápido pelo emaranhado de caixas vazias em direção à única janela. Minhas unhas se quebraram quando a abri. Uma lufada de ar gelado me estapeou o rosto. Inclinei-me e pus a cabeça para fora da janela, mas ela era muito pequena. Meus ombros não passavam.

Lá embaixo, ouvia os guardas, que estavam dentro do prédio. Empurrei o bebê rapidamente para fora da janela e o deitei sobre o telhado inclinado, coberto de neve, que pairava sobre a plataforma da estação. Eu o fixei ali, rezando para que não rolasse para baixo ou berrasse por conta do frio em sua pele.

Fechei a janela e desci apressadamente os degraus do sótão, apanhando minha vassoura. Assim que saí do depósito, quase esbarrei em um dos guardas.

— *Guten abend*... — gaguejei, forçando-me a encará-lo. Ele não respondeu, mas me lançou um olhar penetrante.

— *Entschuldigen Sie, bitte.* — Pedindo licença, desviei do guarda, sentindo seus olhos sobre mim, preparando-me para ouvir uma ordem para que parasse. Fui para fora e fingi varrer a neve manchada de carvão da plataforma até ter certeza de que ele não estava me vigiando. Então, corri ao redor da lateral da estação, permanecendo perto da sombra do prédio. Olhei para o telhado baixo, procurando um apoio para subir. Não encontrando nenhum, escalei o cano da calha, o gelo ensopando minha meia-calça rasgada. Quando me aproximei do topo, meus braços queimavam. Estiquei o braço, rezando para que o bebê ainda estivesse lá. Mas meus dedos se fecharam no vazio.

Meu estômago se remexeu. Os alemães o haviam encontrado? Estiquei-me de novo, os braços lutavam para ir mais longe, encontrando um pedaço de tecido. Puxei tentando arrastar a criança para mim. Mas ele rolou por entre meus dedos. Tentei alcançá-lo nervosamente, segurando a ponta da fralda de tecido um segundo antes de ele cair.

Trouxe-o para perto de mim e desci correndo, quase escorregando ao fazer de tudo para me segurar com uma única mão. Por fim, alcancei o chão e enfiei o bebê em segurança dentro do meu casaco. Mas os alemães estavam bem perto, suas vozes próximas e furiosas. Sem ousar ficar ali nem mais um segundo, corri, rachando a maciez da neve com minhas pegadas.

Horas se passaram desde que fugi da estação. Não sei quantas horas, sei apenas que é noite profunda e está nevando de novo, o céu é de um cinza suave. Ou deveria ser, se eu pudesse olhar para cima. A tempestade ficou ainda mais intensa, e pedaços afiados de gelo ferem meus olhos e me forçam a esconder meu queixo mais uma vez. Tomei uma direção para longe das colinas e busquei o abrigo da mata, mas o chão, que parecia plano a distância, é cheio de altos e baixos, desequilibrando minhas pernas. Procuro um caminho mais suave, que passa perto demais dos limites da floresta. Dou uma olhadela nervosa para a estrada estreita que segue paralela às árvores. Até o momento, graças a Deus, ela permaneceu deserta.

No infindável cobertor branco, imagino nossa pequena fazenda, perto da costa holandesa, o ar grosso de sal, esfriado pelo mar do Norte, onde vivia apenas com meus pais. Embora tenhamos sido poupados dos ataques aéreos que transformaram Rotterdam em ruínas, a ocupação veio com toda força. Os alemães se concentraram em defender as cidades costeiras, pondo minas nas praias, nas quais não podíamos mais caminhar, e aquartelaram soldados em toda parte — foi assim que conheci aquele que seria pai do meu bebê.

Ele não me forçara. Se tivesse feito isso, ou se eu tivesse fingido que o fizera, meus pais poderiam ter sido mais clementes. Ele nem ao menos tentara, ao longo das duas semanas em que ficou em nossa fazenda, embora eu pudesse dizer, pelos longos olhares através da mesa, que ele me queria. Sua figura alta e de ombros largos era grande demais para o espaço apertado da casa de campo, uma mobília que não se encaixava. Todos nós suspiramos aliviados quando ele foi removido para um novo alojamento. Mas ele voltou, trazendo meia dúzia de ovos frescos, do tipo que não víamos desde antes da guerra, e depois chocolate, para nos agradecer. Eu estava preocupada, a guerra se estendia desde os meus doze anos, levando com ela todas as danças e coisas normais que eu deveria ter conhecido na adolescência. Com o soldado, que não era muito mais que um garoto também, pela primeira vez pareceu que eu estava me dando bem.

Então, quando ele veio até mim à noite, entrando furtivamente pela porta dos fundos e caindo em minha cama estreita e fria, eu me sentira escolhida, e excitada a seu toque, um homem tão mais seguro do que os garotos atrapalhados que conhecera na escola. Não vi o uniforme, com a mesma insígnia usada pelos soldados que levaram embora Steffi Klein. Ele era apenas um soldado que fora recrutado pelo exército. Não era um deles. Minhas lembranças de nossa única noite juntos são confusas, como um sonho quase esquecido de desejo e depois dor, que fez com que eu mesma tapasse minha boca para que meus pais não me ouvissem gritar. Acabou rápido, deixando-me com uma vontade que não havia sido inteiramente satisfeita e uma sensação de que deveria ter sido mais especial.

Então ele foi embora. O alemão não voltou mais e, dois dias depois, ouvi que sua unidade havia sido deslocada. Soube então que cometera um erro. Apenas cerca de um mês mais tarde foi que compreendi o quão sério havia sido o erro.

O fim veio sem aviso em um dia de primavera mais quente que os demais. O sol da manhã banhava nossa aldeia de Scheveningen, à beira-mar, e gaivotas chamavam umas às outras acima da enseada. Deitada em minha cama, era quase possível esquecer a guerra por alguns minutos.

Então a porta do meu quarto se abriu e a verdade emanava dos olhos arregalados do meu pai.

— Fora!

Eu o fitei sem acreditar. Como ele poderia ter sabido? Eu não contara a ninguém. Não esperava ser capaz de manter o segredo para sempre, mas certamente por mais um mês, mais ou menos, tempo suficiente para descobrir o que fazer. Mamãe, que entrara quando eu estava me vestindo, alguns dias antes, deve ter visto a leve curva de minha barriga. O resto, o tempo em que o alemão estivera conosco, não teria sido muito difícil de adivinhar.

Papai era um holandês orgulhoso e firme, cujo coxear provava que estivera na Primeira Guerra. Meu caso com o alemão era a maior das traições. Sem dúvida, ele não estava querendo dizer que eu, sua única filha e com apenas dezesseis anos, devia sair de casa. Mas o mesmo homem que um dia amarrara minhas botas e me carregara nos ombros estava abrindo a porta para que eu a atravessasse pela última vez.

Eu me preparei para que ele me batesse ou ralhasse com mais rispidez comigo, mas ele simplesmente apontou para a porta.

— Vá.

Seus olhos não se encontraram com os meus.

— Não! — gritou mamãe enquanto eu saía. Mas não havia força em sua voz. Quando ela correu atrás de mim, meu coração deu um salto. Talvez, só daquela vez, ela o enfrentasse e lutasse por mim. Em vez disso, apenas colocou na palma da minha mão o dinheiro que ela havia guardado. Esperei que ela me abraçasse.

Não me abraçou.

Uma buzina dá um apito longo e baixo a distância. Escondo-me atrás de uma árvore quando um trem aparece da mesma direção de onde eu viera, serpenteando por um caminho, através do campo branco. Ainda que não possa ter certeza a distância, há um vagão que se parece exatamente com aquele de onde tirei o bebê. Dirigindo-se para o Leste, como os outros trens de judeus. Bebês roubados, como o meu mesmo havia sido, mas de famílias com dois pais que os amavam e queriam. Abafando o choro, afasto-me das árvores, querendo correr atrás do trem e pegar outras crianças como fiz com esta. Mas o corpo do bebê afunda quente e pesado em meus braços, a única vida que salvei.

Salvei, ao menos até agora. Atrás do trem que se afasta, o céu está ficando de um cinza menos carregado para o lado leste. O crepúsculo logo chegará e nós ainda estamos muito perto da estação. A polícia pode chegar a qualquer momento. A neve cai pesada, encharcando meu fino casaco e alcançando a criança debaixo dele. Temos que continuar seguindo em frente, enfio-me mais na mata, escondida. O ar ainda guarda aquele silêncio que só a neve é capaz de trazer. Meus pés tornaram-se tijolos enregelados, minhas pernas estão cansadas. Estou fraca pelo pouco que comi nos meses que passei na estação e minha boca está seca de sede. Não há nada para além das árvores a não ser o branco infinito. Tento me lembrar da viagem que fiz meses antes para a casa destinada a receber meninas grávidas, para calcular quão longe fica a próxima vila. Mas, mesmo que consigamos chegar até lá, ninguém vai arriscar a própria vida para nos abrigar.

Troco o bebê de um quadril para o outro, espanando a neve de sua testa. Quanto tempo faz que ele comeu pela última vez? Ele não se mexeu nem chorou desde que nós deixamos a estação e eu me pergunto se ainda está respirando. Apressadamente, desvio até um espesso aglomerado de árvores e afrouxo sua fralda um pouco mais, mantendo-o perto para aquecê-lo. Seus olhos estão fechados e ele está dormindo — pelo menos é o que espero. Seus lábios estão rachados e sangrando, desidratados, mas seu peito sobe e desce em um ritmo estável. Seus pés nus são como pequenos tijolos de gelo.

Vasculho a floresta desesperadamente, lembrando dos outros bebês no trem, a maioria já morta. Eu deveria ter pegado algumas de suas roupas para a criança. O pensamento me repugna. Desabotoo meu casado e minha blusa, fazendo um esgar para a borrifada de gelo e neve que bate em minha pele. Seguro o bebê contra o peito, desejando que um pouco do fino líquido cinza que espremi para aliviar meu desconforto quase quatro meses atrás apareça em pequenas gotas. Mas meus movimentos são desastrados, ninguém me ensinou a amamentar, e o bebê é muito pequeno para agarrar o bico. Meus seios doem com o anseio, mas nada sai. Meu leite se foi, secou. Depois que dei à luz, a enfermeira me disse que haveria mulheres que pagariam pelo leite. Abanei a cabeça, não importava o quanto precisasse do dinheiro, mas não queria que aquilo também fosse tirado de mim. Sem meu filho, estava desesperada para que tudo acabasse o mais depressa possível.

Meu filho. Uma parte de mim deseja que eu não tivesse segurado meu bebê aquela única vez, que meus braços não tivessem memorizado o formato de seu corpo e de sua cabeça. Talvez assim meus braços não doessem a cada segundo. Uma vez, parei para pensar como o teria chamado. Mas, enquanto os nomes apareciam em minha mente, era como se uma dor aguda me corroesse e eu reprimi o pensamento. Pergunto-me qual deve ser o nome dele, rezando para que tenha ficado com pessoas que tivessem carinho suficiente para lhe dar um nome realmente bom e forte.

Afastando pensamentos sobre meu próprio filho, estudo o bebê em meus braços. Seu rosto é um pouco quadrado, com as bochechas redondas e cheias. O formato é distinto e eu sei que há uma família por aí — por favor, que ela ainda esteja por aí — com rostos exatamente do mesmo formato.

Algo estala atrás de mim, na distância, além das árvores. Eu me viro, apertando os olhos para ver através da neve que cai, mas o caminho que seguimos é obscurecido por um emaranhado de galhos e arbustos. Meu coração bate mais forte. Pode ser o motor de um carro. Embora estejamos bem escondidos pelas árvores, a estrada não fica longe do início da mata. Se a polícia nos seguiu, minhas pegadas na neve iriam facilmente guiá-la até aqui. Seguro a respiração, sentindo-me como um animal caçado enquanto apuro os ouvidos para tentar escutar no silêncio vozes ou outros sons. Nada, ao menos por enquanto.

Fechando meu casaco, aperto o passo através das árvores. Seguro o bebê desajeitadamente em um braço, usando o outro para tirar do caminho galhos baixos à frente. A neve balança neles e cai no colarinho do meu casaco, gelada e molhada. Meus pés, ensopados dentro das botas remendadas de segunda mão, começam a doer.

O bebê fica mais pesado a cada passo. Diminuo a velocidade, respirando pesadamente, então estico o braço para apanhar uma mão cheia de neve e diminuir a secura de minha boca, sentindo o frio que queima minha pele através dos buracos de minha luva. Eu me endireito, quase derrubando a criança. Estaria ela com sede? Eu me pergunto se dar um pouco de neve para ela ajudará ou tornará as coisas piores. Segurando-o em um braço, sinto-me repentinamente desamparada. Há tanta coisa que eu desconheço. Sem contar aqueles segundos fugidios depois de ter dado à luz, jamais segurara uma criança, muito menos cuidara de uma. Quero colocá-la no chão. Com as mãos livres, talvez consiga chegar à próxima aldeia. Ela teria morrido mesmo naquele vagão de trem. Isto seria muito pior?

A mão do bebê, que não é maior do que uma noz, levanta-se, procurando pelo meu dedo e o segurando com força. O que ele pensa quando olha para cima e vê um rosto diferente daquele que conhecera desde o nascimento? Ele tem quase exatamente a mesma idade que meu filho teria. Imagino uma mãe cujas cicatrizes ainda doem como as minhas. Olhando para esta criança, meu coração se abre. Ela já teve um nome. Como poderia uma criança jovem demais para saber o próprio nome jamais ter esperanças de encontrar seus pais? Quero que ele respire, que continue vivo até que possamos encontrar abrigo.

Aconchego sua cabeça gentilmente antes de cobri-la outra vez. Então, redobrando meus esforços, avanço. Mas o vento fica mais forte, açoitando os galhos cobertos de neve sobre mim e tornando mais difícil respirar. Ter parado uma segunda vez foi um erro. Não há abrigo além da estação de trem por muitos quilômetros. Se ficarmos aqui, vamos morrer, tão certo quanto o fato de que a criança morreria naquele trem.

— Não posso fazer isso! — grito alto, esquecendo em meu desespero que não devo ser ouvida.

O vento uiva ainda mais alto como resposta.

Tento andar para a frente de novo. Meus dedos dos pés ficaram dormentes, os pés parecem feitos de chumbo. A cada passo, enfrentar o vento fica mais difícil. A neve se transforma em chuva com gelo, formando uma camada sobre nós. O mundo ao nosso redor ficou estranhamente cinza. Os olhos da criança estão fechados, e ela está resignada ao destino que já era o seu. Dou um passo para frente, tropeço e me levanto de novo.

— Desculpe — digo, sem conseguir segurá-lo por mais tempo. Então caio para a frente e tudo se torna negro.

CAPÍTULO 4
Astrid

O rangido de uma maçaneta girando, mãos pressionadas contra a madeira dura. No princípio, parecem parte de um sonho que não consigo entender.

Os sons retornam, porém, mais altos, seguidos da raspadela da porta se abrindo. Luto para me sentar. Um terror agudo perpassa meu corpo. Nos quinze meses desde meu retorno, se tornou comum a Gestapo ou a polícia local, que faz o trabalho por aqui, fazerem inspeções sem aviso. Ainda não me notaram, nem perguntaram pelo *ausweis* que Herr Neuhoff conseguira para mim, o cartão de identificação que temo não ser bom o suficiente. Minha reputação como artista é uma benção e uma maldição em Darmstadt, dando-me os meios para sobreviver, mas, ao mesmo tempo, fazendo de minha falsa identidade uma fina capa exterior, impossível de manter. Então, quando os inspetores vêm, desapareço no fundo de um dos vagões cobertos de lona ou, se não tiver tempo, na mata. Mas aqui no alojamento do Peter, com sua única porta e sem porão, estou encurralada.

Uma voz grossa de homem corta a escuridão.

— Sou só eu. — As mãos de Peter, que eu sinto com tanta frequência nesses últimos meses, acordando-me de sonhos do passado que não quero deixar para trás, acaricia minhas costas gentilmente. — Alguém foi encontrado na floresta.

Giro sobre o corpo.

— Quem encontrou? Você? — pergunto. Peter quase não dorme e costuma andar de noite, rondando os campos como um coiote inquieto, mesmo nas noites mais frias do inverno. Levanto o braço para tocar sua bochecha coberta por uma barba de dois dias, percebendo com preocupação as olheiras que deixam seu rosto mais sombrio.

— Eu estava perto do riacho — replica ele. — Achei que fosse um animal ferido. — Seu sotaque russo está intocado pelo tempo, como se tivesse deixado Leningrado há semanas, e não anos atrás.

— Então, claro, você se aproximou — digo, minha voz cheia de censura. Eu teria ido para o lado contrário.

— Sim. — Ele ajuda a me levantar. — Eles não estavam conscientes, então eu os carreguei até aqui. — Seu hálito cheira um pouco a bebida tomada muito recentemente, ainda está fresco.

— Eles? — repito, a palavra agora formando uma pergunta.

— Uma mulher. — Um pouco de ciúme atravessa meu corpo quando o imagino segurando outra pessoa. — Também havia uma criança. — Ele saca um cigarro enrolado à mão do bolso.

Uma mulher e uma criança, sozinhos na mata à noite. Isso é esquisito, mesmo para quem é do circo. Nada de bom pode vir de acontecimentos estranhos — ou de pessoas estranhas.

Visto-me apressadamente e ponho o casaco. Abaixo da lapela, posso sentir o contorno malfeito e linhas descosturadas onde a estrela amarela fora cerzida. Sigo Peter pela noite fria, enfiando meu queixo no casaco por conta do vento mordaz. Sua choupana é uma entre meia dúzia espalhadas pelo vale de declive suave, acomodações próprias reservadas aos mais velhos e talentosos artistas. Embora minha residência oficial seja no alojamento, um prédio comprido afastado, onde a maioria das outras garotas dorme, ficar com Peter rapidamente transformara-se na norma. Vou e volto, à noite e antes do amanhecer, fingindo não ter pretensão nenhuma.

Quando voltei a Darmstadt, pretendera ficar até Herr Neuhoff encontrar um trapezista substituto e eu descobrir um lugar aonde ir. Mas a combinação funcionou e me preparei para seguir o circo na estrada naquele primeiro ano, enfraquecendo meu desejo de partir. E conheci Peter, que havia entrado para o Circo Neuhoff durante os anos em que eu estivera ausente. Ele é um palhaço, embora não seja o tipo de bufão que pessoas de fora do circo normalmente associam ao título. Suas atuações são originais e elaboradas, e combinam comédia, sátira e ironia com uma destreza que mesmo eu jamais vira.

Não esperava ficar com outra pessoa de novo, muito menos me apaixonar. Peter é dez anos mais velho e diferente do resto dos artistas. Nasceu na aristocracia russa quando ainda havia uma; alguns diziam que ele era primo do czar Nicolau. Em outra vida, jamais teríamos nos encontrado. O circo é um grande equalizador, no entanto; não importa classe, raça ou origem, estamos todos aqui, julgados apenas pelo talento. Peter lutou na Primeira Guerra. Não sofreu ferimentos graves, ao menos nenhum visível, mas há nele uma espécie de melancolia que sugere que nunca se recuperou. Sua tristeza ressoou em mim e fomos atraídos um pelo outro.

Caminho em direção ao alojamento das mulheres. Peter abana a cabeça e me guia em uma direção diferente.

— Por aqui. — A chama do cigarro acende como uma tocha quando ele traga.

Os recém-chegados estão na casa de Herr Neuhoff — algo também bastante incomum.

— Eles não podem ficar aqui — sussurro, mas não há ninguém perto que possa ouvir.

— Claro que não — responde Peter. — É apenas um abrigo temporário, para que não morram com a tempestade. — Sua sombra se agiganta sobre mim. Não é apenas a dor de Peter que faz sua grandeza como palhaço tão improvável. Ele me disse um dia que na primeira vez que tentou entrar para um circo, fora mandado embora, disseram que era muito alto para ser um palhaço. Então foi estudar em um teatro de Kiev, desenvolveu uma personagem irônica que combinava com suas feições rabugentas e as pernas longas, e fora de circo em circo, ganhando fama com sua performance. As palhaçadas de Peter, que costumam apresentar um bem-humorado desprezo pela autoridade, são muito conhecidas. Durante os anos da guerra, seu número se tornou mais cáustico e seu ódio pela guerra e pelo fascismo menos velado. Enquanto crescia sua reputação pela ousada irreverência, também o público aumentava.

Ele abre a porta da mansão, onde estive por ocasião da festa de férias que Herr Neuhoff organiza para todo o circo a cada dezembro e algumas outras vezes desde meu retorno. Entramos sem bater. Do topo da escada, Herr Neuhoff gesticula para dizer que deveríamos nos juntar a ele. Em um dos quartos de visita, uma garota com longos cabelos louros dorme numa cama de mogno com dossel. Sua pele pálida é quase translúcida sobre os lençóis vinho.

Na mesa baixa ao lado dela, um bebê está deitado em um berço improvisado. Moisés no Nilo, observando-nos com olhos negros e interessados. A criança não deve ter mais que alguns meses de idade, suponho, embora não tenha experiência com esse tipo de coisa. Tem longos cílios e bochechas arredondadas, raras nesses dias de privações. Lindo, mas não são todos lindos nessa idade?

Herr Neuhoff indica a criança com a cabeça.

— Antes de desmaiar, ela disse que ele é seu irmão.

Um garoto.

— Mas de onde eles vieram? — pergunto. Herr Neuhoff apenas dá de ombros.

A garota dorme profundamente. Com a consciência tranquila, minha mãe diria. Ela tem tranças grossas e louras, como uma garota de um conto de Hans Christian Andersen. Poderia fazer parte da Bund Deutscher Mädel, a Liga das Jovens Alemãs, passeando pela Alexanderplatz de braços dados, cantando músicas vis sobre a pátria e matando judeus. Peter a descrevera como uma mulher, mas ela não teria mais que dezessete anos. Eu me sinto tão velha e cansada na frente dela.

A garota se mexe. Seus braços se esticam, procurando o bebê com um gesto. Sei perfeitamente pela experiência que tenho com meus próprios sonhos. Então, sentindo o vazio, começa a se agitar.

Observando o desespero dela, as palavras percorrem minha cabeça: *ele não é irmão dela, não mesmo.*

Herr Neuhoff ergue a criança e a põe nos braços da jovem mulher, e ela se acalma na mesma hora.

— *Waar ben ik?* — Holandês. Ela pisca os olhos, depois repete a pergunta em alemão: *Onde estou?* Sua voz é fraca, trêmula.

— Darmstadt — replica Herr Neuhoff. Seu rosto indica que ela não reconhece o nome. Ela não é dessas bandas. — Você está com o Circo Neuhoff.

Ela pisca os olhos.

— Um circo.

Embora para nós pareça bastante natural — por mais da metade da minha vida aquilo era tudo para mim — para ela deve soar como se estivesse fazendo parte de um conto fantástico. Um show de horrores. Eu me armo, instantaneamente voltando a ser a garota na defensiva, encarando os olhares no pátio da escola. Joguem-na de volta na neve, se não somos bons o suficiente para ela.

— Quantos anos você tem, criança? — pergunta gentilmente Herr Neuhoff.

— Vou fazer dezessete no mês que vem. Fugi da casa de meu pai — diz ela, seu alemão mais suave agora. — Sou Noa Weil e este é meu irmão. — Suas palavras saem com muita rapidez, respondendo perguntas que ninguém formulou.

— Qual é o nome dele? — pergunto.

Um momento de hesitação.

— Theo. Somos da costa da Holanda — diz ela fazendo outra pausa. — As coisas estavam muito ruins. Meu pai bebia e batia na gente. Mamãe morreu dando à luz. Então peguei meu irmão e parti. — O que ela está fazendo aqui, centenas de quilômetros longe de casa? Ninguém, agora, sairia da Holanda para vir à Alemanha. A história não faz sentido. Espero que Herr Neuhoff pergunte se ela tem documentos.

A garota perscruta o rosto da criança com olhos irrequietos.

— Ele está bem?

— Sim, comeu bem antes de pegar no sono — reassegura Herr Neuhoff.

A testa da garota se enruga.

— Comeu?

— Ou melhor, bebeu — corrige-se Herr Neuhoff. — Uma fórmula que nosso cozinheiro fez com açúcar e mel. — Certamente a garota saberia disso se estivesse cuidando do bebê.

Dou um passo atrás até Peter, que está recostado na cadeira que fica perto da porta.

— Ela está mentindo — digo em voz baixa. A tola provavelmente ficou grávida. Não se fala dessas coisas, no entanto.

Peter dá de ombros, imparcial.

— Ela deve ter suas razões para fugir. Todos nós temos.

— Você é bem-vinda aqui — diz Herr Neuhoff. Eu o fito, pasma. O que ele está pensando? Ele continua: — Você terá que trabalhar, claro, quando melhorar.

— Claro. — A garota se senta, enrijecendo a coluna com a sugestão de que pudesse estar esperando caridade. — Sei faxinar e cozinhar. — Zombo da ingenuidade dela, imaginando-a na cozinha, fazendo panquecas e descascando batatas às centenas.

Herr Neuhoff abana a mão.

— Cozinheiros e faxineiros nós temos. Não, seria desperdiçar sua beleza. Quero que você atue. — Peter me lança um olhar confuso. Novos artistas são recrutados por toda a Europa e as vagas são concorridas e duramente disputadas, possíveis apenas a quem dedicou uma vida ao treinamento. Não se acha simplesmente um talento na rua, ou na floresta. Herr Neuhoff sabe disso. Ele se vira para mim.

— Você precisa de uma nova trapezista, não? — Por sobre os ombros dele, os olhos da garota se arregalam.

Eu hesito. No passado, o número deve ter tido uma dúzia de acrobatas ou mais, dando saltos paralelos ou cambalhotas, passando um pelo outro no ar. Mas só temos três agora e, desde meu retorno, eu fora reduzida a fazer *corde lisse* e faixa.

— Claro, mas ela nunca atuou. Não posso simplesmente ensiná-la a voar no trapézio. Talvez ela pudesse montar a cavalo ou vender programas do espetáculo. — Há uma dúzia de trabalhos mais fáceis que ela pode fazer. O que faz Herr Neuhoff pensar que ela pode atuar? Normalmente, consigo descobrir talento a um quilômetro de distância. Nela, não vejo nada. Ele está tentando transformar um pato em cisne e este plano está fadado ao fracasso.

— Não temos tempo de achar outro acrobata aéreo antes de cairmos na estrada — responde Herr Neuhoff. — Ela tem o visual certo. Temos quase seis semanas antes de sairmos em turnê. — Ele não me olha enquanto diz isso. Seis semanas são um piscar de olhos comparadas com a vida de treinamento que o resto de nós encaramos. Ele está me pedindo para realizar o impossível e sabe disso.

— Ela é muito corpulenta para ser uma acrobata aérea — digo analisando criticamente o corpo dela. Mesmo debaixo do edredom, ele é arredondado ao redor dos quadris e coxas. Ela é fraca, gorda, com uma inocência que sugere que nunca conheceu trabalho árduo. Não teria sobrevivido à noite na neve se Peter não a tivesse encontrado. E não vai durar uma semana aqui.

Ouvindo passos, viro-me. O filho de Herr Neuhoff, Emmet, observa à entrada da porta, a boca pastosa se curvando, enquanto analisa nossa discordância. Ele sempre fora uma criança esquisita, fazendo brincadeiras maliciosas e se metendo em encrencas.

— Você não quer ser ofuscada, não é? — diz ele para mim, cheio de sarcasmo.

Desvio os olhos, ignorando-o. A garota é mais bonita que eu, tenho que admitir, comparando-a comigo, da forma como todas as mulheres fazem. Mas beleza não vai levá-la muito longe aqui. No circo, o que importa é o talento e a experiência, os quais ela não tem.

— Ela não pode ficar — diz Peter da cadeira. A violência de sua voz me sobressalta. Herr Neuhoff é um homem afável, mas o circo é dele e mesmo as estrelas como Peter não ousam discordar abertamente. — Digo, quando ela estiver bem, terá de ir embora — esclarece.

— Para onde? — exige Herr Neuhoff.

— Não sei — admite Peter. — Mas como ela pode ficar? Uma garota com um bebê, as pessoas vão fazer perguntas. — Ele está pensando em mim, no escrutínio e perigo que eles podem me trazer. Embora minha identidade e passado fossem discretamente conhecidos entre o pessoal do circo, vínhamos conseguindo sustentar a mentira com os de fora, ao menos até o momento. — Não podemos arriscar atrair atenção.

— Isso não será um problema se ela fizer parte do espetáculo — contradiz Herr Neuhoff. — Artistas entram em circos o tempo todo.

Costumava ser assim, corrijo em minha cabeça. Vários novos artistas começaram a trabalhar em circos ao longo dos anos — já tivemos um treinador de animais sérvio, um malabarista da China. Mas tudo ficara mais difícil nos últimos anos. Atualmente, simplesmente não havia dinheiro para trazer mais artistas.

— Uma prima de um dos outros circos — sugere Herr Neuhoff, desfiando seu plano. Nossos próprios artistas saberiam a verdade, mas a história poderia satisfazer os trabalhadores sazonais. — Se ela estiver completamente pronta para atuar, ninguém vai perceber — acrescenta ele. É verdade que a plateia não prestaria atenção; o público vinha fielmente a cada ano, mas eles não viam a pessoa por trás do artista.

— É muito gentil de sua parte me oferecer um lugar para ficar — interpõe a garota. Ela se esforça para se levantar da cama sem largar o bebê, mas o esforço parece deixá-la sem fôlego e ela se recosta mais uma vez. — Mas nós não queremos ser um fardo. Assim que tivermos descansado e o tempo melhorar, seguiremos nosso caminho. — Posso ver o pânico nos olhos dela. Eles não têm aonde ir.

Sentindo-me vingada, viro-me para Herr Neuhoff.

— Viu? Ela não pode atuar.

— Eu não disse isso. — A garota se endireita de novo, erguendo o queixo. — Sou uma trabalhadora esforçada e tenho certeza de que, com treino suficiente, eu consigo. — De repente, ela parece ansiosa para provar ser capaz quando, um minuto antes, nem ao menos quisera tentar, um tipo de rebeldia que eu reconhecia em mim mesma. Pergunto-me se ela ao menos sabe em que está se metendo.

— Mas não há como deixá-la pronta para atuar — repito, procurando outro argumento para persuadi-lo de que aquilo não vai funcionar.

— Você consegue, Astrid. — Há um novo vigor nas palavras de Herr Neuhoff. Ele para a um passo de dar uma ordem, preferindo que eu concorde por vontade própria. — Você encontrou abrigo aqui. Você precisa fazer isso. — Os olhos dele ardem sobre mim. Então é assim que vou pagar meu débito. O circo todo se arriscou para me esconder, agora devo fazer o mesmo por essa estranha. O rosto dele se suaviza. — Dois inocentes. Se não os ajudarmos, eles vão certamente morrer. Não quero ter isso em minha consciência. — Ele não podia mandar a garota e o bebê embora, do mesmo jeito que não o fizera comigo.

Meu olhar recai sobre o de Peter e ele abre a boca para protestar mais uma vez, dizendo que arriscaríamos tudo. Mas então a fecha, sabendo como eu que discutir mais não vai adiantar.

— Ótimo — digo por fim. Mas há limites para o que Herr Neuhoff pode exigir de mim. — Seis semanas — digo. — Tentarei deixá-la preparada a tempo de sairmos em turnê. Mas, se não conseguir, então ela deve ir embora. — Jamais o enfrentara daquela maneira e, por um segundo, é como se fôssemos iguais de novo. Mas aqueles dias ficaram no passado. Meus olhos encontram os dele e faço o possível para não piscar.

— Combinado — ele cede, para minha surpresa.

— Começamos amanhã ao amanhecer — pronuncio. Seis semanas ou seis anos não fariam diferença, aquela garota não seria capaz de atuar. Ela me observa atentamente e eu espero pelo protesto. Mas ela se mantém calada, um traço de gratidão em seus grandes olhos temerosos.

— Mas ela quase morreu congelada — protesta Herr Neuhoff. — E está exausta. Precisa de tempo para se recuperar.

— Amanhã — insisto. Ela vai fracassar e nós nos livraremos dela.

CAPÍTULO 5

Noa

Ela vem me buscar antes do amanhecer.

Já estou acordada, usando um roupão que não é meu. Momentos antes, levantei-me, trêmula. Sonhei que voltava ao vagão na estação pela segunda vez, não apenas para salvar mais bebês, mas porque sabia, de alguma maneira, que meu filho estava entre eles. Mas quando abri a porta do vagão, estava vazio. Estiquei o braço para dentro da escuridão e soltei um grito agudo quando minhas mãos se fecharam no nada.

Acordei do sonho, torcendo para não ter gritado alto demais e assustado as outras pessoas daquela casa estranha. Batalhei para fechar os olhos novamente. Tinha que voltar e salvar meu filho. Mas a imagem se esvaneceu.

Quando minha tremedeira diminuiu, procurei o bebê, que dormia tranquilo ao lado da cama, na cesta que haviam transformado em berço. Puxei-o para mim, e seu calor me tranquilizou. Meus olhos se acostumaram à escuridão do quarto quieto, parcialmente iluminado pelo luar que se infiltrava por entre as cortinas, fechadas apenas por cordões entrelaçados. Um fogo baixo ardia a um canto. Os móveis elegantes eram mais finos do que qualquer outro que já vira. Lembrei-me dos rostos estranhos reunidos quando acordei no dia anterior, o rotundo dono do circo, a mulher que olhava para mim com tanta aversão e o homem de rosto comprido que sentara em uma cadeira, observando, como se fossem personagens de uma história que minha mãe lia para mim quando eu era pequena. O circo, eles disseram... é difícil acreditar que esse mundo ainda existe, mesmo durante a guerra. Talvez ficasse menos surpresa se tivesse acordado na lua. Só fui ao circo uma vez, quando tinha três anos, e chorei com o brilho das luzes e barulhos altos, até que meu pai me levou para fora da lona. E, agora, aqui estou eu. É estranho, mas não mais do que encontrar um vagão cheio de bebês, ou que qualquer outra das coisas que me aconteceram desde que saí de casa.

Dou uma olhada no bebê, de banho recém-tomado e aconchegado em meus braços. Theo, dei-lhe o nome sem pensar, quando perguntaram. Não sei de onde saiu. Ele dorme sobre a dobra do meu braço, e me mantenho imóvel para não o perturbar. Seu rosto está plácido, as bochechas rosadas. Onde ele dormia antes de ser jogado naquele trem? Imagino um berço quentinho, mãos que o acariciavam para acalentá-lo. Rezo para que meu filho esteja dormindo em um lugar seguro assim.

Na noite anterior, eles falavam sobre mim como se eu não estivesse presente.

— Ela tem uma aparência circense, não acham? — dissera o dono do circo quando meus olhos se fecharam e pensavam que eu não estava ouvindo. Eles me analisavam como a um cavalo que estivessem prestes a comprar. Eu queria me levantar e dizer que não, muito obrigada, pegar o bebê e sair andando com ele noite afora. Mas os ventos furiosos ainda uivavam e, através da janela, as colinas eram um contínuo mar branco. Se saísse com Theo de novo, não conseguiríamos alcançar outro abrigo. Então os deixei falarem de mim. No entanto, não pertencemos a este lugar. Vamos ficar o tempo suficiente para guardar algum dinheiro e depois ir embora. Aonde vamos exatamente, não sei.

— Vamos lhe pagar dez marcos por semana — disse o dono do circo. Parecia pouco, mas não a ponto de ele estar se aproveitando da situação. Deveria ter pedido mais? Talvez fosse uma soma generosa para alguém que nunca atuara. Sei tão pouco sobre dinheiro, e não estou lá muito em condições de barganhar.

Depois que o pessoal do circo parou de falar a meu respeito, deixou o quarto e eu caí no sono. Acordara uma vez e encontrara o caminho do banheiro no escuro. Algumas vezes, ouvi estrondos a distância, pareciam ecoar das colinas. Ataques aéreos, talvez, como os que escutara tantas vezes na estação de trem. Mas não estavam tão próximos para causar alarme.

Ninguém viera ao quarto de novo, até agora. Ouvindo passos no corredor, levanto cuidadosamente da cama para não acordar Theo, querendo abrir a porta antes que alguém bata. A mulher a quem chamaram de Astrid, aquela que me observava com tanto desdém na noite passada, está de pé diante de mim, na semiescuridão, o luar atrás dela lhe emprestando um estranho brilho. Seu cabelo é muito preto e curto, abaixo da orelha, e faz cachos nas pontas, enquadrando seu rosto. Não usa joias, exceto um par de brincos de ouro, com uma pequena gema carmim. Ela tem uma beleza exótica, com feições muito amplas numa harmonia perfeita. Não sorri.

— Você já dormiu demais — declara, sem saudações ou apresentações. — É hora de levantar e começar o trabalho. — Atira um collant de corpo inteiro em minha direção, desbotado e remendado nos dedos dos pés. — Vista isso. — Não tenho ideia de onde estão minhas próprias roupas, ensopadas e esfarrapadas. Espero que ela saia para poder me trocar, mas ela simplesmente se vira um pouco. — Não podemos perder nem um dia. Vou treiná-la, ou pelo menos tentar. Acho que você não consegue mas se conseguir, vai poder viajar conosco.

— Treinar para fazer o que, exatamente? — pergunto, arrependida por não ter feito a pergunta na noite anterior, antes de dizer que conseguiria.

— Aprender a voar no trapézio — responde ela.

Eu os ouvira debater o assunto na noite anterior. Eles usaram as palavras "acrobata aéreo", lembro agora. Com a cabeça anuviada de cansaço, eu não entendi o que aquilo significava. Agora, o absurdo da proposta desaba sobre mim: eles querem que eu suba até o teto e arrisque minha vida me balançando como um macaco. Não estou presa aqui. Não preciso fazer isso.

— É muita gentileza sua, mas acho que... — Não quero ofendê-la. — Não há jeito de eu conseguir fazer isso. Posso fazer faxina ou talvez cozinhar — ofereço, como fizera na noite anterior.

— Herr Neuhoff é dono do circo — informa ela. — É o que ele quer. — A dicção dela é polida, como se não fosse daquelas bandas. — Claro, se você não consegue fazer, tem um tio rico disposto a recebê-la em casa? — Apesar do tom ser sarcástico, ela tem razão. Não posso voltar à estação, onde, a essa altura, o bebê e eu fomos dados por desaparecidos. Sozinha, talvez conseguisse continuar correndo. Mas o frio amargo quase nos matou. Não escaparíamos uma segunda vez.

Mordo o lábio.

— Vou tentar. Duas semanas. — Duas semanas me darão tempo para ficar mais forte e encontrar um lugar para Theo e eu irmos. Não vamos, claro, permanecer no circo.

— Nós iríamos lhe dar seis. — Ela dá de ombros, sem parecer dar importância. — Vamos. — Visto o *collant* com o máximo de recato possível, por baixo do roupão.

— Espere — hesito, olhando para Theo, que ainda dorme na cama.

— Seu *irmão* — diz ela, enfatizando a segunda palavra. — Theo, não é?

— É.

Ela hesita por um instante, observando-me. Então pega o bebê. Luto contra o anseio de protestar, a ideia de que qualquer outra pessoa possa segurá-lo é insuportável. Ela o coloca no berço improvisado.

— Pedi à empregada, Greta, para subir e tomar conta dele.

— Ele está com cólica — digo.

— Greta criou oito filhos. Vai saber o que fazer.

Ainda assim, hesito. É mais do que o cuidado com Theo o que me preocupa: se a criada trocar a fralda dele, vai saber que é judeu. Então percebo que ele está de roupa limpa e me dou conta de que é tarde demais. Alguém já sabe a verdade sobre sua identidade.

Sigo Astrid escada abaixo pela escuridão da casa, o ar bolorento e com cheiro de queimado. Então calço minhas botas ainda úmidas, que estão diante da porta. Astrid me entrega meu casaco, e reparo que ela não está vestindo um. Sua figura é impecável, pernas magras que contradizem sua força, e uma cintura perfeitamente fina, como a que eu tinha antes do bebê nascer. Ela é mais baixa do que pensei no dia anterior. Mas seu corpo é como uma estátua, linhas elegantes que pareciam ter sido esculpidas em granito.

Do lado de fora, atravessamos o campo silenciosamente, e nossos passos estalam sobre o gelo. Mas o ar está seco e mais suave. Se ontem estivesse assim! Teria conseguido ir mais longe na mata sem desmaiar. O luar brilha intensamente sobre nós. O céu noturno está cheio de estrelas e, por um segundo, imagino que cada uma delas é para um dos bebês do trem. Em algum lugar, se eles ainda vivem, os pais de Theo estão se perguntando onde está seu filho, corações gritando de angústia, exatamente como o meu. Olho para o céu e envio a eles uma prece silenciosa, desejando que saibam que seu filho está vivo.

Astrid destranca a porta do grande prédio. Ela aperta um interruptor e luzes piscam sobre nossas cabeças. Dentro, o ginásio é decrépito e cheira a suor, com esteiras podres a um canto. É velho e encardido, muito distante do glamour e brilho que sempre associei ao circo.

— Tire seu casaco — instrui ela, aproximando-se. Seu braço nu roça o meu. Minha pele branca está marcada por milhares de sinais e cicatrizes, mas a de Astrid é uma tela lisa e contínua da cor de azeitona, como um lago em um dia sem vento. Ela saca uma fita bege, com a qual envolve meus pulsos lenta e metodicamente, depois se ajoelha e cobre minhas pernas com giz, tomando cuidado para não deixar um único pedacinho de pele de fora. Suas unhas estão perfeitamente pintadas com esmalte, mas as mãos são enrugadas e ásperas, e não escondem a idade como o rosto e o corpo. Ela deve ter perto de quarenta anos.

Por fim, ela dá palmadinhas em minhas mãos com um pó grosso.

— Resina. Você deve sempre manter as mãos secas, senão escorrega. Não imagine que a rede vai salvar você. Se cair com muita força, ela vai ao chão ou a joga para fora. Você tem que aterrissar no centro da rede, não nos cantos. — Não há calor humano em sua voz enquanto ela repete instruções que sabe de cor, testadas ao longo do tempo, que me ajudarão a evitar fracassar ou morrer, caso falhe. Minha mente vacila: ela realmente pensa que posso fazer aquilo?

Astrid faz um gesto para que eu a siga até uma escada que fica perto de uma das paredes, aparafusada de modo a ficar perfeitamente ereta.

— Vamos ter que simplificar o número, claro — diz ela, como se quisesse me lembrar de que eu jamais, em tempo algum, serei boa o suficiente. — Para se tornar um verdadeiro acrobata aéreo, é preciso uma vida inteira de treinamento. Há maneiras de compensar, para que a plateia não perceba. Claro, não há lugar para fingimento no circo. A plateia tem que acreditar que tudo o que fazemos é real.

Ela começa a subir a escada com a agilidade de um gato, depois olha com expectativa para baixo, onde estou, imóvel. Avalio a extensão da escada, que vai até o teto alto. O topo dela deve ficar ao menos a doze metros do solo, sem nada embaixo, a não ser uma velha rede um metro acima do chão. Nunca tive medo de altura, mas não havia por que ter: nossa casa na vila tinha apenas um andar e as montanhas ficavam a centenas de quilômetros. Nunca imaginei algo assim.

— Tem que haver uma alternativa — digo com uma nota de súplica em minha voz.

— Herr Neuhoff quer que você aprenda o número de acrobacia aérea — responde ela com firmeza. — O trapézio, na verdade, é mais fácil do que muitos outros números. — Não consigo imaginar nada mais difícil. Ela continua: — Posso guiar você, colocá-la onde precisa estar. Ou não. — Ela olha para mim sem alteração no rosto. — Talvez devêssemos ir dizer a Herr Neuhoff que isso não vai dar certo.

E ele a expulsará de volta para o frio, parece ser a conclusão silenciosa dela. Não sei se o dono do circo, com aquele rosto gentil, faria isso, mas não quero descobrir. Mais importante, não vou dar a Astrid a satisfação de provar que ela está certa.

Relutante, começo a escalada, degrau por degrau, tentando não tremer. Seguro com força, imaginando quando foi a última vez que testaram os parafusos e se a escada é forte o suficiente para nós duas. Chegamos a uma pequena prancha em que mal cabem duas pessoas. Espero que Astrid me ajude a sentar ali. Quando vejo que não fará isso, aperto-me com cuidado a seu lado, ficando muito próximo dela. Astrid libera uma barra de trapézio do descanso.

Astrid salta da plataforma, fazendo-a balançar, e eu procuro algo em que me segurar, para me impedir de cair. Fico maravilhada com a facilidade com que ela se balança no ar, dando giros em torno da barra, segurando apenas com uma das mãos. Depois, ela abre os braços como uma gaivota mergulhando, pendendo de cabeça para baixo na barra. Então retoma a posição inicial e retorna em direção à plataforma, pousando elegantemente no pequeno espaço ao meu lado.

— É assim — diz ela, como se fosse fácil.

Estou muito pasma para conseguir falar. Ela me entrega a barra. Sinto-a grossa e estranha em minha mão.

— Aqui. — Ela ajusta minhas mãos com impaciência.

Olho para ela e para minhas mãos, depois para ela de novo.

— Não tem como. Não estou preparada.

— Apenas se segure e balance — exorta ela. Eu me mantenho paralisada. Já tive momentos em que encarei a morte: dando à luz, quando a vida parecia se esvair de meu corpo; quando vi os bebês no trem; e enquanto lutava contra a neve com Theo há poucas horas. Mas ela surge a minha frente agora mais real do que nunca, no abismo entre a plataforma e o chão.

Uma imagem de minha mãe assalta minha mente. Nos meses que se passaram desde que fui embora, me esforcei para afastar os pensamentos de casa; a colcha de retalhos sobre minha cama aconchegante na alcova, o cantinho perto do fogão onde nos sentávamos para ler. Não me permiti pensar nessas coisas, sabendo que, se deixasse um pedacinho de lembrança que fosse entrar em minha mente, eu me afogaria em uma enchente que não poderia conter. Mas a saudade de casa me toma por completo agora. Não quero estar aqui nessa plataforma minúscula e pular para minha morte. Quero minha mãe. Quero estar em casa.

— Há outros acrobatas? — pergunto para ganhar tempo.

Astrid hesita.

— Dois outros, e um deles vai nos ajudar mais para a frente. Mas eles vão trabalhar principalmente no quadrante, ou no tecido, que é meu outro número. Eles não vão trabalhar com a gente.

Estou surpresa. Eu pensava que o trapézio era o número central do espetáculo, o sonho de todo acrobata aéreo. Talvez eles não queiram trabalhar comigo também.

— Agora vamos — diz ela, antes que eu possa fazer mais perguntas. — Você consegue se sentar no trapézio, se não estiver pronta. Finja que está em um parque infantil. — O tom dela é condescendente. Ela pega a barra e a puxa para perto de mim. — Equilibre-o bem embaixo das nádegas — instrui ela. Sento-me no trapézio, tentando me sentir confortável. — Assim. Ótimo.

Ela me solta. Balanço para longe da plataforma, segurando com tanta força nas cordas laterais da barra que elas cortam minhas mãos. Há uma espécie de fluxo natural naquilo, como quando a gente se equilibra em um barco.

— Agora se incline para trás.

Certamente ela está brincando. Mas o tom de voz é sério, o rosto sem nenhum sorriso. Inclino-me para trás rápido demais e me desequilibro, quase escorregando do assento. Quando balanço de volta para perto da plataforma, ela estica os braços e agarra as cordas acima da barra, puxando-me para a prancha e me ajudando a sair.

Astrid senta-se na barra e se balança, depois solta as mãos. Engasgo quando começa a cair. Mas, no último segundo, se segura com os joelhos se balança de cabeça para baixo. Seu cabelo negro se espalha, e as sobrancelhas se arqueiam na direção do chão. Então endireita-se e retorna à plataforma.

— Inversão — informa ela.

— Como é que você começou a trabalhar no circo? — pergunto.

— Nasci em uma família circense aqui das redondezas — responde ela. — Não esta. — Ela me entrega a barra. — Sua vez, para valer agora. — Ela põe a barra em minha mão, ajustando meus dedos. — Pule e balance com os braços.

Fico sem movimento, pernas travadas.

— Claro, se não consegue fazer isso, posso simplesmente dizer a Herr Neuhoff que você desistiu — provoca me mais uma vez.

— Não, não — respondo rapidamente. — Só preciso de um minuto.

— Dessa vez, você vai se balançar com os braços. Segure a barra bem aqui. — Ela indica um local logo abaixo de meus quadris. — Depois a levante acima da cabeça quando for sair, para ganhar altura.

É agora ou nunca. Respiro fundo e pulo. Meus pés balançam e eu fico dependurada molemente, desamparada, como um peixe em uma linha, de um modo totalmente diferente dos movimentos graciosos de Astrid. Mas estou conseguindo.

— Use as pernas para se alçar mais alto — grita Astrid, incentivando-me a continuar. — Esse movimento se chama "chute". Como em um balanço, quando você era criança. — Está funcionando, eu acho. — Não, não! — A voz de Astrid fica ainda mais alta, sua insatisfação ecoando pela quadra. — Mantenha o corpo todo estendido quando retornar. Primeiro, na posição chamada "oco". Cabeça reta. — Ela metralha instruções sem parar, e eu luto para guardá-las todas de uma vez em minha cabeça. — Agora jogue as pernas para trás. Esse se chama "contrabalanço".

Eu ganho impulso, balançando para frente e para trás, até que o ar sibila em meus ouvidos e a voz de Astrid parece sumir. O chão desliza e escorrega abaixo de mim. Isso não é tão ruim. Fiz ginástica durante anos e aqueles músculos retornam agora. Não são as viradas e giros que Astrid deu, mas estou me saindo bem.

Então meus braços começam a doer. Não vou conseguir me segurar por muito tempo.

— Socorro! — grito. Não havia pensado em como voltar.

— Você tem que fazer isso sozinha — Astrid grita de volta. — Use as pernas para balançar mais alto.

É praticamente impossível. Meus braços queimam agora. Chuto para a frente tentando aumentar o impulso. Chego perto da plataforma dessa vez, mas não o suficiente. Vou cair, me machucar, talvez até morrer, e tudo isso para quê? Com um último chute desesperado, consigo subir mais alto.

Astrid pega as cordas quando me aproximo da prancha, puxando-me e me ajudando a ficar de pé.

— Essa foi por pouco — ofego, as pernas tremendo.

— De novo — diz ela com calma, e eu a olho sem acreditar. Não posso me imaginar balançando outra vez depois de quase cair, menos ainda imediatamente. Mas, para ganhar meu sustento e o de Theo, não tenho escolha. Seguro na barra de novo. — Espere — grita ela. Eu me viro esperançosa. Ela mudou de ideia?

— Eles — ela está apontando para meus seios. Olho para mim mesma envergonhada. Eles ficaram mais cheios desde que dera à luz, ainda que o leite tenha secado e desaparecido desde então. — São grandes demais para você estar no ar. — Ela desce a escada e retorna com um rolo grosso de gaze. — Tire a parte de cima da roupa — instrui. Olho para a quadra de treino abaixo para me certificar de que não há mais ninguém ali. Então, abaixo o *collant*, tentando não corar, enquanto ela me enrola tão apertado que fica difícil respirar. Ela não parece perceber minha vergonha. — Você é flácida aqui — diz ela, dando palmadinhas em minha barriga, um gesto de intimidade que me faz recuar. — Isso vai mudar com o treino.

Outros artistas começaram a entrar na quadra de treino, alongando-se e jogando malabares em cantos opostos.

— O que aconteceu com a última garota, a que fazia o número com você antes de mim?

— Não pergunte — responde ela, recuando para observar sua obra. — Para o espetáculo, vamos arranjar um corpete. — Então, ela acha que sou capaz, afinal de contas. Exalo calmamente. — De novo.

Pego a barra e pulo de novo, dessa vez com menos hesitação.

— Dance, use seus músculos, assuma o controle, voe — ela insiste, nunca satisfeita. Trabalhamos a manhã inteira naqueles mesmos movimentos: chute, oco e contrabalanço. Luto arduamente para esticar os dedos dos pés e fazer meu corpo ficar exatamente como o dela. Tento fazer uma mímica do seu padrão, mas meus movimentos são desastrados e estranhos, uma piada em comparação com os dela. Vou melhorando, eu acho. Mas não ouço nenhum elogio. Continuo tentando, cada vez mais ansiosa para agradar.

— Dessa vez não foi tão horrível — concede Astrid por fim. Ela soa quase desapontada por eu não ser um fracasso completo. — Você estudou dança?

— Ginástica. — Na verdade, mais que estudei. Praticava seis dias por semana, mais do que podia. Eu era um talento nato e poderia ter entrado na seleção nacional se papai não houvesse declarado que era um esforço inútil. Apesar de ter se passado mais de um ano desde que treinara pela última vez, e minha barriga estivesse mais fraca por conta da gravidez, os músculos de meus braços e pernas ainda eram fortes e rápidos.

— É como na ginástica — diz Astrid. — Só que seus pés nunca tocam o chão. — Um leve sorriso aparece em seu rosto pela primeira vez. Então se apaga com a mesma rapidez. — De novo.

Quase uma hora se passa e ainda estamos trabalhando.

— Água — ofego.

Astrid olha para mim surpresa, como a um animal de estimação que ela esqueceu de alimentar.

— Podemos fazer uma pausa para um lanche rápido. E, depois disso, começamos de novo.

Descemos a escada. Bebo um bocado de água morna que Astrid oferece de uma garrafa térmica. Ela senta em uma das esteiras e tira queijo e pão de uma pequena marmita.

— Não coma muito — previne ela. — Nós só temos tempo para um breve descanso e você não quer ter câimbras.

Dou uma mordida do pão que ela me ofereceu, analisando a quadra, que agora está lotada. Meus olhos recaem sobre um homem corpulento de cerca de vinte anos que está à entrada. Lembro de tê-lo visto na noite anterior. E como ontem, ele está escorado, de braços cruzados, observando.

— Tome cuidado com aquele ali — diz Astrid em voz baixa. — É o filho de Herr Neuhoff, Emmet. — Espero que ela desenvolva, mas não diz mais nada. Emmet tem a mesma barriga do pai, o que nele não cai bem. Tem os ombros caídos, as calças se abrindo um pouco no ponto em que se prendem os suspensórios. Sua expressão é lasciva.

Perturbada, viro-me para Astrid.

— É sempre tão difícil assim? O treino, eu digo.

Ela ri.

— Difícil? Aqui, no alojamento de inverno, isso é lazer. Difíceis são dois, e às vezes três, espetáculos por dia quando estamos na estrada.

— Estrada? — Eu imagino um caminho longo e desolado, como aquele que segui na noite em que fugi da estação com Theo.

— Deixamos o alojamento de inverno na primeira quinta-feira de abril — explica ela. — Como está o seu francês?

— É passável. — Estudei francês durante alguns anos na escola e descobri que aprendia línguas rapidamente, mas nunca dominara o sotaque.

— Ótimo. Vamos começar por uma cidade na Auvérnia chamada Thiers. — Ficava a centenas de quilômetros daqui, eu lembro, vendo o mapa na parede de minha sala na escola. Fora da Alemanha ocupada. Até o ano passado, nunca havia saído da Holanda. Ela continua citando diversas outras cidades na França onde o circo vai se apresentar. Minha cabeça flutua. — Não serão tantas dessa vez — conclui. — Costumávamos ir mais longe, Copenhagen, Lago Como. Mas com a guerra não é possível.

Não estou desapontada, no entanto, mal consigo imaginar como seria viajar para além da Alemanha.

— Nós vamos nos apresentar em Paris?

— Nós? — repete ela. Percebo meu erro tarde demais; uma coisa é Astrid me incluir nos planos futuros do circo, mas fazê-lo eu mesma é ultrapassar o limite. — Você tem que se provar capaz antes de se juntar a nós.

— Quero dizer, o circo vai a Paris? — corrijo rapidamente.

Ela abana a cabeça.

— Temos muita competição com os circos franceses por lá. E é muito caro. Mas quando eu morava em Berlim...

— Pensava que você tivesse crescido em Darmstadt — interrompo.

— Nasci em uma família circense daqui. Mas me mudei por um tempo quando estava casada. — Ela mexe no brinco de ouro de sua orelha esquerda. — Antes de Peter. — A voz dela fica mais suave.

— Peter era o homem que estava com você na noite passada? — O homem sombrio que se sentou no canto do meu quarto, fumando, que falou pouco. Seus olhos negros brilhavam intensamente.

— Sim — responde ela. Ela recolhe o olhar, como uma porta que se fecha. — Você não deveria fazer tantas perguntas — acrescenta, seca novamente.

Eu perguntei pouco, quero salientar em minha própria defesa. Mas às vezes uma pergunta pode soar como mil — como na noite anterior, quando Herr Neuhoff indagou sobre meu passado. Há tantas outras coisas que ainda quero saber sobre Astrid, como aonde fora sua família e por que não está trabalhando com ela.

— Peter é um palhaço — diz Astrid. Olho pela quadra para o pequeno grupo de artistas que haviam chegado, um malabarista e um homem com um macaco, mas não vejo Peter. Imagino suas largas feições de cossaco, o bigode curvo e as bochechas caídas. Ele não poderia ser nada além de um palhaço triste, tão de acordo com esses dias abomináveis.

Como se fosse combinado, Peter entra na quadra. Ele não usa a maquiagem que eu teria imaginado em um palhaço, mas calças frouxas e um chapéu mole. Os olhos dele encontram os de Astrid. Embora haja outros ali, de repente me sinto como uma intrusa no espaço entre eles. Não se aproxima, mas posso sentir a afeição que ele tem por ela ao vê-lo fitar-lhe o rosto. Ele caminha até o piano no canto mais afastado da quadra e fala com o homem sentado ao instrumento, que começa a tocar.

Quando ela me encara, a expressão de Astrid é dura e eficiente mais uma vez.

— Seu irmão — diz ela —, ele não se parece em nada com você.

Sou pega de surpresa pela mudança abrupta de assunto.

— Minha mãe — disfarço. — Ela tinha a pele muito escura. — Mordo a língua, tentando combater meu instinto natural de dar informação demais. Preparo-me para uma saraivada de perguntas, mas Astrid parece ter se contentado e me deixa em paz, continuando a comer em silêncio.

No fundo do teatro, Peter ensaia um número, dando passos de ganso com as pernas muito jogadas para frente, imitando com grande exagero a marcha dos soldados alemães. Observando-o, fico nervosa. Viro-me para Astrid.

— Com certeza ele não planeja fazer aquilo no show, né?

Ela não responde, mas o fita, seus olhos espremidos de medo.

Herr Neuhoff entra e cruza o galpão mais veloz do que eu imaginava ser possível, considerando sua idade e seu peso. Dispara na direção de Peter, o rosto furioso. Ele viu Peter ensaiando através de uma das janelas ou alguém lhe contara a respeito do número? A música para abruptamente com um estrondo. Herr Neuhoff fala com Peter. Ainda que sua voz seja baixa, ele gesticula cpm fervor. Peter abana a cabeça com veemência. Astrid franze a testa com preocupação ao observá-los.

Um minuto depois, Herr Neuhoff anda com dificuldade até nós, o rosto vermelho.

— Você tem que falar com ele — troveja sobre Astrid. — Esse novo número zombando dos alemães...

Astrid ergue as palmas das mãos, lamentosa.

— Não posso impedi-lo. É o que ele é como artista.

Herr Neuhoff não deixa o assunto escapar.

— Nós mantemos nossas cabeças baixas, ficamos fora de confusão, foi assim que consegui manter o circo funcionando, e protegemos todo mundo. —

De quê? Quero perguntar. Mas não ouso. — Diga a ele, Astrid — insiste Herr Neuhoff em voz baixa. — Ele vai escutar você. Diga a ele, ou vou retirá-lo do espetáculo.

Um sinal de alarme cruza o rosto de Astrid.

— Vou tentar — promete ela.

— Ele faria isso? — Não posso me controlar e pergunto, depois que Herr Neuhoff deixou o prédio. — Tirar Peter do espetáculo, digo.

Ela abana a cabeça.

— Peter é uma das maiores atrações do circo e seus números são o que dão sentido ao conjunto. Sem ele, não tem espetáculo — acrescenta ela. Mas ainda está perturbada. As mãos dela tremem quando deixa o sanduíche de lado, quase sem comê-lo. — Nós deveríamos continuar e ensaiar o próximo passo.

Dou uma mordida e engulo o bocado apressadamente.

— Tem mais?

— Você acha que as pessoas vão pagar só para ver você dependurada lá em cima como um macaco? — Astrid ri asperamente. — Você está só no início. Não basta se balançar para frente e para trás. Qualquer um pode fazer isso. Nós temos que dançar no ar, fazer coisas que parecem impossíveis. Não se preocupe, vou preparar seu truque de maneira que, quando você se soltar e voar, eu esteja no lugar para pegá-la.

O pão que acabei de comer fica engasgado em minha garganta quando me lembro do modo como ela se lançou pelo espaço.

— Voar? — consigo dizer.

— Sim. É por isso que ele é chamado de trapézio de voo. Você é a voadora e vai se soltar e vir até mim. Eu vou ser a apanhadora.

Ela começa a andar para o picadeiro. Mas eu permaneço no lugar, pés plantados.

— Por que eu tenho que ser a que se solta? — ouso perguntar.

— Porque eu nunca confiaria em você para me pegar. — A voz dela é fria. — Venha.

Ela vai até uma escada do outro lado da quadra, paralela à que subimos mais cedo, mas que parece ter um trapézio mais robusto. Eu a sigo, mas ela abana a cabeça. — Você vai para aquele lado com Gerda. — Ela faz um gesto apontando a outra acrobata, que eu não vira entrar, e que já está subindo a escada que usamos antes. Eu a sigo. No topo, Astrid e eu ficamos em plataformas opostas, um mar de distância uma da outra. — Balance como antes. E, quando eu disser, você se solta. Eu a pegarei.

— E Gerda? — pergunto, ganhando tempo.

— Ela vai mandar a barra de volta para você pegar na saída — replica Astrid.

Eu a fito, descrente.

— Então tenho que me soltar duas vezes?

— Se você não tiver asas, sim. Você tem que voltar de algum jeito. — Astrid segura a barra oposta e salta, depois gira sobre si, de maneira que fica dependurada pelas pernas. — Agora você — incita ela.

Eu pulo, lançando meus dedos dos pés para o alto.

— Mais alto, mais alto — ela exorta, os braços estendidos para mim. — Você tem que estar acima de mim quando eu falar para se soltar. — Eu faço força para cima, usando meus pés. — Melhor! Ao meu sinal. Três, dois, um... agora!

Mas minhas mãos permanecem grudadas na barra.

— Tola! — grita ela. — Tudo no circo depende do momento, de sincronia. Você tem que me ouvir. Caso contrário, vai acabar nos matando.

Eu consigo voltar à plataforma, depois desço a escada e me encontro com Astrid no chão.

— Tenho certeza de que você se soltava na ginástica — diz ela, claramente frustrada.

— Era diferente — repondo. Cerca de dez metros, penso.

Ela cruza os braços.

— Não existe número se você não se soltar.

— É impossível fazer isso — insisto. Nós nos fitamos por vários segundos sem dizer nada.

— Se você quer ir embora, então vá. Ninguém esperava mais que isso. — As palavras dela batem em mim como um tapa.

— Você, menos que todos — respondo. Ela quer que eu fracasse. Ela não me quer aqui.

Astrid pisca os olhos, sua expressão a meio caminho entre a raiva e a surpresa.

— Como você ousa dizer isso? — pergunta ela, e eu temo ter ido longe demais.

— Desculpe — digo rapidamente. O rosto dela se suaviza um pouco. — Mas é verdade, não é? Você acha que eu não consigo.

— Não, eu achava que isso não iria dar certo quando Herr Neuhoff sugeriu a ideia. — O tom dela é neutro, prático. — E ainda acho.

Ela estende o braço para pegar o meu e eu seguro o fôlego, esperando uma palavra de conforto. Mas, em vez disso, ela arranca a fita de meus pulsos. Deixo escapar um grito, minha pele queima. Nós nos fitamos duramente, nenhuma das duas pisca. Espero ela me dizer que vou ter que ir embora da casa também. Com certeza, eles nos expulsarão.

— Volte amanhã — concede ela — e vamos tentar de novo uma última vez.

— Obrigada — digo. — Mas Astrid... — Minha voz é suplicante. — Deve ter alguma outra coisa que eu possa fazer.

— Amanhã — repete ela antes de se afastar. Observando-a sair, meu estômago pesa. Apesar de agradecida pela segunda chance, sei que é inútil. Amanhã ou daqui a um ano, eu nunca vou ser capaz de me soltar.

CAPÍTULO 6

Noa

Theo se aninha em meu peito do jeito que gosta de dormir, o calor de suas bochechas passando para mim.

— Você deveria largá-lo — criticara Greta, a criada que cuida de Theo quando estou ensaiando, mais de uma vez nas últimas duas semanas. — Se ele não aprender a se acalmar sozinho, ele nunca vai dormir bem.

Eu não ligo. Durante o dia, sempre que não estou treinando, seguro Theo até meus braços doerem. Durmo ao lado dele todas as noites para sentir a batida de seu coração, como se uma das bonecas que tive quando criança tivesse ganhado vida. Às vezes parece que sem ele não consigo respirar.

Deitada agora na quietude do alojamento feminino, observo-o subir e descer sobre mim na cama estreita. Ele se mexe, erguendo a cabeça como acabou de aprender. O olhar de Theo me segue sempre que entro no cômodo. Uma velha alma sábia, ele parece escutar atentamente, sem deixar nada escapar. Nossos olhos se encontram e ele sorri, um sorriso de contentamento, largo e sem dentes. Por alguns segundos, somos só nós dois no mundo. Aperto-o um pouco mais em meus braços. Há um momento todas as tardes, quando Astrid me libera do treino, em que, logo antes de eu entrar no alojamento, a felicidade e a expectativa de ver Theo me dominam. Parte de mim teme que ele tenha sido apenas uma criação de minha mente, ou que tenha desaparecido pelo fato de eu ter estado longe por tanto tempo. Então eu o pego e ele se derrete em meus braços, e me sinto em casa. Embora tenham se passado apenas algumas poucas semanas, sinto como se Theo fosse meu desde sempre.

Poderia haver dois bebês, se eu pudesse encontrar o meu. Seria isso possível? Imagino os meninos juntos aos três ou quatro anos. Eles seriam como irmãos em idade parecida, quase gêmeos. Esses pensamentos são perigosos, do tipo que não me permiti ter até agora.

Enrolo-me melhor no cobertor. Sonhei com minha família na noite passada. Meu pai aparecera no canto do alojamento de inverno e eu corri para abraçá-lo e suplicar que me levasse para casa. Mas acordei com a fria luz da manhã entrando pela janela. Ir para casa foi um sonho a que me agarrei durante todos os meus meses no exílio. Quando cheguei ao circo, imaginei ficar poucas semanas para me recuperar e depois encontrar um trabalho normal que me desse dinheiro suficiente para voltar à Holanda. Porém, meus pais não foram capazes de me aceitar nem com um filho que era meu; jamais me dariam as boas-vindas se chegasse com Theo. Não, não posso ir para casa. Mas tenho que tirar Theo da Alemanha de algum jeito. Não podemos ficar aqui.

A batida metálica me tira dos meus pensamentos. Os sons do circo chegam cedo pela manhã, os risos e as conversas dos artistas indo para o treino, trabalhadores consertando carroças e outros equipamentos, animais guinchando em protesto. Antes, se houvesse parado para pensar no assunto, poderia imaginar que entrar para o circo fosse divertido. Mas é um número e, por trás da coreografia estudada, há trabalho duro. Mesmo no alojamento de inverno, onde o pessoal do circo supostamente vem para descansar, levanta-se antes do sol nascer para ajudar nos trabalhos domésticos, depois são horas de treino, ao menos seis por dia.

Com relutância, sento e ponho Theo no berço. Seus olhos me seguem enquanto me lavo na bacia. Arrumo a cama, passando minhas mãos pelo lençol que, embora bem mais áspero do que as roupas de cama finas da mansão, era bem melhor do que qualquer coisa sobre a qual dormira desde que saíra de casa. Mudei-me para o alojamento um dia depois de chegar. É um quarto comprido, com camas alinhadas em duas fileiras como em um dormitório. O alojamento está quase vazio, a maioria das outras garotas já foram treinar ou fazer trabalhos domésticos. Visto-me apressadamente, depois caminho para a porta com Theo. Não quero parecer preguiçosa. Preciso trabalhar duro para conquistar meu espaço aqui.

Carrego Theo para a frente do alojamento, onde algumas crianças brincam no chão. Com relutância, eu o entrego a Greta, que o traz para junto de si, fazendo cócegas em seu queixo até ele soltar uma espécie de arrulho. Sou tomada pelo ciúme e luto contra o impulso de pegá-lo de volta. Ainda não gosto de compartilhá-lo.

Afasto-me do alojamento em direção à quadra de treino. O inverno começou a amainar. O ar já não agride e a neve começou a derreter, deixando o chão lamacento e com cheiro de musgo. Os passarinhos, procurando sementes, cantam alegremente. Se o clima permite, à noite, antes de ficar muito escuro, dou uma volta com Theo, para além da quadra, até o cercado onde ficam o tigre, os leões e outros animais, parecendo deslocados sob a paisagem de pinhos cobertos de neve, como personagens em um livro errado. Há inúmeros lugares no circo para explorar, desde o alojamento onde se lavam montanhas de roupas até a aleia onde os palhaços ensaiam.

Aproximo-me da quadra e paro, tentando afastar meu medo. Embora treine com Astrid todos os dias, ainda não consegui me largar no ar e voar. Todo dia espero que ela desista e me mande embora. Volte amanhã, diz ela.

Ela ainda não me dispensou. Mas se comporta como se eu fosse um aborrecimento, deixa claro que preferiria que eu não estivesse por perto e só está tolerando minha presença até que eu vá embora. Tento desvendar por que ela não gosta de mim. É porque sou recém-chegada e não tenho talento? No entanto, ela não é sempre rude. Poucos dias depois de minha chegada, trouxera-me uma pequena caixa. Dentro, havia roupas dobradas para mim e Theo. Todo mundo contribuiu com alguma coisa. Olhando as roupas de bebê e meias desbotadas, as blusas para mim, remendadas tantas vezes, fiquei emocionada, não apenas pela generosidade do pessoal do circo, que tinha tão pouco para compartilhar, mas por Astrid, que tivera a ideia de reunir as peças. Talvez ela não quisesse que a gente fosse embora, no final das contas.

No dia anterior, ao me aproximar do quadro, no entanto, ouvira ela e Herr Neuhoff falando em voz baixa.

— Estou fazendo tudo que posso — dizia Astrid.

— Você tem que se esforçar mais — argumentou ele.

— Não posso deixá-la preparada se ela não se solta no ar — pressionou Astrid. — Temos que encontrar outra pessoa antes de a turnê começar.

Afastei-me naquele momento, sem querer ouvir o que aconteceria se nosso acordo não desse certo. No começo, dissera que tentaria por duas semanas apenas. Mas agora que o prazo acabou, eu me vejo querendo ficar mais tempo e continuar tentando, e não apenas porque não temos aonde ir.

Quando entro no pavilhão de treinamento, fico surpresa ao ver Astrid já no topo da prancha onde normalmente fico. Estou atrasada? Espero pela bronca, mas Astrid segura a barra e salta.

— Alê! — Gerda sai balançando da plataforma mais afastada para pegá-la. Um bolo estranho se forma em minha garganta quando vejo que Astrid está trabalhando com outra pessoa. Mas vejo o quanto ela sente falta de ser a voadora. Ela deve estar me odiando por ter que ficar em seu lugar.

Gerda lança Astrid voando de volta, depois balança até sua própria prancha. Astrid plana agora como um cavaleiro domando uma fera selvagem, manobrando o trapézio como bem quer. Ela se segura apenas com os calcanhares, ou com um único joelho, quase sem tocar na barra à qual me seguro com tanta força. Gerda a observa com desinteresse, quase desdém. Ela e as outras mulheres não gostam de Astrid. Dias depois de minha chegada, ouvi os sussurros: elas se ressentem pelo fato de Astrid ter voltado e tomado o lugar como estrela do número aéreo em que elas trabalharam durante anos, e por ter formado par com Peter, um dos poucos homens que a guerra deixara disponíveis. As garotas da casa eram do mesmo jeito, fofocando e sussurrando pelas costas umas das outras. Por que somos tão duras umas com as outras? O mundo não já nos faz enfrentar tantos desafios? Mas, se Astrid percebe a indiferença delas, não parece se importar. Ou talvez ela não precise de nenhuma delas. Certamente não precisa de mim.

— Ela é magnífica, não é? — pergunta uma voz grave. Não escutei Peter se aproximar por trás de mim. Ficamos observando silenciosamente enquanto Astrid voa mais alto. Parece que nossos olhos dançam, maravilhados. A respiração de Peter fica levemente suspensa quando Astrid se lança no ar e rodopia, não uma, não duas, mas três vezes. Ela sobe em círculos, desafiando a gravidade.

Mas então começa a descer em alta velocidade. Peter dá um passo para frente, depois para, incapaz de ajudá-la. Ele solta o ar rapidamente quando Gerda, que saltou no trapézio, segura a outra por um tornozelo, apanhando-a antes que ela se estatele no chão.

— Cambalhota tripla — diz ele, recuperando-se do medo. — Poucas pessoas no mundo conseguem fazer isso. — Embora ele tente soar descontraído, um pouco de suor acumulou em sua testa e o rosto relaxou com alívio.

— Ela é incrível — falo, minha voz cheia de admiração. Naquele momento, não apenas quero ser como ela, eu realmente quero ser ela.

— Só queria que ela não se arriscasse tanto — diz Peter entredentes, tão baixo que não sei se era para eu ouvir.

Astrid chega à prancha e desce a escada, se aproximando de nós. Sua pele está coberta de suor, mas tem o rosto iluminado. Ela e Peter se entreolham com tal desejo que fico envergonhada de estar presente, ainda que os dois tenham estado juntos apenas algumas horas atrás, já que a cama de Astrid no alojamento ficara desocupada durante toda a noite.

— Pronta? — pergunta ela, parecendo se lembrar de que estou ali, sem tirar os olhos de Peter.

Meneio a cabeça afirmativamente e começo a subir a escada. Lá embaixo, cerca de meia dúzia de artistas ensaiam, girando arcos, dando cambalhotas e andando sobre as mãos. Minha programação com Astrid é a mesma de todos os dias: treino das sete da manhã às cinco da tarde, com uma breve pausa para comer nossa marmita. Tenho melhorado, acho. Ainda assim, apesar de todo o treino, não consegui me soltar e voar de verdade. Não é por falta de treinamento. Balanço-me incansavelmente para deixar os braços mais fortes. Dependuro-me de cabeça para baixo até o sangue descer para minha cabeça e eu não conseguir pensar mais. Mas não consigo me soltar, e, como Astrid dissera muitas e muitas vezes, sem isso não há número.

Começamos com os movimentos que já praticamos: balançar segurando com as mãos, depois com os joelhos e com os calcanhares.

— Preste atenção em seus braços, mesmo quando eles estiverem atrás das costas — comanda Astrid. — Isso não é só uma mera performance. O teatro é bidimensional, como uma pintura. Lá, a plateia só vê a frente. Mas no circo a plateia está ao redor, como uma escultura. Pense com leveza, como no balé. Não lute contra o ar, faça amizade com ele.

Tínhamos trabalhado a manhã inteira quando chegamos ao momento que eu temia.

— Pronta? — pergunta Astrid, depois de uma pausa. Não posso mais evitar. Subo a escada e Gerda me segue, ficando a meu lado na plataforma.

— Você tem que se soltar quando o balanço estiver o mais alto possível — grita Astrid de sua plataforma distante. — Então eu pego você um segundo depois, quando estiver caindo. — Faz total sentido, mas eu salto e, como em todas as vezes anteriores, não consigo me soltar.

— É inútil — digo em voz alta. Enquanto me balançando no trapézio desamparadamente, capturo a imagem do horizonte através de uma das janelas do pavilhão de treinamento. Para além das colinas, há um caminho para fora da Alemanha, uma rota para a segurança e a liberdade. Ai, se eu e Theo conseguíssemos nos balançar para longe daqui e voar para ir embora. Um pensamento me vem à cabeça, então: *vá com o circo para a França.* Longe da Alemanha, Theo e eu vamos ter a chance de fugir para algum lugar mais seguro. Mas isso nunca vai acontecer se eu não aprender a me soltar do trapézio.

— Você desiste, então? — pergunta Astrid quando volto para a plataforma. Ela tenta manter a voz neutra, como se já estivesse acostumada a se desapontar, mas consigo ouvir uma ponta de tristeza. Havia algo nela que achava que eu seria capaz, o que faz o meu fracasso parecer ainda mais terrível.

Olho pela janela mais uma vez, meu sonho de fugir com Theo parece escapar de minhas mãos. O circo é nossa passagem para fora da Alemanha, ou seria, se eu conseguisse me soltar.

— Não! — deixo escapar repentinamente. — Quero dizer, gostaria de tentar mais uma vez.

Astrid dá de ombros, como se já houvesse desistido de mim.

— Faça como quiser.

Quando salto, Astrid pula da plataforma contrária e se equilibra pelos pés.

— Alê! — grita ela. Não me solto na primeira passagem.

Astrid voa mais alto, aproximando-se de mim pela segunda vez.

— Vamos! — ordena ela. Eu me lembro da conversa de Astrid com Herr Neuhoff no dia anterior e percebo que meu tempo está passando.

É agora ou nunca. O peso do mundo inteiro pende do trapézio.

Olho nos olhos de Astrid fixamente. Ela está no outro trapézio, e naquele momento, minha confiança é total.

— Agora! — comanda ela.

Solto a barra. Fechando os olhos, voo como um raio pelo espaço. Esquecendo tudo o que Astrid me ensinou, agito meus braços e pernas, o que só faz com que caia mais depressa. Caio na direção dela, mas baixo demais. Ela não consegue me segurar e eu continuo em queda. Agora, não há nada mais entre mim e o chão, que se aproxima à medida que eu caio. Naquele instante, vejo Theo, e imagino quem tomará conta dele depois que eu morrer. Abro a boca, mas, antes que possa gritar, as mãos de Astrid envolvem meus tornozelos. Ela me pegou.

Mas ainda não acabou. Estou pendurada de cabeça para baixo, como um bezerro pronto para ser abatido.

— Erga-se! — ordena ela, como se fosse simples. — Não posso ajudar você. Tem que fazer essa parte sozinha. — Uso toda a minha força para me erguer contra a gravidade, fazendo a maior flexão abdominal do mundo, e me seguro na mão nela.

— Tudo bem. Quando eu disser "agora", vou lançar você de volta com um meio-giro para que você fique de frente para a barra — instrui ela.

Eu congelo. Ela não pode estar esperando seriamente que eu voe pelo ar de novo até a barra, que está a quilômetros de distância e se move rapidamente.

— Não consigo, é impossível.

— Você tem que conseguir. Agora! — Ela me atira pelo ar e a barra encontra meus dedos. Agarrando-me a ela com firmeza, entendo então que não preciso fazer quase nada, ela consegue me posicionar com segurança, como se eu fosse uma marionete. Mas ainda assim é aterrorizador.

Alcanço a plataforma com os pés trêmulos e Gerda me ajuda a me equilibrar antes que eu caia pela escada. Astrid, que se juntou a mim deste lado, espera até Gerda ir embora antes de se dirigir a mim.

— Essa foi por pouco — digo, quando ela se aproxima. Espero que me dê os parabéns por finalmente ter me soltado.

Mas ela me encara e eu me pergunto se está com raiva e vai me criticar por ter entrado em pânico.

— Seu irmão — diz ela, liberando subitamente a raiva que esteve segurando nos olhos faiscantes.

Sou pega de surpresa pela súbita mudança de assunto.

— Não estou entendendo... — Ela não falava de Theo desde o primeiro dia de treino. Por que está fazendo perguntas agora?

— A questão é: eu não acredito em você. — Ela fala através dos dentes cerrados, sua fúria revelada. — Acho que você está mentindo. Theo não é seu irmão.

— Claro que é — gaguejo. O que a fazia suspeitar disso agora?

— Ele não se parece nada com você. Nós lhe demos um lugar aqui e você está se aproveitando e mentindo para nós.

— Isso não é verdade — começo a protestar.

Ela continua, sem se convencer.

— Acho que você se meteu em alguma encrenca. Ele é seu filho bastardo.

Eu cambaleio para trás, tanto pela crueldade da palavra como por ela ter quase descoberto a verdade.

— Mas você mesma disse que ele não se parece nada comigo.

— Se parece com o pai, então — insiste ela.

— Theo não é meu filho. — Digo cada palavra lenta e deliberadamente. Como dói ter que renegá-lo.

Ela põe as mãos na cintura.

— Como posso trabalhar com você se não posso confiar em você? — Ela não espera pela minha resposta. — É impossível ele ser seu irmão.

E ela me empurra com força para fora da plataforma.

De repente, estou caindo no ar, sem nenhum apoio ou barra a que me segurar. Abro minha boca para gritar, mas não encontro fôlego. É quase a mesma sensação de sonhar que estamos voando, exceto pelo fato de que sigo direto para o chão. Sem trapézio, nenhum treino pode me ajudar agora. Eu me preparo para o impacto, e para a dor e escuridão que, inevitavelmente, vão se seguir a ele. Sem dúvida, a rede não fora feita para aguentar uma pessoa a tal velocidade.

Desabo na rede, fazendo-a ceder até ficar a centímetros do chão, tão perto que posso sentir o cheiro da palha que o cobre, com um leve fedor de esterco. Então sou lançada para cima, solta no ar de novo, salva por pouco do impacto. É só na terceira vez, quando pouso na rede e ela não sobe de novo, mas balança suave como um berço, que percebo que não vou morrer.

Continuo deitada, imóvel, por vários segundos, retomando o fôlego e esperando que um dos outros artistas venha me ajudar. Mas todos eles sumiram, pressentindo ou mesmo vendo a confusão, sem quererem se envolver. Apenas eu e Astrid estamos no pavilhão de treinamento agora.

Eu desço da rede e me viro para ela, que já desceu pela escada.

— Como você pôde? — pergunto. É a minha vez de ficar furiosa. — Você quase me matou. — Sei que ela não gosta de mim, mas não podia imaginar que me queria morta.

Ela sorri, esnobe.

— Mesmo eu teria ficado apavorada. Não a culpo por desistir.

Enrijeço meus ombros, desafiando-a.

— Não estou desistindo. — Depois do que tinha acabado de acontecer, nunca daria essa satisfação a ela.

Herr Neuhoff entra correndo, tendo ouvido lá de fora o barulho de quando caí.

— Minha querida, você está bem? Que desastre! — Vendo que estou bem, ele dá um passo para trás e cruza os braços. — O que aconteceu? Não podemos permitir que ocorra um acidente. As perguntas que viriam com ele... Você sabe disso — diz ele, dirigindo essas últimas palavras a Astrid.

Eu hesito. Astrid me olha inquieta a meu lado. Eu poderia contar a ele a verdade terrível sobre o que ela fez. No entanto, ele poderia não acreditar em mim sem uma prova sólida. E de que isso serviria?

— Minhas mãos devem ter deslizado — minto.

Herr Neuhoff tosse, depois busca no bolso e toma uma pílula. É a primeira vez que o vejo fazer isso.

— Você está doente? — pergunta Astrid.

Ele abana a mão, como a dizer que a pergunta é irrelevante.

— Você tem que ter mais cuidado — adverte ele. — Dobre o tempo de treino essa semana. Não se arrisque a fazer nada antes de estar preparada. — Então ele se vira para Astrid. — E não a pressione antes de ela estar pronta.

— Sim, senhor — dizemos quase em uníssono. Herr Neuhoff deixa o pavilhão de treinamento pisando forte.

Alguma coisa se passou entre mim e Astrid naquele momento. Eu não a denunciei. Espero que ela diga alguma coisa.

Mas Astrid apenas se afasta.

Vou atrás dela no vestiário, minha raiva crescendo. Quem ela pensa que é para me tratar daquele jeito?

— Como é que você pôde fazer isso? — exijo, furiosa demais para ser polida.

— Vá em frente e deixe-nos, se você acha tudo tão horrível — zomba ela. Eu considero a opção; talvez devesse ir mesmo. Nada me prende aqui. Estou bem e o clima amainou agora, então por que não pegar Theo e seguir meu caminho até a cidade mais próxima em busca de um trabalho comum? Mesmo se ficarmos sozinhos, sem nada, seria melhor do que ficar aqui sem que quisessem. Já fiz isso uma vez; poderia fazer de novo.

Mas não consigo deixar por menos.

— Por quê? — exijo. — O que foi que eu fiz para você?

— Nada — responde Astrid com uma fungada. — Você precisava ver como é cair.

Então ela havia planejado aquilo. Para quê, exatamente? Não era para me matar; ela sabia que a rede me aguentaria. Não, ela queria me assustar para que eu desistisse. Pergunto-me mais uma vez por que Astrid me odeia tanto. É porque ela pensa que sou horrível no trapézio e nunca vou ser capaz de dar conta do número? Eu fiz o que ela queria e me soltei. Não, tem algo mais. Lembro como os olhos dela brilharam furiosos momentos antes, quando me acusou de mentir sobre Theo e meu passado. As palavras dela ecoam dentro de mim: *Como podemos trabalhar juntas se não consigo confiar em você?* Se eu contar a verdade sobre meu passado, talvez ela me aceite. Ou poderia ser a gota d'água para que ela quisesse me ver ir embora de uma vez por todas.

Respiro profundamente.

— Você estava certa: Theo... ele não é meu irmão. — Um sorriso de sabedoria se abre sem seus lábios. — Mas não é o que você está pensando — acrescento rapidamente. — Ele é judeu.

A superioridade dela desaparece.

— Como é que você está com ele?

Não tenho motivo para confiar nela. Ela me odeia. Mas as palavras jorram de minha boca.

— Eu estava trabalhando em uma estação de trem em Bensheim como faxineira. — Deixo de fora a parte que me levou à estação, minha própria gravidez. — E, uma noite, chegou um vagão de carga. Estava cheio de bebês tirados de seus pais. — Minha voz falha quando me lembro deles deitados no chão gelado do vagão de carga, sozinhos em seus últimos momentos de vida. — Theo era um deles. — Eu continuo, explicando como o peguei e fugi.

Quando termino, ela me fita por alguns minutos, sem falar.

— Então a história que você contou a Herr Neuhoff era mentira.

— Era. Você pode entender agora por que eu não podia dizer nada. — Meu corpo inteiro relaxa, aliviado por ter compartilhado ao menos parte da história com ela.

— Sabe, Herr Neuhoff, mais do que qualquer outro, teria entendido — diz ela.

— Eu sei, mas como não falei para ele no começo... não posso fazer isso agora. Por favor, não conte a ninguém. — Escuto a súplica em minha própria voz.

— E Theo, você simplesmente o pegou? — pergunta ela.

— Sim. — Seguro a respiração, esperando a reação dela.

— Foi muita coragem — diz ela finalmente. O elogio sai relutante, quase uma confissão.

— Eu deveria ter pegado mais — respondo. A tristeza que sinto sempre que penso nos bebês no trem cresce e ameaça se expressar em lágrimas. — Havia tantas outras crianças. — Sem dúvida, todas já estão mortas.

— Não, se você pegasse mais teria chamado atenção e talvez não tivesse conseguido chegar aonde chegou. Mas por que simplesmente não pegou o bebê e foi para casa? — pergunta ela. — Sem dúvida, sua família teria entendido o que você fez e a ajudaria.

Quero contar a ela o resto da história e explicar por que meus pais estavam tão bravos. Mas as palavras se prendem a minha garganta.

— O que eu disse sobre meu pai ser terrível antes era verdade — consigo falar, recorrendo àquela parte da mentira mais uma vez. — Foi por isso que fugi de casa, por isso que estava na estação de trem, para começo de conversa.

— E sua mãe?

— Ela não é muito corajosa. — Outra meia verdade. — Além disso, não queria causar nenhum problema a eles — acrescento. Astrid olha para mim firmemente e fico esperando que ela me acuse com o fato de que, em vez disso, eu trouxe meus problemas para ela e o resto do circo. Contei a ela sobre Theo com a esperança de que ela se mostrasse mais propensa a me aceitar. Mas e se ocorresse justamente o contrário?

Fora do pavilhão de treinamento, há um súbito ruído, alguma espécie de carro freando, seguido de vozes masculinas desconhecidas. Eu me viro para Astrid:

— O que será?

Mas ela se virou e correu pela porta dos fundos do vestiário, que levava para o lado de fora.

Antes que possa chamá-la, a porta da frente do vestiário se abre e dois homens uniformizados entram apressadamente do pavilhão de treino, seguidos de Peter.

— Oficiais, eu asseguro a vocês que...

Eu fico paralisada, minhas pernas parecem pedras. É a primeira vez que os vejo desde que cheguei a Darmstadt, eles não são *Schutzpolizei*, como vira na estação, mas da própria SS nazista. Tinham vindo atrás de mim? Eu tinha esperanças de que meu desaparecimento com Theo estivesse esquecido. Mas era difícil imaginar qual outro assunto eles teriam a tratar no circo.

— *Fräulein* — Um dos homens, mais velho e com cabelo ficando grisalho nas têmporas sob o quepe, aproxima-se. Que eles levem só a mim, rezo. Graças a Deus, Theo não está aqui, mas bem do outro lado, no alojamento de inverno. Se eles o vissem, no entanto...

Apavorada, olho por cima do ombro procurando Astrid. Ela saberá o que fazer. Começo a seguir atrás dela. Mas, atrás dos homens, os olhos de Peter flamejam. Ele está tentando fazer algum sinal para que eu tome precaução.

Quando o policial se aproxima, eu me preparo para ser presa. Mas ele simplesmente fica bem perto, olhando com cobiça a parte de baixo de meu *collant*.

— Recebemos uma denúncia — diz o segundo policial. Uns dez anos mais novo, ele permanece nos fundos, parecendo desconfortável no ambiente apertado do vestiário. — De que há um judeu no circo — acrescenta. O terror se crava em mim como uma faca em meu estômago. Então, no final das contas, eles sabem de Theo.

Os homens começam a procurar pelo vestiário, abrindo o armário e espiando debaixo das mesas. Eles realmente pensam que a gente escondeu a criança aqui? Eu me preparo para a pergunta que certamente será feita em seguida. Mas os oficiais voltam para o pavilhão de treinamento com estrondo. Eu me recosto à mesa do vestiário, sentindo o suor frio correr pelo corpo e tremendo. Tenho que pegar Theo antes que eles e correr. Caminho para a porta.

De repente, algo roça meu pé com um ruído. Olho para baixo e vejo Astrid. De alguma maneira, ela conseguiu ir para debaixo das tábuas do assoalho, para o pequeno porão, onde não dá sequer para ficar de pé. O que está acontecendo ali embaixo? Eu me ajoelho e o cheiro de esgoto e estrume me toma de assalto.

— Astrid, eu...

— Shh! — Ela está encolhida, formando uma bola com o corpo. Escondendo-se.

— O que você está fazendo...? — Paro no meio da frase quando o oficial mais velho entra de novo.

Eu me endireito, ajeitando minha saia e pisando sobre o buraco através do qual vira Astrid.

— Com licença! — grito, fingindo pudor. — Este é o vestiário feminino e eu preciso me trocar.

Mas o oficial continua a fitar as tábuas do chão. Ele a vira? O homem ergue a cabeça, olhando-me.

— Documentos?

Engasgo. Fugi da estação de trem às pressas na noite em que encontrara Theo, deixando minha carteira de identidade para trás. Astrid prometeu que Herr Neuhoff me arrumaria documentos antes de cairmos na estrada, se eu conseguisse dominar o número. Ainda não os tenho, no entanto.

— Preciso ir buscá-los — blefo sem pensar. O olhar de Peter é de aprovação: *isso, leve-os embora daqui, gaste algum tempo.* Eu me encaminho para porta do vestiário e entro no pavilhão de treinamento.

— Siga-a — indica ele ao oficial mais novo, que está bem do lado de fora, na soleira da porta.

Meu pânico só cresce: se os homens me seguirem, vão ver Theo e fazer perguntas.

— Na verdade, isso não é necessário. Vai levar só um minuto.

— Ótimo — diz o homem mais velho —, mas antes de você ir, tenho algumas perguntas para fazer. — Eu congelo, a pele formigando. Ele retira um cigarro do bolso e o acende. — A mulher no trapézio.

— Eu estava no trapézio — consigo dizer, esperando que ninguém tenha escutado o tremor em minha voz.

— Você não. Uma mulher de cabelo escuro. — Eles devem ter visto Astrid pela janela do ginásio. — Onde está ela?

Antes que possa responder, Herr Neuhoff entra correndo.

— Senhores — diz ele, como se saudasse velhos amigos. Essa não deve ser a primeira vez que eles aparecem por aqui. — *Heil Hitler.* — A saudação é tão autêntica que eu estremeço.

Mas o oficial não sorri.

— *Hallo, Fritz.* — Ele se dirige a Herr Neuhoff com muita familiaridade, sem nenhum sinal de respeito na voz. — Estamos procurando um artista denunciado como judeu. Você tem alguém do tipo aqui?

— Não, claro que não — fanfarrona Herr Neuhoff, parecendo quase ofendido com a sugestão. — O Circo Neuhoff é alemão. Judeus foram banidos das apresentações.

— Então você está dizendo que não há nenhum judeu no circo? Eu sei que eles são bons em trapacear.

— Eu sou um alemão — replica Herr Neuhoff. Como se isso respondesse a tudo. — O circo é *Judenrein.* — Limpo de judeus. — Os senhores sabem disso, cavalheiros.

— Não me recordo dela — diz o oficial, apontando a cabeça em minha direção. O chão parece desaparecer debaixo de meus pés. Ele pensa que eu sou judia?

— Todo ano há vários artistas novos — diz Herr Neuhoff, com leveza. Eu seguro a respiração, esperando que o homem faça mais perguntas. — Noa começou a atuar conosco esse ano, vinda da Holanda. Ela não é maravilhosamente ariana? O próprio ideal do Führer. — Admiro a maneira hábil como Herr Neuhoff argumenta, mas odeio que precise fazer aquilo. — *Meine Herren*, vieram de tão longe. Vamos comigo até a casa tomar um conhaque.

— Vamos primeiro acabar nossa inspeção — diz o oficial, sem se deixar enganar. Ele abre o armário pela segunda vez, espia dentro. Então para, ficando em pé bem em cima do ponto onde Astrid está escondida. Prendo minha respiração, cravo as unhas nas palmas das mãos. Se ele olhar para baixo, com certeza vai vê-la.

— Venham, venham — alivia Herr Neuhoff. — Não há nada mais aqui a ser procurado. Só um drinque de leve e depois vocês vão querer cair na estrada para voltar à cidade antes da noite cair.

Os oficiais saem barulhentos do vestiário, Herr Neuhoff e Peter a reboque.

Quando eles se vão, deixo-me cair em uma cadeira, tremendo. Astrid se mantém em silêncio abaixo das tábuas do assoalho, não ousando sair ainda.

Peter retorna alguns minutos depois.

— Eles foram embora. — Eu o sigo pelos fundos do vestiário. No canto do pavilhão de treino, escondida atrás de um carrinho de mão, há uma porta estreitíssima para o porão. Ele a abre e ajuda Astrid a sair do esconderijo. Ela está pálida e coberta de pedaços de palha e esterco. — Você está bem? — Vejo a maneira como ele a abraça, um momento de ternura. Eu deveria sair para deixá-los a sós. Mas ela se afasta dele. Tem o orgulho muito ferido para deixar que ele se aproxime.

Eu os sigo de volta para o pavilhão de treinamento. Encontro um pano e o molho em um dos baldes.

— Obrigada — diz Astrid quando lhe entrego o pano. É a voz mais gentil que já a ouvi pronunciar. Suas mãos tremem enquanto limpa o esterco marrom do cabelo e do pescoço.

Eu procuro encontrar as palavras para fazer as muitas perguntas que tenho em mente.

— Astrid, você se escondeu.

— Um truque do grande Boldini. Ele se apresentou com minha família anos atrás, na Itália. — Ela sorri. — Não me pergunte como eu fiz. Um bom mágico nunca revela seus truques.

Mas meu humor não está para piadas.

— Ai, Astrid! — Eu me derramo em lágrimas. Apesar de ela me odiar, não posso deixar de me preocupar. — Eles quase acharam você.

— Mas não acharam — responde ela, uma nota de satisfação na voz.

— Mas por que estavam atrás de você? — insisto, ainda que saiba que minhas perguntas são demais para ela agora. — Por que você se escondeu?

— Querida... — interrompe Peter com um tom de precaução.

— Posso confiar nela — diz Astrid. Eu me endireito, cheia de orgulho. — Seja como for, ela vai descobrir mais cedo ou mais tarde. — Mas ela morde o lábio e me estuda, como se ainda estivesse resolvendo se confiava em mim ou não. — Sabe, Theo não é o único judeu do circo. Eu também sou judia.

Fico abalada e me silencio. Não imaginara que Astrid pudesse ser judia, embora, com seus olhos e cabelo escuros, fizesse sentido.

Eu respiro, agradecendo a Deus naquele momento por não ter contado tudo sobre o meu passado e o soldado alemão. Alguma coisa me conteve. E foi melhor assim, porque se eu tivesse contado ela certamente teria me botado na rua.

— Eu era a mais nova de cinco crianças em nossa família circense — acrescenta ela. — Nosso alojamento de inverno ficava perto do de Herr Neuhoff. — Lembro-me da casa escura e abandonada sobre a colina, que Astrid olhava quando a gente ia e voltava do alojamento feminino para o pavilhão de treinamento. — Fui embora para me casar com Erich e morar em Berlim. — Olho de relance para Peter, perguntando-me se é difícil para ele ouvir sobre o homem que Astrid amara antes. — Ele era um oficial graduado no quartel-general do Reich. — Uma judia casada com um nazista de alta patente. Tento imaginar como aquela vida fora para ela. Vinha treinando ao lado de Astrid havia semanas, achando que chegara a conhecê-la. Mas agora uma pessoa inteiramente diferente aparece diante de meus olhos.

Ela continua:

— Quando voltei a Darmstadt, minha família havia desaparecido. Herr Neuhoff me abrigou. Meu nome verdadeiro é Ingrid. A gente mudou para que ninguém soubesse a verdade. — É difícil imaginar alguém a rejeitando. Uma imagem do meu pai à porta do meu quarto me mandando ir embora surge em minha mente. Toda aquela dor antiga que eu trabalhara tanto para afastar durante os últimos meses ressurge em mim, fresca e terrível como no dia em que aconteceu.

— E sua família? — pergunto, temendo pela resposta.

— Morta. — Os olhos dela estão vazios e tristes.

— Você não sabe disso — diz Peter gentilmente, pondo o braço ao redor dela. Desta vez, ela não se afasta, mas descansa a cabeça no ombro dele buscando conforto.

— Era inverno quando voltei e eles deveriam estar aqui — diz Astrid, entorpecida. Ela abana a cabeça. — Eles não conseguiriam ir longe o suficiente para escapar dos alemães. Não, só sobrei eu. Ainda vejo seus rostos, porém. — Ela ergue o queixo. — Não tenha pena de mim — diz ela. Como poderia? Ela é tão forte, bonita e corajosa.

— Isso acontece sempre? — Faço um gesto na direção em que a polícia saíra.

— Mais que o suficiente. É tranquilo, na verdade. Têm havido inspeções de tempos em tempos. Às vezes, a polícia vem para se certificar de que estamos cumprindo as regras. Na maioria das vezes é apenas uma extorsão e Herr Neuhoff dá a eles alguns marcos para que sigam em frente.

Peter abana a cabeça com ar soturno.

— Desta vez foi diferente. Era a SS, e eles estavam procurando você.

O rosto dela fica sombrio.

— É.

— A gente tem que ir embora — diz Peter, o rosto enrijecido. Apesar de já o ter visto ensaiar, é impossível imaginar o homem melancólico e emburrado trazendo leveza para a plateia. — Sair da Alemanha. — Suas palavras saem aos pulos, em *staccato*, a respiração ávida. Ele está pensando em Astrid. Ela precisa sair do país imediatamente, sem dúvida, como eu preciso deixar Theo a salvo.

— Faltam apenas algumas semanas — diz ela, acalmando-o.

— Então estaremos na França — acrescento.

— Você acha que a França é muito melhor? — pergunta Peter.

— Não será, na verdade — explica Astrid, respondendo por mim. — Antes a gente podia achar alguma segurança na Zone Libre. Mas não mais. — Nos primeiros anos da guerra, Vichy não havia sido tecnicamente ocupada. Mas os alemães tinham se livrado do regime de fachada dois anos atrás, passando a controlar o resto do país.

— Preciso falar com Herr Neuhoff — diz Peter. — Astrid, você vai ficar bem? — Apesar de falar para Astrid, ele olha para mim, como se pedisse que eu cuidasse dela.

Hesito. Estou desesperada para ir checar Theo e me certificar de que os alemães não o viram. Mas não posso deixar Astrid sozinha.

— Vamos — estimulo-a, esticando minha mão. — Tenho algumas perguntas a fazer sobre o que treinamos hoje e meu tornozelo está machucado, preciso de um curativo. — Faço soar como se eu precisasse da ajuda dela e não o contrário. — Aqui — digo, tomando o pano dela, agora sujo, enquanto Peter se vai. Devolvo o pano ao balde onde o encontrara, ajoelhando-me para enxaguá-lo e torcê-lo. Quando me levanto, Astrid está olhando pela janela através do vale. Pergunto-me se ela está pensando na SS vindo ou em sua família, ou em ambos. — Você está bem? — quero saber.

— Desculpe — responde ela. — O que fiz com você foi errado.

Leva algum tempo até eu perceber que ela está falando sobre o trapézio, quando me empurrou. Com tudo o que aconteceu, eu quase me esquecera.

— Agora eu entendo. Você não queria que eu tivesse medo.

Ela abana a cabeça.

— Só um tolo não tem medo. Precisamos do medo para manter nossos limites. Eu queria que você conhecesse o pior que pode acontecer para que ficasse alerta e fizesse tudo para evitar. Meu pai fez o mesmo comigo, quando eu tinha quatro anos. — Tento entender como alguém empurra uma criança pequena para além da plataforma, doze metros no ar. Em qualquer outra parte, seria considerado um crime. Mas aqui era treinamento, aceito.

— Você tem um baú? — pergunta Astrid, mudando de assunto. Nego meneando a cabeça. Deixara Bensheim sem nada e tinha apenas as peças de roupa que ela reunira para mim e Theo. — Bom, a gente tem que arrumar um... Quer dizer, você vai ficar? — Há medo nos olhos dela e um tipo de vulnerabilidade que não estavam ali antes, ou talvez não os tenha visto. — A gente não pode fazer o número no trapézio de voo sem um terceiro acrobata. E eu preciso atuar. — Com a chegada dos alemães, o jogo parece ter virado e ela está me implorando agora, precisando de mim para o número de um jeito que eu não teria conseguido imaginar antes. Hesito, ponderando minha resposta.

Mais tarde, naquela mesma noite, estava deitada pensando em tudo o que aconteceu durante o dia. Astrid, que não foi ficar com Peter pela primeira vez desde minha chegada, ressona ao meu lado. Penso sobre tudo o que ela passou. Nós duas fomos dispensadas pelas pessoas que amávamos, eu pela minha família, ela pelo marido. E ambas perdemos nossas famílias. Talvez não sejamos tão diferentes, no final das contas.

Mas Astrid é judia. Tremo, sentindo que o perigo é bem maior para ela do que para mim. Não poderia ter imaginado aquilo em um milhão de anos. Estico-me até alcançar o braço dela, como para me certificar de que ela continua aqui e a salvo. Eu não deveria ter me surpreendido ao saber da verdade a respeito dela. Em tempo de guerra, todos temos um passado, até mesmo um bebê como Theo, não é? Todos precisam esconder a verdade e se reinventar para conseguir sobreviver.

Sem conseguir dormir, ponho Theo delicadamente no berço e me levanto da cama. Passo por Astrid na ponta dos pés e saio do alojamento, cruzando o campo na escuridão fria. O chão debaixo de meus pés estala, com o gelo trincando. Dentro do pavilhão de treinamento, o ar está espesso com resina e suor seco. Olho para o trapézio lá em cima. Mas não ouso treinar sozinha.

Em vez disso, vou até o vestiário, olhando para o lugar onde Astrid se escondera. Como teria sido para ela? Saio pela porta de trás do vestiário para a noite fria mais uma vez, depois ando até a pequena porta do porão e a empurro. O fecho está emperrado e eu fico muito admirada de como Astrid foi capaz de se enfiar naquele espaço ínfimo tão rapidamente. Não consigo abrir. Meu coração acelera. De repente, é como se estivesse correndo dos alemães para sobreviver, prestes a ser pega.

A porta se abre e eu entro. Então fecho a porta e me deito no escuro. O lugar é estreito e raso, com espaço para apenas uma pessoa se deitar. E talvez uma criança. Poderíamos esconder Theo aqui com Astrid se a polícia viesse de novo? Ele poderia gritar. Um bebê, apesar de pequeno, não é tão fácil de esconder. Inalo o ar, que é sufocante por conta do cheiro fétido de podridão.

Meus pensamentos voltam até mais cedo, quando Astrid pediu que eu ficasse no circo. Não respondi de imediato. Meu fardo parecia mais pesado por saber do segredo dela, e eu não conseguia evitar pensar se Theo e eu estaríamos mais seguros sozinhos.

Então vi o olhar súplice dela, precisando de ajuda, mas sem querer pedir.

— Vou ficar — prometi. Não poderia abandoná-la agora.

— Ótimo — respondeu ela, certamente mostrando mais alívio na voz do que pretendia. — A gente precisa de você mais que nunca. — As palavras pareciam ficar um pouco presas em sua garganta. — Vamos começar de novo amanhã. — Ela se virou, afastando-se. Lembrando agora, percebo que ela não me agradeceu.

Não importa, porém. Astrid precisa de mim e, nesse momento, deitada em seu esconderijo sob o chão, farei qualquer coisa para salvá-la.

CAPÍTULO 7

Astrid

Saímos da Alemanha. Finalmente.

Quando a estação de teto plano da fronteira vai sumindo na escuridão, meu corpo inteiro relaxa, com o alívio. Recosto-me ao lado de Peter na cama de casal que ocupa a maior parte de seu dormitório no trem. Ele ressona levemente, murmurando algo enquanto sonha.

Já faz mais de um mês que os oficiais da SS foram até o pavilhão de treinamento em Darmstadt. Tínhamos ensaiado para aquilo, claro, a possibilidade de que eu tivesse que me esconder, encenando as possíveis distrações, calculando quantos passos seriam necessários até que eu chegasse em vários porões diferentes, o esforço necessário para abrir portas pesadas e trancas emperradas. Tínhamos até uma senha planejada: se Herr Neuhoff, Peter ou qualquer um dos outros me dissesse "vá pescar", era para eu ir para o sótão; "vá acampar" significava desaparecer completamente da face da Terra. Mas fomos pegos de surpresa quando a SS veio, e eu mal tinha saído pela porta dos fundos quando entraram no pavilhão de treino. Deu no mesmo — não havia nada que pudesse ter me preparado para ficar deitada, imóvel, no porão, naquele espaço escuro e frio. Ficar sufocada debaixo do assoalho era a coisa mais distante da liberdade que sentia quando voava pelo ar. Era a morte.

Lembrando agora, aperto-me mais a Peter, mergulhando em sua solidez e calor. Quem teria dito à polícia que havia um judeu no circo? Eu raramente ia além do alojamento de inverno quando não estávamos na estrada, mas talvez um entregador ou outro visitante tenha me espiado e percebido. Ou fora algum dos nossos? Passei a olhar para os outros artistas e trabalhadores de um jeito diferente depois daquele dia, perguntando-me quem poderia não me querer por perto. Não dava para confiar em ninguém. Exceto em Peter, claro. E Noa. Ela tem tanto a perder quanto eu, talvez mais.

A SS não voltou ao alojamento de inverno nas últimas semanas. No entanto, desde então fiquei alerta. Os dias passaram lentamente antes de nossa partida, cada um com sua própria ameaça de detecção. O perigo se tornou real depois daquilo, como nunca fora antes.

Erich surge inopinadamente em minha cabeça. O que o *obergruppenführer* pensaria de sua esposa, escondendo-se dos amigos dele debaixo da terra como um animal caçado? Vejo o rosto dele com uma vividez que não surgia há muitos meses, e me pergunto como ele teria explicado minha partida a nossos amigos e vizinhos. *Foi visitar um membro da família doente*, podia ouvi-lo dizer na voz macia que eu tanto amei. Ou talvez ninguém tenha perguntado nada. Ele continuou no apartamento, ainda sentindo o meu cheiro e usando as coisas que eram nossas ou, pior ainda, trouxe outra mulher para viver com ele? Ele pode ter se mudado. Erich não era de se apegar ao passado.

Ao meu lado, Peter se mexe e afasto meus pensamentos de Erich, sentindo culpa. Quando Peter rola para meu lado, sinto seu desejo por mim através do tecido de nossas roupas de dormir. As mãos dele me procuram, encontram a barra da minha camisola. Costuma ser assim, no meio da noite. Mais de uma vez acordei e o encontrei já dentro de mim, pronto e primitivo. Posso ter me importado antes; agora eu agradeço pela verdade de seu desejo, que vem sem pretexto romântico.

Subo em Peter com uma perna de cada lado dele, nua debaixo da camisola, e pressiono as palmas das mãos contra o calor de seu peito, aspirando o cheiro do ar, uma mistura de bebida, tabaco e suor. Então me balanço lenta e metodicamente ao ritmo do trem. Peter ergue o braço e segura meu queixo, puxando meu olhar para o dele. Normalmente, ele mantém os olhos fechados, perdido como se estivesse em outro mundo. Mas ele está olhando profundamente para mim agora, como nunca fizera antes. É como se estivesse tentando resolver um mistério ou abrir algum tipo de porta. A intensidade de seus olhos me toca de alguma forma. Começo a me mover mais rapidamente, querendo mais, enquanto o calor de nossa junção bem dentro de mim cresce. As mãos de Peter estão em meus quadris, guiando-me. Seus olhos se reviram. Quando minha excitação atinge o ápice, daquela maneira silenciosa e familiar, deixo-me cair para a frente e mordo o ombro dele para abafar meus gritos, evitando que ecoem através dos vagões.

Então rolo para ficar ao lado dele na cama. Seus dedos estão enrolados em meu cabelo e ele murmura algo suavemente para si mesmo, em russo. Ele se agarra fortemente a mim, beijando minha testa, bochechas, queixo. Sua excitação está saciada agora, seu toque é quente e seu olhar caloroso.

Peter cai num sono instantâneo, com um braço sobre a cabeça, como num gesto de rendição, o outro pesado sobre meu peito. Mas tem um sono agitado, contorcendo-se e lutando uma batalha por baixo das pálpebras que nunca tem fim. Pergunto-me o que ele vê, um capítulo de um livro que eu nunca li. Passo minha mão sobre ele, tranquilizando-o, até que ele se aquieta.

Nós nos tornamos amantes no verão passado, durante a turnê. No começo, passávamos as noites sentados à fogueira no quintal, atrás da grande lona, muito tempo depois que os outros tinham ido dormir. Só depois é que vieram as noites compartilhadas, como esta, encontrando calor humano e companhia um no outro. Há tristeza nele, uma tragédia sobre a qual não ouso perguntar. Às vezes, é como se em seus momentos febris ele tentasse recuperar o passado. Também não contei a ele detalhes sobre meus anos com Erich, longe do circo. A vida com Peter é sobre o aqui e agora. Estamos um com o outro — um relacionamento que não está baseado nem em um passado partilhado nem em promessas futuras que podemos não ser capazes de cumprir. A parte de mim que poderia ter desejado algo mais de um homem morreu no dia em que deixei Berlim.

Olho para as vigas do teto, que balançam para frente e para trás com o movimento do trem. Na manhã anterior, nos levantamos antes do dia clarear. O carregamento do trem começara horas antes, um infindável cortejo de vagões de carga com o brasão do circo, cheios de caixas e estacas. Os trabalhadores permaneceram acordados a noite inteira e o cheiro misturado de cigarro e suor parecia circundar o trem em grandes anéis. Os animais entraram por último, pouco antes de nós, elefantes envoltos em cobertores eram empurrados centímetro a centímetro para cima das rampas, caixas com grandes felinos iam para dentro dos vagões com um esforço doloroso.

— Eee! — gritara Theo espiando o último dos elefantes sendo empurrado para dentro, com quatro trabalhadores fazendo força contra seu traseiro imenso. Eu tive que sorrir. Para nós, gente do circo, até mesmo para as crianças, bestas exóticas haviam se tornado lugar-comum. Quando foi a última vez que alguém aqui ficara maravilhado com um elefante?

Peter tem um compartimento privado, metade de um vagão, isolado por uma parede provisória. Não é nada comparado ao luxo com que viajava minha família: tínhamos dois vagões, nossas próprias camas, banheiro privado e mesa de jantar, quase uma miniatura de casa sobre trilhos. Claro, isso foi no auge do circo, na era dourada.

Toco minha orelha esquerda, pensativa, sentindo o brinco de ouro que foi de minha mãe, passando a ponta dos dedos sobre o rubi, pequeno e irregular. Não havia sinal de minha família desde meu retorno a Darmstadt. Minha esperança de ouvir notícias deles quando saísse em turnê com o Circo Neuhoff falhara no ano anterior. Não podia perguntar a ninguém diretamente, para que não me ligassem a minha verdadeira identidade. E quando fazia referências casuais nas cidades pelas quais passávamos, as pessoas só diziam que o circo dos Klemt não viera naquele ano. Eu até mandei uma carta para Herr Fein, o agente em Frankfurt que arrumara a turnê para minha família nas grandes cidades, com esperança de que, talvez, ele pudesse saber aonde minha família tinha ido. Mas ela retornara com um rabisco no envelope: *Unzestellbar*. Não entregue.

Sombras passam com velocidade pela parede do carro. Estamos no trem há trinta e oito horas, mais tempo do que deveríamos, por conta dos desvios onde trechos do caminho de ferro haviam sido destruídos ou danificados. O trem permaneceu imóvel durante horas em algum lugar perto da fronteira, onde aviões britânicos bramiam sobre nós e bombas caíam tão perto que lançaram nossas malas para fora do bagageiro. Mas agora rodamos calmamente pelo campo.

Meus olhos começam a pesar, embalados pelo balanço do trem e o calor da excitação que eu e Peter acabamos de compartilhar. Puxo seu cobertor por sobre mim quando o ar frio penetra através da janela quebrada. Está muito frio nessa noite. Os vagões são precariamente aquecidos, as cabines feitas para o verão.

O roteiro estava completo, no entanto. Começáramos na primeira quinta-feira de abril, como no ano anterior. Antes, o circo ia aonde havia muito dinheiro, os campos cobertos de vinhas do Líger e as cidades ricas do Ródano-Alpes. Agora, nos apresentamos onde nos permitem, um roteiro elaborado pelos alemães. Não é pouco que o Reich tenha concordado em deixar o circo ainda funcionar durante todos esses anos. Eles o levavam pela França ocupada como a dizer: "Estão vendo, a vida continua a mesma. Que mal pode haver se esse tipo de diversão ainda existir?"

Mas nós representamos tudo o que Hitler odeia: somos estranhos e excêntricos em um regime em que tudo gira em torno da conformidade. Eles não nos permitirão seguir para sempre.

O trem desacelera, guincha até parar. Sento-me, desvencilhando-me do braço de Peter. Embora tenhamos atravessado a fronteira horas antes, pontos de controle podiam aparecer a qualquer momento. Levanto-me, procurando meu *ausweis* e outros documentos. Começamos a nos mover de novo, a parada foi temporária. Sento na beirada da cama, meu coração ainda acelerado. Estamos perto da linha que antes dividia Vichy da França Ocupada. Embora ambas sejam controladas pelo Reich, certamente ainda haverá uma inspeção do trem. "Quando", não "se", os guardas vierem, quero ser uma entre as várias garotas no vagão-dormitório, não na cabine de Peter, arriscando atrair mais perguntas sobre minha identidade e inspeção de meus documentos do que se simplesmente me misturar com as outras.

Saio da cama, vestindo-me rapidamente no ar gelado. Na ponta dos pés, silenciosamente para não acordar Peter, entro no próximo vagão, de segunda classe, desgastado e fedendo a mofo, onde as garotas dormem, com beliches de três andares. Apesar do ambiente lotado, há roupas de cama de verdade, não sacos de dormir. Embaixo dos beliches, baús estão alinhados perfeitamente, um para cada uma de nós.

Noa dorme em uma das camas baixas, abraçando o bebê em seu peito como um bicho de pelúcia. Seu rosto parece ainda mais jovem durante o sono, ao contrário da noite em que veio até nós. Ela é *backfisch*, minha mãe diria, quase chegando à vida adulta. Vendo-a agarrar Theo, alguma coisa bate em meu peito. Ambas fomos abandonadas, exiladas, cada uma a seu modo, da vida que conhecíamos.

Mas não é hora para sentimentalismo. Que ela seja capaz de se apresentar como precisamos que faça, é a única coisa que importa. Para um acrobata aéreo, não basta dominar a técnica. Trata-se de ter personalidade, talento e a habilidade de fazer a plateia prender o fôlego, como se temesse por suas próprias vidas juntamente com a nossa. Apenas aparência e personalidade não são suficientes — até a mais bela mulher não sobreviveria a uma temporada no circuito sem pura graça física, agilidade e força para suportá-la.

Noa vem me surpreendendo até agora. Pensei que ela desistiria depois do primeiro dia, que nunca voaria. Não havia contado com seu treinamento como ginasta, com sua tenacidade. Trabalhou duro e é inteligente e capaz. E corajosa — o resgate de Theo do vagão dos nazistas mais que provava isso. Ela é tão boa quanto pode ser, embora tudo dependa de ela conseguir se apresentar sob os holofotes, na frente de centenas de pessoas, duas ou três vezes por dia.

Outra garota tomou o leito que deveria ser meu, então me imprenso na estreita faixa de cama ao lado de Noa. Mas não consigo dormir. Em vez disso, ensaio nosso número de abertura, fazendo os movimentos em minha mente.

A meu lado, Noa se mexe e muda de posição de uma maneira lenta e habitual, para que não acorde Theo:

— Já chegamos?

— Daqui a pouco. Mais algumas horas. — Deitamos ao lado uma da outra, nossos flancos se batendo gentilmente quando o trem sacode.

— Converse comigo — diz ela, a voz profunda, cheia de solidão.

Hesito, sem saber o que ela quer ouvir.

— Nasci num vagão igual a este — tento. Percebo a surpresa dela no escuro. — Minha mãe saiu do picadeiro e me deu à luz. — Só o protesto de meu pai, rezava a história, impedira que ela voltasse ao espetáculo imediatamente depois.

— Como foi crescer no circo? — Com Noa, as perguntas pareciam gerar outras infinitamente. É muito curiosa, quer saber e aprender tudo.

Penso sobre minha resposta. Quando eu era mais nova, odiava a vida do circo. Ansiava por uma infância normal, pela estabilidade, ficar em um lugar só e ter uma casa de verdade. Poder ser dona de mais coisas do que as que cabiam em um único baú. Mesmo em nosso alojamento de inverno, durante os meses em que me era permitido ir à escola, eu era diferente das outras garotas, era uma estranha e uma aberração.

Quando Erich apareceu, foi a fuga pela qual esperara durante toda a minha vida. Tentei me integrar, moldar meu sotaque para soar como as esposas dos outros oficiais. Mas, muito tempo depois que a gente se acomodou em Berlim, sentia que ainda me faltava alguma coisa. O apartamento era vazio, sem os sons e cheiros do alojamento de inverno. Sentia falta do barulho e do entusiasmo de me apresentar nas turnês. Como as pessoas conseguiam viver no mesmo lugar o tempo todo e não ficar entediadas? Eu amava Erich e, após um tempo, meu desejo começou a desaparecer, como uma cicatriz não muito bem curada. Mas continuei sendo perseguida pelo mundo do qual sempre quisera fugir. Minha vida com Erich, percebo agora, fora temporária, como apenas mais um ato de um de nossos espetáculos. Quando terminou, eu não derramei uma lágrima. Em vez disso, simplesmente mudei a fantasia e parti para outra.

Não digo a Noa nada disso; não é o que ela quer escutar.

— Certa vez, quando eu era pequena, a gente se apresentou para uma princesa — digo, então. — No Império Austro-Húngaro. A tenda inteira estava lotada com a corte real.

— Verdade? — A voz dela está cheia de encanto. Concordo com a cabeça. Imperatrizes não existem mais, foram substituídas por parlamentos e votos. Melhor para o povo, talvez, mas, de alguma maneira, menos mágico. O circo também sumiria da história? Embora ninguém fale sobre isso, eu às vezes me pergunto se estamos marchando para a extinção a cada performance, muito ocupados dançando e voando pelo ar para perceber.

Abro o medalhão de meu pescoço, revelando a pequenina foto de minha família ao luar, a única que tenho.

— Minha mãe — digo. — Era incrivelmente bonita — ao menos antes de Isadore ter sido assassinada e ela, então, ter começado a beber —, magnífica no que eu tenho de comum, de traços romanescos. Uma vez, antes de eu nascer, o circo viajou para São Petersburgo e ela se apresentou para o czar Nicolau. Ele ficou encantado por ela e dizem que a czarina até chorou. Sou só uma fração do que ela era no ar.

— Não consigo imaginar ninguém melhor que você — declara Noa alto demais, e a garota que dormia na cama acima de nós resmungou ainda dormindo. Theo se mexe e ameaça acordar. Enquanto dou tapinhas em suas costas para acalmá-lo, pergunto-me se Noa está tentando ganhar minha simpatia, mas a admiração na voz dela soa sincera.

— É verdade. Ela era uma lenda. — As únicas mulheres em uma família de homens, seria de pensar que minha mãe e eu éramos próximas. Ela me amava completamente, mas havia uma parte que eu nunca consegui alcançar.

— Você e Erich — pergunta Noa, e fico ouriçada com a familiaridade com que ela usa o nome dele. — Vocês nunca tiveram filhos? — Fico surpresa, depois chateada pela inesperada mudança de assunto. Ela tem um jeito de achar o ponto fraco, de formular a pergunta que sou menos capaz de responder.

Eu abano a cabeça.

— Não podíamos. — Perguntei-me tantas vezes se Erich teria lutado mais para ficar comigo se tivéssemos um bebê. Mas nosso filho teria sido um judeu aos olhos do Reich, então será que ele teria repudiado nós dois? Erich deve ter filhos agora, e uma nova esposa, porque, embora eu não tivesse assinado os papéis do divórcio, o Reich não reconhecia que nosso casamento existiu.

— Aí, quando você voltou ao circo, apaixonou-se por Peter? — pergunta Noa.

— Não — respondo rapidamente. — Não foi assim, de jeito nenhum. Peter e eu estamos juntos. Não pense que há algo mais do que isso.

Sinto o trem começar a desacelerar. Sento, perguntando-me se é imaginação minha. Mas as rodas guincham com um lamento quando o trem para. Outro ponto de controle. Herr Neuhoff conseguiu documentos para todo mundo, até Theo. Mas eles não são verdadeiros e, a cada parada, sou tomada pelo terror. Serão convincentes? Sem dúvida, Herr Neuhoff não mediu gastos para garantir que parecessem autênticos. Mas bastava um guarda com olhar afiado para perceber algum detalhe errado. Sinto um peso em meu peito, tornando a respiração difícil.

Há uma batida do lado de fora do vagão. A porta se abre e um guarda da fronteira entra, sem esperar por uma resposta. Ele lança uma luz ao redor do vagão, segurando-a mais tempo que o necessário sobre os corpos das garotas que se mexem, acordando. Ele abre caminho pelas camas, passando os olhos em cada documento de identidade superficialmente. Eu respiro devagar. Talvez a coisa seja rápida, apesar de tudo.

Então ele se aproxima de nós.

— *Kennkarte. Ausweis.*

Eu entrego meus documentos a ele juntamente com os que Noa me dá. Seguro o fôlego e conto, esperando que ele os devolva. Um, dois...

Então ele os toma e caminha para fora do trem.

Eu mordo o lábio para não gritar.

— O que foi que aconteceu? — pergunta Noa, a voz em pânico e confusa.

Não respondo. Algo, algum detalhe em nossos documentos de identidade nos entregou, desmascarou o fato de que eles eram falsos. Calma, penso, fazendo força para respirar normalmente, de modo a não deixar Noa em pânico. As outras nos olham com nervosismo. Noa baixa a mão úmida e segura a minha, confiando em mim como uma criança. Eu me preparo, esperando que o guarda volte e nos retire do carro.

— Seus sapatos — sussurro com premência.

— O quê? — Noa fica tensa, suas unhas enfiadas em minha palma da mão úmida.

— Calce os sapatos. Se eles nos retirarem... — paro sem terminar quando ela começa a tremer. É fundamental que nós tenhamos a aparência calma quando o guarda retornar.

Mas ele não vem. Cinco minutos se passam, depois dez, vou sentindo um pânico cada vez maior. Ele fora até os outros guardas? Como preciso de Peter aqui. Noa aperta meus dedos, depois segura firme, sem soltar. O vagão balança e começa a se mexer.

— Nossos documentos — sussurra Noa, a voz subindo de tom com a urgência. — Eles se foram.

— Shh. — Ainda estamos no trem. Não fomos presas. Mas estamos seguindo em frente sem nossos documentos, o que é quase tão ruim.

Um momento depois, Herr Neuhoff aparece à porta de nosso vagão e faz um gesto para mim.

— Aqui — diz ele, quando me aproximo. Em seus dedos grossos ele segura todos os nossos documentos. Um olhar estranho cruza seu rosto e me pergunto quanto ele tivera de dar de propina para que o guarda deixasse passar sem fazer muitas perguntas.

Quando o trem ganha velocidade, há um suspiro coletivo, todo o vagão parece relaxar ao mesmo tempo. Todas estão acordadas agora e as garotas se levantam e se vestem, batendo umas contra as outras no vagão lotado, balançando. Do lado de fora, o céu está clareando, por trás da silhueta sombria de um morro coberto de videiras, com uma igreja em ruínas no topo.

Algum tempo depois, um dos trabalhadores da cozinha aparece no final do carro, distribuindo pão frio e queijo, nosso café da manhã. O campo começa a se estreitar, fazendas pontilhando a terra com mais frequência. Crianças espiam curiosamente das janelas das casas e correm ao longo dos trilhos quando nosso carro todo coloriso passa, esperando dar uma olhadela nos animais.

Continuamos em silêncio, viajando sobre um aqueduto, e um vale se descortina, revelando uma vila de telhados vermelhos abaixo das ruínas de pedra de um castelo, rodeada por campos de arbustos secos. Chalés cobertos de musgo pontilham a encosta. São pontuados por uma ou outra mansão ou igreja com o campanário em ruínas, paredes de alabastro aquecidas pelo sol, que agora está alto no céu.

Uma onda de entusiasmo perpassa o vagão. Estamos quase lá.

— Temos que nos preparar para a parada — digo a Noa.

— Parada? — pergunta Noa, a testa enrugada.

Engulo um suspiro, lembrando do quanto ela ainda não sabe.

— É, assim que chegarmos, vamos sair do trem e imediatamente fazer uma parada pela cidade, em carruagens. Oferecemos assim uma prévia do espetáculo para os moradores locais ficarem entusiasmados.

Observo seu rosto enquanto processa essa nova informação, procurando detectar sinais de nervosismo ou medo. Mas ela simplesmente assente com a cabeça, então deixa Theo para que possa se vestir.

As meninas começam a se enfeitar o melhor que podem no espaço lotado do vagão, aplicando ruge e escurecendo as sobrancelhas.

— Aqui. — Eu tiro um vestido rosa de paetê do meu baú e passo para Noa. Ela olha ao redor, ainda envergonhada de se trocar na frente das outras. Mas não há para onde ir, então ela o veste, tão apressadamente que quase cai.

— Eles ainda vêm nos ver? — pergunta Noa. — Os franceses, digo. Sem dúvida, para eles nós ainda somos alemães...

— Pensei a mesma coisa no primeiro ano da guerra — respondo. — Não se preocupe. O povo ainda ama o espetáculo. O circo não tem fronteiras. As plateias não veem o espetáculo como alemão, e voltam fielmente a cada ano.

As rodas do trem rangem até parar, quando nos aproximamos da estação. Não saímos imediatamente, mas continuamos nos arrumando, enquanto os vagões, que seguiam adiante ou eram alugados em cada local, juntam-se lá na frente. Os animais são descarregados em primeiro lugar, suas caixas colocadas sobre plataformas com rodas. Nós corremos para a saída, o espaço vai ficando apertado e o ar quente enquanto esperamos nossa vez.

Por fim, a porta do carro é aberta e o ar frio e fresco entra com tudo. A estação está quase tão lotada quanto o vagão estivera, dezenas de espectadores se imprensando, esperando para dar as boas-vindas da cidade ao circo. Flashes estouram das câmeras em rápida sucessão. Depois da quietude do trem, o caos destoa, como se alguém ligasse a luz rapidamente durante um pesadelo. Paro no meio dos degraus, fazendo com que a garota atrás de mim se choque contra minhas costas. Estou cheia de dúvidas, incapaz de me mover. Geralmente, adoro a estrada, mas repentinamente anseio por Darmstadt, onde conheço cada centímetro do chão — e tenho vários locais para me esconder. Ter saído em turnê no ano passado como se não estivéssemos em guerra foi bastante difícil.

Agora, tenho a preocupação extra de garantir que Noa pode atuar, que ela e Theo se mantenham em segurança. Como posso seguir adiante?

— Astrid? — diz Noa em sua voz tímida. Viro-me para ela. Ela me observa nervosamente, incerta sobre o que fazer.

Eu afasto minhas dúvidas e seguro sua mão.

— Venha — e saímos juntas do trem.

Analisando a multidão, vejo o olhar no rosto das pessoas, não de escárnio, mas de admiração e esperança, trazidas por nossa chegada. Adultos nos observam, maravilhados como crianças. O circo sempre trouxera luz para os lugares que visitava. Agora é uma tábua de salvação. Levanto meu queixo. Se ainda podemos dar isso a eles, o circo não está morto. Houve circos desde a época dos gregos e romanos, nossa tradição tem séculos. Sobrevivemos à Idade Média, às Guerras Napoleônicas, à Primeira Guerra. Sobreviveremos a esta também.

CAPÍTULO 8

Astrid

Seguimos pela plataforma. Os cavalos, que tinham sido amarrados nos vagões dos animais, batem as patas impacientemente, bufando pelas narinas inflamadas. Nas jaulas que estão sendo carregadas, os leões e o solitário tigre estão à vista. Há camelos também, e um pequeno urso, seguindo a procissão em uma coleira. Ano passado, tínhamos uma zebra, mas ela morreu durante o inverno e Herr Neuhoff não conseguiu substituí-la.

A parada começa a se mover lentamente, serpenteando em direção à aldeia, um vislumbre de telhados de ardósia esmaecida na escarpa da colina, com uma catedral medieval no topo, vendo tudo passar. Não muito diferente do que vi em dezenas de cidades nas turnês ao longo dos anos. Antes o circo seguia mais rapidamente e podia parar em uma cidade por dia, organizando-se e se apresentando duas ou três vezes antes de desfazer o *chapiteau* e se deslocar à noite. Mas as linhas de trem diminuíram nossa velocidade, e os alemães restringem os lugares aonde podemos ir. Então as escolhas são feitas de maneira mais estratégica. Preferimos lugares onde podemos acampar por uma semana e atrair espectadores das cidades vizinhas. Será que podemos? As dúvidas anteriores de Noa ecoam em minha mente. Havia mais de quatro anos de sofrimento e dureza aqui. A impressão é de que, se a guerra se arrastar por mais tempo, as pessoas simplesmente vão parar de vir.

O aclive se torna mais íngreme e a procissão fica mais lenta, enquanto os cavalos puxam o peso das carroças. Ao longo da estrada há um cemitério; um emaranhado de lápides repousa na escarpa da colina. Por fim, chegamos à entrada de Thiers, um nó de ruas estreitas ladeadas por casas de três e quatro andares, encostadas umas às outras, como se precisassem disso para se equilibrar. No topo da rua principal, o alarido do público aumenta e o ar vibra com o entusiasmo. Um trompete soa quando a parada começa, anunciando nossa chegada. Nosso carro aberto, adornado com flâmulas e puxado por cavalos com as cabeças cobertas por panos cheios de joias, segue na frente, diante do carro com leões e o treinador montado sobre eles. A magnificência e as cores vivas da procissão se refletem contra as fachadas arruinadas dos prédios. As ruas não estão diferentes daquelas das cidades nos anos anteriores. Exceto pelas bandeiras vermelhas com suásticas pendendo de alguns poucos prédios, seria possível imaginar que não estamos em guerra.

Desfilamos cuidadosamente pela cidade, carros seguindo em frente, centímetro a centímetro. Garotos acenam e assoviam para a gente do meio da multidão. A meu lado, Noa se enrijece em resposta à bajulação, apertando Theo ainda mais contra si. Dou o braço a ela, tranquilizando-a. Para mim, isso é normal, mas ela deve se sentir nua e exposta.

— Sorria — digo entredentes. — O espetáculo começou a partir do momento em que descemos do trem.

Em uma varanda de segundo andar em ferro trabalhado, percebo um garoto, ou talvez um homem, de dezenove ou vinte anos no máximo. Ele não grita e acena como as outras pessoas, mas nos observa de braços cruzados com um misto de desinteresse e divertimento. Ele é bonito, no entanto, com cabelos ondulados, pretos como carvão, e maxilares como que talhados. Imagino que seus olhos, caso estivesse perto o suficiente para lhes ver a cor, sejam azul-escuros. Alguma coisa em nosso carro capta seu olhar. Começo a fazer meu melhor aceno ensaiado. Mas não é a mim que ele está observando, e sim Noa. Por um segundo, pondero sobre apontá-lo para ela, mas não quero deixá-la ainda mais nervosa. Um segundo depois, ele desaparece.

A rua de paralelepípedos se estreita, aproximando a parada dos espectadores. Mãos se erguem, crianças pequenas ansiosas para tocar em nós, no espetáculo, de uma maneira que seria simplesmente grosseira em qualquer outra situação. Não conseguem nos alcançar, e fico grata por isso. Os rostos na multidão são diferentes este ano, olhos cansados da guerra, rostos cavos. Mas nós estamos mudados também. Mais de perto, alguém seria capaz de ver as rachaduras, os animais magros demais, artistas exagerando no ruge para encobrir a fadiga.

O público segue a parada pela via tortuosa que leva à praça do mercado, depois por outra estrada, que leva para fora da cidade. Embora a inclinação seja mais suave do que fora na subida, a estrada é acidentada e irregular, marcada por sulcos e buracos. Ponho a mão sobre Noa e Theo quando vamos aos solavancos, para que não caiam do banco. Eu poderia ter sugerido que ela deixasse Theo com Elsie ou uma das outras trabalhadoras; paradas não eram lugar para um bebê. Mas eu sabia que Noa ficaria nervosa e que tê-lo junto a deixaria mais à vontade. Analiso o bebê. Ele não parece assustado com o barulho e o público. Em vez disso, se aconchega em Noa, com a cabeça alerta, parecendo se entreter com a comoção.

Alguns quilômetros adiante, o pavimento dá lugar à terra. Noa observa a multidão que vem atrás.

— Eles continuam seguindo a gente — diz ela. — Pensei que tivessem perdido o interesse.

— Nunca — respondo. Os espectadores permanecem incansáveis. Mulheres segurando bebês e crianças pedalando em suas bicicletas ao nosso lado, suas roupas domingueiras ficando marrons com o pó que se levanta da estrada. Até cães, latindo, juntam-se à confusão, tornando-se também parte da parada.

Alguns minutos mais tarde, a estrada acaba em um campo gramado, plano e amplo, interrompido apenas por um amontoado de árvores em um dos lados. O carro para com um solavanco sem cerimônia. Desço primeiro, depois estendo o braço para ajudar Noa. Mas ela olha para além de mim, olhos arregalados. A armação da lona é quase tão atraente quanto o próprio circo, e não apenas porque é de graça. Um exército de trabalhadores com tendas, canos de metal e corda se espalhou sobre o campo. O circo precisa de mais ajudantes do que é possível trazer conosco, o que é uma boa notícia para os homens do lugar que estão procurando emprego. Eles ficam, braços nus e transpirando, na periferia da lona estendida, que cobre todo o campo, amarrada a estacas que a circundam.

— Eu me sinto inútil por ficar aqui parada — diz Noa depois de descer do carro. — Não deveríamos ajudar ou algo do tipo?

Abano a cabeça.

— Deixe eles fazerem o trabalho deles. Nós não podemos ajudar a erguer a lona, na mesma medida em que os trabalhadores também não conseguem balançar no trapézio.

Todo o trabalho preliminar está feito, mas o show de verdade está guardado para o público. Elefantes, que não fizeram parte da procissão, mas foram trazidos diretamente para cá de trem, são arreados. A um sinal, eles começam a se afastar do centro, erguendo o *hauptmas* até a altura máxima. Depois saem os cavalos, que puxam as estacas menores para seus lugares, e a coisa toda parece se levantar como uma fênix das cinzas, uma lona do tamanho do gigantesco ginásio em Darmstadt onde segundos antes não havia nada. Apesar de, sem dúvida, ter visto aquilo ano após ano, a multidão deixa escapar um arfar embevecido e aplaude calorosamente. Noa observa em silêncio, extasiada ao ver a tenda erguida pela primeira vez. Theo, chupando os dedos, grita com aprovação.

A multidão começa a se dissipar à medida que os trabalhadores se mexem para firmar as estacas.

— Venha — digo, partindo na direção da lona. — Precisamos treinar.

Noa não se move, mas olha, hesitante, de mim para o bebê e para mim de novo.

— Nós ficamos na estrada por quase dois dias — reclama ela.

— Sei disso — respondo, já quase impaciente. — Mas só temos algumas horas antes de nos aprontar para o primeiro espetáculo. Você precisa ensaiar pelo menos uma vez na tenda antes disso.

— Theo precisa comer e eu estou exausta. — A voz dela se afina quase a ponto de gemer e eu me lembro mais uma vez do quanto ela é jovem. Lembro só por um segundo como era querer outra coisa, olhar pela janela do pavilhão de treinamento e ver garotas pulando corda no vale e desejar me juntar a elas.

— Tudo bem — cedo. — Você tem quinze minutos. Vá deixá-lo com Elsie. Eu a encontro na tenda.

Fico esperando que ela proteste de novo, mas não é o caso. O rosto dela se abre em um amplo sorriso de gratidão, como se eu tivesse lhe dado um presente.

— Obrigada — diz ela, e enquanto leva Theo na direção do trem, olho para trás, por cima do ombro, para a lona. Concordei não apenas para agradar a Noa. Os trabalhadores ainda estão amarrando as estacas; o trapézio não está pronto ainda. E ela vai ensaiar melhor se puder se concentrar em voar, em vez de se preocupar com Theo.

Enquanto Noa desaparece dentro do trem, minhas dúvidas retornam. Desde quando ela se soltou e voou no mês passado, passou a treinar com mais vigor. Mas ela tem tão pouca experiência ainda. Vai aguentar ficar dia após dia à frente dos holofotes e do escrutínio do público?

Entro na tenda, inalando o cheiro de terra úmida e madeira molhada. Esse é um dos meus momentos preferidos a cada temporada, quando tudo no circo está fresco e novo. Outros artistas, malabaristas e alguns contorcionistas, entraram lentamente e trabalham em seus números. Peter não está aqui e eu me pergunto se ele está ensaiando sozinho, escondido, de forma a não ser repreendido pelo número político que Herr Neuhoff o proibiu de fazer.

Peter mencionara o assunto dias antes.

— Herr Neuhoff está tentando me persuadir a enfraquecer o número, enterrá-lo.

— Eu sei — respondi. — Ele também falou comigo sobre isso.

— O que você acha? — Peter era normalmente muito seguro de si. Mas seu rosto mostrava confusão e eu podia ver que ele realmente não sabia o que fazer. Era só por minha causa que ele estava considerando aquiescer.

— Não se prenda por minha causa. — Não queria que Peter sacrificasse sua arte por mim e depois se ressentisse disso.

Os trabalhadores acabaram de firmar o trapézio. O contramestre, Kurt, faz com que o montem antes dos assentos e dos outros aparatos, sabendo que vou querer treinar imediatamente. Ando até o local em que ele está conversando com dois outros obreiros sobre o ângulo em que os assentos devem ser colocados.

— O chão foi aplainado? — pergunto. Ele assente com a cabeça. Aquilo é muito importante para o trapézio. A menor irregularidade no terreno pode afetar a velocidade com que voamos e destruir a precisão do número, fazendo com que eu não consiga aparar Noa.

Caminho até uma das escadas e dou um puxão firme para me certificar de que está segura. Então subo até a plataforma. Lá de baixo, vem o murmúrio de algumas dançarinas, conversando enquanto se alongam. Pulo sem hesitação. O ar passa rápido por mim e me estico para frente. Como sempre nesse momento, eu me sinto com dezesseis anos de novo, o som das risadas da minha família soando em meus ouvidos enquanto voo. Assim que voltei para o circo, perguntava-me se o tempo em que permaneci ausente teria me tornado mais lenta, se conseguiria me lembrar dos movimentos. Eu estava com bem mais de trinta anos, talvez fosse velha demais para aquilo. Outros, a esta altura, haviam se aposentado para ir ensinar, casar ou se apresentar em cabarés vagabundos em Dresden ou Hamburgo. Mas o ar é tudo para mim. Ainda sou boa nisso. Por que não continuar? Em poucas semanas, meu corpo afinou, o luxo daqueles longos restaurantes em Berlim evaporou de minha barriga, e eu estava boa como antes — até melhor, como comentou Herr Neuhoff uma vez. Não poderia dizer a ele que voava mais alto, e girava com mais empenho, apenas para alcançar um lugar nas extremidades escuras da lona de onde pudesse ouvir as risadas de meus irmãos, e onde a rejeição de Erich não pudesse mais me encontrar.

Quando me balanço de volta para a plataforma minutos depois, a conversa dos artistas lá em baixo para abruptamente e a tenda fica silenciosa. Noa está de pé à entrada da lona, parecendo uma criança assustada. Outros artistas a olham com preocupação. Eles não foram hostis com ela desde que entrou no circo, mas se mostravam distantes, deixando claro que o lugar dela não era aqui. A vida é sempre difícil para novos artistas nos circos. De fato, não foi exatamente de braços abertos que me deram as boas-vindas quando voltei. E é ainda mais duro para alguém como Noa, que para eles não tem talento, muito inexperiente para obter sucesso.

Mas minha atitude era melhor?, me pergunto. Também tratei Noa com frieza no começo, desejei que ela fosse embora. Apesar de tê-la aceitado desde que a polícia apareceu em Darmstadt, eu a vi como uma necessidade, parte do número. Não fiz nada para que ela se sentisse realmente bem-vinda.

A'ssaltada por um sentimento de culpa, desço a escada e vou até ela. Ignoro os outros, desejando que ela faça o mesmo.

— Você está pronta? — Noa não responde, olha ao redor da tenda. Para mim aquilo era normal, era quase a minha vida inteira. Mas tento perceber as coisas como ela: o espaço cavernoso, filas de bancos sendo montadas infinitamente, uma após a outra.

Pego em sua mão e lanço um olhar duro para os outros, até todos desviarem os olhos.

— Venha. As escadas são mais frouxas aqui do que no pavilhão de treinamento. E tudo treme um pouco mais. — Continuo falando enquanto subimos, em parte para acalmar os nervos dela e, em parte, porque há coisas importantes que ela precisa saber, com relação às diferenças entre Darmstadt e a lona. Após uma vida inteira dedicada àquilo, posso atuar em qualquer canto — o cenário desaparece e ficamos só eu, a barra e o ar. Para Noa, no entanto, cada pequeno detalhe pode fazer a diferença.

— Vamos começar com algo simples — digo, mas há terror em seus olhos quando ela olha para baixo. Ela vai desistir. — Finja que eles não estão aqui.

Ela pega a barra com mãos trêmulas e pula. No começo, fica desajeitada, lembrando seu primeiro dia no trapézio.

— Faça o que você sabe! — estimulo, desejando que ela se lembre de tudo o que ensinei. Quando ela entra no ritmo de ida e volta a que está acostumada, seus movimentos ganham leveza.

— Ótimo — digo quando ela volta para a plataforma. Eu vinha poupando meus elogios por não querer que ela se acomodasse. Mas agora ofereço mais do que o normal, esperando aumentar sua confiança. Ela sorri, bebendo minha aprovação como se fosse água. — Agora vamos treinar a soltura.

Noa parece que vai protestar. Não confio muito se ela vai conseguir fazer isso aqui, mas não tenho escolha. Vou para a outra escada e subo para segurar o trapézio do aparador, fazendo um gesto com a cabeça para Gerda, que papeava com alguns acrobatas. Ela sobe a escada atrás de Noa, desinteressada. Observo Gerda cautelosamente. Ela não acolhe Noa melhor do que os outros artistas, mas é prática o suficiente para tolerá-la, pois sabe que precisamos.

Quando Noa se aproxima do topo da escada oposta, seu pé escorrega e ela quase cai.

— Calma — grito de minha plataforma. Embora minha intenção fosse lhe dar força, as palavras acabam soando como uma advertência. Lá de baixo sobem risadas dos outros artistas, ao verem suas suspeitas sobre a falta de habilidade de Noa confirmadas. Mesmo a distância, posso ver os olhos dela começarem a lacrimejar.

Então ela empina as costas e faz um aceno com a cabeça. Noa salta com mais vigor do que nunca.

— Alê! — chamo.

Ela se solta com uma precisão surpreendente para alguém que está pela primeira vez na lona. Nossas mãos se agarram. Antes haveria um treinador no solo para dar os comandos, e homens para aparar. Mas com homens perdidos para a guerra, contamos apenas com nós mesmas. Meu irmão Jules fora meu aparador. Até as últimas semanas de treinamento com Noa, eu nunca dera o devido valor à força e habilidade dele.

Quando balançamos de volta, eu a solto na direção da barra, que Gerda lançou para ela. A cada passada, os movimentos de Noa se tornam mais vigorosos. Ela está fazendo o número apesar (e não por causa) do ceticismo dos outros artistas. Contra a própria vontade, as expressões lá embaixo se tornam respeitosas. Minha esperança cresce. Noa ganhou o respeito deles e vai conquistar o do público também.

— Bravo! — grita uma voz vinda do chão. Mas o tom é de zombaria. Noa, que está retornando, quase erra a plataforma do outro lado. Gerda se estica e a pega antes que ela caia. Olho para baixo. Emmet está segurando um esfregão para cima, alto no ar, ridicularizando Noa.

Desço a escada, furiosa.

— Seu tolo! — chio.

— Ela não é uma acrobata aérea — replica Emmet com um didatismo exagerado, como se falasse para uma criança pequena. — Ela era uma faxineira na estação de Bernsheim. Só está qualificada para isso. — Emmet, sei agora, vinha incentivando a discórdia entre os outros artistas, encorajando-os a não aceitar Noa. Ele sempre precisou implicar com os outros para esconder a própria fraqueza. Mas como descobrira que ela trabalhou na estação? Certamente ele não conhece o resto do passado de Noa.

— Por que agora? — cobro dele. — O espetáculo começa em uma hora. Precisamos dela preparada e você está boicotando-a.

— Porque, na verdade, eu não pensei que nós iríamos em frente com essa farsa — responde ele. Ou que ela fosse capaz de fazer o número, acrescento para mim mesma. Suspeito que parte disso seja por inveja dele. Noa foi capaz de dominar o número com muita competência em apenas algumas semanas de treino, enquanto ele passou a vida inteira aqui sem nenhum talento apresentável. Mas parece imprudente mencionar isso agora.

— Isso precisa funcionar, Emmet — digo lentamente.

— Para seu próprio bem — zomba ele.

— Para o bem de todos nós — corrijo.

Noa, que desceu a escada, observa a certa distância. Ela ouviu o suficiente, eu sei, para ficar constrangida. Há um lampejo em seus olhos indicando que ela espera ser rejeitada de novo. Como é possível, depois de tudo o que ela passou, que ainda deixe as pessoas magoá-la?

Separo Noa do resto dos artistas. Sou uma ilha entre eles.

Dou um passo na direção dela.

— Nós precisamos de Noa — digo firme e alto o suficiente para que os outros ouçam. É um risco calculado; preciso das boas graças do pessoal do circo tanto quanto ela, de forma a manter minha identidade e me esconder. Ninguém diz nada. Mas já fui longe demais para dar para trás agora. — Seja como for, eu estou com ela e com quem não está contra mim. — O rosto de Noa se entrega à incredulidade, como se aquela fosse a primeira vez que alguém a defendia.

Os outros se dispersam para ensaiar.

— Venha, vamos nos aprontar para o espetáculo — digo, pegando em sua mão e a guiando para fora da lona.

— Você não deveria ter feito isso — diz Noa quando chegamos do lado de fora. Embora estejamos longe do alcance do ouvido dos outros, a voz dela não chega nem a ser um sussurro. — Você tem que pensar em sua própria segurança.

— Bobagem. — Abano minha mão para rejeitar a ideia, embora ela esteja certa. — Você tem que ser mais forte diante da opinião dos outros sobre você.

— E você, o que acha? — A voz está rouca. Apesar do que disse a ela, posso perceber que Noa se preocupa com minha opinião mais do que com qualquer outra coisa. — Você acha que estou preparada?

Eu hesito. Acho que ela precisa de mais um ano de treino. Acho que, mesmo agora, talvez ela não consiga fazer o número, porque as luzes e os olhares de mil pessoas sobre alguém tornam tudo diferente.

Mas sei que não temos escolha.

— Sim — minto, incapaz de olhar para o brilho de seu sorriso. E, juntas, vamos nos preparar para entar em cena.

CAPÍTULO 9

Noa

Sigo Astrid para fora da lona. Ao ar livre, ainda há um pequeno público, comprando entradas em um quiosque erguido às pressas e observando os trabalhadores montarem as tendas menores. Chefes de equipe gritam ordens com vozes roucas que se misturam ao bater de martelos enfiando estacas de metal na terra.

— Obrigada — digo, referindo-me mais uma vez ao que acabara de acontecer entre ela e os outros artistas. Antes eu pensava que Astrid jamais me aceitaria. Mas ela me defendeu, e acha que sou capaz.

Ela abana a mão, afastando meu agradecimento.

— Não podemos nos preocupar com nada disso agora. Temos que nos aprontar para o espetáculo. Ele começa daqui a uma hora.

— Tão cedo? — pergunto.

— Já passam das quatro da tarde. — Eu não percebi que já estava tão tarde, ou que a parada e a armação da lona haviam tomado tanto tempo. — Começamos às seis. Mais cedo do que gostaríamos, por causa do toque de recolher. Precisamos nos aprontar.

— Eu pensava que já estávamos prontas. — Olho para o vestido que ela me emprestara uma hora antes no trem, tão apertado que meus pais teriam um ataque se me vissem nele.

Ignorando meu último comentário, Astrid me guia através do campo lotado até onde o trem parou, à beira dos trilhos.

— O descampado foi aberto perto dos trilhos, assim podemos dormir nos vagões — explica Astrid. Ela gesticula para algumas árvores na direção oposta.

— Há umas poucas cabines e tendas que poderíamos usar se estivesse mais quente. Essa não é uma cidade muito boa para nós — acrescenta ela em voz baixa. — O prefeito se tornou muito próximo dos nazistas.

— Ele é colaboracionista? — pergunto.

Ela faz que sim com a cabeça.

— Claro que não sabíamos disso no ano passado, quando agendamos as datas. — E cancelá-las certamente teria trazido muita suspeita. Porque, acima de tudo agora, é essencial manter uma aparência de normalidade. — Vamos ficar em Thiers por quase três semanas, porque é uma cidade central e as pessoas virão de toda a Auvérnia para ver o espetáculo.

No trem, Astrid me leva até um carro onde eu nunca estivera. O vagão está quente e lotado de mulheres pondo fantasias e passando maquiagem pesada. Paro para observar uma das acrobatas pintando as pernas com um marrom mais escuro.

— Ela faz isso porque as meias dela estão rasgadas demais e já não podem ser remendadas — explica Astrid, notando minha curiosidade. — E não há mais delas para comprar. Venha. — Ela escolhe uma fantasia no cabide encostado na parede do trem e segura sobre meu corpo. Então ela a entrega para uma das garotas encarregadas de nos vestir e desaparece. Sou jogada de um par de braços a outro como um bolo de roupas em uma lavanderia, envergonhada do meu cheiro azedo depois de muitas horas no trem sem me lavar. Alguém puxa o figurino que Astrid escolheu por sobre minha cabeça, outra pessoa acha que ele ficou muito frouxo e começa a alfinetá-lo. Eu vou mesmo usar aquilo? É menor até do que um maiô, não passa de um sutiã e uma calcinha. Minha barriga, mais rija do que quando chegara a Darmstadt por causa do treinamento, mas longe de ser perfeita, derrama-se por sobre o elástico da calcinha. A fantasia é ornamentada, de seda escarlate com acabamento dourado. Tem um leve odor de fumaça e café que me faz pensar em quem a usara antes.

Astrid reaparece e eu engasgo. A roupa de duas peças dela é pouco mais que alguns lenços costurados e faz a minha parecer pudica. Mas Astrid nasceu para usar aquilo, o corpo dela é esculpido em granito, como a estátua de uma deusa grega em um museu.

— Você quer que eu gire no ar usando uma saia rodada? — pergunta ela, percebendo minha reação. Para ela, a indecência da roupa não importa. Ela não a usa para seduzir, mas para fazer uma boa apresentação.

Astrid faz um gesto para que eu me sente sobre uma arca virada de cabeça para baixo. Ela pega ruge e passa em minhas bochechas, depois pinta minha boca com um batom de um vermelho-cereja, como se eu fosse um palhaço. Tirando as vezes que roubei um pouco do pó de mamãe para parecer mais velha para o alemão, é a primeira vez que uso maquiagem. Fito a estranha no espelho rachado que alguém colocou sobre um baú. Como cheguei a este ponto?

Astrid, parecendo satisfeita, afasta-se e começa a aplicar maquiagem em si mesma, o que, com sua pele lisa e longos cílios, parece desnecessário.

— Posso sair por uns minutos? — pergunto. — Quero dar uma olhada em Theo.

Astrid assente com a cabeça.

— Alguns minutos. Não fique lá por muito tempo.

Desço o estreito corredor até o vagão-dormitório, torcendo para que Theo não se assuste ao me ver de maquiagem. Mas, quando começo a passar pelo carro seguinte, paro, ouvindo vozes.

— Eles querem uma demonstração de nossa lealdade como parte do espetáculo. — Estico o pescoço para ouvir melhor. É Herr Neuhoff, sua voz é baixa e brusca. — Talvez uma interpretação de "Maréchal, nous voilá..."

— Impossível! — ruge Peter à menção do hino de Vichy. Dou um passo atrás para não ser vista. — O governo nunca ditou o que eu ia fazer em meu número, nem mesmo durante a Primeira Guerra. Se eu não bajulei o czar, com certeza não vou fazer isso agora. É mais do que política. Trata-se da integridade do espetáculo.

— As coisas são diferentes agora — pressiona Herr Neuhoff. — E uma pequena condescendência pode fazer muito para ajudar a gente. — Não há resposta, mas pisadas vigorosas no assoalho e uma porta que bate com tanta força que todo o carro treme.

Soa um sino, que Astrid dissera mais cedo ser um sinal para nos reunirmos no quintal, a área atrás da lona, onde vamos nos juntar e preparar para o espetáculo. Olho com pena para o fim do corredor do vagão. Não vou ter tempo de ver Theo.

Do lado de fora, o campo ao redor da grande tenda, antes vazio, transformou-se com uma meia dúzia de tendas menores, que parecem ter brotado da terra como cogumelos. Esse espaço central está lotado com homens de chapéu de palha, mulheres e crianças em sua melhor roupa de domingo. À entrada da lona, um programa fora afixado enumerando as apresentações que seriam vistas lá dentro. Números menores, com malabaristas e engolidores de espada, são apresentados de improviso para distrair a multidão. Uma banda de música toca canções alegres para a fila diante da janela da bilheteria, tornando a espera mais agradável. O ar está perfumado com forte cheiro de algodão-doce e amendoins cozidos. Esses lanches mal parecem possíveis com o racionamento e tanta luta para se alimentar. Por um instante, fico tonta, viro uma menina de novo. Mas as comidas estão aqui para os poucos sortudos que têm dinheiro para gastar, não para nós, com certeza.

Contorno a lona. Uma porção de garotos estão deitados de barriga para baixo no chão, tentando espiar por baixo da tenda, mas um dos trabalhadores sazonais os expulsa. O entorno da tenda foi adornado com grandes cartazes dos números principais. Uma Astrid em plena juventude assoma sobre mim, sustentada em pleno ar por cordas de cetim. Fixo na imagem. Ela devia ter a mesma idade que eu tenho agora, e tenho tanta curiosidade de conhecê-la.

Passo pelo local onde servem cerveja, erguido no fim da parte central e conjugado ao carrossel. Ruidosas gargalhadas masculinas explodem no ar, vindas ali de dentro. Astrid explicou que é um cálculo delicado: queremos que a plateia se embriague o suficiente para que possa desfrutar do espetáculo, mas não tanto que fique desordenada a ponto de atrapalhá-lo.

Peter, que eu vira apenas alguns minutos atrás com Herr Neuhoff, surge dos fundos da tenda das bebidas com uma garrafa na mão. Como chegara aqui tão rápido? Ele me olha, hesitante.

— Só uma antes da apresentação — diz ele, se afastando lentamente. Fico surpresa. Não imaginara que fosse permitido aos artistas beberem antes do espetáculo. O que Astrid diria?

Chego ao quintal. Meus olhos passeiam nervosamente até o topo da tenda. Parece impossível que a estrutura, nada mais que tecido e estacas, consiga sustentar o pesado aparato do trapézio, e a nós.

Astrid, vendo que me preocupo, vem até mim.

— É seguro. — Mas, em minha mente, verei sempre o momento em que despenquei em direção ao chão, pronta para morrer. — Como está se sentindo? — pergunta ela. Sem esperar por uma resposta, checa mais uma vez as faixas em meu pulso e estende a caixa de resina para que eu passe minha mão mais uma vez. — Não queremos que você morra. Não depois de todo o trabalho a que nos entregamos. — Acrescenta essa última frase com um sorriso, tentando fazer uma piada. Mas seus olhos estão solenes, concentrados.

— Você acha que eu consigo? — arrisco, sem saber se quero ouvir a resposta.

— Acho, claro. — Presto atenção na voz dela, tentando perceber se é forçada. — Você trabalhou duro. Tem um talento natural. Mas esse negócio é sério para todos nós. Não há lugar para erros. — Concordo com a cabeça, e mostro que entendi. O perigo é tão real para Astrid, depois de tantos anos, como para mim.

Dou uma espiada para dentro da tenda escura, que se ergue nas alturas, como uma caverna de gigante. Há um picadeiro no meio com cerca de doze metros de diâmetro, separado da plateia por uma cerca baixa. Ouvira as outras garotas falarem sobre os circos americanos, enormes como o Barnum, que tinha três picadeiros. Mas aqui todos os olhos se voltam para o número principal. As primeiras duas fileiras de assentos são cobertas por um tecido cor de rubi com uma estrela de cetim, indicando que são os assentos bons, os mais importantes. Por trás dessas cadeiras, bancos de madeira crua sobem em círculos concêntricos quase até o caibro. É a completude do circo de picadeiro único, com espectadores de todos os lados, que me chama a atenção; não há onde se esconder ou como se afastar, há olhos em todas as direções.

A multidão começa a entrar na tenda aos poucos e recuo para não ser vista. Os guias e vendedores de programa são na verdade artistas menores que podem se retirar quando o auditório fica cheio para colocar maquiagem e se preparar para o show. Observo atentamente os espectadores tomarem seus assentos; os endinheirados da cidade sentam-se à frente, enquanto os trabalhadores estão nos bancos mais altos, limpos e arrumados mas um pouco desconfortáveis, como se não pertencessem ao lugar. Mal tinham alguns trocados para comer, e, no entanto, conseguiram um jeito de comprar o ingresso para o espetáculo. Esses são os sortudos que podem se permitir esquecer por algumas horas os problemas que os aguardam para além da tenda.

À medida que o céu escurece e nos aproximamos da hora do espetáculo, as conversas no quintal cessam e todo mundo se concentra, num clima austero. As acrobatas fumam o último cigarro. Estão deslumbrantes em suas roupas e tiaras cobertas de lantejoulas. Sua maquiagem impecável e cabelos arrumados não deixam transparecer de forma alguma as condições precárias em que nos vestimos. Astrid caminha de um lado a outro num canto distante, perdida em pensamentos. Sua expressão é tão intensa que não ouso perturbá-la. Claro, não tenho um ritual prévio ao espetáculo. Fico de pé, de lado, tentando fingir que passei a vida naquele meio.

Astrid acena e vou até ela.

— Não fique parada, deixando os músculos esfriarem — adverte. — Você precisa se alongar. — Ela se curva e gesticula para que eu erga uma perna até o ombro, um exercício que fizemos várias vezes no alojamento de inverno. Ela se endireita lentamente, levantando minha perna, e eu tento não rilhar os dentes, e sim respirar e relaxar enquanto um ardor chato e familiar percorre a parte de dentro de minha coxa.

— Você quer que eu a alongue? — pergunto quando ela acaba de me ajudar com a outra perna. Ela abana a cabeça. Sigo seu olhar pelo quintal até onde Peter ensaia, apartado dos demais. Ele trocou de roupa e pôs um casaco e calças muito largas, e seu rosto, que estava com a barba por fazer minutos antes, é uma pasta de maquiagem branca.

— Astrid — começo a falar. Ela se vira para mim como se tivesse esquecido que eu estava ali. Penso em contar a ela sobre o desentendimento entre Peter e Herr Neuhoff no trem, ou sobre ter visto Peter saindo da barraca de bebidas. Mas não quero deixá-la preocupada tão perto da hora de nos apresentarmos.

— Você está nervosa — diz ela sem abalo na voz.

— Estou — admito. — Você não ficou antes de seu primeiro espetáculo?

Ela gargalha.

— Eu era tão pequena que nem me lembro. Mas é normal ficar nervosa. É até bom. A adrenalina vai manter você alerta, evitar que cometa erros. — Ou vai fazer minhas mãos tremerem tanto que não vou conseguir segurar a barra, eu penso.

Dentro da lona, as luzes abrandam e toda a tenda mergulha na escuridão. Um holofote aparece, formando uma piscina de ouro no chão, ao centro do picadeiro. A orquestra toca um acorde emocionante. Herr Neuhoff surge, magnífico com sua gravata-borboleta e cartola.

— *Mesdames et messieurs*... — anuncia com estrondo ao microfone.

Começa a tocar a polca "Trovão e Relâmpago" e os cavalos emplumados cabriolam para dentro do picadeiro. Suas montadoras, as que têm as roupas mais enfeitadas de todas, não têm sela, cavalgam no dorso nu, e mal se sentam ao abrirem as pernas sobre o cavalo. Uma amazona se levanta e fica ereta, depois despenca de costas no ar, pousando perfeitamente em um segundo cavalo. Embora já tivesse visto o número no ensaio, não consigo evitar arquejar junto com o público.

O programa do circo, Astrid me explicou certa vez, é bem planejado: um número rápido, depois um lento, depois um rápido de novo, leões e outros animais perigosos intercalados com pantomimas humanas.

— Os números leves devem vir depois dos sérios — dissera ela —, como a limpeza do palato a cada novo prato de uma refeição.

Mas há questões práticas também, como o tempo para trazer e retirar as jaulas dos animais, o que torna necessário que os números com animais sejam seguidos por intervalos.

Observando, percebo que o traçado da tenda também é deliberado. Os ângulos dos bancos são íngremes, de maneira a fixar os olhares para baixo. Os assentos, dispostos ao redor do picadeiro, fazem com que as reações de uma pessoa contagiem a outra, e o círculo contínuo é como um fio que passa a eletricidade que preenche toda a tenda. O público está sentado, imóvel, hipnotizado pela teia de cores, luzes, música e arte. Os olhos do público seguem de perto o arco feito pelas bolas do malabarista, e ele arqueja em agradecimento quando um dos treinadores valsa com um leão. Astrid estava certa: mesmo com a guerra em curso, as pessoas precisavam tocar a vida, comprar comida e cuidar de suas casas, então por que não se divertir no circo como faziam antes, quando o mundo ainda estava de pé?

Em seguida vem a corda bamba. Uma garota chamada Yeta fica no topo de uma plataforma, segurando no alto uma vara longa para se equilibrar. O número me deixa ainda mais apavorada que o trapézio e agradeci a Deus diversas vezes por Herr Neuhoff não ter me escolhido para fazê-lo. Há um pequeno adágio na música, uma pausa para efeito dramático. Então Yeta pisa na corda, a música ribomba e toda a tenda parece tremer.

O pé de Yeta escorrega e ela se esforça para retomar o equilíbrio. Por que agora, em um número que ela treinara e realizara dezenas de vezes? Ela quase consegue se ajeitar, depois balança de novo, dessa vez tarde demais para se recuperar. Há um arfar coletivo quando cai através do ar, gritando, os membros se agitando como se estivesse tentando nadar.

— Não! — grito.

Em seu desabamento vejo de novo o dia em que Astrid me empurrara. Dou um passo para frente. Precisamos ajudá-lá. Mas Astrid me puxa de volta. Yeta aterrissa na rede, que cede até perto do chão. Ela fica ali, imóvel. Os espectadores parecem segurar o fôlego, como se se perguntassem se devem ficar preocupados ou se aquilo faz parte do espetáculo. Trabalhadores correm para carregá-la para fora do picadeiro, longe da vista da multidão. Observando o corpo jogado de Yeta, fico aterrorizada. Aquilo poderia acontecer comigo. Yeta é levada urgentemente até um pequeno carro estacionado atrás da lona. Eu esperava uma ambulância, mas os trabalhadores a acomodam no banco traseiro do carro e ele dispara.

— Um acidente no primeiro espetáculo da temporada — diz uma voz ao meu lado, o hálito quente sobre meu ombro nu. Apesar de nunca termos nos falado, reconheço a mulher de cabelos prateados e sedosos. É Drina, a cigana que lê a sorte na parte central, antes do show, e durante o intervalo. — Um presságio terrível.

— Bobagem — diz Astrid, abanando a mão com desdenho. Mas o rosto dela está grave.

— Yeta vai ficar bem? — pergunto, quando Drina se afasta.

— Não sei — diz Astrid, sendo sincera. — Mesmo se sobreviver, não deve mais atuar. — Ela falava como se viver longe do espetáculo fosse pior que morrer.

— Você acredita na cartomante? — Eu me ouço fazendo muitas perguntas. — Sobre o presságio, eu digo.

— Bah! — Astrid abana a mão. — Se ela pode mesmo ver o futuro, então por que ainda está aqui? — O que Astrid disse fazia sentido.

Olho para dentro da tenda, onde a multidão espera sem saber o que fazer. Certamente o resto do espetáculo vai ter que ser cancelado. Mas os artistas continuam juntos, prontos a continuar.

— Palhaços, *schnell*! — chama Herr Neuhoff, sinalizando rapidamente para que comece o próximo número.

Os palhaços entram em cena, fazendo pantomimas em torno de uma cena urbana. Palhaços felizes, com sapatos grandes e pequeninos chapéus. Palhaços musicais. Bufões que zombam de tudo.

Peter não parece se encaixar em nada daquilo. Ele adentra o picadeiro por último, o rosto branco e vermelho com grandes linhas pretas, olhando a audiência como se ela o tivesse feito esperar. Não é um palhaço triste, mas sério, com inteligência acerba, dificilmente dado a sorrisos. Enquanto os outros palhaços encenam uma sátira em uma bicicleta de dois assentos, Peter dança um pouco afastado, criando uma pantomima própria. Ele cativa a atenção de todo o *chapiteau*, bajulando, provocando, sentindo quem está reticente ou talvez aborrecido, e os convidando a se juntar ao número. É como se ele quisesse que a plateia agradasse a ele com reações e aplausos, quando na verdade o contrário deveria acontecer. De um canto escuro, Astrid observa Peter, os olhos embevecidos.

Herr Neuhoff também observa do canto do picadeiro, o rosto inquieto. Eu seguro a respiração, esperando que Peter dê início ao número do passo de ganso proibido por Herr Neuhoff. Peter não incorporou à apresentação o hino pró-Vichy sugerido. Mas mantém a performance leve, como se sentisse que, após a queda de Yeta, qualquer outra coisa seria pesada demais.

Os palhaços são seguidos pelos elefantes com enfeites incrustados de joias na cabeça, o urso e os macacos em vestidinhos não muito diferentes do meu. O espetáculo se interrompe para o intervalo e as luzes são acesas. Fregueses saem até a parte central para esticar as pernas e fumar. Mas o intervalo não é para nós.

— Somos as próximas — informa-me Astrid. — Temos que ficar prontas.

— Astrid, espere. — Um enorme buraco parece se abrir em meu estômago. Até este momento, eu fui apenas uma espectadora, quase me esquecendo do motivo de estar ali. Mas aparecer diante do público depois do que aconteceu a Yeta, como posso? — Não posso fazer isso. — Minha mente é um borrão e eu me esqueci de tudo.

— É claro que pode — reassegura ela, colocando a mão em meu ombro. — Isso é só nervosismo.

— Não, eu me esqueci de tudo. Não estou preparada. — Minha voz sobe com o pânico. Alguns dos outros artistas se viram para mim. Uma das acrobatas curva a boca com ar esnobe, como se tudo o que suspeitava a meu respeito se comprovasse.

Astrid me leva para longe e para, colocando as mãos em meus ombros.

— Agora, escute. Você é boa. Tem um dom. E trabalhou duro. Ignore o público e imagine que estamos só nós duas lá em Darmstadt. Você pode fazer isso. — Ela me dá um beijo firme em ambas as bochechas, como se quisesse passar um pouco de sua força e calma para mim. Então se vira e começa a andar na direção do picadeiro.

Um sino soa e a audiência volta a seus assentos. Quando espio o público em expectativa para além da cortina, minhas pernas ficam mais pesadas. Vai ser impossível pisar ali.

— Vá — grunhe Astrid, empurrando-me asperamente quando a música nos anuncia.

Quando as luzes diminuem outra vez, subimos no picadeiro. No alojamento de inverno, a escada era aparafusada à parede. Mas aqui ela pende lá de cima, mal se fixando no chão. Faço força para não cair quando ela balança. A subida leva mais tempo do que eu esperava e, assim que chego à plataforma, o holofote surge. Passeia pelas laterais da tenda até me encontrar. E então sou exposta à multidão. Tremo. Por que os palhaços podem se esconder debaixo da maquiagem oleosa enquanto nós temos que ficar aqui, praticamente nuas, usando nada além de uma tira de nylon a nos separar de centenas de olhos?

A música fica mais lenta, sinalizando o começo do número. Então há silêncio, seguido de um bater de tambor que aumenta progressivamente, minha deixa para saltar.

— Alê! — vem o chamado de Astrid através da escuridão. É esperado de mim que me solte logo depois de ela dizer isso, mas não me solto. Astrid se balança, esperando por mim. Mais um segundo e será tarde demais, o número será um fracasso.

Respirando fundo, salto da plataforma. De repente, não há nada abaixo de meus pés além do ar. Embora tenha voado dezenas de vezes no alojamento de inverno, sinto um segundo de profundo terror, como se estivesse fazendo aquilo pela primeira vez de novo. Balanço mais para cima, afastando o medo e gozando o ar que passa silvando por mim.

Astrid voa até mim, braços estendidos. Tenho que me soltar no ponto mais alto do arco para que tudo dê certo. No entanto, o instante de me soltar me apavora, e agora mais que nunca, depois de ter visto Yeta cair. Astrid me deixou cair uma vez antes, provocou minha queda. Ela faria isso de novo?

Nossos olhares se encontram. Confie em mim, ela parece dizer. Solto-me e flutuo pelo ar. As mãos de Astrid seguram as minhas, balançando-me abaixo dela por uma fração de segundo. Alívio e entusiasmo perpassam meu corpo. Mas não há tempo para comemorar. Um segundo depois, ela me lança de volta na direção em que preciso ir. Faço força para me concentrar mais uma vez, girando como ela me ensinou. Então estico os braços, mal ousando olhar. Astrid me alinhou perfeitamente, então a barra cai em minhas mãos e o público vibra. Balanço para cima da plataforma, o mundo se refazendo debaixo de meus pés.

Nós conseguimos! Meu coração se enche de alegria e nem me lembro da última vez que me senti feliz assim. O número, no entanto, não acabou, e Astrid está esperando por mim, o rosto rígido, com toda a intensidade. Fazemos a segunda passagem, e desta vez Astrid me segura pelos pés. Os aplausos me jogam mais para cima agora. Outra passada e retorno, então acaba. Por um instante, quase fico mais triste do que aliviada.

Endireito o corpo quando o holofote me acha sobre a plataforma. O público vibra sem parar. Comigo. O trabalho de aparadora de Astrid passou completamente despercebido. Entendo então como foi difícil para ela ceder o lugar de destaque, as coisas que ela sacrificou para conseguir fazer com que eu atuasse.

As luzes diminuem e Peter se prepara para entrar no picadeiro mais uma vez, agora para uma apresentação solo. Ao contrário de outros artistas, que aparecem uma ou duas vezes durante o espetáculo, ele entra repetidas vezes entre os números mais extensos — é uma espécie de linha costurando todo o espetáculo. Agora ele distrai a multidão com seu número, dando tempo ao pessoal do circo para terminar de posicionar as jaulas dos leões e do tigre, que haviam sido trazidas no escuro, por baixo de nós, enquanto eu e Astrid nos apresentávamos.

Astrid e eu descemos e corremos para o quintal na semiescuridão.

— Nós conseguimos! — exclamo, lançando meus braços ao redor de Astrid. Espero pelo elogio. Sem dúvida, agora ela está satisfeita comigo. Mas Astrid não responde e, um segundo depois, recuo, abatida.

— Você foi bem — diz ela por fim. Mas seu tom é de subestima, e seu rosto demonstra preocupação.

— Eu sei que me atrasei na primeira passada — começo a falar.

— Shh. — Ela me enxota, olhando para a tenda. Sigo seu olhar até ver um homem sentado na primeira fila. Em um uniforme da SS. Fico enjoada de repente. Certamente eu o teria percebido se ele estivesse ali durante a primeira metade do espetáculo. Deve ter entrado durante o intervalo. Em meu nervosismo, não o vira.

— Tenho certeza de que ele está aqui só para ver o espetáculo — digo, querendo tranquilizá-la. Mas não há força por trás de minhas palavras. Pelo amor de Deus, o que um oficial alemão está fazendo aqui? A expressão dele é relaxada enquanto observa o treinador bajular os grandes felinos para que façam seus truques. — Seja como for, você precisa avisar Peter para não fazer aquele trecho do número dele. — Eu paro, percebendo que ela não está escutando, mas ainda espiando absorvida através da cortina.

— Eu o conheço. — A voz de Astrid está calma, mas sua pele empalideceu.

— O alemão? — Ela faz que sim com a cabeça. — Tem certeza? — pergunto forçando o nó na garganta. — Eles são todos tão parecidos naqueles uniformes terríveis.

— Colega do meu marido. — Ex-marido, quero corrigir, mas não parece pertinente no momento.

— Você não pode aparecer no picadeiro de novo — digo, aflita. Embora tenha acabado a minha parte no espetáculo, Astrid tem um segundo número no tecido. Sinto o peito oprimido. — Você tem que dizer a Herr Neuhoff.

— Nunca! — cospe ela, soando agora com mais raiva que medo. — Não quero que ele tenha nenhuma preocupação por me ter no espetáculo. Se eu não puder me apresentar, não tenho valor nenhum para o espetáculo. — E então a proteção oferecida por Herr Neuhoff seria apenas caridade. Ela olha diretamente para mim. — Seria meu fim. Você tem que jurar não contar. Ninguém pode saber.

— Deixe-me ir no seu lugar — suplico. Claro que minha oferta é vazia, não tenho treino algum nas cordas ou em qualquer outra apresentação além do trapézio.

Viro e olho para trás em desespero. Peter, se eu puder encontrá-lo, pode ser capaz de persuadir Astrid a não prosseguir.

— Astrid, por favor, espere...

Mas é tarde demais. Ela caminha para o picadeiro, ombros erguidos com determinação. Nesse momento percebo o quanto ela é corajosa. Sinto enorme admiração, e fico petrificada, por ela.

Astrid sobe uma escada diferente da que usou antes. Dessa vez ela se dependura em uma única corda de cetim, aparentemente suspensa no ar. Seguro a respiração, estudando o rosto do oficial, procurando ver se ele a reconhece. Mas ele a observa, hipnotizado demais para suspeitar. Ela conta uma história, costura uma tapeçaria com seus movimentos. Isso cativa a atenção dele e de toda a plateia. Mas eu continuo horrorizada, incapaz de respirar. A beleza de Astrid e o talento lendário de sua performance gritam como um megafone, ameaçando trair sua verdadeira identidade.

— Escondida aos olhos de todos — medita Astrid sob aplausos estrondeantes ao sair da lona. Há um tom de autossatisfação em sua voz, uma parte dela que gostou de enganar o alemão. Mas suas mãos tremem ao desfazer o enfaixe.

Então acaba. Todo o circo se apresenta para o agradecimento final, a multiplicidade do espetáculo revelada para o público admirar mais uma vez. Subo a escada como Astrid me ensinou e acenamos para o público de plataformas opostas, sem voar, simplesmente estendendo uma perna alta no ar como bailarinas. Crianças acenam vigorosamente para os artistas brilhando em suor, que acenam modestamente com a cabeça de volta, como atores que não saem do papel.

Depois, alguns artistas dão autógrafos para a multidão que se formou entorno do quintal. Observo nervosamente Astrid ser elogiada: talvez ela não devesse estar ali. Mas o oficial alemão não aparece.

Bem no fundo do quintal, vejo Peter, não dando autógrafos, mas andando de um lado a outro e falando consigo mesmo com a mesma intensidade de antes do show começar. Ele revê seu número, encontrando erros e pensando nas coisas que vai consertar para a próxima apresentação. Os artistas circenses são tão intensos quanto um dançarino de balé ou um pianista em um concerto. Qualquer falha, por menor que seja, é uma ferida aberta, ainda que não tenha sido percebida absolutamente por mais ninguém.

Quando o último programa é autografado, nos dirigimos de volta ao trem, passando pelos trabalhadores que limpam e alimentam os animais.

— Antigamente, era comum que houvesse fogos de artifício após o primeiro espetáculo noturno — comenta Astrid, fitando a escuridão do céu.

— Agora não mais? — pergunto.

— Muito caro — responde ela. — E ninguém parece se divertir com explosões nos dias de hoje.

Sou engolida por uma onda de preocupação. Meus ossos doem e minha pele está fria com suor seco. Tudo o que quero é voltar para Theo e me atirar perto do doce calor de seu corpo. Mas Astrid me convence a voltar ao vagão-camarim, onde penduramos nossas roupas e retiramos a maquiagem. Ela esfrega unguento quente em meus ombros, com cheiro de pinho.

— Só quero dormir — protesto, tentando afastá-la com os ombros.

— Nossos corpos são tudo o que temos neste ramo. Precisamos cuidar deles. Você vai me agradecer amanhã — promete ela, os dedos se afundando pesadamente em meu pescoço. Meus músculos queimam como fogo.

— Você foi ótima — continua Astrid, a voz cheia e sincera, oferecendo o elogio pelo qual ansiei mais cedo. Meu coração parece parar. — Claro, suas pernas poderiam estar um pouco mais esticadas na segunda passada — acrescenta ela, trazendo-me de volta à terra. Astrid sempre será Astrid. — Podemos dar um jeito nisso amanhã. — Amanhã... os infindáveis dias de treinamento e apresentações se desenrolam diante de mim. — Estou orgulhosa de você — acrescenta ela, e posso sentir minhas bochechas corarem.

Deixamos o vagão-camarim em direção ao vagão-dormitório. Então paro. Ainda estou preocupada com o oficial alemão que a viu e com a possiblidade de ele notar quem ela é. Astrid não vai contar a ninguém, mas eu deveria? Olho para o carro de Peter. Ele se preocupa com ela, posso perceber, e seria a melhor pessoa para mantê-la em segurança. Se for até ele, porém, ele vai contar a Astrid. Herr Neuhoff, talvez. Falei pouco com ele desde que cheguei ao circo, mas ele sempre foi gentil. É o circo dele. Certamente vai saber o que fazer. Vejo o rosto de Astrid se enraivecer, ouço a voz dela: *Ninguém pode saber*. Ela ficará furiosa se descobrir que fui contra sua vontade. Mas Herr Neuhoff administra o circo; ele é a melhor esperança de proteger Astrid.

Quero chegar a Theo desesperadamente. Ele estará dormindo, e há algo que preciso fazer primeiro.

— Esqueci uma coisa — digo, virando na direção contrária antes que ela possa fazer qualquer pergunta.

Bato à porta do vagão de Herr Neuhoff, o último antes dos vagões de passageiros.

— Entre — chama ele de dentro, e eu abro a porta. Nunca estive aqui antes. O lugar é agradável, bem mobiliado, e uma cortina separa a cama de onde ficam as cadeiras. Herr Neuhoff está sentado a uma mesa, seu peso ameaçando afundar a fraca cadeira em que está sentado. Ele tirou o casaco de veludo que usou no picadeiro e abriu o colarinho de sua amassada camisa social de linho, que agora está escurecida por causa da transpiração. Um charuto apagado no cinzeiro deixa um cheiro de queimado no ar. Ele está fazendo a contabilidade, a cabeça inclinada para frente. Gerenciar um circo é uma tarefa enorme, que vai além do picadeiro e mesmo do alojamento de inverno. Ele é responsável pelo bem-estar de todos, pagando não apenas seus salários, mas também aluguel e comida. Vejo naquele momento seu cansaço e a idade avançada, e o peso de seu fardo.

Ele ergue a cabeça, retirando os olhos do livro-caixa a sua frente, a testa ainda enrugada.

— Pois não? — diz ele, sem rodeios, mas não rude.

— Estou interrompendo? — consigo dizer.

— Não — responde ele, mas a voz sai desafinada, os olhos mais fundos que os de horas atrás. — Essa coisa terrível da queda de Yeta. Tenho que me reportar às autoridades.

— Ela vai ficar bem? — pergunto, um pouco com medo da resposta.

— Não sei — diz ele. — Vou ao hospital assim que amanhecer. Mas primeiro as autoridades pediram que eu pague um imposto amanhã. "Imposto sobre o pecado", como chamam. — Como se o que nós fizemos, oferecendo entretenimento, fosse errado. — Estou tentando descobrir de onde tirar o dinheiro. — Ele sorri fracamente. — É o que custa ser um empreendedor. O que posso fazer por você?

Eu vacilo, sem querer lhe causar mais problemas. Um pequeno rádio toca no canto do vagão de Herr Neuhoff. Eles são contrabandeados agora e eu não percebera que ele tinha um. Também percebo sobre a mesa uma caixa organizada com papéis de carta e envelopes. Herr Neuhoff segue meu olhar.

— Você quer escrever para seu pai e dizer que está bem?

Eu pensei sobre o assunto muitas vezes, imaginando o que meus pais supunham que acontecera comigo, se estavam preocupados ou se me esqueceram completamente. O que eu teria a dizer? Que entrei para a um circo e tinha um bebê agora, bem parecido com o que fora tirado de mim? Não, eles não entenderiam nada dessa vida. E, se soubessem onde eu estava, algo em mim sempre manteria a esperança de que viriam me buscar, e eu ficaria de coração partido se não acontecesse.

— Eu poderia escrever para você — oferece-se ele. Abano a cabeça. — Então como posso ajudá-la?

Antes que possa explicar o motivo de ter vindo, a respiração de Herr Neuhoff chia, sua tosse vem mais forte e mais grave do que jamais fora no alojamento de inverno. Ele alcança um copo d'água. Quando a tosse cede, ele toma uma pílula.

— O senhor está bem? — Espero que a pergunta não tenha sido muito intrusiva.

Ele abana a mão como se afastasse uma mosca.

— É um problema no coração que vem de família. Sempre tive. O clima úmido da primavera não ajuda. Agora, você precisa de alguma coisa? — Ele me pressiona, ansioso para voltar à contabilidade.

— É sobre a Astrid — começo a falar, hesitante. Respirando fundo, conto a ele sobre o conhecido alemão na primeira fila.

O rosto dele fica sombrio.

— Temia que alguma coisa do tipo acontecesse mais cedo ou mais tarde — diz ele. — Obrigado por me deixar avisado. — Posso perceber pelo tom dele que estou dispensada.

Volto-me, ousando interrompê-lo de novo.

— Senhor, uma última coisa: Astrid ficaria muito brava se soubesse que eu lhe contei.

Observo o conflito em seu rosto, querendo concordar em manter segredo, mas incapaz de prometer sem mentir.

— Não vou dizer que foi você que contou. — A oferta não me anima muito. Sou a única que sabe. A preocupação faz com que meu estômago se revire enquanto caminho para meu vagão.

Quando chego no dormitório, Astrid está sentada na cama, no escuro, segurando Theo, que está dormindo. Luto contra o impulso de cutucá-lo para que abra os olhos escuros e olhe para mim.

— Ele adormeceu agora mesmo — diz ela. Saber que acabo de perder Theo acordado piora tudo. Ela afaga a bochecha dele gentilmente. — Você viu Peter no caminho para cá?

— Não o vi desde que deixou o quintal. Estava ensaiando — digo, sabendo que não deve ser exatamente a palavra usada para dizer que ele estava tentando consertar os erros após o espetáculo.

— Eu queria poder ir vê-lo. Mas ele prefere dormir sozinho nas turnês, quando as performances começam. — Seus olhos se desviam saudosos na direção do carro de Peter. — Depois de ver o colega de Erich — ela afunda o queixo no peito —, o que menos quero é ficar sozinha. — As mãos dela tremem sobre as costas de Theo.

Percebo que ela se sente solitária. Eu me acostumei a ficar só durante os meses em que trabalhei na estação de trem de Bensheim. Tendo crescido como filha única, não foi tão difícil. Mas Astrid deixara uma grande família circense por Erich e, logo depois, encontrou Peter. Apesar de sua firmeza, ela não consegue lidar com a solidão.

— Você não está sozinha — digo, sentindo-me como uma segunda escolha, inadequada. Ponho os braços ao redor dela. — Eu estou aqui. — Ela se mexe e, por um segundo, pergunto-me se vai se afastar. Desde que vim para o circo, sempre fui eu que precisei de Astrid, dependi dela. Agora, o oposto parece verdade.

Astrid se estica na cama com Theo nos braços. Escorrego para o lado dela, seu corpo está quente. Juntamos as testas como gêmeos no útero, uma vida única respirando junto. Sinto-me confortável como não me sentia desde que saí de casa. Astrid brincou uma vez, dizendo que era velha o suficiente para ser minha mãe. Mas é verdade. Vejo minha própria mãe agora, tão claramente quanto o fiz no dia em que ela me viu ir embora. Ela deveria ter lutado por mim, me protegido com a própria vida. Agora que tenho Theo, compreendo que ela deveria ter me amado de um jeito que não amou.

— Em que você está pensando? — pergunta Astrid. É a primeira vez que ela demonstra interesse.

— No mar — minto, muito envergonhada para admitir que anseio pela família que me expulsou de casa.

— No mar ou nas pessoas que moram perto dele? — pergunta ela em um tom calmo ao perceber as entrelinhas de minha resposta. — Sua família... Você ainda a ama, não é?

— Acho que sim. — A admissão soa como uma fraqueza.

— Você grita à noite por eles — diz ela. Sentindo-me corar, fico feliz por ela não poder ver meu rosto no escuro. — Eu ainda sonho com Erich — confidencia ela. — E ainda tenho sentimentos por ele.

Fico surpresa.

— Mesmo ele tendo...

— Me expulsado de casa? Me rejeitado? Sim, mesmo assim. Você ama as pessoas como elas eram antes, por trás de toda a maldade que as fizeram agir desse jeito, sabe?

Eu sei. Na tristeza de sua voz, posso ouvir o quanto ela ficou magoada quando Erich lhe deu as costas.

— Mas você tem Peter agora — lembro, tentando diminuir sua dor.

— É — reconhece ela —, mas não é a mesma coisa.

— Ele gosta muito de você — insisto.

Sinto o corpo dela se enrijecer do meu lado.

— Peter gosta da minha companhia. Só isso.

— Mas Astrid... Eu vejo o quanto ele gosta de você e você dele. — Ela não responde. Como ela pode não enxergar os sentimentos verdadeiros de Peter? Talvez, depois de tudo por que ela passou, tenha medo de sonhar mais alto.

— Enfim, nós estávamos falando de você — diz Astrid, mudando de assunto. — Sei que você sente falta de sua família. Mas o passado é passado. Olhe para a frente, siga adiante. Você agora tem Theo. Você nunca vai voltar. — A voz dela é firme. — Tem que aceitar isso se quiser salvar você e Theo. A não ser, claro, que você encontre a família dele. Você quer que ele encontre a família, não quer? — pressiona ela.

A dor me penetra como uma faca.

— Claro. Seria um alívio — respondo, a voz oca. Ainda que tenha pensado na família de Theo, rezado por ela, não consigo me imaginar separada dele. Ele é meu agora.

— Caso contrário, ele pode ser adotado. Ele não é seu. Ele pertence a uma família. Você é uma garota jovem com a vida toda pela frente. Um dia, terá de se desapegar dele.

Eu *sou* a família dele, penso. Faço um gesto largo, indicando o vagão no escuro.

— Esta *é* a minha vida. — Não planejo ficar com o circo para sempre. Preciso levar Theo mais para longe, para fora da Alemanha de vez. Mas, nesse momento, é difícil pensar em uma alternativa.

— Um dia você pode pensar diferente — replica ela. — Às vezes, o "para sempre" não dura tanto quanto pensamos.

Suas palavras parecem ecoar através da imobilidade do bebê, que dorme. Mordo o lábio para me impedir de contestar. Eu desisti do meu filho antes e isso quase me matou. Não conseguiria sobreviver àquele tipo de dor de novo.

É claro que Astrid não sabe disso. Meu passado ainda é segredo. Segredo que parece crescer agora no espaço entre nós duas, afastando-nos e tornando toda a nossa amizade uma mentira.

— Astrid — começo a falar. Preciso contar a ela agora mesmo o motivo por que estava na estação na noite em que encontrei Theo. Sobre o soldado alemão. Esse segredo não pode continuar como uma pústula entre nós.

— Se é a respeito do número, podemos falar disso pela manhã — diz ela, tonta de sono.

— Não é isso.

— Então o que é? — pergunta ela, erguendo a cabeça. Engulo em seco, incapaz de falar. — Obrigada — diz Astrid antes que eu possa responder. Há uma vulnerabilidade na voz dela que nunca ouvira antes. — Quer dizer, acho que não lhe falei sobre o quanto aprecio o que você está fazendo. Sem você, eu não poderia continuar a atuar. — Estritamente falando, não é verdade. Ela poderia continuar com a faixa ou outro número solo. Mas o que a apaixona mesmo é se apresentar no trapézio, e o fato de eu estar aqui torna isso possível. — Quero que você saiba que estou agradecida — acrescenta ela, encontrando minha mão por baixo da coberta.

Um bolo se forma em minha garganta, bloqueando as palavras que tivera intenção de dizer. Eu poderia fazer força, insistir em dizer a verdade. Mas ela aperta minha mão e há um calor humano que se espalha entre nós como nunca antes. Minha vontade de contar a ela se evapora e é soprada para longe como pó.

— O que você estava dizendo?

— Nada. Quer dizer... é sobre Peter. — Já não consigo contar a ela toda a verdade sobre o meu passado. Mas, na minha ânsia de manter meu segredo, solto outro: — Ele estava bebendo antes do espetáculo. — Trinco os dentes, sem saber se deveria ter falado aquilo. Não é da minha conta. Mas algo dentro de mim sente que ela deveria saber.

Astrid não responde de imediato e sinto seu corpo rígido de preocupação a meu lado.

— Tem certeza? — pergunta ela. — Ele sempre age de forma estranha antes do número. — A voz dela é inquieta, sem querer reconhecer uma verdade que já conhece.

— Tenho. Eu o vi saindo da tenda de bebidas.

— Ah. — Ela não parece surpresa, apenas triste. — Tentei tanto fazer com que ele parasse.

Tente com mais empenho, eu quero dizer. Como podia uma pessoa ser forte como Astrid era em tudo e não ser capaz de confrontá-lo?

— Eu me sinto tão desamparada — declara ela, a voz se partindo. Acho que ela vai chorar, mas Astrid simplesmente dá de ombros. Eu vou mais perto e ela cai em meus braços. Theo está tão imprensado entre nós que eu temo que ele possa acordar e fazer um estardalhaço. — Tão desamparada — repete ela, e eu sei que não está falando só com relação a Peter.

Por fim, a tremedeira dela diminui e Astrid se acomoda mais perto de mim.

— O espetáculo é a meta — acrescenta ela, cada vez mais sonolenta. — Enquanto pudermos nos apresentar, tudo ficará bem.

Minha mente recua até a conversa com Herr Neuhoff. Lembro de seu olhar perturbado quando falei sobre o alemão reconhecer Astrid.

E é inevitável imaginar que eu cometi um erro terrível.

CAPÍTULO 10

Noa

— Vou até a cidade — digo para Astrid. Estou com Theo no colo, acabando de lhe dar o almoço com uma colher. Uma banana, achado raro de um dos trabalhadores da cozinha, que eu amassei com um pouco de leite. Quando Theo provou, os olhos dele se arregalaram, surpresos, e ele fez um barulhinho engraçado, apreciando a iguaria incomum, tão diferente do mingau ralo. Comida boa para Theo é escassa, já que não posso registrá-lo para receber cupons de alimentação sem levantar suspeitas. Então dou tudo que ele possa comer da minha porção de comida.

Largo a tigela, torcendo para Astrid não se opor. É quase meio-dia de domingo, dois dias depois de nosso primeiro espetáculo, e acabamos de ensaiar por quatro horas. Meus ombros doem profundamente e minha pele úmida recende a terra.

— Vou ao hotel me lavar — digo. Como não há água corrente no acampamento, o circo aluga dois quartos em um pequeno hotel, um para os homens e outro para as mulheres, onde podemos tomar um banho por semana.

Astrid vasculha seu baú e me entrega um pedaço de sabonete.

— Tome — oferece ela e eu recebo agradecida. O sabonete que o circo nos forneceu é pouco mais que uma pedra-pomes áspera, mas a barra que ela me entrega é suave e tem cheiro doce. — Fiz com seiva — acrescenta ela. Eu não cesso de me impressionar com a criatividade de Astrid e com as coisas que ela aprendeu a fazer por ter sido criada na estrada. Então a testa dela se enruga. — Volte em uma hora. Quero melhorar a maneira como você se pendura pelos joelhos e trabalhar a abertura de pernas antes do espetáculo de amanhã.

— Mas é domingo — protesto. O único dia em que não nos apresentamos. Na área atrás da lona do circo, aos domingos, os artistas ensaiam um pouco ou jogam cartas, ou simplesmente descansam os corpos cansados. As crianças correm livremente, brincando de pega-pega ou girando bambolês, aproveitando o dia em que ninguém as afasta da tenda ou exige que façam silêncio.

Um dia de descanso — mas não para mim. Astrid me faz ensaiar tanto quanto em qualquer outro dia, deixando apenas algumas horas depois do almoço para que alimente Theo e passe um tempo com ele. Hoje, parece, não vou ter nem mesmo isso. Sei que é melhor não discutir. Ainda que eu tenha conseguido realizar os números na sexta e no sábado, ainda resta muito trabalho a ser feito. Eu fazia só a passada simples: salto a grande altura e ela me apara pelos braços quando estou caindo. Mas as variações que podemos tentar são infinitas: piruetas e saltos mortais, aparar calcanhar com calcanhar. O que eu aprendi foi só uma gota no oceano das artes acrobáticas aéreas, estou a milhares de quilômetros de ser boa o suficiente.

— Sobre isso — começo a falar —, estava pensando que, se eu girasse no final da segunda passada, você poderia me pegar de costas.

É a primeira vez que ouso fazer uma sugestão, e Astrid me fita como se chifres tivessem crescido em minha cabeça. Depois ela dá de ombros e abana a mão.

— Nunca funcionaria.

— Por que não? — insisto. — Eu ficaria esticada para a volta e seria melhor do que só a passada simples.

Ela aperta os lábios com irritação, como se eu fosse uma criança querendo um doce que lhe foi negado.

— Você precisa continuar trabalhando no básico. Não se precipite. — Eu recuo, ferida em meus brios. Posso atuar bem o suficiente para o espetáculo, mas ela nunca vai me considerar como uma igual. — Seja como for, você deveria se apressar para dar tempo de ir e voltar da cidade — diz Astrid. — Tomo conta de Theo para você.

— Não vai atrapalhá-la? — pergunto, olhando saudosa para Theo. Embora esteja desesperada para respirar e sentir ar fresco de novo, não quero deixá-lo. Eu o vejo tão pouco em dias de espetáculo; quando a última apresentação acaba, ele já está dormindo há muito tempo. Odeio abrir mão de uma das preciosas tardes de domingo que passamos juntos. Como adoraria levá-lo à cidade comigo! Ele está precisando de um banho de verdade, em vez do balde de metal em que derramo água sobre ele, fazendo-o chorar de raiva ou guinchar de prazer, dependendo da temperatura. Mas não posso levá-lo à cidade e arriscar chamar atenção e levantar perguntas.

— De jeito nenhum. — Astrid se aproxima e pega Theo, que está comigo. Há algo na maneira terna como ela olha para ele que diz muito sobre o filho que nunca teve. Ela vem sendo mais gentil comigo também nesses dias, desde o primeiro show. Ainda é exigente com relação a minha performance. Mas parece que acha realmente que eu sou capaz de atuar e de ser um deles. E depois que conversamos sobre Peter e o passado naquela noite, quase sinto que somos amigas que podem confiar uma na outra.

Ou pelo menos poderíamos ser, não fosse o segredo que estou escondendo, sobre o filho que tive e o alemão que o gerou. Deveria ter contado a Astrid semanas atrás; isso poderia ter aliviado o estrago. Mas não o fizera, e a mentira permanece entre nós, como uma ferida aberta. Agora não se trata apenas do segredo propriamente dito, mas de ter trapaceado ao escondê-lo dela, o que fará com que me odeie.

— Se você for pela mata, seguindo a margem do riacho, vai chegar mais rápido na cidade do que se for pela estrada — indica ela.

Inclino a cabeça de lado, tentando divisar a rota que ela descreveu. Desde que cheguei aqui, pela estrada principal naquele dia, não deixei mais o acampamento.

— O caminho fica logo atrás da lona — continua ela, percebendo minha confusão. — Por que não caminhamos juntas um pedaço e eu mostro a você?

Sigo Astrid, que percorre o caminho estreito do corredor entre os leitos com Theo. Passamos por uma dançarina que pintava o cabelo de ruivo com uma tintura caseira. Outra cose um buraco em seu *collant* de treino. À porta, uma mulher corpulenta que faz parte de uma apresentação secundária troca de roupa sem pudor, seus grandes seios indistintos das dobras de gordura abaixo deles. Desvio os olhos. Com tantas mulheres vivendo em um mesmo lugar, há pouquíssima privacidade; apenas uma das muitas coisas da vida no circo a que eu nunca vou me acostumar.

Saímos. Mais cedo, quando fomos treinar, o céu sobre a tenda estava rabiscado de rosa e azul. Mas agora uma camada de nevoeiro cobre o *chapiteau* como um chapéu enfiado sobre a testa. Cruzamos a área no fundo do circo, o terreno aberto em que a tenda encontra os vagões e onde o pessoal do circo passa o tempo, longe dos olhos curiosos do público. Roupas de baixo balançam desenvergonhadas em um varal. Perto da cozinha, sobe um cheiro vaporoso de batatas cozidas, anunciando o menu do jantar. Ouço o tilintar de pratos, uma meia dúzia de trabalhadores lavando a louça do almoço.

Quando passamos pela tenda maior, os sons de dentro formam uma sinfonia familiar, um clarinetista praticando e os grunhidos dos homens fortes misturados com o retinir das espadas produzido por dois palhaços que fazem uma paródia de duelo. Através da abertura da cortina, a arena parece triste à luz áspera do dia. As almofadas de veludo dos assentos estão rotas e manchadas. A serragem que cobria o chão, antes limpa, está agora atulhada de papéis de doces e guimbas de cigarro. Uma poça amarela no canto em que um cavalo urinou dá ao ar um odor azedo.

No final do descampado, embaixo de uma cerejeira em flor, está Drina, com a saia roxa esparramada a seu redor, anéis com pedras preciosas sobre os dedos curvos, embaralhando cartas. Ela vem trabalhar no circo todos os anos, Astrid me disse, aparecendo à primeira parada da turnê e permanecendo até o final da temporada, entretendo o público no terreno diante do circo antes dos espetáculos. Naquele mundo estranho, onde quase todos eram aceitos, Drina ficava à margem. Não porque pertence aos *roma*, e é uma cigana; o circo tem todos os tipos de raças. Mas seu número é uma espécie de embuste, parece, como a mágica. *Não é circo*, disse Astrid. Essa é uma expressão que ouvi muitas vezes ao longo dos meses desde que cheguei ao circo, usada para descrever performances que não se enquadravam no ideal circense.

Drina acena, chamando-me. Eu hesito, olhando para Astrid.

— Posso? — pergunto a Astrid. — Só vai levar um minuto. — Ela vira os olhos e dá de ombros. Eu me aproximo, curiosa com o estranho baralho que Drina espalha à sua frente de um jeito particular.

— Não tenho dinheiro para pagar — digo.

Ela estica o braço e pega minha mão sem perguntar, corre os dedos grosseiros sobre as linhas da palma de minha mão.

— Você nasceu sob a estrela da sorte — diz ela. *Sortuda*. Quantas vezes ouvira aquilo antes? — Mas conheceu profundas tristezas. — Eu me mexo, desconfortável. Como ela sabe? — Você vai conhecer a paz — acrescenta ela. Parece uma predição ousada nesses tempos. — Mas primeiro haverá doença. E uma separação.

— Uma separação, como em um casamento? — pergunto. — E quem vai adoecer? — Ela abana a cabeça, sem dizer mais nada. Repentinamente inquieta, levanto. — Obrigada.

Volto até Astrid, que está girando com Theo no braço para diverti-lo.

— O que ela disse? — pergunta Astrid, curiosa.

— Nada importante — respondo, envergonhada.

— Não sei por que você acredita nessas coisas — zomba ela.

E eu não sei por que você não acredita, quero responder. Mas temo que possa soar rude.

— O futuro chegará no tempo certo — replica ela.

Distanciando-nos do terreno do circo, começamos a adentrar a floresta e atravessar por entre as árvores. Elas são mais densas do que pareceram a distância, uma floresta de pinhos e castanheiros. Não é muito diferente daquela que eu lutei para atravessar na noite em que peguei Theo. Mas a neve se foi e pequenos talos de grama e erva despontam na terra úmida. A luz se filtra por entre os galhos, que são pontilhados por brotos verdes mais recentes. Alguma coisa farfalha pelo matagal, uma raposa ou talvez um porco-espinho. Se o clima estivesse ameno naquela noite como agora, talvez eu não tivesse desmaiado e encontrado meu caminho para o circo e tudo mais.

— Pensei em procurar mais comida para Theo na cidade — digo a Astrid. — Alguma comida de bebê ou leite fresco.

— É domingo — salienta Astrid. Eu faço que sim com a cabeça. Aí é que está: o único dia em que posso ir à cidade é o mesmo em que a maioria das lojas está fechada. — Claro, sempre se pode contar com o mercado negro... — Eu ouvira falar daquilo no tempo em que nossa aldeia foi ocupada, e também na casa para moças e na estação de trem: pessoas vendendo produtos ilegais que não podiam ser encontrados em outro lugar, por um preço mais alto.

— Eu não saberia onde encontrar. — Meus ombros caem. — Talvez se eu perguntasse na cidade...

— Não! — reage ela duramente. — Você não deve fazer nada que levante suspeitas. Se você perguntar à pessoa errada, pode dar margem a perguntas perigosas.

Logo a floresta se abre para revelar um riacho. Salgueiros se elevam de seus barrancos e se arqueiam, sem que desçam o suficiente para tocar a superfície espelhada da água escura.

— Ali — diz Astrid, parando e gesticulando diante do suave arco de uma passarela que marca os limites da cidade.

— Você não vem comigo? — pergunto, decepcionada. Seria tão mais fácil e agradável se fôssemos juntas à cidade.

Ela abana a cabeça.

— Melhor que não nos vejam. — Eu me pergunto se ela está falando dela mesma ou de Theo, ou dos dois. Ela ainda está pensando no alemão que viera ao espetáculo na primeira noite? Mas, mesmo assim, seus olhos se voltam para os lados da cidade com sofreguidão. — Seja como for, alguém tem que cuidar de Theo — lembra. — Você está com seus documentos, certo?

— Sim. — Dou um tapinha em meu bolso.

— Tenha cuidado. — A testa dela se enruga enquanto ela estuda meu rosto. — Não fale com ninguém, a não ser que seja absolutamente necessário.

— Volto daqui a uma hora — digo, beijando Theo na cabeça. Ele estende as mãozinhas, como se dissesse "leve-me com você". A cada dia, cada vez mais, é como se um véu fosse levantado e ele visse o mundo, entendendo-o.

Um pequeno pedaço de meu coração parece se partir quando ele aperta meus dedos delicadamente.

— Você deve ir agora, se quiser ir mesmo — incita Astrid.

Beijo Theo mais uma vez e começo a caminhar em direção ao sopé da colina onde Thiers se situa, e começo a escalar o caminho íngreme que serpenteia por entre as casas de taipa com cortinas cinza à beira da estrada. Perdizes conversam umas com as outras dos beirais. A rua principal fica calma em uma tarde de domingo, com a maioria das lojas fechadas. Algumas idosas de xale se dirigem à igreja românica na praça da cidade. É extremamente estranho como tudo parece dentro do normal — um café com mulheres bem penteadas mordiscando madalenas por trás de janelas arredondadas, homens jogando bocha em uma faixa de gramado perto da praça central. Um garoto de dez ou onze anos vende jornal em uma esquina.

O hotel não passa de uma pensão maior, duas casas geminadas altas que foram unidas com a derrubada da parede que um dia as dividiu. Pego a chave com o proprietário, que parece saber o motivo de minha vinda sem que eu precise dizer. Seria porque ele tinha ido a um dos espetáculos, ou havia algo em mim agora que me marcava como parte do circo? Atravesso o pequeno saguão, lotado de hóspedes sentados em cadeiras e fumando encostados nas paredes. O circo teve muita sorte de conseguir quartos; o hotel está cheio de refugiados que escaparam de Paris no começo da guerra ou de vilas mais ao norte que haviam sido destruídas por ataques aéreos ou combates. *L'Exode*, como Astrid chamara. Seja qual for a razão, eles não voltaram, mas permaneceram por falta de um lar ou lugar onde ficar.

O quarto no segundo andar é estreito e sem graça, com uma cama de ferro trabalhado mal-arrumada e gotas d'água deixadas na pia pelo último hóspede sem serem enxugadas. Dispo-me rapidamente, espanando um pouco do onipresente serralho do picadeiro, que, de alguma forma, conseguiu entrar em minha saia. Pauso para observar-me nua diante do espelho. Meu corpo começou a mudar com o excesso de treinamento, como Astrid previu, ficando mais rígido em umas partes e se alongando em outras.

Mas foi mais que minha forma física o que se transformou em mim com a prática no trapézio: desde que caímos na estrada, tenho trabalhando mais duro, pensando o tempo todo sobre o número. Quatro horas após uma performance, sinto o ar correndo debaixo de meus pés, como um trem do qual não pudesse sair. E até sonho com o trapézio. Às vezes, acordo agitada, tentando segurar uma barra que não está ali. Fico obcecada durante as horas em que estou acordada também. Chegara a entrar na arena escura certa noite. Embora os assentos estivessem vazios, olhos pareciam me seguir de todas as direções. Só um pouco de luar me espiava. Era imprudente treinar sozinha, sem ninguém que pudesse me ver ou a quem pedir socorro caso caísse. Mas as horas de prática durante o dia não eram suficientes.

Contei a Astrid, na esperança de que ela fosse aplaudir minha determinação.

— Você poderia ter morrido — lançou ela.

Qualquer caminho que eu escolha será sempre errado, exagerado ou insuficiente. Ainda assim, a atração que os movimentos mais difíceis exercem sobre mim é grande: se eu puder acrescentar uma pirueta apenas, alcançar mais alto para talvez dar um salto mortal. Não preciso fazer isso. Estou conseguindo me sair bem apenas atuando. Mas me vejo querendo mais, buscando algo além.

Cerca de meia hora depois, saio do hotel, fresca do banho. Olho a fileira de lojas, tentada por um minuto a perambular e aproveitar. Talvez, apesar do que Astrid falou, haja uma ou duas lojas abertas em que possa encontrar alguma comida. Theo está esperando por mim, no entanto. Viro para ir embora.

Do outro lado da rua, um homem jovem, com cerca de dezoito anos, cabelos pretos, passa o tempo ocioso à soleira de uma porta. Ele me observa de um jeito que eu havia esquecido, que sentira apenas uma vez antes. Minha pele formiga. Antes, eu poderia me sentir lisonjeada. Mas não posso me dar ao luxo de ser percebida por ninguém agora. Ele está procurando confusão? Baixo os olhos e passo apressadamente por ele.

Na esquina, um homem vende frutas dispostas sobre o fundo de um baú virado de cabeça para baixo. Vejo morangos pela primeira vez desde o começo da guerra, manchados e muito verdes para estarem maduros, mas ainda assim são morangos. A vontade deixa minha boca cheia d'água. Imagino o rosto de Theo ao experimentar a doçura incomum pela primeira vez. Meto a mão no bolso para pegar uma moeda enquanto caminho até o baú. Depois de pagar ao vendedor, coloco no bolso os dois morangos que pude comprar, lutando contra o impulso de comer um deles agora mesmo.

Atrás de mim, ouço uma risadinha. Por um segundo, pergunto-me se é o homem de cabelos escuros que acabara de ver. Em vez dele, viro-me para encontrar dois garotos de doze ou treze anos apontando em minha direção. Dou uma olhadela em volta para ver do que eles podem estar rindo e então percebo que é de mim. Olho para minha saia vermelha, minhas meias estampadas e minha blusa bastante decotada. Não me encaixo mais no mundo das pessoas comuns. Ergo a mão para cobrir o peito, com cada vez mais vergonha. No trapézio, aprendi a me esconder por trás das luzes e fingir que não sou eu ali. Mas aqui sinto-me nua e exposta.

Uma mulher vai até os garotos, talvez a mãe, e eu espero que ela ralhe com eles pela falta de educação. Em vez disso, ela os chama, colocando-os atrás de si como para protegê-los de mim.

— Fiquem longe — adverte-os em francês, sem ao menos baixar a voz. Olha para mim como se eu mordesse. Ver a gente no picadeiro é uma coisa, um encontro na rua é outra completamente diferente.

— Desculpa, isso foi demais — diz uma voz atrás de mim. Viro-me para encontrar o homem que estava me observando um minuto antes. Ele olha estranhamente para mim e eu espero que fique do lado da mulher. — Os artistas de circo são nossos hóspedes na cidade — diz ele. Pergunto-me como sabe que sou do circo, e então percebo que deve ser pelo jeito como estou vestida. Dou um passo para trás.

— Mas olhe para ela — protesta a mulher, gesticulando em minha direção com nojo.

Eu coro. Pessoas de fora, pensam que o circo é maldoso e sensual, Astrid advertira uma vez. Na realidade, não há nada mais distante da verdade. Acima de tudo, a vida na estrada é mais rigorosa; há uma dama de companhia na tenda feminina e o toque de recolher soa mais cedo do que o estabelecido pelos alemães. Estamos cansadas demais para procurar confusão. Ainda assim, fãs bisbilhoteiros esticam a cabeça para o quintal da lona, tentando pegar de relance algo exótico ou inapropriado. Na verdade, nossas vidas são tediosamente simples — acordar, comer, vestir-se, treinar, repetir.

A mulher abre a boca para falar, mas o jovem a interrompe antes que possa dizer uma palavra.

— *Au revoir, Madam Verrier* — diz ele dispensando-a. A mulher se vira e desce a rua bufando.

— *Bonjour* — diz ele para mim quando a mulher vai embora.

Lembrando da advertência de Astrid sobre não interagir com o povo da cidade, viro-me para ir embora.

— Espere — chama ele. Olho para trás por cima do ombro. — Sinto muito por aquela mulher ter sido tão rude. Sou Lucienne — continua ele, estendendo a mão. Ele não fala o sobrenome como o pessoal lá de casa fazia ao se apresentar e me pergunto se isso é costume aqui. — Sou mais conhecido como Luc. — Mais perto agora, ele é mais alto do que eu percebi. Eu mal chego à altura de seu ombro.

Hesito, depois aperto sua mão de leve.

— *Enchanté* — diz ele. Está me gozando? Não há malícia em seu rosto, nem o olhar lascivo das outras pessoas da cidade.

— Noa — digo, com um pé atrás.

— Parecido com o do homem da arca — comenta ele. Eu inclino minha cabeça para o lado. — Na Bíblia.

— Ah, sim, claro — respondo. Do outro lado da rua, os garotos dão risadinhas abafadas de novo, já que a mãe deles se enfiou em uma das lojas e está longe para ouvi-los. Luc caminha até eles, o rosto trovejando. — Não — digo. — Você só tornaria as coisas piores. Já estou indo embora mesmo.

— Que pena — diz ele. — Posso acompanhar você? — Sem esperar pela resposta, ele segura meu braço.

Eu o afasto com um repelão.

— Com licença — digo. É pelo fato de eu pertencer ao circo que ele tem coragem de presumir poder fazer aquilo?

— Desculpe. Só tinha a intenção de ajudar. — O tom dele é de arrependimento. — Deveria ter perguntado antes. — Ele estica a mão mais uma vez. — Posso?

Por que ele está sendo tão legal? Ele é amigável, até demais. Ninguém é bonzinho de graça nos dias atuais, a não ser que ele queira alguma coisa. O soldado alemão surge em minha mente.

— Acho que não é uma boa ideia — digo.

— Um homem acompanhando uma mulher, que há de errado com isso? — pergunta ele. Seus olhos encontram os meus, é um desafio.

— Tudo bem — concedo, deixando-o segurar meu braço. Ele recomeça a andar, guiando-me até os limites da cidade. Sinto seus dedos quentes através da manga de minha blusa. Ele se move rapidamente, com autoconfiança, o tipo de garoto com o qual jamais teria ousado falar em minha cidade natal.

Cruzamos a passarela, perto do início da floresta. Paro e me afasto, com mais firmeza dessa vez.

— Posso seguir sozinha.

Deixá-lo me acompanhar até fora da cidade é uma coisa. Se for muito longe comigo, porém, alguém do circo pode me ver conversando com as pessoas do lugar, o que Astrid disse que eu não deveria fazer. Posso quase sentir os olhos dela sobre mim. Viro na direção da mata, perguntando-me se alguém está observando. Mas não vejo ninguém. Ainda assim, não deveria estar aqui. Já se passou bem mais de uma hora e ela está me esperando para o treino, talvez até preocupada.

— Preciso ir — digo firmemente.

Ele afasta um cacho de cabelo da testa, uma mistura de dor e perplexidade.

— Desculpe ter incomodado você — diz ele e começa a se afastar.

— Espere! — chamo. — Lucienne...

— Luc — corrige ele, voltando até mim.

— Luc. — O nome rola pela minha língua. — Preciso comprar umas coisas. — Em minha pressa para me livrar daqueles garotos terríveis e da mãe, quase me esqueci de procurar comida para Theo.

— Que tipo de coisas? — pergunta Luc.

Vejo Astrid em minha mente, ouço-a me avisando para não perguntar.

— Leite, um pouco de comida de bebê. — Eu vacilo, sem querer revelar a verdade sobre Theo.

Ele me olha sem piscar.

— Para você?

— É. — Meu olhar encontra o dele, sem hesitação. Ele é um estranho, não é confiável.

— Ou para o bebê? — pergunta ele. Fico paralisada, em pânico. Como ele sabe sobre Theo? — Eu vi você segurando-o na parada, no dia em que o circo chegou.

Minha pele se arrepia. Não percebera que ele me notara. O mundo, mesmo fora do picadeiro, parece um aquário de tão pequeno.

— Meu irmão... — consigo dizer, rezando para que ele não suspeite de outra coisa como Astrid fizera.

— Vocês não têm cupons de alimentação? — insiste ele, parecendo aceitar minha explicação.

— Sim — respondo —, mas eles nunca são o bastante.

Ele olha por cima do ombro para o centro da cidade.

— As lojas estão fechadas no domingo — diz ele por fim. — Talvez, se você voltar durante a semana...

— É difícil com todas as apresentações — respondo cuidadosamente. Considero perguntar a ele sobre o mercado negro, mas não ouso.

— O que você faz no circo, por falar nisso? Doma tigres? — O tom de Luc é de censura.

Por um segundo, tenho vontade de dizer a ele que estou ali há apenas algumas semanas e não faço parte do circo de fato. Mas o pessoal do circo é minha gente agora. Ergo o queixo.

— Trapézio, na verdade. — Estou orgulhosa de como fiquei boa em meu novo ofício, do trabalho a que me entreguei para chegar lá. Isso é incompreensível para quem não participa do mundo circense como Luc, que apenas me fita com um olhar divertido. — Você não viu o espetáculo, viu?

Ele balança a cabeça.

— Talvez devesse — diz ele, depois sorri. — Mas só se você se encontrar comigo depois. Para um café — acrescenta, para que eu não pensasse que ele estava sugerindo algo impróprio. — Tenho certeza de que vou ter perguntas a fazer sobre o espetáculo. O que você me diz?

Eu hesito. Ele parece simpático e, em outra época, eu poderia ter dito "sim" mais facilmente.

— Desculpe, não posso — respondo.

A decepção logo se estampa em seu rosto, depois desaparece de novo com a mesma rapidez.

— Posso acompanhá-la pelo resto do caminho — oferece ele. — Caso você veja aqueles garotos de novo. Ou a mãe deles.

— Não é necessário. — Nada de bom poderia acontecer se eu o encorajasse. E não quero que ninguém do circo me veja com ele, especialmente Astrid.

Começo a descer a estrada antes que ele insista mais, sentindo-o me observar enquanto caminho.

CAPÍTULO 11

Astrid

Observo Noa cruzar a passarela. Uma onda de protecionismo me atinge. É a primeira vez dela fora do acampamento. Ela vai conseguir se virar ou o nervosismo vai lhe causar problemas? Por um instante, quero ir atrás dela e lembrar de novo para que tenha cuidado e não fale com ninguém, e um milhão de outras coisas. Gostaria de ir à cidade e tomar um banho direito, mas, depois que o alemão quase me reconheceu na outra noite, não ouso me arriscar a ser vista. Olho ao redor, preocupada. O lugar onde eu estou, perto da orla da floresta, não fica muito longe da cidade, e eu não quero encontrar ninguém e responder perguntas sobre a criança — ou sobre mim mesma.

Volto a pensar na performance da noite de estreia. Quando espiei dentro da tenda, alguém captou minha atenção. Um homem de uniforme, um broche da SS brilhando na lapela. Roger von Albrecht. Fora um colega de meu marido em Berlim, e visitara nosso apartamento na Rauchstrasse algumas vezes.

Como é que, pergunto-me agora, com tantas cidades na Alemanha e na França, o colega do Erich viera ver nosso circo em sua estreia, a centenas de quilômetros de Berlim? Tanto azar parece impossível. Claro que ele não era um amigo tão íntimo de Erich, só um colega que encontrávamos em datas festivas e coisa do tipo. Era próximo o bastante para conseguir me reconhecer. Havíamos pensado que, viajando para a França, estávamos nos afastando do perigo. Mas ele se apresenta aqui com a mesma força.

Observo Noa caminhar em direção ao centro da cidade, ombros erguidos. Ela está nervosa, posso dizer, indo à cidade pela primeira vez sozinha. Mas continua em frente.

— Ela é realmente uma boa garota, sabe? — digo em voz alta para Theo quando volto pela floresta. Quase sinto que ele concorda com a cabeça. — Ela o ama muito. — Ela. Como Theo vai chamar Noa quando estiver grande o suficiente para falar. "Mamãe" parece uma traição à mulher que o deu à luz e cujo coração ainda está certamente partido. Mas toda criança deveria ter a chance de chamar alguém de mãe. Eu me mexo e Theo se aninha contente em meu pescoço. Nunca me acostumei com crianças, mas há algo de mais sábio nele, é uma alma antiga. Eu o ergo mais alto em meu quadril e começo a cantar "Do You Know How Many Stars?", uma alegre canção infantil na qual não pensava desde a infância:

Você sabe quantas pequenas estrelas existem na tenda azul do céu?
Você sabe quantas nuvens se espalham por todo o mundo?
O Senhor Deus as contou,
Para que nenhuma se perca,
Nesse enorme e vasto amontoado.

Olho para Theo. Ele ouviu a música antes? Penso em seus pais, se eles a cantaram para Theo. Eram judeus religiosos ou talvez totalmente laicos? Troco de música para "Raisins and Almonds", uma canção de ninar ídiche, analisando o rosto dele para ver se a reconhece. Ele me observa com olhos arregalados, sem piscar.

Parece tão improvável, um bebê judeu acabar vindo parar no circo e comigo, outra judia. Quais são as chances de isso acontecer? Mas não éramos os únicos, lembro a mim mesma. Eu estava com o Circo Neuhoff havia um mês quando percebi não ser a única judia. Enxerguei um homem desconhecido do outro lado do pavilhão-restaurante, na área em que os trabalhadores se sentam, um operário magro e quieto, com uma faixa de barba grisalha e um coxear, que se mantinha isolado. Uma das garotas disse que ele era um faz-tudo chamado Metz, bom para consertar pequenas coisas, e então fui até ele com meu relógio, um estimado presente de aniversário de dezesseis anos dado pelo meu pai que não funcionava mais.

A oficina de Metz ficava em uma pequena cabana, à beira do alojamento de inverno. Bati à porta e ele me deixou entrar. Dentro, o ar tinha cheiro de madeira fresca e aguarrás. Através da porta nos fundos, podia ver a cama estreita e a pia. Aparelhos pequenos e motores quebrados enchiam as prateleiras e cobriam o chão do espaço apertado. Espalhados entre eles havia relógios de diferentes tamanhos e formas, mais que uma dúzia deles.

— Eu era relojoeiro em Praga antes da guerra — disse Metz.

Imaginei como ele veio parar ali, mas o pessoal do circo não compartilhava muito sobre o passado. Era sempre melhor não perguntar. Entreguei-lhe o relógio e ele o examinou.

Quando abriu uma gaveta para pegar as ferramentas, eu vi: uma mezuzah de prata, manchada. Guardá-la poderia significar sua morte.

— Aquilo é seu? — perguntei, sem querer.

Metz hesitou, talvez sem conhecer meu passado, como eu não conhecia o dele. Eu dava por certo que minha formação judia não era um segredo bem guardado entre as pessoas do circo, mas ele chegara durante os anos em que eu havia ido embora e talvez não soubesse dela. Ele ergueu o queixo levemente.

— Sim.

Primeiro fiquei alarmada: Herr Neuhoff sabia sobre esse outro judeu? Claro que sim — ele estava abrigando esse homem, do mesmo jeito que a mim. Não deveria ter me surpreendido. Eu tomara como certo que Herr Neuhoff me abrigara apenas para ajudar o espetáculo, e talvez como um favor a uma velha família amiga. A coragem dele não tinha limites, no entanto, fosse uma estrela ou um simples trabalhador, ou uma criança como Theo, sem qualquer habilidade. Não se tratava do circo ou de conexões entre famílias, mas de decência humana.

Herr Neuhoff não falara de mim para Metz e vice-versa, talvez tentando proteger nosso anonimato.

— Bonita. — Fiz uma pausa. — Meu pai tinha uma igual a essa. — Um parentesco silencioso se estabeleceu entre nós.

Mas a mezuzah ficava em plena vista à frente da gaveta, ameaçando a segurança dele, e a minha.

— Talvez você devesse ter mais cuidado com isso.

O relojoeiro olhou para mim fixamente.

— Não podemos mudar quem somos. Mais cedo ou mais tarde teremos todos de encarar a nós mesmos.

Uma semana depois, ele me devolveu o relógio, recusando-se a aceitar dinheiro pelo trabalho. Não nos falamos de novo desde aquele dia.

Chegamos à beira do acampamento. Carrego Theo, que começava a piscar sonolento, pelo quintal. A primavera é quente e os que podem ensaiam ao ar livre. O engolidor de espadas ensaia o número em que ele parece cortar uma assistente em duas com uma bicicleta motorizada. Eu tremo. Os números ficaram mais sombrios desde o fim da Primeira Guerra, como se as pessoas precisassem ver uma ameaça de morte para se sentirem entusiasmadas — entretenimento puro não era mais suficiente.

Meu coração dá um salto quando descubro Peter atrás da tenda, ensaiando. Eu o vi tão pouco desde nossa chegada a Thiers. Estamos muito ocupados e cansados. Mesmo aos domingos, como hoje, nosso tempo juntos não é o que era antes. Observando-o agora, meu desejo cresce. Com Erich era tudo direto, da maneira como se supõe que um homem e uma mulher devem ficar juntos. Mas Peter faz amor com mãos e lábios selvagens, que vão aonde nunca tinham ido antes e onde menos espero.

Peter está ensaiando o número que eu conheço perfeitamente, o que zomba do passo de ganso dos nazistas — aquele que Herr Neuhoff mandara-o não fazer. Depois do espetáculo da outra noite, em que ele não fez a performance, eu tinha esperança de que desistira dela. Está ensaiando aqueles movimentos inconfundíveis agora mesmo, porém, com mais determinação que nunca. O circo sempre teve que tratar de política com leveza. Havia uma história sobre um circo austríaco que chegara ao fim depois de pôr um *pickelhaube*, um quepe do uniforme militar prussiano, em um porco. Mas Peter parece cada vez mais descuidado nesses dias, e sua sátira, ainda que sutil, é aguda o suficiente para que ninguém deixe de entender que está ridicularizando os alemães.

Lembrando disso, tremo. Eu deveria ter sido mais afirmativa, pedido a ele que parasse. Temos tudo a perder. Mas, ao vê-lo, minha admiração cresce: ele está confrontando os alemães a sua maneira e lutando, não apenas aceitando o que está acontecendo e as restrições a que somos submetidos, que nos levarão a um inevitável fim.

Ou é a bebida que o está tornando mais ousado? Seu pé levantado balança no ar e ele o abaixa apressadamente para não cair. Peter esteve bebendo — uma coisa que não posso mais ignorar, agora que Noa confirmou. O álcool não me era estranho. Estava presente entre os artistas de nosso próprio circo, e mesmo com minha mãe, quando as coisas ficaram ruins demais. Antes, com Peter, era inocente, umas taças a mais de vinho à noite. Eu não me importava; na verdade, achava bom, porque ele parecia se abrir mais. Na frente dos outros, ele falava pouco.

— Astrid — dizia ele quando estávamos sozinhos e eu observava a bebida fazer efeito, dilatando suas pupilas. Ele conseguia falar comigo para valer naquelas horas, contando histórias de sua infância na Rússia, antes da Primeira Guerra. Por um momento, podia ver um pouco dentro dele e conhecê-lo de verdade.

Mas agora é diferente — sua bebedeira está ficando pior. Posso sentir cheiro de álcool nele pelas manhãs e há certo desequilíbrio quando está no picadeiro. Se Noa percebeu, é só questão de tempo antes de Herr Neuhoff notar também. O terror se espalha por minha pele. Beber antes dos ensaios ou de um espetáculo poderia ser causa de demissão mesmo do maior artista de todos. O circo não pode se permitir ter acidentes e não há lugar para um artista desleixado ou negligente. E ele estava bebendo no primeiro dia da turnê, quando as coisas deveriam parecer frescas e novas. Como será daqui a um mês, quando a vida na estrada realmente começa a apertar?

Uma confusão no fundo do quintal me arranca de meus pensamentos. Herr Neuhoff caminha furiosamente, o rosto vermelho, o charuto preso entre os dentes. À primeira vista, parece que ele vai ralhar com Peter por causa do número de novo. Mas ele se dirige a um dos trabalhadores polacos. Milos, acho que é o nome dele, embora não o conheça bem. Milos está soldando um pedaço dos canos de sustentação da tenda, o maçarico espalhando fagulhas em todas as direções — inclusive perto de um fardo de feno próximo. Fogo é uma grande preocupação do circo. Herr Neuhoff fala com Milos em voz baixa, tentando manter-se calmo, mas sua voz sobe, beligerante.

Herr Neuhoff pega o maçarico e aponta para a distância.

— Você vai se arrepender! — pragueja Milos. Ele joga o chapéu no chão, depois o pega e sai furiosamente de novo. Herr Neuhoff o demitiu? O circo é como uma família, trabalhadores voltam a cada ano, e Herr Neuhoff é generoso com eles, mesmo quando se aposentam. Mas desleixo não pode ser tolerado.

Peter cruza o campo para conversar com Herr Neuhoff. Eu começo a andar na direção deles, ainda com Theo nos braços. Eles param de falar quando me aproximo, como se não quisessem que eu ouvisse. Fico brava. Não sou uma criança que precisa de abrigo. Apesar de tudo o que conquistei, no entanto, ainda sou uma mulher, estou em uma posição inferior.

— O que aconteceu com o polaco? — pergunto.

— Tive que demiti-lo. Não havia escolha. Vou encontrá-lo e suavizar as coisas, dar a ele uma boa carta de recomendação e uma pequena indenização. — A voz de Herr Neuhoff demonstra inquietação.

— Demitir um trabalhador furioso pode ser perigoso — diz Peter. Ele está preocupado, posso ver, com a proteção de minha identidade. E se Milos contar a alguém, ou mesmo à polícia? Enquanto Peter me observa, capto um brilho indicativo de algo mais profundo em seus olhos. Preocupação, talvez algo mais. Lembro-me do que Noa disse sobre os sentimentos de Peter por mim. Talvez ela esteja certa. Afasto a ideia mais uma vez.

— Há inúmeros perigos — responde Herr Neuhoff, fazendo uma referência velada ao número político de Peter.

Peter não responde, mas se afasta pisando firme. Imagino se Herr Neuhoff irá atrás dele. Em vez disso, ele gesticula na direção do trem, acenando para que o siga.

— Preciso falar com você. — Ele para à porta, sentindo-se desconfortável no vagão feminino, embora esteja vazio.

Herr Neuhoff tosse, seu rosto fica vermelho. Ele tira um lenço do bolso e o leva à boca. Quando o afasta de novo, o tecido está manchado de rosa.

— O senhor está doente? — pergunto.

— É o problema no meu coração — fala ele em voz áspera.

Fico alarmada. Apesar de todos esses anos em que nos conhecemos, não fazia ideia.

— É grave?

— Não, não — responde ele, abanando a mão. — Mas pego toda gripe que aparece. O ar úmido não ajuda também. Como eu estava dizendo, o trabalhador, Milos... se eu lhe oferecer uma indenização, então a história pode se espalhar e os outros podem pedir dinheiro. Mas se ele for à polícia... o que você acha?

Hesito. Aprendi algumas coisas com papai, e posso dizer a ele. No entanto, ainda sou uma hóspede aqui. O circo não é meu, estamos em outro tempo e lugar. Continuo cautelosamente:

— É uma decisão difícil. Tudo está mudado agora.

— Queria falar com você sobre outra coisa — diz ele, mudando de assunto abruptamente, e eu percebo que Milos não é bem o motivo de ele ter me chamado para conversar. — Astrid — começa ele, usando aquele tom gentil, o que me diz que ele vai me dar más notícias. Preparo-me para uma confirmação sobre o que acontecera a minha família, a terrível verdade que, lá no fundo, eu já conheço. — Você compreende que o circo está em uma posição muito delicada neste momento.

— Eu sei — respondo. — Não sei bem o que posso fazer para ajudar.

— Em primeiro lugar, você precisa conversar com Peter sobre o número.

Isso de novo. Minha preocupação cede lugar à irritação.

— Já discutimos isso. Eu lhe disse: não podemos impedi-lo de ser quem ele é.

— Estou certo de que, se você explicasse o risco que pode acarretar — insiste ele —, se ele tivesse que escolher entre seu bem-estar e o espetáculo...

— Ele me escolheria. — digo com firmeza, esforçando-me para soar mais confiante do que realmente me sinto. Depois do que aconteceu com Erich, eu não poderia ter certeza daquilo com relação a ninguém. — Mas eu não quero que ele tenha que escolher.

— Você precisa — insiste ele. — Depois do espetáculo da outra noite, o alemão tendo visto você...

Ele sabe. Meu estômago pesa.

— Como você sabia disso? Noa lhe contou? — Claro que sim. Eu não confiara o segredo a mais ninguém.

— Astrid, isso não importa. — Uma expressão de admissão toma seu rosto por um instante, confirmando minhas suspeitas. — O que importa é que o circo atraiu mais atenção do que pode. Fui visitado por um inspetor hoje, mais cedo. — Uma pedra se forma em meu estômago. Um inspetor... em um domingo. Eu estava sendo procurada? — Eles estão ameaçando nos mandar de volta — acrescenta Herr Neuhoff.

— Para a Alemanha? — Meu corpo inteiro fica tenso.

— Possivelmente. Ou talvez para algum lugar na Alsácia-Lorena. — A região da fronteira, que trocara de jurisdição entre a França e a Alemanha por séculos, fora rapidamente anexada pelo Reich no começo da guerra. Ir para a Alsácia e retornar para a Alemanha significavam a mesma coisa.

— Eles realmente fariam isso, logo depois de a gente ter se instalado? — pergunto, já sabendo a resposta.

Herr Neuhoff tosse de novo e esfrega as têmporas.

— Eles quase não nos deixaram sair em turnê esse ano.

— Sério? Eu não fazia ideia. — Tem tanta coisa que ele guarda para si mesmo.

— Sei que voltar não é a situação ideal para você — acrescenta ele. Por um segundo, pergunto-me se ele está me ameaçando. Mas a voz dele é neutra, simplesmente relatando fatos. — Você percebe agora por que preciso que Peter pare?

Ele continua:

— Eu pedi uma prorrogação, expliquei que as datas da turnê estão marcadas e que cancelar seria péssimo para os negócios. Mas, como você sabe, o Reich não está preocupado com os negócios.

— Não — concordo. Eles não hesitariam em nos punir por ter saído da linha.

Fui reconhecida e Herr Neuhoff sabe disso. Todo aquele atrevimento do Reich me faz abrir os olhos: como eu fui capaz de pensar que poderia permanecer escondida em algo tão grande e público como o circo?

— Eu deveria ir embora — digo lentamente. Os olhos de Herr Neuhoff se arregalam. — Deixar o circo. Já atraí muito perigo para o espetáculo. — Não tenho ideia de aonde possa ir. Mas fora embora uma vez; poderia fazer isso de novo.

— Não, de jeito nenhum, não era isso que eu tinha em mente — protesta ele apressadamente.

— Mas, se minha presença atrai perigo, eu devo partir — persisto.

— Não seja boba. O circo não pode funcionar sem você. *Ele* não pode funcionar sem você. — Herr Neuhoff gesticula na direção do campo para onde Peter voltou a praticar. Pergunto-me se o que Herr Neuhoff diz é verdade. Então olho para Theo. Ele precisa de mim, assim como Noa. — Você vai ficar. Esse é seu lar. — Ele tosse uma vez, depois outra. — Se nós pudermos ao menos enfrentar a temporada aqui na França.

— Eu entendo. Vou falar com Peter — prometo.

— É um bom começo — diz ele; seu rosto permanece perturbado. — Mas temo que isso não seja tudo.

— Não entendo. O que mais posso fazer?

— Veja, o *status quo* é nosso amigo e nós devemos fazer de tudo para preservá-lo. O circo deve continuar a todo custo. Então é por isso que vou fazer o seguinte — diz ele. Eu inclino minha cabeça de lado, confusa. — Como aquele soldado alemão a viu... — Ele respira fundo. — Não tenho escolha a não ser tirar você do espetáculo.

CAPÍTULO 12

Noa

Corro até o acampamento, sem olhar para trás na direção de Luc, mesmo quando chego até onde as árvores me cobrem. Já no meio do caminho pela floresta, percebo que estou correndo. Diminuo o passo para retomar o fôlego. Encontrar Luc foi estranho, e a maneira como ele me olhava me deixou um sentimento persistente de desconforto. Mas foi excitante também, uma fagulha se acendeu em mim que não esperava sentir de novo. Imagino-me contando a história a Astrid, confiando nela como na irmã que nunca tive.

Vinte minutos depois, chego ao acampamento. Quando me aproximo do trem, vejo Astrid de pé à porta do vagão-dormitório, furiosa. Por um minuto, imagino que ela está com raiva porque demorei demais. Ou talvez tenha me visto conversando com Luc. Os olhos dela estão em brasa quando subo no trem. Então a gorda silhueta de Herr Neuhoff surge na entrada, atrás dela, e eu percebo que se trata de algo mais importante.

— Como você foi capaz? — grita ela. — Como você foi capaz de fazer isso?

Ela descobriu meu segredo de alguma maneira. Sobre o soldado alemão. Sobre meu filho.

— Eu sei a verdade — rosna Astrid, vindo até mim. Fico paralisada. — Como você foi capaz?

Astrid se aproxima, os braços erguidos como se fosse me bater. Recuo, topando na quina de um baú que desponta de debaixo de uma cama.

O rosto de Astrid está a centímetros do meu e posso sentir seu hálito quente.

— Ele me tirou do número. — Percebo que ela está falando sobre eu ter contado a Herr Neuhoff que alguém a reconheceu durante o espetáculo. Ela não sabe do meu segredo.

Mas isso é tão ruim quanto. Toda a confiança dela que conquistei com tanto esforço está perdida. Os olhos de Astrid estão febris como carvão em chamas.

— Não! — digo em um impulso. Apesar da promessa que fez, no final das contas, Herr Neuhoff revelara que tinha sido eu que lhe contara. Agora Astrid está fora do espetáculo.

— Você é uma mentirosa — diz ela, punhos cerrados.

— Calma, calma — murmura Peter para Astrid, colocando uma das mãos em seu ombro para aquietá-la. Mas ele não se intromete entre nós nem a afasta de mim.

— Astrid. — Herr Neuhoff dá um passo para frente, tentando intervir. — Não foi Noa...

Mas ela o contorna, ainda vindo para cima de mim.

— Você está querendo me substituir, sua ladra?

A ideia é tão surreal que eu poderia quase soltar uma alta gargalhada — se Astrid não estivesse tão brava.

— De jeito nenhum — protesto rapidamente. A descrença dela me corta como uma adaga. — Jamais faria isso. Eu estava preocupada com você. — Pensei que tinha feito aquilo para o bem dela, mas agora vejo como ela vê meu ato. Algumas das outras garotas se concentraram à porta do vagão, e elas sussurram, olhando-me com uma hostilidade não disfarçada. Artistas não entregam uns aos outros. Quebrei uma regra fundamental, e pus o espetáculo em risco. Uma das garotas está segurando Theo e eu o tomo dela, apertando-o bem junto do meu peito, como uma armadura.

Então me viro para Peter, que estava observando a briga.

— Ela estava correndo perigo. Você sabe disso.

Ele dá de ombros, sem querer contrariar Astrid em meu favor.

— Você não deveria ter feito isso. O segredo era dela, cabia a ela decidir se contaria ou não. — Mas a voz dele é fraca. Lá no fundo, Peter sabe que eu fiz aquilo para protegê-la, enquanto ele não tinha ousado fazer o mesmo, e está me agradecendo em silêncio.

— Eu guardei seu segredo — rosna Astrid em voz baixa. Olho por cima do ombro, para onde Herr Neuhoff está, logo atrás de mim, rezando para que ele não tenha ouvido.

— Não é a mesma coisa — sussurro. Ela não consegue entender? Eu contei o segredo para protegê-la. Seguro a respiração, esperando que ela diga aos outros que Theo não é meu irmão. Mas ela se vira, ainda tremendo de raiva.

— Precisamos reparar os danos e tomar precauções — interrompe Herr Neuhoff, sua voz mais autoritária do que jamais ouvira. — Astrid vai ficar fora do show pelo resto de nossas apresentações em Thiers.

— Mas Herr Neuhoff... — começa Astrid a pleitear seu caso novamente. Então para, vendo que perdeu.

— Ela pode se apresentar conosco na próxima cidade? — pergunto, esperançosa.

— Vamos ver — responde Herr Neuhoff, sem querer prometer nada, ainda que tão pouco. — Enquanto isso, você precisa se preparar para o show sem Astrid. Gerda vai aparar para você.

— Mas não posso — protesto. Eu mal conseguia voar com Astrid; não posso confiar em mais ninguém. — Eu preciso de Astrid.

Olho de Herr Neuhoff para Astrid desesperadamente, mas ela simplesmente vira o rosto.

— Prepare-as para o próximo show — fala ele para Astrid. Ela foi removida do número, mas não dispensada da responsabilidade de ter que me treinar. Astrid não responde, mas se vira para mim como quem quer me matar, ainda em silêncio.

— Venha — disse Gerda com firmeza. — Temos que ensaiar.

Afasto-me e a sigo para longe do trem, grata por escapar da ira de Astrid.

Na noite seguinte, fico sozinha no vagão-vestiário, afastada das outras garotas. Astrid não está lá e, apesar da conversa turbulenta e calorosa, o carro parece vazio sem ela. Astrid não tem falado comigo desde o dia anterior, mesmo durante o treino. Ela não dormiu em nosso vagão, e imagino que deve ter ido, para o de Peter. Quando passei por ela no corredor do trem, eu queria dizer alguma coisa para que amenizasse a situação. Mas não consegui encontrar as palavras e ela passou em silêncio, desviando os olhos.

Faço tudo sozinha agora, a maquiagem, o giz e a fita, minhas mãos tocando onde Astrid pusera as dela antes. Quando estou totalmente vestida e pronta, saio do vagão do trem em direção à lona. Dou uma lida no programa afixado na entrada. Meu número foi colocado na primeira metade do show, para que Gerda tenha tempo de fazer o número dela além de cobrir o de Astrid. Quando li o programa, sem nenhuma menção a Astrid, os acontecimentos do dia anterior e a raiva dela pela minha traição desabaram em cima de mim de novo. Ela tinha sido removida da exibição por minha culpa. Meu estômago pesa, primeiro com culpa, em seguida, pavor. Como posso fazer o número sem ela?

Quando começo a contornar a lona grande, indo para o quintal, vejo alguém se demorando à orla do acampamento. Um homem, afastado do resto do público que se amontoa, chuta a areia com o pé. Luc, eu percebo. Paro, surpresa, recuando para o canto de novo. O que ele está fazendo aqui? Ele tinha mencionado a possibilidade de vir ao show, mas eu nunca esperava que ele fosse realmente fazê-lo. E, preocupada com Astrid ser removida da apresentação, tinha quase esquecido.

Mas agora ele está aqui, de pé, a apenas alguns metros de mim. Meu coração salta com mais emoção do que deveria. Eu começo a ir até ele, então paro. Luc é um estranho e, além disso, alguém que me deixa desconfortável. Fico sob a sombra da tenda mais uma vez. Vestindo uma camisa social vincada, cabelo escuro úmido e recém-penteado, ele está ainda mais bonito do que quando nos conhecemos. Luc parece desconfortável, porém, mantendo a cabeça baixa e observando ao redor com o canto dos olhos. Sentindo-se deslocado, não parece em nada com o garoto confiante que eu tinha conhecido na cidade. Quero ir até ele. Mas não há tempo suficiente e não podemos ser vistos juntos.

Os outros artistas estão vindo e, quando se reúnem, Luc desaparece. Quando ele some no meio da multidão, sinto uma ligeira pontada, e luto contra o desejo de ir atrás dele. E se ele achar que ter vindo foi um erro e decidir não ficar, no final das contas?

Olhando para trás, enquanto os artistas se alongam e se preparam, noto que Astrid não está ali, e embora quase todo o circo esteja reunido, há um vazio sem ela. Eu me apresentei apenas um punhado de vezes, guiada pelas mãos fortes dela. Não consigo fazer isso sozinha.

Poucos minutos depois, o sino toca e me apresso em rodear a lona para tomar meu lugar no quintal. Espio através da cortina. Luc está na primeira fila e me pergunto como ele conseguiu obter aquele assento em tão curto prazo. Seus braços estão cruzados e ele olha para o picadeiro sem expressão no rosto. Quero correr até ele ou pelo menos acenar. Mas a orquestra está quase concluindo a afinação e a tenda fica completamente escura. A música de abertura sobe em um crescendo e o espetáculo começa. Espio mais uma vez. Luc se inclina para frente em sua cadeira e uma luz dança em seus olhos enquanto ele segue as artistas, meninas seminuas a cavalo. Sinto ciúme quando o vejo observar seus corpos elegantes e quase descobertos.

A primeira metade do show, que normalmente é emocionante e rápida, parece demorar uma eternidade. Para passar o tempo, escrutino a plateia. Na fileira atrás de Luc, está sentada uma menina de cachos louros brilhantes, segurando uma boneca. Ela usa um vestido rosa engomado e posso afirmar, pela forma como alisa a bainha, que é sua melhor roupa, que usa apenas algumas vezes por ano, em ocasiões especiais. O homem ao lado dela, seu pai eu acho, entrega-lhe um cone de algodão-doce fresquinho, e quando ela dá uma mordida, suas bochechas se levantam com admiração. Seus olhos não desgrudam do espetáculo nem por um segundo.

O picadeiro se esvazia novamente e os palhaços tomam conta. Peter entra e começa a executar seu número político, aquele mesmo que Herr Neuhoff proibiu. Ele está realmente fazendo. Ao assisti-lo, subitamente sinto raiva: como ele pode se apegar a sua arte, sabendo o risco que ela traz para Astrid e todos nós? O fato de Astrid estar fora do espetáculo não significa que ela está segura. As crianças na plateia começam a rir de suas palhaçadas, desconhecendo o subtexto. Mas os adultos permanecem em silêncio, alguns se mexendo desconfortáveis nos assentos. Um casal vai embora pelos fundos da tenda.

Os palhaços terminam e recebem fracos aplausos. É a nossa vez. Gerda e eu caminhamos para o picadeiro, encontrando nosso caminho no escuro.

— Gerda — sussurro quando chego à base da escada. — Vou girar pouco antes de você me aparar na segunda passada.

Posso sentir o corpo dela enrijecer com a novidade.

— Astrid nunca disse nada sobre isso. — Astrid é responsável por todos os trapezistas. Ela é quem manda. Ninguém nunca mudou sua coreografia antes.

— Vai funcionar melhor — insisto. — E não muda nada para você. O posicionamento será o mesmo. Apenas me apare.

Antes que ela possa dizer qualquer coisa, subo a escada. Chego ao topo um segundo depois, o holofote já está esperando por mim. Espero Gerda chamar.

— Alê!

Salto sem hesitação. Quando me solto há um pânico momentâneo: só treinei uma vez com Gerda como minha aparadora. Será que ela vai ser capaz de me aparar como Astrid? Porém, Gerda tem muita experiência em aparar no trapézio. Ela me segura facilmente com antebraços que lembram salsichas grossas. Mas não é hábil e lhe falta o fulgor de Astrid. Trabalhar com alguém que não seja Astrid parece trapaça, uma traição. Olho em volta do picadeiro, procurando em vão por ela. Será que está assistindo de algum lugar, odiando-me por ter feito o número sozinha?

Chego à plataforma no fim da primeira passada. Pelo canto do olho, vejo Luc. Uma das primeiras regras que tinha aprendido com Astrid ao chegar ao circo foi: não deixe que o público — ou alguém no meio da multidão — tire sua atenção. Mas não posso evitar. Luc está aqui, observando-me com os mesmos olhos dançarinos de quando o avistei pela primeira vez na cidade. Ele vê apenas a mim, e fico feliz e repleta de medo ao mesmo tempo.

Endireito os ombros. É meu número agora, cabe a mim fazer com que funcione. Aceno com a cabeça para Gerda. Pulo exatamente como antes. Só que desta vez, bem antes de chegar a Gerda, giro no ar e fico de costas para ela. Mas o movimento leva um segundo a mais do que tinha planejado e, apesar de meu aviso, ela se atrapalha. Voo muito baixo agora, quase baixo demais para ela me alcançar. Um ligeiro suspiro sobe da multidão.

— Maldita! — pragueja Gerda, ao me pegar, os dedos cravando fundo em meus pulsos para me segurar enquanto balançamos para trás, ganhando altura. Aplausos estrondeiam quando ela me joga de volta para minha barra.

O espetáculo se interrompe para o intervalo. Vou para o quintal, ainda suada e tremendo por ter quase caído. Rodeando a lateral da tenda, Luc se aproxima, olhando para mim. Meu coração acelera quando ele se aproxima.

— *Bonsoir* — diz Luc com um sorriso tímido.

— Noa! — troveja uma voz antes que eu possa responder. É Astrid, cruzando o terreno e caindo em cima de mim, os olhos injetados de fúria. — O que diabos você pensa que está fazendo? — exige ela em alemão. Está ainda mais nervosa que antes, quando Herr Neuhoff a tirou do espetáculo.

Luc dá um passo passo à frente para me proteger, mas Astrid desvia como se ele não estivesse ali.

— Eu disse a você para não fazer o giro — continua ela a me repreender.

Ergo o queixo.

— O público adorou. — Astrid não é dona do espetáculo. Ela não manda em mim.

— Você estava se exibindo para ele! — Ela sacode a cabeça na direção de Luc.

Minhas bochechas coram.

— Não é verdade.

Antes que eu possa protestar mais, Herr Neuhoff entra no quintal. Prendo a respiração, esperando que ele me pergunte quem é Luc e o que ele está fazendo aqui. Mas ele apenas diz, sorridente:.

— Bom trabalho, Noa. — É a primeira vez que Herr Neuhoff elogia meu desempenho, e eu ajeito a postura, sentindo-me vingada. — Aquela variação foi magnífica — diz ele com um sorriso.

Olho triunfante para Astrid, perguntando-me se agora ela vai finalmente concordar. Mas Astrid parece se encolher. Uma onda de culpa me varre, substituindo minha alegria. O picadeiro já havia sido tirado dela. O controle sobre a coreografia era a única coisa que ainda lhe restava, e eu tinha roubado isso também. Ela se vira e se afasta, pisando firme.

— Volto em um minuto — digo a Luc. Então vou atrás de Astrid, que caminha para longe do quintal e em direção ao trem. Respiro fundo quando ela se vira para mim. — Você estava certa sobre o movimento ser bobo. Foi perigoso e não acrescentou nada ao número.

— Foi por isso que eu disse para você não o fazer — fala ela fungando, um pouco mais calma. — Mas você estava se exibindo para ele — insiste Astrid.

— Ele? — Embora saiba que ela fala de Luc, me dou por desentendida, ganhando tempo para responder.

Ela aponta para o quintal, onde Luc está à espera de mim.

— O filho do prefeito. Como você o conhece?

Filho do prefeito? Suspiro ao me dar conta. Lembro então do que Astrid tinha dito sobre o prefeito, que ele estava colaborando com os nazistas. Isso significa que Luc também está ajudando os alemães? Não podia ser.

Astrid ainda está me observando, esperando por uma resposta.

— Eu o conheci quando fui à cidade — digo finalmente. — Não fazia ideia de que ele vinha ver o espetáculo.

Ela cruza os braços.

— Pensei ter lhe dito para ficar longe dos moradores.

— Você disse, mas uns garotos estavam sendo rudes comigo e Luc me ajudou — acabo de dizer, com uma voz fraca.

— Do nada, o filho do prefeito veio em seu socorro? — O tom dela é sarcástico. Em seguida, ela abaixa a voz. — Noa, estamos a uma hora do quartel-general de Vichy. O prefeito desta cidade é muito ligado ao Reich... — Ela para abruptamente quando Luc vem até nós. Quando entendo suas palavras, meu sangue congela. Eu achava que Luc estava apenas sendo gentil. Mas há outra razão para seu interesse em mim? Astrid continua: — Você afirmou ter contado a Herr Neuhoff sobre o colega de Erich ter vindo ao show porque estava preocupada com minha segurança. E aí faz isso...

Luc, que agora está perto de onde estamos, interrompe.

— Eu só queria ver o espetáculo — diz ele.

Peter dá um passo à frente de Astrid, ficando quase cara a cara com Luc.

— Você precisa voltar para seu lugar — diz ele em francês.

— E você precisa parar de fazer esse número zombando dos alemães — cospe Luc com um vigor surpreendente.

Peter recua um pouco, atordoado com o fato de Luc o estar enfrentando de um modo como ninguém tinha feito.

— Como você ousa!

Mas Luc, sem se intimidar, estufa o peito.

— Eles vão prendê-lo, sabia?

— Quem vai, seu pai? — Embora tivessem se conhecido apenas minutos antes, o ódio ferve entre os dois homens.

Herr Neuhoff reaparece.

— Chega! — ordena ele. — Não podemos nos dar ao luxo de ter briguinhas. Há oficiais na plateia. *Gendarmes* — acrescenta Herr Neuhoff.

O fato de eles não serem oficiais alemães é pouco tranquilizador. A polícia francesa se tornou praticamente um fantoche do Reich. Peter e Astrid trocam olhares inquietos. É muita coincidência eles estarem sentados no público poucos dias depois do oficial alemão que conhecia Astrid ter aparecido.

Minha garganta se aperta.

— Você não acha que eles estão aqui para prender você, acha?

— Não sei — responde Astrid, a voz sombria.

— Você precisa sair daqui — diz Peter a Astrid. — Agora.

Mas para onde ela vai?, penso. Quando me viro para perguntar, ela já se foi.

O sino toca, chamando o público de volta a seus lugares depois do intervalo. Quando as luzes se apagam, espio para dentro da tenda. Dois homens uniformizados estão na parte de trás. Não são oficiais de folga à procura de uma distração ou algum entretenimento para relaxar. Seus braços estão cruzados, a posição é deliberada. Eles não estavam ali durante a primeira metade do espetáculo.

Viro-me e percebo que Peter e Astrid desapareceram do quintal.

— O que vamos fazer? — pergunto a Herr Neuhoff.

— Prossiga, assim como nós temos de prosseguir. Fazer qualquer outra coisa despertaria suspeitas.

Da tenda vem a música do próximo número, os grandes felinos.

— Você deve voltar para seu lugar — digo a Luc, que ainda está de pé ao meu lado. — Está perdendo o espetáculo.

— Sim, claro. — Mas ele ainda persiste, testa franzida. — Você vai ficar bem? Quer dizer, essa mulher, ela parecia tão zangada com você.

Não é a polícia, mas sim Astrid que preocupa Luc. Eu o observo, intrigada. Ele parece tão sincero. Mas ele não tinha me dito sequer que era filho do prefeito. Astrid estaria certa a respeito dele?

— Posso vê-la depois do espetáculo? — pressiona Luc. Sua voz cheia de esperança enquanto inclina a cabeça em direção ao bosque para além do quintal. — Lá na clareira, certo? Vou esperar atrás do carvalho nodoso.

— Você tem que ir — digo, ignorando a pergunta. Aponto na direção de seu assento antes de me afastar.

A jaula do tigre está sendo retirada do picadeiro e o próximo número, a corda bamba, está sendo preparado. Dois *gendarmes* começam a se dirigir para o picadeiro. Olho de lado. Astrid não pode ser vista em canto algum. Estariam vindo atrás de mim? Parece impossível que alguém aqui possa saber sobre eu ter pegado Theo, mas ainda assim... Olho para a saída dos fundos, desesperada para ir vê-lo.

Mas a polícia chega à segunda fileira de assentos e para diante do homem que está com a menina que segurava o algodão-doce. Eles se agacham para falar baixo com ele, tentando não interferir na apresentação. Eu escapulo e sigo ao longo da borda da tenda até que fico a poucos metros de distância da discussão, perto o suficiente para ouvir. Um dos policiais gesticula em direção à saída, instruindo o homem a ir com eles.

— Você precisa vir conosco.

Luc gira em seu assento para ver. Espero que ele diga alguma coisa para intervir. Mas fica calado.

— Mas o espetáculo... — pede o pai, elevando a voz.

A orquestra para no meio da música. Todos os olhos estão voltados para a briga agora.

— Sem dúvida, isso pode esperar até que acabe. — Ele pousa a mão sobre a filha, como para protegê-la.

Os policiais não querem ouvir nada do que ele diz, porém.

— Agora. — Um deles estende a mão sobre o ombro do homem, preparado para arrastá-lo para fora da tenda. O que poderiam querer com ele?

— Venha, querida — diz o pai, tão delicadamente quanto pode, para a garotinha. — Vamos voltar para ver o espetáculo outro dia. — Sua voz falha no final da fala.

— Eu quero ver os elefantes. — O lábio da menina treme.

— Ela pode ficar — diz friamente o policial. — Nós só queremos você.

O homem olha para o policial em descrença.

— *Monsieur*, ela tem quatro anos. O senhor certamente não quer que eu a deixe sozinha.

— Então, traga-a com você. Agora — ordena o oficial.

O pai toma o pulso da garota com firmeza, tentando sair antes que o retirem. Mas ela resiste, soltando um gemido e caindo no chão, sem notar a lama que suja seu vestido. Ele está brigando com ela agora, desesperado para cooperar antes que os oficiais intercedam. Há um murmúrio em torno do picadeiro. As pessoas da cidade já viram, sem dúvida, detenções antes. Mas um pai com uma criança inocente tirados do espetáculo... Um dos oficiais pega o cassetete.

Pare!, quero gritar. Tenho que fazer alguma coisa. Instintivamente, vou até a escada no lado direito do picadeiro e subo. No topo, chamo a atenção do maestro e aceno para ele com a cabeça. Seus olhos se arregalam em surpresa. Aquilo não está no programa. Então ele levanta seu bastão. A orquestra inicia uma animada melodia e os holofotes se concentram em mim. Com o canto do olho, vejo os policiais pararem o que estão fazendo para assistir. Do outro lado da tenda, Astrid abana os braços, sinalizando para eu descer.

É tarde demais. Salto da plataforma, balançando mais alto do que nunca. Mas e agora? Eu não tenho nenhuma aparadora e o simples balançar não vai prender a atenção deles por muito tempo. Desesperada, largo a barra. Dobro o corpo para formar uma bola e, em seguida, dou uma cambalhota e outra no ar, enquanto sou catapultada para baixo. Não há nada em que pegar ou aparar. Pouco antes de chegar à rede, eu me deito de forma plana, como Astrid me ensinou a fazer em caso de queda, diminuindo a velocidade. Ponho meu traseiro para baixo para que ele, e não meus membros ou pescoço, levem a pancada.

Há um suspiro quando despenco.

— *Mon dieu!* — grita uma voz aguda na multidão. Bato na rede e minha cabeça vai para frente e para trás. A dor perpassa meu corpo e faíscas brancas aparecem em meus olhos enquanto bato contra o chão uma vez, e de novo, quase com a mesma força. Fico deitada, muito atordoada e ferida para me mexer.

Mantenho os olhos fechados. Mãos estão sobre mim, levantando-me e me levando para fora da rede como tinham feito com Yeta na noite em que ela caiu. Mas quando estamos no chão, me desvencilho e luto para ficar em pé com minhas próprias forças. De alguma forma, apesar da altura e velocidade da queda, estou dolorida, mas não machucada. Funcionou? Faço uma reverência elegante e os aplausos crescem. Com o canto do olho, vejo o pai carregando a filha da tenda enquanto os policiais estão distraídos.

— Palhaços, em seguida, elefantes — ouço Herr Neuhoff instruir.

Ele tem um plano, Astrid tinha me dito uma vez, para reduzir o espetáculo sem terminar abruptamente. Caminho para fora da tenda, pernas tremendo tanto que mal consigo me equilibrar.

Astrid se aproxima, então, depois de deixar o canto mais distante da lona e contorná-la.

— Você está bem? — pergunta ela.

Estudo sua expressão estranha, que não chega a ser raiva. É preocupação. Ela está preocupada comigo, mesmo depois de tudo que eu fiz.

Lágrimas se formam em meus olhos. Ela tinha ficado com tanto ódio de mim, primeiro por ter contado seu segredo a Herr Neuhoff e, depois, por ter acrescentado o movimento ao número.

— Desculpe — digo, com a voz falhando. Quero tanto que as coisas fiquem bem entre nós. — Nunca quis machucar você.

— Eu sei — diz ela. — Está tudo bem.

— Sério? — Ergo os olhos.

Ela assente com a cabeça.

— Sério. — O perdão em seus olhos é completo.

— Desculpe — repito, sentindo necessidade de dizê-lo novamente. Caio no choro e ela me puxa para si, deixando a umidade ensopar o tecido de seu vestido sem reclamar.

Um momento depois, me endireito, secando os olhos.

— Mas, Noa, você deve ter cuidado — diz Astrid depois que me recupero. Sua voz é suave, mas seus olhos estão graves. — Temos muito a perder agora. — Ela está falando, eu percebo, sobre Luc e o perigo que ele poderia representar.

Peter vem até nós saindo da tenda e posso dizer, por sua expressão, que está com raiva.

— Tola! — cospe ele para mim. — Agora você causou ainda mais problemas para o circo. O que você estava pensando ao convidar esse rapaz?

Fico surpresa. Eu achava que ele iria me repreender pelo que eu tinha feito no trapézio, como Astrid. Mas, depois de tudo o que aconteceu, ele ainda está furioso com o filho do prefeito, talvez porque Luc teve a coragem de confrontá-lo, falando de seu ato. Ele está preocupado, é claro, com o perigo para Astrid. Quero salientar, como Luc tinha feito, que, se Peter está tão preocupado com a segurança dela, talvez ele não devesse fazer números que zombam dos alemães.

Não me atrevo.

— Eu não o convidei — protesto, em vez disso. — Ele veio por conta própria. Queria ver o espetáculo.

— Claro que queria — retruca Peter em tom de zombaria. — O filho do prefeito vem e, em seguida, a polícia? Pura coincidência. Depois de tudo o que fizemos por você — continua Peter, ficando com mais raiva. — Abrigando e treinando. E é assim que você retribui a bondade? Deveríamos expulsá-la.

O pânico cresce dentro de mim. E se ele convencer Herr Neuhoff a fazer exatamente aquilo?

Astrid levanta a mão, como que para afastá-lo.

— Basta. — A confusão nubla seus olhos quando ela me defende. Ela pousa a mão no braço dele gentilmente. — Ela fez a coisa certa. — Astrid olha para mim com uma admiração recém-adquirida. — Mas você poderia ter morrido — acrescenta para mim, a preocupação retorna a sua voz.

— Eu não pensei... Eu tinha que fazer alguma coisa. Aquele pobre homem... — Minha voz treme, embora eu não possa dizer se é por causa da queda ou de Peter.

— Não importa — diz Peter. — A polícia irá à casa do homem e vai encontrá-lo.

Torço para que o homem e sua filha tenham tido tempo de fugir, como eu tive com Theo. Quero crer, contra todas as evidências, que a minha atitude poderia ter feito a diferença. Mas sei que eles provavelmente não terão tanta sorte.

— Agora você vê por que eu tive que contar a Herr Neuhoff sobre o alemão? — pergunto a Astrid. — A prisão dessa noite, poderia ter sido você.

Ela balança a cabeça teimosamente.

— Eu ficaria bem. — Ela considera o circo uma armadura que de alguma forma a torna imune aos alemães. Mas isso não é verdade. — Você não pode salvar todo mundo, sabia?

— Eu não estou tentando salvar todo mundo — protesto. — Só Theo. — *E você*, acrescento em silêncio. Mas quando vi a polícia prestes a pegar aquela garotinha, algo me forçou a agir, do mesmo jeito que na noite em que resgatei Theo do vagão.

— Então você deve pensar com mais cautela antes de agir — adverte Astrid. — Convidar o filho do prefeito para vir aqui foi tolice.

— Eu não o convidei — insisto novamente. Mas também não tinha lhe dito que não viesse. — Desculpe. Não tive intenção de causar qualquer dano.

— Eu sei — responde ela —, mas nossas ações têm consequências. Boas intenções não evitam isso.

A música sinaliza o agradecimento final. Quando Astrid me ajuda a ficar de pé, sinto uma dor aguda nas costas que, espero, não seja nada além de uma contusão. Mancando, sigo-a de volta à lona e subo a escada até a plataforma. Os *gendarmes* se foram. Sinto alívio e, ao mesmo tempo, preocupação. E se tivessem seguido a menina e o pai?

Luc também deixou seu lugar, posso verificar enquanto aceno com a cabeça para o público lá embaixo. Gostaria de saber se ele vai estar à minha espera no bosque como disse. Ou, depois de tudo o que aconteceu, ele tenha desistido. Talvez fosse melhor mesmo.

O público se afasta do picadeiro com pressa, não se deixando ficar como normalmente faz, mas querendo ir para casa, para longe da confusão. Quando caminhamos para fora da tenda, Herr Neuhoff vem até o quintal. Ele desaba sentado em um caixote virado, respirando com dificuldade.

— Uma prisão no circo — ofega ele. — Nunca teria imaginado. — Até recentemente, o circo vinha servindo de refúgio na guerra, era como estar dentro de um daqueles globos de vidro, enquanto o mundo continuava do lado de fora. Mas as paredes estão se afinando. Volto a pensar em Darmstadt, recordando a reação de Astrid quando comentei que seria mais seguro na França. Desde então, ela já sabia a verdade. Não há mais nenhum lugar seguro.

Enxugando a testa com um lenço, ele continua:

— Eles se foram por ora. Mas eu quero que todos vocês voltem para seus aposentos. E fiquem lá. — Aguardo que me repreenda pelo que tinha feito no trapézio, mas ele não diz nada. Olho na direção do bosque, em busca de Luc. Localizo-o, meio escondido atrás de um carvalho inclinado. Ainda está aqui. Nossos olhos se encontram. Ele tinha me visto cair e seu rosto está atormentado de preocupação. Começo a sorrir, erguendo a mão e fazendo um aceno baixo para sinalizar a ele que estou bem. Sua expressão relaxa um pouco, mas os olhos permanecem fixos em mim, convidando-me a me aproximar.

Dou um passo a frente. Mas Herr Neuhoff ainda está sentado no caixote, observando. Não posso ir até Luc.

Eu não deveria querer, lembro a mim mesma. Ele não havia me contado que era filho do prefeito. Astrid estaria certa sobre ele estar escondendo outras coisas também?

Luc ainda está me observando, parecendo prender a respiração, esperando. Vários segundos se passam. Dou um passo para trás. Mesmo se eu quisesse, não ousaria desafiar a ordem de Herr Neuhoff e ir atrás dele, depois que a polícia esteve aqui. O rosto de Luc muda, de esperançoso a decepcionado, quando percebe que não estou indo em sua direção.

Dou mais um passo para trás e quase tropeço em algo jogado no chão. Na borda da tenda, uma boneca está na areia. Imagino a garota, muito chateada por ter que deixar o circo, sem perceber que a deixara cair. Apesar das promessas do pai, ela não vai voltar. Pego a boneca e a levo comigo para Theo.

Então, viro para olhar para Luc mais uma vez. Ele tinha começado a andar na direção da cidade, os ombros baixos.

Quero gritar para que espere. Mas não faço isso e, um momento depois, ele desaparece.

CAPÍTULO 13

Astrid

Ainda não amanheceu completamente quando subo a escada para o trapézio na semiescuridão, todo o *chapiteau* iluminado apenas por uma única lâmpada crepitante que alguém esquecera de apagar. Dos assentos, a tenda parece magnífica, mas aqui de cima o tecido está desbotado e as borlas desgastadas nas bainhas. Uma música antiga, metálica como a do carrossel na tenda ao lado, toca em minha mente. Vejo meus irmãos, provocando uns aos outros enquanto se preparavam para atuar. O ar parece dançar com os fantasmas de minha família.

Seguro a barra e pulo, cortando o ar com meu voo. Estou ignorando a advertência que eu mesma tinha feito a Noa para nunca mais voar sozinha. Não tenho escolha, no entanto. Já não posso mais me apresentar, mas não consigo ficar no chão.

— Você é viciada em adrenalina — acusou-me Peter mais de uma vez. Discordo, mas sei que é verdade. Há um momento, quando olho para baixo da plataforma, uma fração de segundo antes de eu me soltar, em que tenho quase certeza de que vou morrer. Essa clareza, a concentração desse momento, é do que mais sinto falta com essa história de não poder mais me apresentar, mais do que da adulação do público ou de qualquer outra coisa.

Na noite anterior, quando Noa entrara no picadeiro sem mim, foi a primeira vez que tinha realmente observado o circo em sua totalidade. Enquanto assistia ao espetáculo, lembrei de quando Erich me levou para ver uma apresentação na Volksoper, *Die Jungfrau von Orleans*. Rodeada pelas mulheres elegantes de Berlim e nuvens de perfume, eu me mexia no assento desajeitadamente, sentindo-me como se não pertencesse ao lugar. Mas, quando o espetáculo começou, fui capaz de ver coisas que os outros não podiam ver: a forma como o cenário foi disposto, de maneira a dar uma ilusão de profundidade, como o número foi ensaiado com os pequenos truques que todos nós, artistas, tínhamos. Percebi então que eu podia ver como cada pessoa era de fato, para além das aparências, estando ou não no palco. Era algo que vinha fazendo ao logo de toda a minha vida.

Voo mais alto, como se estivesse tentando fugir de minhas memórias. Tomando impulso com as pernas, balanço nas alturas e volto à plataforma. Uma transpiração gotejante cobre minha pele e sinto uma dor agradável nas pernas. O fato de Herr Neuhoff ter dito que poderei voltar a me apresentar quando chegarmos à próxima cidade é de pouco consolo. Ainda faltam duas semanas para isso acontecer — um número sem-fim de performances. E não há garantias de que terei permissão para permanecer no picadeiro; agora que Herr Neuhoff está ciente do perigo, ele vai me tirar do espetáculo ao menor susto.

Susto como o dado pela polícia, interrompendo o espetáculo, dias antes. Lembrando do rosto da menina na plateia, ver como as coisas se tornaram incrivelmente ruins me assola. Ela tinha começado aquele dia cheia de alegria, como qualquer outro — como eu tinha em minha última manhã em Berlim com Erich —, sem saber que em apenas algumas horas seu mundo seria destruído.

Enxugo os olhos, afastando a dor. Em minha família não se chorava, nem por doença, nem morte, nem qualquer outra tragédia, e mesmo criança eu tinha segurado minhas lágrimas em todas as ocasiões. Poderia ter sido pior, lembro a mim mesma; poderia ter sido a mim que a polícia viera prender.

Salto novamente e me seguro à barra em pleno ar sem tentar balançar mais alto, mas deixando o balanço delicado me embalar para frente e para trás. Parece, por um momento apenas, que, se eu não fizer movimentos, poderei voltar no tempo e tudo será como era antes. Meu corpo, voar, eles não podem tirar isso de mim — apesar do que Noa fizera.

Daquelas *coisas* que Noa fez, eu me corrijo. Foi mais do que simplesmente contar a Herr Neuhoff sobre o oficial alemão. Ela tinha convidado o filho do prefeito para o espetáculo. E se jogou do trapézio em uma tentativa de salvar o homem e a filha da polícia, uma atitude tão tola quanto valente. Embora não sejamos nada parecidas, cada vez mais vejo uma obstinação em Noa que me faz lembrar de mim quando era jovem. Uma impulsividade que faz dela um perigo para ela mesma e para todos nós. De repente, fico tonta. Algo pesa em meu estômago então, uma onda de náusea tão forte que quase não consigo me segurar mais na barra. O suor me toma e a palma de minhas mãos ficam perigosamente úmidas. Luto para fazer o caminho de volta até a plataforma. Momentos de fraqueza como este são a razão por que digo a Noa para não se balançar sozinha. Olhando para baixo, sou tomada pelo medo. Artistas de circo não são conhecidos por terem uma vida longa. Havia os que morriam se apresentando ou ficavam feridos a ponto de não conseguirem mais atuar. Tento buscar na memória, entre os artistas que conheci, de minha família e outras, uma única pessoa que tenha vivido para ver seu septuagésimo aniversário. Não encontro.

Com um último balanço desesperado, subo mais alto e chego à plataforma, com as pernas tremendo. Nunca caíra na minha vida, nem chegara perto disso. O que há de errado comigo?

Outra onda de náusea me engolfa e eu desço a escada bem a tempo de vomitar em um balde que não é meu. Levo-o para lavar lá fora, na bomba, antes que alguém perceba. O cheiro de bile líquida faz meu estômago se contorcer de novo. Aperto a mão sobre a barriga. Praticamente nasci no ar e nunca fiquei enjoada por causa disso. Já ouvi outras trapezistas falarem de tais coisas, de repentinamente se sentirem incapazes de tolerar altura ou movimento, mas isso quando estavam doentes ou grávidas.

Grávida. Congelo, atordoada com a ideia. É simplesmente impossível. Mas é a única resposta que faz sentido. Houve uma noite cheia de bebidas logo antes de deixarmos o alojamento de inverno. Eu não tinha menstruado havia quase três meses, mas isso não era incomum, e eu atribuíra aquilo ao preço que os treinamentos e as atuações cobravam do meu corpo. Certamente, se fosse algo mais, eu teria sabido.

Volto à lona e me sento em uma das cadeiras, entorpecida, o sentimento de negação rodopiando em minha mente. Erich e eu tínhamos tentado ter um filho durante tanto tempo. Antes de o trabalho passar a exigir todo o tempo dele, fazíamos amor quase todas as noites, e duas ou três vezes por dia nos fins de semana. Mas nada nunca acontecera. Assumi a culpa como minha. Eu me perguntava como minha mãe poderia ter sido fértil o bastante para carregar cinco bebês na barriga e eu nenhum. Ano após ano de tentativas e nada. Por fim, paramos de falar no assunto.

O problema era Erich, percebo agora, esnobando-o. Não eu. Seu corpo ariano perfeito tinha um defeito. Ele nunca teria uma família, fosse com quem fosse.

Mas a minha ansiedade rapidamente eclipsa qualquer tipo de satisfação. Nada passava mais longe de minha cabeça do que uma gravidez, um filho fora um sonho há muito esquecido. Estou velha demais para formar uma família. Peter, com seu mau humor e depressão, não parece ser um pai ideal. Nós não somos *esse* tipo casal. E não temos um lar.

Eu poderia dar um jeito naquilo. Ouvi sussurros sobre tais coisas mais de uma vez durante meus anos de circo. Só de pensar, no entanto, sei que não é uma opção.

Peter entra e, pela primeira vez, não fico contente em vê-lo. Passo a mão pelo rosto para me certificar de que ele está seco, em seguida, cubro minha barriga, como se ele pudesse notar a diferença. Não quero contar a novidade a ele e aumentar o estresse e a exaustão de se apresentar e estar na estrada. Ele não precisa se preocupar com isso agora. Temo que perceba que estou pálida e trêmula, ou talvez sinta o cheiro que paira sobre mim.

Mas ele está muito distraído para notar.

— Venha, quero lhe mostrar uma coisa — diz ele, pegando minha mão e me levando do picadeiro para sua cabana. Ela fica perto da orla do descampado, um único e sólido cômodo, não muito maior que um galpão. Permaneço à porta, hesitante, o cheiro de madeira úmida e terra se mistura ao de fumaça velha. Não fiquei com ele desde que chegamos a Thiers, porque Peter estava ensaiando tão intensamente que eu não queria me intrometer. Será que ele vai tentar me abraçar? Acho que não posso suportar abraços no momento. Porém, Peter me chama até um ponto além da cama. Do outro lado, há uma nova peça de mobiliário, uma baixa caixa de carvalho retangular, com cerca de um metro e meio de comprimento, quase como um baú de tamanho extragrande.

— É lindo — digo e corro a mão por sobre a madeira, admirando a tampa talhada. — Onde você conseguiu isso? — E por quê? Peter, com sua cabana espartana e sem conforto, não é alguém que tenha pendor para bens materiais.

— Eu a vi no mercado local e barganhei com o carpinteiro. Não se preocupe. — Ele sorri. — Consegui um bom preço. — Mas não é o peço que me causa estranhamento e sim o fato de a mobília ser algo sólido e permanente, pouco prático e fora de lugar em um circo. O que ele vai fazer com aquilo quando nós seguirmos em frente?

Peter não é um homem irracional e espero pela explicação que vai fazer tudo ter sentido. Ele abre a tampa e passa a mão pelo fundo caixa. Depois, o levanta, revelando um compartimento secreto, com trinta centímetros de profundidade talvez, o suficiente para uma pessoa pequena, deitada.

— Ah! — exclamo.

— Só por precaução — diz ele. Peter quer dizer que é para eu me esconder ali, no caso da SS ou a polícia virem novamente. Ele observa meu rosto e eu tento controlar minha reação com relação ao espaço, sufocante e parecido com um caixão.

— Nós não tínhamos um esconderijo adequado para você aqui, então eu pensei que isso daria para o gasto — explica ele, tentando um tom prático. Mas seu rosto está grave. Ver a polícia tentar prender o homem durante o espetáculo mexeu com Peter também. Ele sabe, assim como eu, que os alemães ou a polícia francesa virão novamente. Que devemos estar preparados.

Está tentando me proteger. Mas há algo em seus olhos, mais que preocupação ou até mesmo carinho. Já vira aquele olhar antes, quando Erich e eu éramos recém-casados. Afasto-me, abalada. Lembro-me então do que Noa tinha dito sobre os sentimentos de Peter com relação a mim. Neguei rapidamente, sem querer ver ou acreditar. Quando espio de novo seus olhos esperançosos, no entanto, sei que ela estava certa. Como não tinha visto isso antes? Até agora tinha sido fácil rotular aquela como uma relação de conveniência. Então Noa pôs um espelho diante de meu rosto e não posso mais ignorar o fato. Penso nos meses que ficaram para trás, Peter constantemente a meu lado, tentando me proteger. Seus sentimentos não eram súbitos ou novos. Eles estavam ali o tempo todo. Como é que Noa, tão jovem e ingênua, tinha percebido tudo, enquanto eu tinha deixado passar despercebido?

— Você detestou — diz ele, passando a mão sobre o peito e parecendo desapontado.

Sim, eu quero dizer, mesmo porque tinha prometido que, depois do que aconteceu em Darmstadt, nunca mais iria me esconder novamente.

— Não exatamente — respondo, no entanto, sem querer ferir os sentimentos dele, quando sua intenção tinha sido das melhores. — É perfeito — acrescento, muito rapidamente. Na verdade, é menor que o esconderijo em Darmstadt. Eu mal conseguiria entrar ali agora, muito menos quando minha barriga ficasse maior.

— Então, qual é o problema? — pergunta Peter, segurando meu queixo com a mão e estudando meu rosto. — Você está tão pálida. Está doente? Aconteceu alguma coisa? — Ele franze o rosto de preocupação quando consegue ler minha expressão.

O terror se apodera de mim então. Não por causa da gravidez ou do perigo de ser pega pela polícia, ou mesmo a SS. Não, eu estou petrificada por causa dessa... dessa coisa entre mim e Peter. Começou como um encontro de duas pessoas que estão sós e se atraem uma pela outra para preencher um vazio. E deveria permanecer assim. Mas, em algum momento, quando eu não estava prestando atenção, transformou-se em muito mais — tanto para mim como para ele.

Hesito. Contar a Peter vai mudar tudo. Mas não posso deixá-lo preocupado desse jeito, mantendo silêncio. E parte de mim quer desesperadamente compartilhar a notícia com ele. *Conte a ele*, uma voz que é mais de Noa do que minha parece dizer dentro de minha cabeça. Ele me ama e isso é o que basta.

Respiro fundo, expiro.

— Peter, estou grávida. — Prendo a respiração esperando pela reação dele.

Ele não responde, mas olha para mim sem expressão.

— Peter, você me ouviu? — pergunto. As paredes parecem se aproximar e o ar é sufocante. — Por favor, diga alguma coisa.

— Isso é impossível — diz ele, a voz cheia de descrença.

— É verdade — respondo fracamente. O que ele pensava que a gente estava fazendo todas aquelas noites no alojamento de inverno?

Peter se levanta e começa a andar de um lado para o outro, passando a mão pelo cabelo.

— Quero dizer, é possível, é claro — continua ele, como se eu não tivesse falado. — Só é difícil de acreditar. E com tudo o que está acontecendo agora, as coisas se complicam.

Meu coração aperta no peito. Contar tinha sido um erro.

— Você não parece satisfeito — digo, e minhas bochechas queimam, como se eu tivesse levado um tapa. — Eu não planejei isso. Lamento incomodar você.

Ele se senta de novo e toma minhas mãos.

— Não, querida, não é nada disso — responde ele, com o rosto mais suave agora, o tom gentil. — Nada me faria mais feliz.

— Quer dizer, você quer ser pai? — pergunto, surpresa.

— Não — diz ele rapidamente e meu coração para. Ele não quer, no final das contas. — É que eu já sou. — Sua voz é lenta e chiada, cada palavra árdua.

— Eu não estou entendendo. — O quarto em torno de mim começa a girar e bile sobe pela minha garganta mais uma vez. Faço com que minhas respirações sejam curtas e superficiais. — O que você quer dizer?

— Eu tive uma filha. — *Tive.* Seu rosto expressa mais dor do que jamais vira antes.

— Ah! — suspiro. Estou atordoada. Eu sabia que Peter tivera uma vida antes de mim, mas uma criança? De repente, parece que eu não o conheço de muito bem.

— Fui casado com uma bailarina de Moscou chamada Anya — diz ele, com a voz rouca, olhando para longe. Tento imaginar sua esposa, e a vejo, com mais do que um pouquinho de inveja, como uma pessoa alta e esbelta, com membros graciosos e longos. Onde ela está agora?

— Nós tivemos uma menina, Katya. — É como se sua voz se partisse ao dizer o nome dela. Ele tenta continuar, movendo os lábios, mas nenhum som sai.

— O que aconteceu? — pergunto, temendo a resposta, mas ao mesmo tempo com necessidade de saber.

Ele fica em silêncio por alguns segundos, incapaz de continuar.

— Gripe espanhola. Os melhores médicos e hospitais não poderiam tê-la ajudado.

— Quantos anos ela tinha?

— Quatro. — Ele enterra a cabeça nas mãos, as costas tremendo com os soluços silenciosos. Sento-me impotente a seu lado, minha mente cambaleia enquanto tento processar aquilo tudo. Poucos minutos depois, ele levanta a cabeça, enxugando os olhos. — Acho que eu deveria ter lhe contado mais cedo, mas é tão difícil. Anya morreu pouco depois de Katya — acrescenta ele. — O médico disse que também foi a gripe. Eu acho que foi de tristeza. Então, tudo se acabou, sabe? — Sua voz engasga e eu me pergunto se ele vai chorar mais uma vez.

— Sinto muito. — Passo meus braços ao redor dele e descanso a cabeça sobre seu ombro. Mas minha compaixão é inadequada, seria impossível aliviar uma dor de que eu não partilhava. Eu o compreendo muito mais agora, o humor depressivo, a bebedeira. — Isso traz lembranças dolorosas para você.

Ele sacode a cabeça.

— Não, é bom lembrar das duas. Mas você entende por que estou nervoso.

— Eu entendo. — Peter tem medo, eu percebo, de ter outro filho, tendo amado tão profundamente como o fizera antes. Então, ele tivera todo o dinheiro e privilégio do mundo e eles não tinham sido suficientes. Como ele poderia proteger e cuidar de uma criança agora? — Vai ficar tudo bem — digo, lutando para soar convicta e encobrir minhas próprias dúvidas. — Nós podemos fazer isso. — Agora é a minha vez de ser forte.

— Sim, é claro que podemos — responde Peter, forçando um sorriso. Ele me beija uma vez, em seguida, novamente. Ele traz a boca até minhas pálpebras, lábios, bochechas, seios. Seu peso me empurra para trás, para a cama, e por um segundo parece que ele vai tentar fazer amor comigo. Mas ele simplesmente descansa a cabeça em minha barriga, sem falar.

— Antes de você, eu tinha perdido toda a esperança — diz ele, por fim. — Não sei o que faria sem você. Eu a amo — acrescenta. Os sentimentos que ele manteve reprimidos desde que ficamos juntos parecem se derramar. Mas, embora tivesse ansiado por eles antes, sinto-me oprimida. É muito para mim agora, carregar a ele a criança.

Peter levanta a cabeça e uma luz parece surgir em seus olhos.

— Nós devemos nos casar — declara ele, tomando minhas mãos nas suas. *Casar.* A palavra reverbera em minha cabeça. Antes, tivera algum significado. Agora, na minha mente, vejo os papéis que Erich lançara diante de mim, dizendo que nada daquilo tivera importância alguma, e ouço o barulho da aliança de casamento caindo no chão de nosso apartamento.

— Ai, Peter. — Casar uma vez tinha sido o suficiente para mim. Não consigo entender alguém me querendo dessa forma, ou me permitir ser tão íntima de um homem de novo. — Não podemos.

— Não, claro que não — diz ele rapidamente, incapaz de disfarçar sua decepção.

Passo a mão em sua bochecha.

— Em meu coração, já estou casada com você.

— Ou podemos ir embora daqui — diz ele. Fico surpresa. Peter sempre rejeitara a ideia antes, porque não havia outro lugar onde pudesse atuar como atuava aqui. Mas agora, com a perspectiva de uma criança, tudo mudou.

— Não posso ir embora — respondo. — Aqui, posso me esconder. — Pelo menos por enquanto.

No passado, eu poderia ter aproveitado a oportunidade e ido. Agora, no entanto, trata-se de algo maior do que apenas minha segurança. Toco em minha barriga mais uma vez.

— E Noa precisa de mim...

— A garota? — Ele tem uma expressão intrigada no rosto. — Qual a importância da garota? Eu achava que você nem gostava dela.

— Não, claro que não, mas ainda assim... — É verdade, eu admito. Eu não gostava de Noa no início, e menos ainda depois de ela me fazer ser retirada do espetáculo. Mas Noa depende de mim, tão certo quanto Theo depende dela. — Você pode ir embora se realmente quiser isso — ofereço. As palavras doem ao serem ditas.

Ele aperta mais seus braços em torno de mim.

— Eu nunca vou abandonar você — diz ele, e baixa a mão sobre minha barriga. — Nem nosso filho.

Alguém que não vai me deixar, eu penso, desejando que eu ainda fosse nova, quando ainda poderia ter acreditado nele.

— Vai ficar tudo bem — digo, afastando minhas dúvidas.

— Melhor do que tudo bem. Seremos uma família. — Sorrio através de meus medos. Essas coisas são possíveis de verdade? Mas meu filho vai ser judeu. Uma imagem pisca em minha mente: Noa caminhando cegamente através da mata, com Theo, antes de a encontrarmos. Mal somos capazes de proteger uma criança judia. Como, por Deus, poderemos proteger duas?

CAPÍTULO 14

Noa

— Não, não! — Astrid grita durante o treino no domingo seguinte, e sua voz é tão estridente que uma das malabaristas que treinava embaixo deixou cair seus aros prateados no chão, fazendo barulho. — Você tem que ir mais alto!

Balanço minhas pernas com mais força quando Gerda me joga de volta para a barra, tentando atender ao comando de Astrid. Mas quando volto à plataforma e olho para baixo, seu rosto ainda não está satisfeito.

— Você tem que pôr as pernas acima da cabeça — ralha ela quando desço a escada.

— Mas você disse para eu manter o corpo na vertical, então eu pensei... — começo a falar, em seguida paro, sabendo que não vou ganhar a discussão. Astrid tem estado mal-humorada nos últimos dias, perdendo a cabeça com tudo que eu digo e me repreendendo pelos mesmos movimentos que pareciam ótimos alguns dias antes. Observando os lábios entortarem com insatisfação, pergunto-me se ela ainda está com raiva por eu ter motivado sua saída do espetáculo. Astrid parecera ter me perdoado cerca de uma semana antes, mas agora não tenho mais certeza.

— Qual é o problema? — pergunto.

Astrid abre a boca como se houvesse algo que quisesse me dizer.

— Não é nada— responde ela por fim, mas não soa como verdade.

— Astrid, por favor — insisto. — Se há algum problema, talvez eu possa ajudar.

Ela sorri, mas não há felicidade em seus olhos.

— Ah, se isso fosse verdade... — diz ela, depois se afasta e começa a subir a escada.

Então, há algo de errado, penso eu, sabendo que é inútil pressioná-la.

— Vamos continuar a ensaiar? — pergunto, temendo a resposta.

Mas ela nega meneando a cabeça.

— Encerramos por hoje. — Ela alcança a plataforma e pega a barra, saltando sem aviso. Embora não pudesse se apresentar no espetáculo, isso não a impedia de voar, mais rápido e mais forte do que nunca. Sem a ajuda de uma aparadora, ela mal toca a barra, de uma forma que parece impossível, ainda que bem na minha frente.

Atravesso o pavilhão de treinamento e vou até Peter, que parou de ensaiar para olhar Astrid.

— Temos que pará-la. — digo. — Ela vai acabar se matando.

Mas os olhos dele são uma mistura de admiração e trivialidade e sua postura é de resignação.

— Eu não posso impedi-la de ser grande, de ser quem ela é.

— Isso não é a grandeza, é suicídio — retruco, surpresa por me atrever a falar tão rispidamente com ele.

Peter me olha de um jeito estranho.

— Astrid nunca se mataria. Ela tem muitas razões para viver. — Há um tom desconfortável em sua voz. Talvez ele saiba o que está incomodando Astrid. Mas antes que possa perguntar, ele vai embora.

Dando uma última olhada preocupada em Astrid, visto minha saia-envelope e blusa sobre o *collant* de treino. Saio da tenda e caminho pelo descampado. É final da tarde de domingo, faz pouco mais de uma semana desde que chegamos a Thiers, e eu quero alimentar Theo e passar o máximo de tempo que puder com ele, antes que adormeça. O caminhão de água estacionou perto dos trilhos e as pessoas estão correndo para encher seus baldes na parte traseira dele. Há infinitos baldes em todos os lugares do circo, para lavar, beber água e outras coisas. Quando vi pela primeira vez dois baldes com meu nome escrito neles na fila de espera para serem cheios em Darmstadt, eu percebi que fazia mais um pouquinho parte do circo.

Encho meus baldes, um para lavagem e outro para beber água, e os levo para o trem, ansiosa para me trocar e encontrar Theo. Subo as escadas do vagão, tomando cuidado para não derramar água. O vagão-dormitório, onde eu esperava encontrá-lo acordando de um cochilo, está vazio. Theo não está ali.

Calma, digo a mim mesma, saindo. Às vezes, as meninas que cuidam das crianças as levam para tomar um ar fresco. Algumas poucas crianças estão atrás do trem, brincando com uma bola, enquanto as duas garotas que deveriam estar cuidando delas conversam à toa. Theo não está com elas.

Onde ele está? Meu coração bate mais forte. Ele se perdeu? Foi raptado? Atravesso o quintal e encontro Astrid novamente. Ela vai saber o que fazer. Em seguida, ouço uma risadinha a distância. Meus olhos se viram para o curral onde os animais são mantidos. Theo está perto dali, nos braços de Elsie, uma das meninas que toma conta dele. Relaxo um pouco.

Mas, quando começo a caminhar pelo campo gramado, Elsie caminha em direção à jaula do leão. Eu a vejo falando com Theo, apontando, conforme se aproximam de um dos animais. A jaula aqui é frágil — umas poucas barras de metal, com intervalos demasiado grandes entre elas. Nada separa Theo do animal feroz. Elsie parece casual e sem medo ao andar com Theo até a frente da jaula. A mão dele se estende, como se estivesse acariciando um cachorro.

— Não! — grito, a voz perdida no vento. Theo coloca a mão através da jaula, a poucos centímetros da boca de um leão.

— Theo! — Corro em direção a ele, os pés batendo contra a terra dura, chutando pedaços de grama e areia.

Alcanço Theo e o tomo dos braços da menina. O leão, assustado com meu movimento brusco, lança-se contra as barras com um rugido, atingindo o mesmo lugar onde Theo estivera. Salto para trás, tropeçando e caindo no chão. Theo cai no choro. Uma pedra afiada corta a palma da minha mão quando aparo a queda, mas eu mal noto. Aperto o pequeno corpo contra o peito, protegendo-o. Respiro fundo, sem me levantar, tentando confortar o bebê, que está chateado como nunca vi. Mais um segundo e teria sido tarde demais.

— Shh — faço, analisando Theo. Embora seu rosto esteja vermelho de tanto berrar, ele não parece estar ferido. Então me levanto, espanando o pó de meus joelhos. — Como é que você pôde? — repreendo Elsie, cujo rosto está pálido.

— Nó-nós estávamos só brincando — explica ela, nervosa. — Eu queria mostrar o leão de perto para ele. Não fiz por mal.

Mas ainda estou furiosa.

— Aquele animal... ele poderia ter matado Theo. E essa roupa... — Segurando-o junto de mim, noto que Theo está vestindo um *collant* de lantejoulas, muito grande e apressadamente alfinetado para caber nele. — O que, por Deus, ele está vestindo?

Por cima do ombro, vejo Astrid vindo da lona. Ela cruza o campo, com raiva e preocupação estampadas no rosto.

— Que confusão é essa?

— Ela estava segurando Theo bem na frente da jaula do leão — digo, minha voz subindo enquanto revejo meu terror. — Ele poderia ter morrido!

Ela pega Theo dos meus braços e ele para de chorar, mas soluça, procurando ar, enquanto se recupera.

— Ele parece estar bem. Ele se machucou?

— Não — admito, golpeando uma das moscas que zumbem perenemente em torno das jaulas dos animais. Eu esperava que ela ficasse do meu lado, mesmo que estivesse irritada. Como pode ela não ter se perturbado com o que Elsie fez? — Mas olhe as roupas dele!

— Muito em breve ele vai começar a treinar — observa ela suavemente.

— Treinar? — repito, intrigada.

— Para atuar — responde ela. Embora eu nunca tenha discutido sobre Theo fazer parte do número antes, Astrid fala como se fosse um fato.

Olho para ela, fico sem palavras. Eu não tinha imaginado o bebê participando de um número, nem pensara em um futuro para ele no circo, nem de longe.

— Ele é apenas um bebê — digo. Theo chia, também parecendo protestar.

— Eu subi no trapézio quase antes de andar — diz Astrid. — É claro que foi um trapézio fixo.

Eu tremo. No mundo de Astrid, é perfeitamente normal que as crianças atuem. Theo não vai aprender o trapézio, no entanto, nem qualquer outro número circense. A vida dele, nossa vida, vai ser em outro lugar.

— Ele é muito pequeno — insisto, sem mencionar o fato de que nunca vou deixá-lo entrar em cena.

Astrid não responde. Ela está olhando por cima de meu ombro, apertando os olhos, para algo na direção do caminho que leva à cidade.

— Alguém está vindo.

Eu me viro e sigo o olhar dela.

— Luc — digo em voz alta, mais para mim do que para Astrid. Já faz quase uma semana desde a noite em que ele veio ao circo. Pensei, que ele havia desistido, ou ficado assustado. Não esperava vê-lo novamente.

Talvez tivesse sido melhor, penso enquanto ele se aproxima. Ele é filho do prefeito e, Astrid deixou claro, não é confiável.

— O que ele está fazendo aqui? — pergunta ela, a voz grave de desgosto.

— Não sei — digo, de repente na defensiva. Até parece que eu fiz alguma coisa para encorajá-lo. Meu coração dispara à revelia quando Luc vem em nossa direção, trazendo um pequeno ramalhete de narcisos em uma das mãos, o cabelo preto levantado pela brisa. — Mas vou descobrir. — Olho para Theo, hesitando. Não quero deixá-lo, tão pouco tempo depois de encontrá-lo em perigo, nem entregá-lo de volta para Elsie. Odeio ter que pedir alguma coisa a Astrid no momento, mas estou muito curiosa. — Você toma conta de Theo por um tempinho? — reúno forças para dizer, sabendo como ela vai reagir.

— Eu já sou sua treinadora, agora tenho que ser sua babá também? — alfineta ela. Não respondo. Ela está irritada, mas também adora Theo e não consegue refutar a oferta. — Certo, tudo bem, se é preciso. — Astrid pega Theo dos meus braços e segue em direção ao trem.

Vacilo quando Luc se aproxima.

— Você de novo — digo, tentando soar espontânea. Fico subitamente preocupada com meu cabelo, puxado para trás às pressas, e minhas bochechas, coradas por causa do esforço do treino. — Sempre voltando.

Luc hesita por um segundo, olhando nervosamente por cima de meu ombro para Astrid enquanto ela vai embora com Theo.

— Espero não ser problema eu ter vindo.

— Acho que não — digo com naturalidade.

— Achei que você não queria me ver — diz ele. — Você não foi se encontrar comigo depois do espetáculo. Eu vim como o prometido e esperei durante um longo tempo para ver você. Você nunca apareceu.

— Eu não podia, depois de tudo o que aconteceu com a polícia — explico. — Além disso, tivemos um toque de recolher. As pessoas estavam observando. Eu não podia sair para lhe dizer.

— Tudo bem — responde ele, perdoando-me no ato. — Eu trouxe isso para você. — Ele entrega as flores para mim, sem jeito. Uma fragrância doce flutua sobre mim quando as pego, nossos dedos se tocando. Coloco uma no cabelo e outra no primeiro botão de minha blusa.

— Caminha comigo? — Luc começa a se afastar, mas eu fico, pés plantados. Não o sigo. Ele se vira para trás. — Você não vem?

— Seu pai — digo.

Um olhar de compreensão toma seu rosto.

— Que é que tem ele?

— Ele é o prefeito. Por que você não me contou? — pergunto.

— Não cheguei a pensar nisso — responde ele, inquieto.

— Como pode não ter pensando nisso? — pergunto. — Você é filho do prefeito.

— Você está certa, é claro — admite ele, a voz contrita. — Eu deveria ter dito alguma coisa, e teria dito, se tivesse tido a oportunidade de me encontrar com você. Acho que eu tinha esperança de que isso não fosse de grande importância. — Ou talvez porque ele soubesse que teria muita importância. — Tem? — pergunta ele. — Importância, eu digo.

Hesito, considerando a pergunta. Para mim não importa que o pai dele seja prefeito, não da maneira como Astrid e os outros pensam. Se seu pai é um simpatizante do nazismo, no entanto, então o que isso faz de Luc? Ele parece muito gentil para ser do mesmo jeito.

Ele ainda está me observando com olhos preocupados, parecendo se importar muito com a minha resposta.

— Acho que não — admito por fim. — Mas teria sido melhor saber. — De alguma forma, é o fato de ele não ter dito o que mais importa. Mas eu tenho meus próprios segredos, então quem sou eu para julgar alguém a esse respeito?

— Sem mais segredos, eu prometo. — Prendo a respiração. Não posso prometer a mesma coisa. Mas ele estica a mão. — Agora podemos dar uma caminhada?

Olho inquieta por cima do ombro. Penso que não deveria ir com ele, ouvindo a advertência de Astrid sobre como conhecer Luc poderia trazer perigo. E quero voltar para Theo rapidamente.

— Estou malvestida — digo, sentindo o *collant* ainda úmido grudado em minha pele.

Luc sorri.

— Então, não vamos a nenhum lugar luxuoso.

— Tudo bem — cedo. Apesar de minhas reservas, estou curiosa sobre ele e ansiosa para escapar do caos e da intensidade do circo por um segundo.

Ele me leva em direção à orla da floresta, pelo mesmo caminho que Astrid me mostrou no dia em que fui para a cidade. Sigo-o apressadamente para fora do circo, tentando não ser vista. Olho por cima do ombro na direção do vagão do trem, imaginando Astrid colocando Theo para dormir. Não quero sobrecarregá-la e mal tive a chance de ver Theo.

— Temo só ter alguns minutos.

— Os outros, eles não me querem por perto, não é? — pergunta ele.

— Não é isso. — A verdade, ou seja, acharem que Luc de alguma forma significava problema, parece inverossímil e muito dolorosa para compartilhar. — Eles ficam um pouco nervosos com pessoas de fora. Acho que todo mundo fica hoje em dia.

— Não quero causar problemas para você — diz ele. — Talvez eu devesse ter ficado longe.

— Não — respondo bruscamente. — Quer dizer, eu posso tomar minhas próprias decisões.

— Então vamos — diz ele. Nós continuamos silenciosamente através de um clarão entre as árvores que formam um pequeno bosque. Logo chegamos ao extremo da floresta. Contornamos a margem do riacho, desta vez nos encaminhando para longe da cidade, que surge atrás de nós, parecendo observar com olhos de desaprovação. Eu queria ficar a sós com Luc, mas agora que estamos só nós dois, é estranho, quase desconfortável.

Ele para e se senta em um pedaço de terra que se projeta sobre o rio como um despenhadeiro. Então, retira alguns juncos e afofa um local para que me sente com ele. Caio no chão úmido, sentindo o frio que se formou no ar agora que o sol baixou por trás das montanhas distantes.

— Eu trouxe isso para você. — Ele saca uma laranja do bolso.

Não via uma fruta assim milagrosa desde antes da guerra.

— Obrigada — digo graciosamente. Como ele tinha conseguido a laranja? Porque o pai era o prefeito... uma posição que causava danos aos outros. Devolvo o fruto, como se estivesse contaminado. — Mas não posso aceitar.

Ao devolver a laranja, percebo que seu dedo indicador é curvado em um ângulo torto, deformado de alguma forma. Ele coloca a laranja de volta no bolso com o rosto abatido. Em seguida, estende outra coisa para mim, embrulhada em papel pardo.

— Tome isso, então. Comprei com meus cupons de racionamento, juro.

Eu o abro para revelar um pedaço de queijo Cantal, duro, entre duas fatias de pão integral. Hesito. Recusar comida para mim é uma coisa, mas comida para Theo é outra completamente diferente.

— Obrigada — digo, tocada por sua generosidade e abnegação com relação a mim, uma estranha. Embrulho a comida de novo e a coloco no bolso.

Um som nos interrompe, vindo de trás, o barulho de um caminhão, cada vez mais alto na estrada. Levanto-me às pressas, sem querer ser vista.

— Tenho que ir — digo, em pânico por causa das perguntas que surgirão se for vista com Luc.

Mas ele pega minha mão, detendo-me.

— Venha. — Luc me guia rapidamente de volta para a floresta, percorrendo um caminho que segue em uma direção diferente. Diminuímos o passo quando chegamos a uma clareira e ele olha em volta. — Tudo limpo — diz.

Ainda assim, meu coração bate acelerado e me lembro de todos os motivos por que devo ficar longe dele.

— Aqueles policiais que vieram ao espetáculo para prender o homem e a menina... eles trabalham para seu pai, não é?

— Sim. — Ele abaixa a cabeça. — Eu sinto muito. Não tinha ideia de que ia acontecer. Tenho certeza de que foram ordens dadas por alguém de patente mais alta. Ele não deve ter tido opção.

— Sempre há uma opção.

Ele mantém os olhos baixos, sem me encarar.

— Se você não quiser mais me ver por causa de tudo o que aconteceu, eu compreendo.

— Nada disso — respondo, muito rapidamente.

— Então venha. — Meus dedos se esquentam quando Luc pega minha mão mais uma vez e continua a andar.

Logo a floresta termina e, através de um campo aberto, aparece a silhueta escura de um celeiro contra o céu crepuscular. Luc começa a andar na direção do celeiro.

— Luc, espere... — digo, inquieta quando nos aproximamos da porta do celeiro. Dar uma caminhada juntos é uma coisa. Mas entrar ali com ele parece ser algo mais, um passo além do limite. — Eu tenho que voltar — falo. Imagino Astrid, sabendo exatamente onde estou, olhando para o relógio com raiva.

— Só por alguns minutos, para não sermos vistos — adula ele.

A porta de madeira range quando Luc a abre. Ele fica de lado, fazendo um gesto para que eu entre antes. No interior, o celeiro está vazio, o ar espesso com o cheiro de madeira podre e feno úmido.

— Como você encontrou este lugar? — pergunto.

— Este é o limite da propriedade da minha família. Não se preocupe — acrescenta, vendo minha expressão alarmada. — Ninguém nunca vem aqui, só eu.

Ele aponta para cima, para o sótão.

— Ninguém vai nos encontrar aqui.

Eu olho para cima em dúvida, de repente consciente de que estamos apenas nós dois, sozinhos, longe do circo ou de qualquer outro lugar.

— Eu não sei...

— Nós estamos apenas conversando — diz ele, a voz desafiadora. — O que pode haver de mau nisso?

Luc sobe para o sótão, e em seguida me ajuda, dedos úmidos em meu pulso. É uma pequena área retangular, talvez de dois metros por três, perto da armação inclinada do telhado do celeiro. Placas de madeira crua estão cobertas de feno, que faz cócegas em minhas pernas por baixo da saia. Luc abre um painel da janela de madeira ripada, revelando as colinas onduladas que levam à cidade, campos retalhados, intercalados por telhados cobertos de musgo. Luzes brilham em algumas janelas antes que cortinas opacas as façam desaparecer, parecendo apagá-las como velas. É pacífico e tão puro ali, que se torna quase possível esquecer a guerra por um momento.

Luc aponta para uma pequena torre no horizonte, cuja silhueta é desenhada contra o sol poente.

— Eu fui para a *école* ali — diz ele e eu sorrio, imaginando-o quando garotinho. Ele tinha passado a vida inteira naquela aldeia, tanto quanto eu poderia ter vivido na minha, caso as coisas tivessem sido diferentes. Ele continua: — Tenho duas irmãs mais velhas, ambas casadas e vivendo em cidades não muito distantes daqui. Meus avós moravam conosco também, quando eu era criança. Havia sempre tantas risadas e conversas. — Um tom saudoso em sua voz deixa claro que aqueles tempos já se foram há muito.

Ele enfia o braço em uma pilha de feno e saca uma garrafa de vidro escurecido, metade vazia.

— Um pouco de Chablis da adega de meu pai — diz ele, sorrindo maliciosamente. Luc passa para mim e eu dou um gole da garrafa. Embora não entenda nada de vinho, posso dizer que a safra é boa, o sabor intricado, picante e profundo.

No canto onde ele tinha escondido o vinho, noto alguma outra coisa meio escondida sob o feno. Curiosa, me aproximo. Há um grosso bloco de papel e um conjunto de tintas.

— Você é um artista — observo.

Ele ri, envolvendo os joelhos com os braços.

— Essa é uma palavra grande demais para o que faço. Eu desenho, quando consigo papel. Eu pinto, embora não mais tanto. Minha mãe amava arte e sempre me levava para galerias aonde quer que fôssemos nas férias. Eu já quis ir a Paris e estudar na Sorbonne. — Seus olhos ficam animados quando ele fala de arte e da infância.

— É longe? Paris, eu quero dizer. — Sinto-me envergonhada por não ser melhor em geografia.

— Cerca de quatro horas de trem hoje em dia, com todos esses pontos de bloqueio. Fui com minha mãe ver os museus. Ela amava arte. — Há um tom de tristeza em sua voz agora.

— Você ainda vive com seus pais? — pergunto.

— Só com meu pai. Minha mãe morreu quando eu tinha onze anos.

— Sinto muito — digo. Embora meus pais ainda estejam vivos, sua perda parece ecoar a minha própria, fortalecendo a dor que trabalhei tanto para enterrar. Quero tocar seu braço para confortá-lo, mas acho que não o conheço bem o suficiente. — Você ainda pretende estudar arte? — pergunto, em vez disso.

— Não parece ser mais possível. — Ele aponta para o campo lá embaixo com os longos dedos afilados.

— Mas você ainda quer — insisto.

— A pintura parece tão frívola agora — responde ele. — Não sei o que fazer, eu não quero ficar aqui parado. Papai quer que eu entre para a Legião dos Voluntários Franceses mas eu não quero lutar pelos alemães. Ele diz que não parece certo para o filho do prefeito não ir, e eu não posso segurá-lo por muito tempo. Eu fugiria, mas não quero deixar papai sozinho.

— Tem que haver outra maneira — cogito, embora não tenha certeza de que acredito no que digo.

— É tudo culpa dessa maldita guerra — diz ele, com a voz rouca de frustração. Fico surpresa ao ouvi-lo praguejar. — Virou tudo de cabeça para baixo. — Afasta-se. — O que aconteceu durante o espetáculo naquele dia com o homem e a menina, não é a primeira vez. Havia famílias judaicas em Thiers que tinham morado aqui pela vida inteira. Viviam no lado leste da cidade, logo depois do mercado. Um dos rapazes, Marcel, era um amigo meu da *école*.

— Seu pai, ele manda a polícia pegá-los? — pergunto.

— Não! — irrita-se ele, depois se recompõe rapidamente. — Meu pai segue ordens. Ele mantém uma fachada de apoio, a fim de proteger a vila.

— E para proteger a si mesmo — deixo escapar, incapaz de me conter. — Como você pode suportar isso?

— Na verdade, ele não é assim — continua Luc, mais calmo agora, a voz suplicante. — Papai era diferente antes de minha mãe morrer. Ele uma vez deu uma casa para uma família ficar sem pagar aluguel por um ano. — Luc precisa acreditar que seu pai é um bom homem, e está pedindo que eu acredite nisso também. Eu fiz a mesma coisa. Depois de meu próprio pai ter me expulsado, eu ainda me lembrava das manhãs quando caminhávamos até a cidade para comprar pão fresco, apenas nós dois, ele assobiando enquanto íamos. Ele me comprava um croissant a mais. Mas eu ainda era aquela mesma menina. O que mudara?

Luc continua:

— Implorei a meu pai que, pelo menos, ajudasse a família de Marcel. Mas ele disse que nada podia ser feito. — Suas palavras se derramam em queda livre, como se ele não tivesse, até aquele momento, sido capaz de compartilhar com outras pessoas as coisas que viu. — É difícil quando as pessoas que amamos fazem coisas terríveis — acrescento.

Nós dois nos sentamos em silêncio, o céu já escuro aplacava a iluminação no sótão. Observo que a mandíbula dele é quadrada e forte, a barba pressionando para sair.

— De onde você é? — pergunta ele, mudando de assunto.

Eu me mexo, inquieta. Até agora, consegui não dizer muito sobre mim.

— Da costa holandesa. Nossa aldeia ficava tão perto do mar que dava para caminhar até o fim da estrada e pescar o jantar. — Parece tão estranho estar falando sobre a vida que eu perdera. Quero lhe contar tudo, sobre como meus pais me expulsaram e como encontrei Theo. Mas é claro que não posso.

— Por que você foi embora? — pergunta Luc abruptamente.

Não importa quantas vezes me fizeram essa pergunta, ainda estou despreparada para respondê-la.

— Meu pai era muito cruel, então, quando minha mãe morreu, peguei meu irmão e fugi — digo, repetindo aquela estória agora já familiar. Não estou preparada para lhe contar a verdade.

— É difícil não ter mãe — diz ele, olhando profundamente nos meus olhos. Eu me odeio por conta das mentiras que contei. Mas agora, mesmo que minha mãe não esteja morta, perdê-la parece mais real e doloroso do que nunca. — E então você entrou para o circo? — pergunta ele.

— Sim. Há apenas alguns meses. — Rezo para que ele não me pergunte o que fiz entre uma coisa e outra.

— É notável você ter aprendido a fazer todos aqueles truques tão rapidamente. — Sua voz está cheia de admiração e espanto.

— Astrid me treinou — digo.

— Aquela mulher mais velha e raivosa? — Eu me esforço para não rir da imagem que ele tem de Astrid.

Ao mesmo tempo, fico na defensiva por ouvir um estranho a criticar.

— Ela é incrível — digo.

— Ela não se apresentou no espetáculo — nota Luc, mas não respondo. Não posso lhe contar o resto da história, o porquê de Astrid estar irritada comigo, sem revelar que ela é judia.

— Talvez ela esteja com inveja por você estar no espetáculo e ela não — propõe Luc.

Eu rio em voz alta.

— Astrid, com inveja de mim? Isso é impossível. — Ela é talentosa, famosa, poderosa. Mas então me vejo através dos olhos dela, uma mulher mais jovem com a criança que o destino lhe negara, atuando enquanto ela não pode entrar em cena. Talvez a ideia não seja tão ridícula, no final das contas. — Não é assim — acrescento. — Astrid é uma famosa trapezista. Ela só é intensa. Peter diz que ela é um perigo para si mesma — acrescento.

— Peter, ele é o palhaço? — pergunta Luc.

Digo que sim com a cabeça.

— Ele e Astrid estão juntos.

— Ele com certeza não gostou de mim — diz Luc com um meio sorriso.

— Peter é muito protetor com relação a Astrid — explico. — Astrid acha que ele é apenas uma companhia, não consegue ver a profundidade dos sentimentos dele por ela.

Ele me olha intensamente.

— Posso imaginar.

Olho para longe, sentindo-me corar.

— O espetáculo... você nunca me disse o que achou. — Eu me preparo para ouvir uma crítica que certamente acabaria comigo.

— Você estava linda — diz ele e eu coro. — Você estava incrível. — Ele faz uma pausa por um momento, em seguida acrescenta: — Só que fiquei triste por você.

— Triste? — Minha felicidade desaparece.

— Você não se incomoda? — pergunta ele. — Quer dizer... todas aquelas pessoas olhando? — Seu tom é de preocupação. Mas há pena também. — Você não precisa fazer aquilo, sabe? — acrescenta ele.

Não consigo explicar que, sob a luz do holofote, eu sou outra pessoa. Seja como for, como ele se atreve a nos julgar?

— Encontrei algo em que sou boa — digo, na defensiva, cruzando os braços. — Uma maneira de cuidar de mim e Theo. Não que você vá entender.

De repente, não aguento mais estar a sós com ele e todas aquelas mentiras entre nós.

— Tenho que ir — digo abruptamente. Levanto-me tão rapidamente que perco o equilíbrio, quase caindo do sótão.

— Espere. — Luc agarra minha perna para me firmar, e sinto seu braço quente através do tecido de meu vestido. Olho para baixo. Embora não seja nem de perto tão alto quanto o trapézio, não há rede e fico paralisada de medo. O que estou fazendo aqui?

Luc me puxa para o feno de novo, trazendo-me mais para perto dele agora. Ele coloca uma das mãos em meu rosto.

— Noa — diz ele gentilmente. Nossos rostos estão a centímetros de distância, seu hálito quente no meu lábio superior. Ondas de confusão giram em torno de mim. Ele gosta de mim. Sei disso agora. Não consigo me afastar.

Luc me beija. Por um segundo, eu endureço. Deveria dizer "não", por diversos motivos: é impertinente da parte dele, presunçoso e cedo demais. Astrid diria que eu não deveria estar aqui com ele, de jeito nenhum. Mas os lábios de Luc são suaves e estão adocicados pelo vinho. Seus dedos quentes apanham meu rosto, parecendo me levantar do chão. Nossa respiração se mistura. Por um momento, sou apenas uma menina despreocupada, jovem novamente. Aproximo-me dele, pondo o passado de lado, com firmeza, ao me deixar cair sobre Luc.

Quando Luc vai para trás, está sem fôlego e me pergunto se é seu primeiro beijo de verdade. Ele chega perto de mim de novo, ansioso, querendo mais. Mas coloco minha mão sobre seu peito, impedindo-o de ir adiante.

— Por que eu? — pergunto sem rodeios.

— Você é diferente, Noa. Vivi nesta aldeia a minha vida inteira, com as mesmas pessoas. As mesmas meninas. Você me faz ver o mundo de um jeito novo.

— Nós não vamos ficar aqui por muito tempo — objeto. — E, então, vamos botar o pé na estrada. Para a próxima cidade. — Não importa o quanto gostemos um do outro, estou indo embora e não há nada a ser feito a esse respeito. Temos apenas o agora. — Eu não quero ir — deixo escapar, embaraçada por sentir meus olhos arderem. Perdi tanta coisa antes: meus pais, um filho. Luc, um rapaz que mal conheço, não deveria ter a menor importância.

— Você não precisa ir — diz ele, puxando-me para perto. — Poderíamos fugir juntos.

Ergo a cabeça; certamente não ouvi direito.

— Isso é loucura. Nós acabamos de nos conhecer.

Ele balança a cabeça afirmativamente, com firmeza.

— Você quer partir. Eu também. Poderíamos nos ajudar, um ao outro.

— Aonde iríamos?

— Para o sul da França — responde ele. — Nice, talvez, ou Marselha.

Abano a cabeça, lembrando-me da história da família de Astrid e sua incapacidade de escapar do Reich.

— Isso não bastaria. Teríamos que ir mais para o sul, através dos Pirineus, pela Espanha. — *Nós.* Eu paro, ouvindo a palavra que escorregou de minha boca sem que me desse conta. — Claro, é impossível. — Um conto de fadas divertido, como os que contava a Theo para acalmá-lo antes de dormir. Crianças brincando de faz de conta. Eu sempre planejara pegar Theo e ir embora. Mas agora é difícil de imaginar deixar o circo. — Tenho que ir com o circo para a próxima cidade. Devo isso a eles.

— Eu vou encontrar você — promete ele corajosamente, como se quilômetros e fronteiras fossem irrelevantes.

— Você nem sabe para onde estamos indo — replico.

A distância, os sinos da catedral tocam. Eu escuto, alarmada. Nove toques. Como ficou tão tarde?

— Tenho que ir — digo, afastando-me com relutância.

Ele me segue escada abaixo até sairmos do celeiro. Nenhum de nós fala enquanto percorremos o caminho de volta para a floresta. Já passou da hora do toque de recolher e, na distância, a cidade está guardada e quieta. Na beira do terreno do circo, por trás do trem, eu paro. Não quero que ninguém me veja com Luc tão tarde da noite.

— Devo ir sozinha a partir daqui.

— Quando a verei de novo? — pressiona ele.

— Não sei — digo, e seu rosto desmorona. — Eu quero ver você — acrescento apressadamente. — É que é difícil dar uma escapada.

— Não temos muito tempo. Você pode me encontrar amanhã à noite, depois do espetáculo?

— Talvez — digo, sem saber como vou fazer aquilo. — Vou tentar. Mas, se não conseguir... — Se ao menos houvesse uma maneira de nos comunicarmos. Não tenho como entrar em contato com ele. Analiso o descampado, pensando.

Meus olhos se fixam na parte de trás do trem. Cada vagão tem um compartimento embaixo, eu me lembro. O escaninho. Em alguns vagões, os trabalhadores o usam para deixar as ferramentas à mão. Tiro o que fica debaixo do vagão-dormitório. Está vazio.

— Aqui — digo. — Se eu não conseguir escapar, vou lhe deixar uma mensagem. — Uma caixa de correio secreta que ninguém mais conhece.

— Até amanhã, então. — Ele me beija corajosamente, em seguida, afasta-se, olhando cuidadosamente ao redor para ter certeza de que ninguém está observando.

Corro de volta para o acampamento, sem fôlego. Quando estou com Luc, sinto uma excitação que nunca experimentei antes. Não tinha sido assim com o soldado. Vejo agora como o alemão tinha se aproveitado de mim, e levado um pedaço de minha juventude que nunca mais vou recuperar. Com Luc, no entanto, o passado parece um sonho ruim que nunca aconteceu. Isso é mesmo possível?

Eu não conseguia entender como Astrid podia amar de novo, depois de seu marido tê-la expulsado de casa. Agora parece que eu posso ter uma segunda chance também. De repente, tudo o que me aconteceu parece fazer sentido. Eu costumava desejar que o alemão nunca tivesse aparecido. Mas, se fosse assim, eu jamais teria conhecido Theo ou vindo até aqui e encontrado Luc.

Como gostaria de poder falar com Astrid sobre ele. Em seus raros momentos amáveis, ela é quase como uma irmã mais velha e eu tenho certeza de que ela me ajudaria a entender o que estava acontecendo. Mas ela nunca vai superar o fato de o pai de Luc ser quem ele realmente é.

Quando chego à porta do vagão, Elsie aparece. O rosto dela está pálido e constrito de preocupação.

— Graças a Deus você chegou. — Ainda irritada com ela por ter posto Theo perto dos animais, passo por Elsie e entro no trem. Mas o lugar onde Theo geralmente dorme ao meu lado está vazio de novo, e não vejo Astrid em lugar nenhum.

Meu sangue corre frio.

— O que aconteceu? Qual é o problema?

— É Theo. Ele está doente e precisa de ajuda.

CAPÍTULO 15

Noa

Elsie sai correndo por toda a extensão do corredor do trem e eu sigo logo atrás dela.

— O que aconteceu? — pergunto.

Ela para à porta de um carro, perto da dianteira do trem, onde nunca estive antes. O vagão-enfermaria, como chamam. É nele que se presta assistência àqueles que estão doentes e se impede a propagação da doença pelo resto do circo, Astrid tinha explicado uma vez. Um cheiro de antisséptico preenche o ar. Ouvem-se tosses e gemidos vindos de dentro. Theo pode pegar algo ainda pior lá dentro. Seu lamento corta o ar sobre os outros sons. Dou um passo para frente.

— Ele não pode ficar aqui. Vou levá-lo comigo. — A tímida Elsie não vai me impedir.

Mas Berta, a mulher no comando do vagão-enfermaria, surge a nossa frente, e sua imensa circunferência bloqueia o caminho.

— Você não pode entrar aqui — informa ela.

— Theo está doente — protesto. — Ele precisa de mim.

— São regras de Herr Neuhoff: não é permitido a artistas saudáveis entrar na enfermaria. — Vírus se espalha pelo acampamento como fogo na floresta: disenteria, gripe. Um caso grave de gripe poderia arruinar o espetáculo inteiro.

Espreito sobre o ombro dela. Theo está deitado em um dos leitos, minúsculo e sozinho, protegido por um cobertor enrolado para que não caia.

— Ele está bem?

A testa de Berta se enruga com preocupação.

— Está com febre alta — diz ela, sem esconder a verdade. — Estamos fazendo tudo o que podemos para baixá-la, mas é tão difícil com os mais pequenos.

Meu estômago se contorce.

— Por favor, deixe-me ajudar.

Ela abana a cabeça com firmeza.

— Não há nada que você possa fazer. — Ela fecha a porta.

Astrid, eu penso, correndo para o vagão-dormitório. Mas sua cama ainda está arrumada e ela não se encontra ali. Desesperadamente, corro para fora do trem e sigo para o outro lado do descampado, na direção da cabana de Peter, único lugar onde Astrid poderia estar àquela hora. São quase dez da noite, tarde para aparecer sem avisar. Nervosa demais para me preocupar em interromper o sono deles ou o que quer que estejam fazendo, bato na porta. Um minuto depois, Astrid aparece em um roupão. Analisando seu cabelo desgrenhado, fico furiosa: tinha deixado Theo com ela. Como ousara passá-lo a outra pessoa?

Mas não posso me arriscar a irritá-la agora.

— Ajude-me — imploro. — É Theo. Ele está doente.

Astrid me fita com olhos frios e alheios, em seguida fecha a porta na minha cara. Meu coração afunda no peito. Mesmo que ela me odeie, certamente não vai se recusar a ajudar Theo. Mas depois ela reaparece, vestida, e caminha para o trem. Corro para manter o passo.

— Ele estava bem quando o coloquei no berço mais cedo — diz Astrid. — Elsie estava cuidando dele e você disse que estaria de volta logo. — Seu tom é acusatório. — Há quanto tempo ele está doente?

— Não sei. Não me deixam vê-lo. — Eu a sigo, subindo no trem.

À entrada do vagão-enfermaria, ela se vira para trás, esticando a mão.

— Espere aqui — instrui.

— Theo precisa de mim — digo, agarrando seu braço.

Ela me sacode.

— Você não vai ajudá-lo se ficar doente também.

— E você? — insisto.

— Eu estou fora do espetáculo — responde ela. — Mas, se você adoecer, o número estará arruinado.

O espetáculo, sempre o espetáculo. Nada daquilo importa para mim. Eu só quero ver Theo.

— Não há tempo para discussão — diz Astrid. — Já volto.

Astrid fecha a porta e eu espero do lado de fora, ouvindo Theo chorar. A culpa me toma de assalto. Como pude abandoná-lo? Uma hora atrás, eu estava com Luc, secretamente feliz por, por um momento, estar livre do fardo de cuidar de uma criança. Não pensei assim de verdade. Mas, mesmo sabendo não ser possível, algo em mim se pergunta se não foi aquilo que, de alguma forma, trouxe algum mal para Theo.

Do corredor entre dois vagões, onde Astrid me deixou esperando, olho para fora da janela imunda do trem, na direção da aldeia. Nós não temos nenhum médico e os únicos medicamentos são os remédios caseiros que Berta mantém em seu kit. Pediria ajuda a Luc, se achasse que isso ajudaria. Mas não podemos correr o risco de levar Theo a uma cidade, por causa das perguntas que poderiam fazer sobre quem ele é e de onde veio. Certamente, alguém vai descobrir os segredos que temos guardado quando vir que ele é circuncidado.

De repente, o choro dentro do vagão-enfermaria para. Primeiro, fico aliviada por Theo ter se acalmado, mas não posso deixar de pensar que há algo de errado. Abro a porta, sem me importar com as regras. Meu coração para. Theo está duro e seus braços e pernas sacodem.

— O que aconteceu? — grito.

— Não sei — diz Astrid, o rosto assustado como nunca vi.

Berta corre até nós.

— Um acesso de febre — diz ela, depois se vira para mim. — Ele precisa de um banho de água fria. Vá buscar, rápido. — Eu fico paralisada, sem querer deixar Theo de novo, nem mesmo por um segundo. — Depressa! — rosna ela.

Eu corro para fora do trem e encho na bomba o primeiro balde que vejo. A água derrama pelas bordas, e quando alcanço o vagão-enfermaria o balde está pela metade. À porta, Astrid toma-o de minha mão e derrama a água na grande tigela de porcelana que serve de banheira para os bebês.

— Outro! — grita Berta. Quando volto, vejo-a colocando um copo de líquido límpido na banheira. — Vinagre — explica ela.

Ando na direção de Theo, mas Astrid ergue a mão para me afastar.

— Você não pode entrar.

Tento forçar caminho e passar por ela.

— Eu tenho que vê-lo. Se alguma coisa acontecer... — Não consigo terminar o pensamento. De repente, sinto-me de volta na casa para moças, meu próprio filho arrancado de meus braços.

Astrid pega Theo dos braços de Berta. Vendo a preocupação no rosto de Astrid e a maneira terna como o segura, percebo que ela o ama tanto quanto eu. Ainda assim, anseio por tê-lo em meus braços. Astrid baixa Theo sobre a banheira. Prendo a respiração, desejando que ele faça estardalhaço, como normalmente faria. Ele permanece imóvel, mas seu corpo parece relaxar na água.

— Lembrei agora — diz Astrid, sem tirar os olhos de Theo. — Eles chamam isso de convulsão febril. Uma das crianças do circo ficou assim alguns anos atrás.

— Convulsão? — repito. — Parece sério.

— O ataque em si parece muito mais assustador do que realmente é — interpõe Berta. — Mas o problema é a febre. Temos de conseguir baixá-la. — Sua voz é soturna.

Poucos minutos depois, Astrid tira Theo da banheira e o seca, colocando-o de volta no leito, porque não temos outra roupa para ele aqui. Os olhos dele estão abertos e ele está mais calmo agora. Astrid toca a testa de Theo e franze a testa.

— Ele ainda está muito quente.

Berta puxa um pacote de seu kit.

— Eu comprei isso na *Apotheke*, antes de sairmos de Darmstadt. Disseram que ele era bom para febre.

— Mas é para adulto ou para criança? — pergunto. Uma dose alta poderia ser perigosa, ou mesmo letal.

— Para adulto — responde Berta. — Mas, se lhe dermos apenas um pouco... Não temos escolha. — Ela derrama um pouco do pó sobre uma colher e o mistura com água, em seguida enfia na boca de Theo. Ele solta um muxoxo de protesto e cospe para cima. Astrid lhe enxuga rosto com um pano, e desejo que eu mesma pudesse fazer aquilo.

— Devemos dar mais? — pergunto.

Astrid abana a cabeça.

— Não há como dizer quanto ele engoliu. E só saberemos se está funcionando depois de algumas horas.

— A cartomante, Drina, disse algo sobre a doença — lembro de repente. Como ela poderia saber?

Aguardo que Astrid me ridicularize por ter dado ouvidos a Drina.

— Não deixo mais que leiam meu futuro — diz ela sombriamente, no entanto.

— Porque você acha que não é verdade?

— Porque existem certas coisas que você simplesmente não quer saber.

Berta vem e inspeciona Theo.

— Ele só precisa descansar agora. Vamos torcer para que o remédio funcione. — E se não funcionar?, pergunto a mim mesma. Não tenho coragem de fazer a pergunta em voz alta.

Berta caminha para os leitos na extremidade do vagão, onde outros dois pacientes estão deitados. Depois de atender a eles, ela baixa a luz e se deita, espremida, em uma cama vazia, sua espessura transbordando para o corredor.

Astrid se senta em uma das camas, ninando Theo. Eu a vejo da soleira da porta e meus braços ardem.

— Ele gosta de ficar no braço.

— Eu sei. — Astrid conhece Theo há quase tanto tempo quanto eu. Ela sabe o que fazer. Mas não poder segurá-lo em meus braços está me matando. — Vou ficar acordada com ele a noite toda, prometo. Mas você deveria ir dormir. Ele vai precisar de você quando estiver melhor.

— Você acha que ele vai ficar bem? — pergunto com esperança e alívio.

— Eu acho — responde ela, a voz mais segura agora.

Mesmo assim, não consigo deixá-lo. Sento-me no chão frio e sujo do corredor do trem.

— Essas flores são bonitas — observa Astrid. Eu tinha quase esquecido dos narcisos no botão da camisa e no cabelo. — Foram dadas pelo filho do prefeito, não? — Não respondo. — O que ele queria, afinal?

— Só conversar — respondo.

— Sério? — O tom de Astrid é de ceticismo.

— Talvez ele goste de mim, só isso — retruco, entre magoada e irritada. — É assim tão difícil de acreditar?

— Andar com estranhos é proibido, você sabe. — Sinto vontade de dizer que ela e Peter ficarem juntos também é. — E o pai dele é um colaboracionista, pelo amor de Deus! — A voz dela sobe agora, fazendo com que Berta se remexa na extremidade do vagão.

— Luc não é assim — protesto.

— E o pai dele? — pergunta ela incisivamente.

— Luc diz que ele tem que cooperar para proteger a vila. — Ouço a debilidade de minhas próprias palavras. — Para evitar que os alemães causem ainda mais danos.

— Evitar? — diz ela, com desdém. — Não há como evitá-los. O que aconteceu durante o espetáculo naquela noite não lhe ensinou nada? O prefeito está salvando a própria pele à custa de seu povo, nada mais.

Vários segundos de silêncio se passam entre nós.

— O que você quer? Namorar esse rapaz? Casar com ele?

— Não, claro que não — protesto rapidamente. Eu realmente não havia pensado em Luc para além do beijo que compartilhamos. Mas, pergunto-me agora, por que seria tão terrível querer coisas normais? A própria Astrid tinha feito o mesmo; agora ela vê isso como uma traição.

— Eu sei que você gosta dele, Noa — continua ela. — Mas você não deve confiar demais, ou se deixar enganar. — Pelo jeito como ela fala, Astrid pensa que eu sou inocente e ingênua. — Nunca imagine que sabe o que se passa na mente de outra pessoa. Eu não faço isso.

— Nem mesmo com Peter? — pergunto.

— Principalmente com Peter — diz Astrid bruscamente. Ela limpa a garganta. — Essa loucura entre você e o rapaz, vai acabar, claro, quando partirmos, daqui a alguns dias. — A promessa de Luc de me encontrar na próxima cidade parece muito tola para compartilhar. — Nenhum homem vale o mundo todo — acrescenta ela.

— Eu sei — digo, e lembranças do alemão surgem com força em minha mente. Ele tinha tirado tudo de mim, minha honra, minha família. Astrid não sabe disso, claro. Minha culpa cresce como uma sombra. Astrid nos deu tanto. E, ainda assim, estou convivendo com a mentira que contei logo que cheguei ao circo, e não sabia se podia confiar nela.

Astrid se reclina na cama, ainda segurando Theo. Ficamos em silêncio. Sinto o piso do trem ficando cada vez mais frio e duro debaixo de mim, mas não quero me mexer. As sombras crescem e se alongam entre nós. Inclino a cabeça para trás e fecho os olhos. Sonho que estou no escuro, lá fora, sentindo o mesmo frio intenso da noite em que pegara Theo e fugira. Só que agora ele não é um bebê e sim uma criança de quase dois anos, mais velho e mais pesado. O chão está congelado sob meus pés e o vento cortante me açoita a cada passo. Há um embrulho no solo, escuro sobre a brancura da terra. Paro para examiná-lo. Outra criança. Eu a pego, mas, ao fazê-lo, Theo cai de meus braços. Cavo a neve desesperadamente, tentando encontrá-lo. Mas ele se perdeu.

Acordo banhada em suor, xingando-me por ter dormido. Astrid está sentada, acordada, olhando a paisagem pela janela. Atrás dela, o céu é de um cinza mais claro, indicando que está quase amanhecendo. Ela ainda segura Theo, que está inteiramente quieto. Levanto-me e espero pela reclamação de Astrid ao me aproximar, mas ela não protesta.

— A febre dele passou — diz ela. Theo tem uma leve assadura na pele, mas, fora isso, está bem, a pele fria. Meus olhos se enchem de lágrimas com o alívio. O cobertor que o envolve está encharcado de suor. Ele quase abre os olhos e sorri levemente para mim.

— Você ainda deve ter cuidado para não adoecer — avisa Astrid e eu me preparo para ela me fazer sair dali de novo. Em vez disso, ela caminha até o final do carro, ainda segurando Theo. Eu me contenho para não segui-la, enquanto ela conversa com Berta, que se levantou e dá de comer a um dos outros pacientes. Um minuto depois, ela retorna com uma mamadeira. — Vamos ver se consigo fazer ele tomar um pouco. — Ele suga a mamadeira fracamente, em seguida volta a dormir.

Astrid põe a mamadeira no chão. De repente, a cor de seu rosto desaparece e ela começa a se curvar, parecendo enjoada.

— Aqui — diz ela, parecendo esquecer a própria cautela ao me entregar Theo. Trago o calor de seu corpo até mim, agradecida. Astrid se deixa cair frouxamente em um dos leitos.

— Você está doente? — Rezo para que ela não tenha pegado o vírus de Theo.

— Não. — Seu tom é seguro. Mas sua testa e o lábio superior estão molhados de suor.

— Então o quê... ? — Minha preocupação cresce. Ultimamente, ela parece mais cansada do que o habitual e tem sido muito concisa. Há algo que reconheço, também, na palidez de seu rosto. — Astrid, você está... ? — Hesito, sem querer terminar a pergunta, com medo de ofendê-la se estiver errada. — Você está grávida? — pergunto, mas ela não responde. — Está, não está?

Os olhos dela se arregalam quando percebe que desvendei seu segredo. Leva uma das mãos à barriga instintivamente, um gesto que reconheço por já tê-lo feito antes.

— Ah! — exclamo e, de repente, recuo um ano no tempo, quando percebi que não estava menstruando, e o que isso significava volta como se tivesse me ocorrido ontem.

Devo lhe dar os parabéns? Procedo com cautela, como se me aproximasse de uma cobra. Houve um momento, há não muito tempo, quando uma criança não significara notícia boa para mim — fora puro terror. Não sei como Astrid se sente. Observando-a com Theo, tinha suspeitado há tempos do quanto ela queria ter um filho. Ela é mais velha, no entanto, e judia... Será que ela ainda quer um bebê? Analiso o rosto dela, procurando pistas de como reagir.

Ele está atormentado pela insegurança. Há tanta coisa que eu quero dizer para consolá-la. Aproximo, passando o braço em torno dela.

— Você vai ser uma mãe maravilhosa. Uma criança é uma benção.

— Não é tão simples — responde ela. — Ter um filho agora vai ser muito duro.

— Eu entendo — digo muito rapidamente.

Ela franze a testa.

— Como você poderia entender? Quer dizer, eu sei que você cuida de Theo, mas isso é muito diferente.

Sim, eu sei, concordo em silêncio. Eu amo Theo como se tivesse saído de minha barriga, mas tê-lo ao meu lado nunca poderá substituir o sentimento de segurar meu próprio filho nos braços pela primeira vez. Mas ela não sabe disso. E ela não pode realmente me conhecer nem entender o que estou dizendo por conta de meu segredo. Deveria contar a ela. No entanto, como posso? A única coisa que me faz ser quem eu sou certamente irá fazer Astrid me odiar e se afastar de mim para sempre.

A necessidade de contar cresce dentro de mim mais uma vez, muito forte para que a ignore. Não posso mais me conter.

— Astrid, preciso lhe contar uma coisa. Lembra quando falei sobre meu trabalho na estação de trem?

Ela assente com a cabeça.

— Sim, depois que você abandonou sua família.

— Não expliquei o verdadeiro motivo por que tive que partir.

— Você disse que seu pai era cruel. — A voz dela demonstra desconforto.

— Foi mais do que isso. — Conto a ela, então, em minhas próprias palavras, tudo sobre o soldado e o bebê que tive dele, sem tentar justificar o que tinha feito, como provavelmente teria feito meses atrás.

Quando termino, prendo a respiração, esperando que Astrid me diga que tudo bem. Mas ela não faz isso. Seu rosto está coberto por uma nuvem negra.

— Você dormiu com um nazista — diz ela sombriamente. Apesar de tudo ter acontecido muito tempo antes que eu a conhecesse, minhas ações ainda parecem ser uma traição. Não foi assim, no entanto. Para mim, o amor fora amor (ou o que eu supostamente sentia como amor) e eu não tinha a compreensão de que a coisa era mais complexa. Fico esperando que ela grite comigo, pergunte como eu pude ter feito aquilo. Analisando agora, não tenho tanta certeza, mas me parecera muito natural na época.

— Dormi — digo por fim. — Erich também era um nazista — acrescento. Assim que as palavras saem, dou-me conta de ter ultrapassado um limite.

— É diferente. — Seus olhos faíscam. — Ele era meu marido. E isso foi antes. — Antes de a guerra ter mudado a todos e nos forçado a escolher lados. — Você ficou grávida. Foi por isso que sua família a expulsou.

— Sim, eu não tive escolha, a não ser ir para a casa de moças em Bensheim. Pensei que iriam me ajudar. Em vez disso, tiraram meu filho de mim. — Minha voz falha quando digo a última frase, era a primeira vez que falava em voz alta com alguém sobre aquilo.

As sobrancelhas dela se aproximam.

— Quem tirou?

— O médico e a enfermeira da casa de moças. No início, disseram que ele seria colocado no programa Lebensborn, mas ele tinha cabelo e olhos tão escuros... — Minha voz falha. — Não sei para onde o levaram. Eu queria ficar com ele, mas não deixaram. Algum dia eu vou encontrá-lo — juro. Espero que ela ria ou zombe de meu sonho, ou pelo menos me diga que é impossível.

Mas ela balança a cabeça afirmativamente, entristecida.

— Você não deve perder a esperança. Pode ser que haja registros.

— Eu queria ter te contado. — Em vez disso, tinha sido muito covarde.

— E o filho do prefeito, ele sabe?

Eu abano a cabeça.

— Ninguém mais sabe. Só você.

Ela olha para mim. Vários segundos de silêncio se passam entre nós. Será que ela vai me pedir para deixar o circo? É o pior momento possível, claro; Theo está muito doente para viajar e eu não vou sem ele.

— Você está com raiva? — pergunto por fim.

— Gostaria de estar. Mas não cabe a mim. Você cometeu um erro, como todos nós cometemos. E pagou caro por isso. — Meus ombros se distendem com alívio. Ela me perdoou.

Minhas preocupações emergem de novo.

— Só mais uma coisa — digo, e ela se prepara, como se eu estivesse prestes a revelar outro segredo, pior ainda. — Você não vai contar aos outros, vai?

— Não. Eles não podem saber — concorda ela. — Algumas pessoas podem não ser tão compreensivas. Sem mais segredos, no entanto.

Eu aceno com a cabeça, agradecida.

— Concordo.

— Mas, Noa — diz Astrid —, você precisa parar de vê-lo. Entendo o erro que você cometeu no passado. Você era jovem e não pôde evitar. Mas essa coisa com o filho do prefeito é diferente. Não tenho dúvida de que você compreende o perigo que isso representa para Theo e para todos nós.

Abro a boca para protestar. Quero dizer mais uma vez que Luc não é nada parecido com o pai. Mas pessoas de fora significam perigo para Astrid e outros do circo. Ela perdoou a verdade terrível do que aconteceu entre mim e o alemão. Desistir de Luc é o preço que tenho que pagar em troca.

Astrid está me observando de perto, esperando pela minha resposta.

— Tudo bem — consigo dizer finalmente. Eu mal conheço Luc, mas a noção de deixá-lo dói mais do que deveria.

— Promete? — insiste ela, ainda não satisfeita.

— Eu juro — digo solenemente, embora a ideia de nunca mais ver Luc de novo faça algo doer dentro de mim.

— Ótimo — diz ela, parecendo satisfeita. — Vamos voltar para o vagão-dormitório.

— E Theo?

Ela olha para Berta, que acena afirmativamente com a cabeça.

— Agora que a febre passou, ele já está bem o bastante para ir conosco. — Astrid se levanta e começa a andar na direção do vagão-dormitório. Em seguida, ela para e se vira para trás, o rosto constrito.

— Meu corpo... — angustia-se ela, referindo-se mais uma vez a sua gravidez. — Se eu não puder mais voar... — Não é vaidade. Atuar é seu meio de subsistência e ela teme que o bebê mude tudo isso.

— Meu corpo voltou ao normal logo depois que eu tive o bebê. — Como é estranho poder dizer aquilo abertamente, pelo menos para ela. — O seu também vai. — Pego-a pelo braço. — Venha, você deve estar exausta. Há quanto tempo você sabe, afinal? — pergunto em voz baixa enquanto andamos pelo corredor silencioso e escuro.

— Há apenas alguns dias. Desculpe não ter lhe dito antes — acrescenta ela. Faço que sim com a cabeça, tentando não me sentir magoada. — Foi difícil demais para mim mesma aceitar, imagine contar a alguém.

— Eu entendo — respondo sinceramente. — Peter sabe?

Ela assente com a cabeça.

— Só ele. Por favor, você não deve contar a ninguém — implora ela, confiando seu segredo a mim, coisa que eu não fizera antes com relação a ela. Concordo com a cabeça. Morreria antes de contar.

— Ter um filho — diz ela — é apavorante.

— Quanto tempo de gravidez? — Temo estar lhe fazendo muitas perguntas, mas não posso evitar.

— Cerca de dois meses.

Conto nos dedos.

— Teremos tempo o suficiente para voltarmos ao alojamento de inverno. — Ela está silenciosa e um olhar intrigado perpassa seu rosto. — Você vai voltar, não vai? — pergunto.

— Peter não quer que a gente volte — responde ela. Fico surpresa. É difícil imaginar Astrid e Peter em qualquer lugar que não seja o circo. Luc também falara em fugir, mas é claro que a noção de ir embora com um rapaz que eu tinha acabado de conhecer era uma fantasia. — Mas eu vou voltar. Que outra escolha eu tenho? Darmstadt tem sido o lar de minha família há séculos. — Além de Berlim, era o único lugar que ela conhecia. — Mas você poderia ir embora, sabe? Parta antes de nós voltarmos.

Não sei como responder. Nunca planejei pertencer àquele grupo desajustado, com sua vida estranha. Deixar o circo e fugir com Theo sempre fora meu objetivo. Eu não precisava ficar, não era uma prisioneira ou fugitiva. Poderia agradecer a Herr Neuhoff, pegar Theo e ir embora.

Mas é mais do que um mero abrigo o que me mantém aqui. Astrid cuida de nós. Ela faz mais parte de minha família do que meus próprios pais jamais fizeram. E eu me sinto parte do circo, tão certo como se eu tivesse nascido aqui. Não estou preparada para partir, ainda não.

— Não — respondo. — Agora, aconteça o que acontecer, estarei com vocês.

Pelo menos por ora.

CAPÍTULO 16

Astrid

Um zumbido atravessa o vagão do trem no final da tarde de domingo, enquanto lavamos nossas roupas e nos preparamos para o dia seguinte. Herr Neuhoff convocou uma reunião para dali a trinta minutos. As garotas sussurram nervosamente a meu redor. O que ele poderia querer ou tem a nos dizer? Apesar de eu não participar da conversa, meu estômago revira com inquietação. Herr Neuhoff não é de fazer grandes reuniões, preferindo falar com cada artista ou trabalhador individualmente, conforme necessário. Por esses dias, o inesperado só pode significar problema.

Noa pega Theo do leito e examina seu rosto, inquieta. Faz uma semana desde a noite em que ele adoeceu. A febre não voltou e ele parece tão saudável que às vezes me pergunto se a coisa toda não passou de um sonho ruim.

Caminho para fora do carro, evitando encarar minha própria imagem no espelho quando passo. Dizem que há mulheres que ficam bonitas na gravidez e, talvez, isso seja verdade. Nunca vi uma. As mulheres do circo engordam como vacas, sentando-se pelos cantos, incapazes de atuar. Seus corpos não chegam a voltar ao que eram antes. Meu corpo está apenas ligeiramente alterado, uma pequeníssima protuberância, se olharmos de perto. Mas é só uma questão de tempo.

Embora não esteja feia, sinto-me muito mal. A náusea, que começara naquele dia no trapézio, agravou-se, levando-me a vomitar três ou quatro vezes por dia. Não há comida extra se desperdiço a minha, embora Noa tente repartir a dela comigo quando deixo. Mas isso não importa — nada para em meu estômago. Minha barriga vazia queima como se eu tivesse comido algo muito picante durante todo o dia, e à noite também, mantendo-me acordada.

— Coma alguma coisa — suplicou Peter na noite passada. — Pelo bebê. — Ele trouxe meu jantar até o trem quando não apareci na tenda que serve de refeitório. Era um guisado aguado, enriquecido com pedaços de carne e nabos que ele havia tirado da própria ração.

Mas o aroma de cebola, que antes parecia tão apetitoso, fez meu estômago se retorcer, e eu empurrei a comida para longe, gesticulando na direção de Noa.

— Dê para Theo.

Ironicamente, enquanto eu ficava cada vez mais enjoada, Peter se iluminou. O bebê mudou tudo para ele. Não o vi beber nada, desde que contei a novidade a ele, e a melancolia em seus olhos se foi, substituída por alegria e esperança.

Retiro minha valise para pôr um pouco de pó e esconder a palidez, antes da reunião. As outras garotas se apressam a sair do vagão, mas Noa fica para trás com Theo. Ajeito meu cabelo e vou saindo.

— Espere — diz Noa. Dou um passo para trás. Ela está mordendo o lábio como se quisesse dizer alguma coisa. Em vez disso, empurra o bebê para mim desajeitadamente. — Você pode segurá-lo enquanto me troco? Ele nunca reclama quando está com você. — Eu o pego. É verdade que, embora nunca tivesse cuidado de um bebê antes, Theo parece feito para meus braços.

— Pronto — diz Noa alguns minutos mais tarde, com a voz um pouco aguda, como se estivesse nervosa ou animada. Também está mais elegante do que seria de esperar para um domingo, saia e blusa apertadas. Carrego Theo para fora. O céu do fim do dia é de um azul pálido. O ar está ameno e perfumado, é a primeira tarde de primavera, de fato. Passamos pela lona. Apesar de me sentir enjoada e sem apetite, não parei de voar. Balanço-me com mais força e mais alto do que nunca, talvez com mais força do que deveria. Não estou, é claro, tentando pôr em perigo a gravidez que eu quis tanto durante toda a minha vida. O bebê teria que entender, porém, que aquela era a nossa vida também. Preciso saber que as duas coisas podem coexistir.

Mais perto do quintal, posso ouvir o murmúrio dos outros, reunidos. Mas, à medida que rodeamos o canto da tenda, as vozes silenciam. O circo inteiro está presente, artistas e trabalhadores misturados. Não estão onde costumam ficar, perto da tenda, mas reuniram-se na extremidade do terreno, onde as árvores se encontram com a clareira, fazendo uma espécie de semicírculo, para formar um bosque.

Prepararam uma marquise de folhas, prendendo ramos entre os galhos estendidos de dois carvalhos. É ali que Peter está esperando, ao lado de Herr Neuhoff, o rosto aceso em expectativa, majestoso em um terno escuro e uma cartola que nunca vi. Pergunto-me se ele trouxe da Rússia. Quando me aproximo, a multidão parece se dividir em dois grupos distintos, formando uma espécie de corredor no meio, entre eles. Fico arrepiada: o que está acontecendo?

Viro-me para Noa. Ela sorri, um leve brilho de excitação em seus olhos, e eu percebo que ela tinha me dado o bebê para me atrasar de propósito. Noa me dá algumas flores silvestres, envolvidas por uma corda.

— Não estou entendendo — digo.

Noa pega Theo de meus braços e ajeita uma mecha de cabelo que caiu sobre meu rosto.

— Toda noiva precisa de um buquê — responde ela, e seus olhos recaem sobre Peter, como se não soubesse se deveria ter falado.

Noiva. Olho para Peter interrogativamente. Mas seu olhar é sereno e intenso. Ele quer casar comigo aqui, na frente do circo inteiro. Um casamento. O chão parece oscilar sob meus pés. Não pode haver um casamento de verdade, claro; nossa união vai contra a lei na França, tanto quanto fora meu casamento com Erich na Alemanha. Certamente nunca seria reconhecido por qualquer governo. Mas, ainda assim, trocar votos com Peter e ter nosso filho nascido dentro do casamento, em uma família de verdade... Não imaginaria aquilo nem em meus sonhos mais ousados.

Um dos violoncelistas da orquestra começa a tocar uma canção muito suave e melancólica para ser uma marcha nupcial. O pessoal do circo fica em um semicírculo, rostos afogueados, um pouco de afirmação da vida, tão necessária a cada um deles. Avalio as expressões sorridentes a meu redor. Eles teriam adivinhado meu segredo? Não, eles estão felizes por este momento de luz na escuridão, e por nós. Pela primeira vez desde que deixei minha família em Darmstadt, tantos anos atrás, sinto como se estivesse finalmente em casa.

Noa me leva até a marquise. Estendo a mão para ela, querendo que permaneça a meu lado, para que eu não fique sozinha. Mas ela coloca minha mão na de Peter e dá um passo para trás.

Olho nos olhos dele.

— Você planejou isso?

Ele sorri.

— Acho que eu deveria ter perguntado — diz ele, mas então se abaixa e fica sobre um joelho. — Astrid, quer casar comigo?

— É um pouco tarde para isso, não? — Repreendo-o. Uma risada abafada vem dos outros. Minha mente gira: não tinha planejado me casar novamente, com Peter ou qualquer outra pessoa. Casamentos são para sempre, e nada mais dura para sempre atualmente. No entanto, também não planejara o bebê, nem nada disso. Peter está ajoelhado diante de mim, cheio de esperança do rosto. Ele quer fazer de nós uma família.

E eu também quero, percebo. Vejo, em seguida, como se assistisse a um filme, minha vida com Peter desde que comecei no Circo Neuhoff, como ele me protegeu, e como nos aproximamos mais a cada dia. As noites sem ele são vazias e nenhum espaço parece completo até que ele esteja lá. Noa estava certa, não apenas sobre os sentimentos de Peter, mas quanto aos meus também. Ele entrara em meu coração sem que eu percebesse. Parte de mim me amaldiçoa por ter deixado acontecer. Ao mesmo tempo, porém, não gostaria de seguir em frente de outra maneira.

Isso não muda a realidade de nossa situação, ou o perigo que se casar comigo poderia trazer a ele. Baixo a cabeça e olho para Peter.

— Tem certeza? — Sussurro, sem querer que os outros ouçam. Embora ele esteja a minha frente, disposto a arriscar tudo, parte de mim ainda não consegue acreditar. Como pode querer se arriscar, depois de tudo por que passou?

Ele assente com a cabeça.

— Mais do que nunca — responde ele, a voz clara, sem vacilar.

— Então, sim, quero me casar com você! — digo mais alto. Sorrio, piscando para afastar as lágrimas que tomam meus olhos.

Herr Neuhoff pigarreia.

— Bem, vamos começar — diz ele quando Peter se levanta. — Poucas palavras podem descrever o amor que surge em um dos lugares mais improváveis, e também um dos mais bonitos — começa ele, sua voz uma versão mais suave do *sotto* de barítono que ele usa no picadeiro.

Ele abre uma Bíblia gasta e diz:

— E Rute disse: "Roga para que não te deixe, ou para que não volte atrás após ter-te seguido; porque aonde fores, irei; e onde permaneceres, permanecerei: teu povo será meu povo, e teu Deus, o meu."

Enquanto ele lê, meus olhos se voltam para cima, para a marquise. Para um observador passageiro, trata-se de um arranjo simples de galhos e folhas. Mas sei que Peter, mesmo não sendo judeu, projetou-o como se fosse uma chupá, em uma concessão silenciosa a minha família. Desejo que meu pai estivesse ali para me entregar ao noivo, que meus irmãos nos erguessem em cadeiras depois, enquanto tocava a "Hava Nagila", como quando Mathias e Markus se casaram com duas irmãs judias, as amazonas húngaras. Eu fizera aquilo antes sem eles, claro, de pé diante de um juiz de paz, com Erich, em Berlim. Naquela época, fingi não me importar, pensando que minha família sempre estaria ali. Agora, sinto saudade e tristeza. Toco a barriga, pensando no neto que meus pais nunca vão conhecer.

Minha família estar desaparecida não é a única diferença. Antes, quando trocara votos com Erich, eu era jovem e destemida. Pensava que nada poderia nos abalar. Agora, sei que esta união não vai nos proteger de tudo o que vem pela frente. Pelo contrário, vai tornar meu fardo o de Peter, e o dele meu.

Mas Peter também não é jovem e ingênuo. Penso na esposa e na filha que ele perdeu, que certamente não estão distantes de seu pensamento hoje. No entanto, ele tem a coragem de ir em frente, cabeça erguida, olhos limpos. Por isso, eu o amo mais do que nunca.

Herr Neuhoff termina a passagem.

— Peter, você quer dizer alguma coisa?

Peter puxa um pedaço de papel do bolso e o deixa cair. Ele tropeça quando se inclina para apanhá-lo, sua compostura habitual desaparece. Suas mãos tremem, está nervoso como um jovem noivo.

— Há poucas coisas sobre as quais a gente tem certeza hoje em dia — ele começa ele, a voz vacilante. — Mas encontrar uma mão para segurar enquanto trilhamos esse caminho melhora mesmo os dias mais difíceis, e transforma a mais estranha das cidades em um lar. — Em volta de nós, cabeças abanam afirmativamente. Cada artista de circo tem um passado, suas próprias lembranças de um lar. Então, ele amassa o papel e o coloca de volta no bolso, tão abruptamente que eu me pergunto se está tendo dúvidas com relação ao casamento. — Antes, eu pensava que minha vida tinha acabado. Quando vim para a Alemanha e entrei para o circo, nunca pensei que iria encontrar a felicidade novamente. — Sua voz aumenta, clara e forte, quando abandona as palavras que escrevera e passa a falar com o coração. — E aí eu conheci você, e tudo mudou. Você me fez acreditar novamente que as coisas boas eram possíveis. Eu a amo. — Ele olha para baixo.

— Astrid, você quer dizer alguma coisa? — Herr Neuhoff pergunta.

Todo mundo está olhando para mim em expectativa. Eu não tinha ideia do que ia acontecer e não preparei nada.

— É... é difícil encontrar um amor em que se possa confiar — consigo dizer. Procuro as palavras que nunca dissera até aquele momento, nem a mim mesma. — Eu tenho muita sorte. Você faz com que eu me sinta mais forte, todos os dias. Eu posso enfrentar o que está por vir, contanto que esteja com você.

— Vocês são abençoados, de fato, Astrid e Peter, por terem encontrado um ao outro — Herr Neuhoff concorda, poupando-me de ter que buscar mais palavras. Ele se vira para Peter. — Você toma esta mulher... — Nos braços de Noa, Theo solta um gemido de aprovação e todos riem.

Os olhos de Peter brilham quando ele põe uma antiga aliança de metal em meu dedo. Seria uma herança de família ou algo que ele comprou exclusivamente para hoje?

— Eu os declaro marido e mulher — diz Herr Neuhoff.

Uma grande vibração toma os espectadores quando Peter me beija e os músicos iniciam uma melodia alegre. Alguém traz uma mesa e várias garrafas de champanhe. Observo, tocada pelos detalhes, o cuidado com que a festa tinha sido planejada. Há pequenas bandejas de aperitivos, alimentos simples, feitos de rações, que tinham sido arranjados para parecerem luxuosos.

— Ao futuro de vocês dois juntos — propõe Herr Neuhoff, erguendo um copo, e todos brindam em concordância. Eu levo o copo aos lábios.

A festa se divide em grupos menores, bebendo e aproveitando um pouco de alegria. Alguns acrobatas romenos começam a dançar de improviso, girando em círculos com os chamativos xales estampados, saias de lantejoulas rodando como cata-ventos. Tento relaxar e curtir a festa, mas as cores e o barulho me sobrecarregam, depois de tudo o que aconteceu. Apoio-me, cansada, em uma das mesas. Do outro lado da multidão, Peter me lança um sorriso cúmplice.

Atrás dos dançarinos, algo se move entre as árvores. Eu me endireito e vislumbro alguém na orla do bosque. Emmet, observando a festa. Não me lembro de tê-lo visto na cerimônia. Ele é filho de Herr Neuhoff, e é natural que tenha sido convidado. Mas sua presença me deixa inquieta.

A música fica mais animada e os dançarinos formam um círculo, puxando a mim e a Peter para o centro dele, então giram em torno de nós como um carrossel com excessiva velocidade. Peter pega minhas mãos e começa a me rodar na direção oposta à daqueles que se reuniram em nossa volta. Movimento e música são vertiginosos. À medida que rodo, vejo Noa, que está sozinha, do lado de fora do círculo, parecendo querer participar, mas sem saber como.

Eu me afasto de Peter e rompo o círculo.

— Venha — digo a ela, tomando sua mão e levando-a comigo para o centro do círculo. Fazendo dela um de nós. Ela aperta meus dedos, agradecida. Seguro a mão dela e a de Peter também, e começamos a dançar, sem me importar se os outros vão achar estranho. Não quero que Noa seja deixada de lado. Mas, à medida que giramos e vou ficando mais tonta, agarro-me mais a Noa, precisando dela, tanto quanto ela precisa de mim, para manter o mundo na posição vertical.

A dança termina e uma música mais lenta começa. É uma canção romena antiga, "The Anniversary Waltz". Noa e os outros se afastam e eu sei que é hora de dançar só com Peter. Ele me traz para perto. Peter valsa com mais habilidade do que eu poderia imaginar, mas seus movimentos são lentos e um pouco desajeitados por causa da bebida. Enquanto ele cantarola a melodia familiar, seus lábios zumbindo sobre minha orelha, posso ouvir minha mãe cantando a letra, enquanto meu irmão Jules tocava violino. "Oh, how we danced on the night we were wed..." Meus olhos ardem.

— Preciso descansar — resfolego no ouvido de Peter, quando a música termina.

— Você está se sentindo bem? — pergunta ele, tocando minha bochecha com preocupação. Faço que sim com a cabeça. — Vou lhe dar um pouco de água.

— Estou bem, querido. Vá aproveitar a festa — digo, sem querer que se preocupe comigo. Ele caminha em direção ao champanhe. Recosto-me em uma cadeira, sentindo-me fraca, de repente. Um leve suor irrompe em minha testa e meu estômago começa a remexer. Agora não, penso. Ando pela lateral de um dos vagões do trem, fora de vista, em busca de um momento de calma. Então paro, ouvindo vozes do outro lado.

— A cerimônia foi linda — diz Noa para alguém que não posso ver. Seu tom é de desconforto.

Então ouço Emmet.

— Se pelo menos fosse de verdade — diz ele, sarcástico. Como ousa insultar meu casamento com Peter?

— É de verdade — protesta Noa, com toda coragem que pode reunir. — Ainda que o governo seja muito tolo para reconhecê-lo.

— Melhor terem se casado aqui — comenta Emmet. — Antes de voltarmos, sabe? — Seu tom é conspiratório.

Há uma pausa.

— Voltarmos? — A voz de Noa está cheia de surpresa. Eu não tinha mencionado minha conversa com Herr Neuhoff, ou a possibilidade de não sermos autorizados a permanecer na França. — Para a Alemanha?

— Astrid não lhe contou?

— Claro que contou — mente Noa, mal, tentando soar como se não estivesse surpresa. Mas não consegue manter a fachada. — Isso não é verdade! — exclama ela, e me pergunto se vai chorar.

— Meu pai me disse que a turnê francesa vai ser reduzida.

— Seu pai não conta nada a você. — Estou surpresa com o vigor na voz de Noa.

— Talvez você devesse ir para casa — zomba Emmet. — Ah, é verdade. Você não pode. — Eu abafo um suspiro. Quanto ele sabe sobre o passado de Noa?

Saio do esconderijo e apareço sob a luz.

— Basta.

Os olhos de Emmet piscam ao perceber que eu ouvi o que ele dissera. Por um segundo, pergunto-me se ele vai voltar atrás.

— Há um motivo pelo qual ela estava sozinha com uma criança quando a encontramos — diz Emmet, aparentemente destemido. Olhando de lado, vejo os olhos de Noa se arregalarem, com medo de que ele, de alguma forma, tivesse descoberto a verdade. Claro, Emmet está blefando. Só pode estar. Eu nunca contei a ninguém e ele não poderia ter descoberto de nenhuma outra maneira.

— É uma vagabundinha, a criança só pode ser dela. — Emmet cospe na direção de Noa. Sem pensar, ergo o braço e lhe dou um tapa tão forte que minha mão fica formigando. Ele se afasta, olhando para mim sem acreditar, a marca de minha mão vermelha e acesa em seu rosto.

— Você vai pagar por isso — jura ele.

— Vá embora antes que eu chame seu pai — digo.

Emmet se afasta, ainda segurando a bochecha.

— Obrigada — diz Noa para mim quando ele sai do alcance de sua voz. — Eu não entendo, como ele pode saber sobre mim?

— Eu não acho que ele saiba realmente — digo e Noa parece relaxar, aliviada. — Eu certamente não contei a ele. O mais provável é que esteja apenas blefando. — A verdade é que os segredos não permanecem enterrados por muito tempo no circo; de uma forma ou de outra, eles são desvendados. Mas dizer isso a Noa só iria deixá-la mais preocupada.

Noa lança os olhos para baixo.

— É verdade o que Emmet disse? Vamos voltar?

— Não é certo. Herr Neuhoff mencionou que as autoridades o estavam ameaçando. Era só uma possibilidade e eu não queria incomodar você.

— Não sou criança — diz Noa, uma nota de reprovação na voz.

— Eu sei. Eu deveria ter dito. Mas você precisa voltar, sabe?

— Como posso deixar o circo? — pergunta ela sinceramente, a dúvida nublando seus olhos. — Eu nunca poderia ir embora sem você.

Eu sorrio, tocada pela lealdade. Alguns meses atrás, Noa era uma estranha no circo. Uma pessoa de fora. Agora, essa vida é tudo o que ela pode imaginar.

— É apenas um espetáculo, e nenhum espetáculo continua para sempre.

— E você? — pergunta ela. Tão jovem, e sempre tão cheia de perguntas.

— Como disse antes, eu não estou atuando. E não vou me esconder de novo — juro. Eles teriam que me pegar primeiro.

— A Suíça não fica tão longe — propõe ela, os olhos voltados para as colinas. — Talvez se fôssemos juntas...

— Não. — Viro-me para encará-la. — Há pessoas que me deram garantias. Pessoas que pagarão com suas vidas, se eu for embora. Mas você, não — acrescento. — Você pode ir.

— Vou ficar com vocês até o fim — diz ela, a voz ligeiramente trêmula.

— Não vamos mais falar sobre isso essa noite — digo, acariciando sua mão.

Noa acena com a cabeça em concordância e seus olhos viajam de volta para a festa.

— O casamento foi lindo — diz ela. — Eu sonho com essas coisas. — Tento não rir. A reunião à margem da floresta é simples, longe de ser elegante. — Não é o sonho de toda garota? — acrescenta Noa. — Você vai usar o nome dele?

Eu não tinha considerado a questão. Então abano a cabeça. Já tinha mudado quem eu era uma vez; não o faria de novo.

— O que você estava fazendo aqui, afastada, afinal? Vamos voltar. — Começo a andar em direção à festa, mas Noa não me segue. Os olhos dela viajam em outra direção, para longe do acampamento.

— Você não está pensando em ir ver aquele rapaz de novo, não é? — pergunto.

— Não, claro que não — diz ela muito rapidamente.

— Você só vai arranjar problemas com isso, nada mais. E você prometeu — lembro a ela.

— Claro — responde Noa. — Estou cansada, e quero dar uma olhada em Theo. Pedi a Elsie para colocá-lo na cama depois da cerimônia. — Eu estudo o rosto dela, tentando resolver se acredito ou não.

— Astrid — ouço a voz de Peter, muito alta, animada pela bebida, chamar da festa.

— Preciso voltar — digo.

— Eu entendo. — Noa aperta minha mão. — E, com relação a antes... obrigada. — A voz dela está cheia de gratidão. E então Noa se vira e caminha em direção ao trem. Eu quero chamá-la e avisá-la de novo, mas desisto. Em vez disso, caminho de volta para a reunião.

CAPÍTULO 17

Noa

Afastando-me de Astrid em direção ao trem, sorrio. Eu sabia do casamento. Peter tinha me confiado o segredo apenas algumas horas antes e conspirei com ele para surpreender Astrid. Fiquei aflita, pensando que ela poderia não gostar. Astrid não era de surpresas. Mas agora estou contente por ter feito parte do plano.

Peter e Astrid estão juntos agora, e prestes a se tornar uma família. Ela parece feliz, muito feliz, pela primeira vez desde que a conheci. Estou feliz por ela, mas não posso impedir que me venham perguntas sobre se as coisas vão mudar, se Astrid vai ficar com Peter todas as noites e se tornar de alguma forma menos minha.

De repente, sinto-me solitária. Luc aparece em minha mente. Não o vi desde a noite em que Theo caíra doente, uma semana atrás. Não consegui me encontrar com ele na noite seguinte, após o espetáculo, como ele pediu. Embora estivesse melhor, Theo ainda estava fraco e eu não queria correr o risco de deixá-lo. Então, deixei um bilhete para Luc no escaninho do trem: *Irmão doente. Não posso ir essa noite.* O bilhete desapareceu, então eu soube que ele o tinha lido. Ou, pelo menos, era minha esperança. E se alguém o tivesse encontrado? Mesmo eu tendo sido vaga de propósito, ainda haveria perguntas. Durante dias, não veio nenhuma resposta e eu me perguntava se Luc poderia ter perdido o interesse logo após nosso beijo, ou se simplesmente desistira.

Ando até o escaninho agora, sem ousar ter esperanças. Dentro, há um pedaço de uma folha com o programa do circo, tão amassada que me pergunto se alguém confundiu o compartimento com uma lata de lixo. Ajeito o papel. A mensagem está escrita na parte de trás, em carvão vegetal borrado: *Tentei vir vê-la. Gostei de ver você dançar. Encontre-me no museu da cidade.*

Luc tinha estado ali, àquela noite, e me vira dançar. Eu enrubesço, animada e envergonhada ao mesmo tempo. Como eu não tinha reparado? Fico preocupada de novo, então. O casamento foi realizado em segredo. Ele não deveria estar ali. Mas uma parte de mim tem certeza de poder confiar nele.

Analiso o bilhete mais uma vez. *Encontre-me no museu.* Sei de que edifício ele está falando. Mas o velho museu, que fica bem no centro da cidade, é um ponto de encontro meio estranho. E já passou da hora do toque de recolher. Não posso ir.

Prometi a Astrid que não veria Luc novamente. Viro-me agora, procurando por ela, mas Astrid desapareceu no meio da multidão. Ela ficará com Peter essa noite; certamente não vai notar se eu sair. Ainda assim, a coisa inteligente a fazer seria ficar na festa de casamento até o fim e, em seguida, voltar para Theo. Mas vamos partir em breve e eu nunca mais veria Luc.

Olho na direção do trem, preciso ver Theo antes de ir a qualquer lugar. Dentro do vagão-dormitório, Theo está acordado no leito, como se esperasse por mim. Eu o pego e seguro junto ao corpo, inalando seu cheiro caloroso, de cama. Estive constantemente preocupada desde que ele ficou doente, como se me lembrasse do quanto ele é frágil, de como poderia perdê-lo em um minuto.

Elsie levanta da cama ao lado, onde estivera tricotando.

— Ah, ótimo, você está de volta — diz ela. — Ainda em tempo de eu aproveitar um pouquinho da festa antes que ela termine.

— Não estou de volta, quer dizer... — Procuro uma explicação para o fato de precisar que ela cuide de Theo por mais um tempo. Mas antes que possa terminar de falar, ela sai do trem.

Penso em ir atrás e chamá-la de volta, em seguida desisto.

— Apenas eu e você — digo a Theo, que balbucia uma aprovação. Olho de Theo para a porta do trem e de volta para ele, pensando no que fazer. Eu me atreveria a levá-lo comigo?

Saio para o ar da noite gelada, então paro. É irresponsabilidade levar Theo assim. Mas, se quero ver Luc, não há outra opção. Eu o envolvo em meu casaco.

Começo a me afastar do trem, baixando a cabeça e me mantendo à beira do terreno do circo para não ser vista enquanto corro para debaixo da copa das árvores. Uma vez abrigada pela floresta, começo a andar na direção da aldeia, encontrando meu caminho lentamente através da floresta, de modo a não tropeçar em uma das muitas raízes de árvores e rochas que se projetam para fora da terra dura e irregular. O caminho é o mesmo que Astrid tinha me mostrado no primeiro dia em que fui a Thiers, mas o acho assustador agora, sombras escuras parecem pairar entre as árvores. Desta vez, somos apenas Theo e eu, sozinhos na floresta, como na noite em que fomos encontrados pelo circo. Tremo, o medo e o desespero daquele momento me tomando mais uma vez. Ramos secos crepitam sob meus pés, parecendo nos revelar. Minha pele se arrepia, como se alguém fosse pular para fora dos arbustos a qualquer momento.

Chego à extremidade da floresta e começo a caminhar para a passarela. Então paro, olhando para Theo, que me fita de volta com olhos confiantes, contando comigo para fazer o que é melhor para ele. Isso é tão egoísta da minha parte, penso, sentindo-me cada vez mais culpada. Como posso arriscar a segurança dele por causa daquilo?

Quando me aproximo da cidade, as ruas estão desertas após o toque de recolher, luzes estão apagadas. Enfio Theo ainda mais sob o casaco. Ele se contorce sobre meu quadril, já não sendo mais o recém-nascido contente por estar em meus braços. Rezo para que não chore.

Não tomo a rua principal, como fiz quando vim para a cidade no dia em que conheci Luc; em vez disso, sigo as ruas laterais que correm paralelas a ela, permanecendo à sombra da parede desmoronada de pedra que corre ao longo de uma ladeira.

O museu fica na extremidade norte do centro da cidade. É um pequeno castelo convertido em museu para contar a história da cidade, agora fechado para sempre. O caminho que leva até o portão é exposto, banhado pelo luar.

Paro, hesitante, minha pele formigando. Um encontro no centro da cidade, desse jeito, é uma tolice, penso, vendo em minha mente Astrid me encarando com desaprovação. Uma corrente pesada envolve o portão do museu, trancando-o. Dou um passo para trás, com raiva. Isso é algum tipo de brincadeira?

— Noa — chama Luc através da escuridão, fazendo sinal para que contorne o museu até uma porta lateral. No interior, a galeria principal é cavernosa, úmida e mofada. À luz da lua, posso ver que o salão, antes luxuoso, foi saqueado. Um quadro rasgado está dependurado na parede e pedaços de uma armadura quebrada se espalham pelo chão. Por trás de vitrines com o vidro espatifado, exposições estão vazias, os pertences levados pelos alemães ou saqueadores. Alguma coisa, um pássaro ou talvez um morcego, flutua na escuridão sob o teto alto.

— Você veio — diz Luc, como se não esperasse que eu fosse chegar até ali. Ele me envolve em seus braços e eu inalo seu perfume profundamente, uma mistura de pinho e sabonete, enterrando o nariz em seu pescoço. Embora seja apenas a segunda vez que ele me abraça, seus braços fazem com que me sinta totalmente à vontade.

Ele aproxima os lábios dos meus e eu fecho os olhos em expectativa. Mas Theo se contorce entre nós e eu me afasto para trás.

— É seguro? — pergunto enquanto ele me leva até uma pequena antecâmara lateral. Lá, ele acende uma vela, que tremula, iluminando nossas longas sombras na parede. Ouço um som áspero quando alguma coisa foge de uma quina, procurando o escuro.

— Ninguém vem aqui — diz Luc. — Costumava ser o orgulho da cidade. Não há muito do que se orgulhar agora. — Ele olha para baixo. — Esse é seu irmão? — pergunta, e eu digo que sim com a cabeça.

— Não tinha ninguém para cuidar dele. — Ouço o tom de desculpa em minha voz. Analiso o rosto de Luc procurando por um sinal de aborrecimento, mas não há nenhum.

— Ele está melhor agora? — pergunta Luc com uma preocupação genuína.

— Ele está bem. Mas teve uma febre alta, foi assustador demais. Por isso não pude me encontrar com você no domingo passado — acrescento.

Luc assente com a cabeça solenemente.

— Eu teria tentado vê-la antes, mas sabia que seria impossível até que ele estivesse bem. — Luc enfia a mão no casaco. — Aqui, trouxe isso. — Sobre a mão espalmada dele há um cubo de açúcar. Açúcar de verdade. Luto contra a vontade de agarrá-lo e enfiá-lo na boca. Em vez disso, eu o toco com a língua, estremecendo com o sabor que eu tinha quase esquecido. Então eu o desço até os lábios de Theo. Ele balbucia e sorri com o gosto doce e diferente.

— Obrigada — digo. — Não provava açúcar de verdade desde... — Vacilo, lembrando que meu pai conseguira um pouco para meu aniversário havia quase um ano. — Desde antes da guerra — termino sem convicção.

— Eu disse a papai que, a partir de agora, só iria viver dos meus cupons de racionamento, como todas as outras pessoas — diz ele. — Não me sinto bem tendo mais do que os outros.

— Luc... — Não sei o que dizer. Ele estende a mão para acariciar a suavidade da palma da mão de Theo. — Você quer segurá-lo? — pergunto.

— Sério? Eu nunca… — passo Theo para Luc e o bebê balbucia, caindo naturalmente em seus grandes braços. Luc se abaixa até o chão lentamente, ainda embalando Theo. Os olhos do bebê começam a pesar e, em seguida, fecham-se.

Luc tira o casaco e faz dele uma cama macia para Theo, colocando-o ali suavemente. Então estende os braços para mim, levando-me para perto dele.

— Você encontrou o caminho até aqui sem problemas? — Ele me beija, sem esperar pela resposta. Aperto meu corpo contra o dele, querendo mais. Deixo as mãos dele vagarem livremente e, por um momento, não me sinto como se tivesse um defeito nem envergonhada, nem como se fosse uma aberração de circo. Sou apenas uma menina novamente.

Mas quando seus dedos passam pelos meus quadris, eu o impeço de ir adiante.

— O bebê…

— Ele está caindo no sono.

Afundo mais nos braços de Luc.

— Nós vamos partir — digo com tristeza.

— Eu sei. Prometi ir vê-la na próxima cidade, lembra?

— Não — respondo. — Nós vamos voltar para a Alemanha, ou pelo menos para algum lugar próximo dela.

Seu corpo se enrijece e o cenho fica mais franzido.

— Mas isso é tão perigoso.

— Eu sei. Não há escolha.

— Vou encontrar você lá também — diz ele com sinceridade.

— Você mal poderia ir mais de uma vez.

— Vou toda semana — contesta ele. — Mais até, se você quiser.

— Mas é muito longe — protesto.

— E daí? — pergunta ele. — Você acha que não consigo encontrá-la?

— Não é isso. É só que… — Baixo os olhos. — Por que você iria fazer isso? Quer dizer, daria muito trabalho.

— Porque não posso suportar a ideia de não voltar a vê-la — revela ele. Quando levanto a cabeça, as bochechas dele estão vermelhas, como se o ar, de repente, tivesse ficado mais quente. Há muito carinho em seu olhar. Como pode alguém que me conhece há tão pouco tempo sentir tanto afeto por mim, enquanto aqueles que tinham me amado a vida inteira pareciam não ter nenhum?

— Quero lhe mostrar uma coisa. — Ele se levanta e me leva até uma pequena porta na parte de trás da galeria. Olho para Theo, que ainda dorme. Certamente Luc não pretende que eu deixe Theo sozinho.

— O que é? — pergunto, ficando cada vez mais curiosa enquanto Luc abre o guarda-roupa. Ele pega uma pintura, o óleo ainda tão fresco que faz meu nariz coçar. É a imagem de uma trapezista, percebo, em pleno ar, no trapézio. Como ele tinha conseguido o quadro? Estudo as formas dela, o arco familiar de seu corpo no balanço. O cabelo é claro e ela usa um coque no alto da cabeça, como eu. Então, ao me dar conta de seu traje vermelho tão familiar, eu suspiro.

É um retrato meu.

Não, não é exatamente eu. É uma versão mais bonita de mim, corpo gracioso, fisionomia impecável. Luc tinha me pintado como me vê, uma imagem adorada.

— Ai, Luc! — digo com espanto. Agora eu entendo a maneira como ele me aprecia, com olhos de artista, fitando atentamente, estudando os detalhes. — É impressionante. Você realmente tem talento. — Ele havia me retratado à perfeição, desde a textura de minha roupa até o mais leve medo em meu olhar, que nunca consigo esconder direito.

— Você acha? — O rosto dele exibe dúvida, mas uma nota de orgulho se arrasta em sua voz.

— Absolutamente maravilhoso — respondo sinceramente. Tento imaginar as horas e cuidados que ele despendeu me pintando. — Por que você desistiu de estudar arte?

Seu rosto se fecha.

— Eu queria ser um artista. Pintava no sótão de nosso celeiro, sabe? Mas meu pai descobriu o que eu estava fazendo e destruiu meu trabalho, proibiu-me de continuar fazendo aquilo. Pedi que me deixasse ser professor de arte, pelo menos, mas ele não queria nem ouvir falar naquilo. — Os olhos de Luc piscam quando ele revive a lembrança. Ele continua: — Pintei em segredo, até que ele descobriu. — Luc ergueu a mão direita, que tinha o dedo indicador torcido. — Ele fez com que eu nunca mais pudesse ser um verdadeiro artista.

Recuo, horrorizada, não com a desfiguração de Luc, mas com a crueldade infligida por um pai ao próprio filho.

— Não foi o suficiente para me impedir de pintar, apenas de ser realmente bom nos detalhes intrincados — acrescenta.

Tomo-lhe a mão e beijo o dedo, meu coração aos prantos. Nenhum de nós, ao que parece, nem mesmo Luc, está livre da dor e das trevas.

— Como você pode morar com ele? — pergunto. — Ele é um monstro!

Os olhos de Luke se arregalam e me pergunto se ele vai ficar com raiva de mim.

— Ele estava fazendo o que achava que era certo — responde Luc.

Sentamos em silêncio, nenhum de nós fala. Luc me confiou seu terrível segredo. Devo lhe contar, agora, sobre meu próprio passado. Mas, então, ouço a voz de Astrid: *nunca imagine que sabe o que se passa na mente de outra pessoa.* Olhando nos olhos azul-claros de Luc, sei que não vai entender as escolhas que fiz e as experiências que me levaram a fazê-las.

Em vez disso, estendo-lhe os braços, pondo seu rosto em minhas mãos e virando-o para mim. Beijo-o uma e outra vez, sem parar, sem me importar com onde estamos e com o fato de que Theo está a apenas alguns metros de nós. Os braços de Luc em torno de mim, as mãos em minha cintura e quadris. Por um segundo, quero me afastar. Minha barriga nunca voltou a ser exatamente como era antes do parto. Meus seios estão um pouco flácidos, por causa do leite que tinham carregado.

Mas eu o envolvo em meus braços e me deixo ser levada. As mãos de Luc passeiam por baixo de minha saia. Faço menção de protestar. Não podemos fazer isso aqui. Ele me deita de costas suavemente, colocando uma das mãos sob minha cabeça para protegê-la da dureza do chão de pedra. O soldado alemão, único outro homem com quem estive nessa situação, surge em minha mente. Fico tensa.

Luc apanha meu queixo em sua mão, trazendo gentilmente meu olhar até o dele.

— Eu amo você, Noa — diz ele.

— Também amo você. — As palavras saem com uma rapidez desesperada. Minha paixão cresce, afastando as lembranças para longe.

Quando acabamos, estamos deitados sobre uma pilha de roupas meio amarfanhadas, espalhadas pelo duro chão de pedra, as pernas entrelaçadas.

— Foi maravilhoso! — declaro, alto demais. Minha voz ecoa através dos caibros do museu, fazendo um pombo oculto sair voando. Rimos baixinho.

Ele me apanha nos braços, trazendo-me mais para perto.

— Estou tão feliz por termos compartilhado nossa primeira vez juntos — diz Luc, presumindo que sou tão inocente quanto ele. — Sinto muito — diz ele, um minuto depois, entendendo meu silêncio como arrependimento. — Eu não deveria ter me aproveitado da situação.

— Você não fez isso — tranquilizo-o. — Eu também queria que acontecesse.

— Se nós tivéssemos um futuro garantido... — angustia-se ele.

— Ou pelo menos uma cama — brinco.

Mas o rosto dele permanece sombrio.

— As coisas poderiam ser diferentes. Esta maldita guerra — injuria-se ele. Se não fosse esta maldita guerra, penso comigo, nunca teríamos nos conhecido. — Sinto muito — diz ele novamente.

Eu o abraço apertado.

— Não se desculpe. Eu não sinto muito. — Theo acorda em seguida, seu grito cortando a quietude. Eu me afasto para abotoar a blusa. Luc se levanta e me ajuda a ficar de pé. Bato minha saia enquanto nos aproximamos de Theo. Luc o pega nos braços, mais confiante agora. Ele olha para Theo com carinho. Nós nos sentamos no chão mais uma vez e nos aconchegamos no escuro, nós três, uma espécie de família improvisada, ouvindo os sons do museu à noite, o ruído dos ratos e o sopro do vento lá fora.

— Venha comigo — diz Luc. — Para longe daqui. Pego um carro e nós vamos até a fronteira.

Nós. Embora Luc tivesse falado antes sobre irmos embora juntos, a sugestão parece mais séria agora, a possibilidade real. Tento me imaginar deixando o circo e começando uma vida nova com ele. A ideia é tão terrível quanto magnífica.

— Não posso — digo, querendo desesperadamente fugir com ele, mas conhecendo os riscos e a realidade. Aonde iríamos? E Astrid, o circo e mil outras coisas que não posso explicar a ele?

— O problema é Theo? Nós poderíamos levá-lo conosco, criá-lo como se fosse nosso filho. Ele nunca saberia a verdade. — A voz de Luc é esperançosa, e eu fico tocada por ele querer assumir responsabilidade sobre Theo.

Abano a cabeça com firmeza.

— A coisa é muito mais complexa. Astrid e o circo... Devo minha vida a eles.

— Ela certamente iria entender. E iria querer que você fosse... — tenta ele novamente. — Noa, quero levar você e Theo para longe daqui, para um lugar onde vocês estarão seguros. — Luc quer cuidar de mim. Como desejo ser a garota que era antes. Ela teria se deixado convencer. Mas passei por muita coisa. Não sei mais agir como antes.

Mas ergo o dedo sobre os lábios dele.

— Não vamos mais falar sobre isso.

Theo começa a se remexer de novo, cansado e com frio, e confuso com o ambiente desconhecido.

— Temos que voltar — digo com relutância, não querendo acabar com aquele momento perfeito, mas preocupada que alguém possa ouvir o ruído e nos encontrar. Luc se levanta e passa Theo para mim, aconchegando-o um pouco mais no casaco.

É tarde quando retorno, bem depois do toque de recolher. A vila está escura, e a floresta quieta. Luc me acompanha silenciosamente quando nos aproximamos do acampamento. Não há mais música e me pergunto se fiquei longe por tanto tempo que a festa acabou e todo mundo foi dormir. Mas as tochas ainda estão acesas no bosque. Sob sua luz, vejo Astrid, que está na orla da clareira. Posso dizer, pelo fato de estar de pé, braços cruzados, que ela está com raiva.

O pavor me dá um soco no estômago. Astrid sabe que saí, eu penso. Que quebrei a promessa que fiz de não ver Luc novamente.

— Astrid — começo a falar, rodeando os cantos do trem. — Deixe-me explicar.

Então congelo.

O pessoal do circo ainda está reunido no bosque onde a festa de casamento tinha acontecido. Porém eles já não dançam; estão imóveis, como figuras em um quadro.

Dando mais um passo para a frente, entendo o porquê. No centro do bosque, onde a cerimônia de casamento teve lugar poucas horas antes, está meia dúzia de *gendarmes*.

E suas armas estão apontadas para Peter.

CAPÍTULO 18

Astrid

Congelo quando a polícia vai na direção de Peter, armas levantadas. Certamente aquilo não é de verdade. É uma brincadeira que alguém está fazendo em nossa noite de núpcias. Mas ninguém ri. Os rostos ao meu redor estão retorcidos com choque e terror.

Um minuto e uma eternidade antes, Peter estava olhando para mim, o rosto iluminado, contemplando nosso futuro juntos. Então uma sombra passou pelos olhos dele e o reflexo da polícia francesa ocupou o espaço atrás dos outros artistas do circo.

Os policiais tinham chegado em grande número, impedindo qualquer chance de resistência ou fuga. Seus rostos são conhecidos da cidade. Antes, talvez pudessem ter tocado nos quepes, fazendo uma saudação, ou pelo menos um aceno de cabeça na rua. Agora, estão diante de Peter com expressões ameaçadoras, os pés, calçados em botas de cano alto, bem apartados.

— Peter Moskowicz... — diz em voz baixa e dura um dos policiais, provavelmente o capitão. Ele parece um pouco mais velho que os outros, tem um bigode grisalho e broches que decoram a frente de seu uniforme. — Você está preso.

Abro a boca para protestar, mas não sai nenhum som. É o pesadelo que tive um monte de vezes tornando-se realidade. Peter levanta a cabeça lentamente após a intimação do policial. Fúria acesa nos olhos. Ele fica imóvel, mas posso ver sua mente trabalhando, calculando o que fazer. Os policiais o olham com cautela, mas mantêm distância, como se estivessem diante de um estranho ou perigoso animal. Prendo a respiração. Parte de mim quer que Peter lute e resista, mesmo que seja inútil neste momento. Mas isso só vai piorar as coisas.

O que eles querem com Peter?, pergunto-me. Por que não eu?

Herr Neuhoff dá um passo à frente.

— Senhores, *s'il vous plaît*, qual é o problema? — Ele enxuga a testa com um lenço manchado. — Tenho certeza de que, se conversarmos... Tomando alguns de meus melhores Bordeaux, talvez...? — Ele sorri, convidativo. Mais de uma vez, ele dissuadiu a polícia de vasculhar as tendas, com boa comida e bebida, guardada com esse único fim. Mas a polícia o ignora, chegando mais perto de Peter.

— Qual é a acusação? — exige Herr Neuhoff, descartando o tom cordial e impondo autoridade na voz.

— Traição — responde o capitão. — Contra a França e o Reich. — Os olhos de Herr Neuhoff dardejam inquietos em minha direção. Ele avisara Peter tantas vezes sobre o número e agora ele vai pagar o preço.

Mas ainda não prenderam. *Resistir, lutar, correr,* exorto-o em silêncio. Olho desesperadamente pelo campo na direção do esconderijo que Peter tinha criado com tanto esmero para mim em sua cabana. Pensara no pequeno espaço para me manter segura, não a ele. Mesmo que pudesse caber ali dentro, porém, o esconderijo está muito longe e é tarde demais. Não há mais como se esconder.

— Vamos — diz o capitão, mas não há raiva em sua voz. É um homem de cabelos grisalhos, provavelmente a um ou dois anos de se aposentar. Ele acha que está apenas fazendo seu trabalho. Ao lado dele, no entanto, um oficial mais novo bate com o cassetete na própria perna, raivoso, esperando apenas a oportunidade de usá-lo.

Os olhos de Peter recaem sobre o cassetete ao mesmo tempo que os meus. Por fim, ele endireita o corpo e se levanta. Peter não vai fazer uma cena e arriscar que as consequências afetem a mim e aos outros. Ele caminha em direção à polícia lentamente, mas sem protestar, os membros rígidos de raiva. Com todo meu horror, sinto uma pequena centelha de esperança. Talvez, no final das contas, isso se revele não ser tão pior do que as inspeções. Herr Neuhoff pode subornar a polícia e conseguir que ele volte para casa pela manhã.

Peter se aproxima da polícia. Um som escapa de minha garganta quando um dos policiais algema as mãos dele, iluminando seus pulsos enquanto lhe cortam a pele, fazendo meus próprios braços doerem. Ninguém parece ouvir.

Ele permanece calmo, sem oferecer nenhuma resistência. Mas então o oficial que está com o cassetete se aproxima e derruba a cartola da cabeça de Peter com um golpe. Surpresa e raiva parecem partir o rosto de Peter em mil pedaços. Ele dá um bote para pegar o chapéu. Sem equilíbrio por conta das algemas em seus pulsos, ele cai de lado no chão.

O policial o arrasta e o deixa de pé. O terno do casamento ficou sujo de terra e seus membros tremem de raiva. Sei que ele não vai conseguir se conter agora.

— Ela não terá qualquer utilidade no lugar aonde você vai — zomba o policial, chutando a cartola. O ar permanece silencioso enquanto Peter parece estar pensando em uma réplica.

Em seguida, ele cospe no rosto do policial.

Há um segundo de silêncio, durante o qual o policial fica atordoado. Então ele se lança para a frente com um rugido e dá uma joelhada entre as pernas de Peter.

— Não! — grito quando Peter cai, dobrado sobre o próprio corpo. Embora não se levante, o homem o chuta uma e outra vez.

Diga alguma coisa, penso comigo. *Faça* alguma coisa. Mas estou congelada, paralisada pelo terror. O homem está usando o cassetete agora, pancadas chovem sobre a cabeça e costas de Peter. Meu corpo grita de dor, sentindo cada agressão como se fosse em mim mesma. Peter permanece deitado, curvado como uma bola.

— Chega! — diz o capitão bruscamente, puxando o policial mais jovem para longe. — Eles o querem vivo. — Ao ouvir essa última frase, fico apavorada. Quem o quer? E para quê? — Levem-no para o caminhão — ordena o capitão.

Dois dos policiais põem Peter de pé e começam a levá-lo para o caminhão. Ele não oferece resistência. *Eu nunca vou deixar você,* disse ele há apenas alguns dias. Ele parece estar anos mais velho, um homem derrotado.

Mas não vou desistir.

— Esperem! — grito, indo na direção de Peter. Um policial agarra a parte do meu vestido que cobre o ombro, unhas afiadas cortam minha pele. Eu o afasto, sem me importar como o rasgão deixado no tecido.

Estendo o braço para pegar o de Peter, mas ele se afasta.

— Astrid, você não pode vir comigo — diz ele em alemão, a voz baixa e concisa. Um grande galo está começando a se formar em sua testa, onde ele foi atingido. — Você precisa permanecer aqui. Você tem que ficar a salvo.

— Eles vão levá-lo para a cadeia da cidade. Você estará de volta em poucas horas — digo, querendo desesperadamente acreditar em minhas palavras.

— Estão apenas tentando nos assustar, enviar um aviso. Logo você vai estar de volta...

— Não vai ter volta — diz ele antes que eu possa terminar de falar. — E você não pode esperar por mim aqui. Você deve continuar com o circo. Entendeu? — Os olhos escuros dele parecem me queimar. — Prometa — diz ele.

Mas não consigo.

— Chega! — rosna o policial que tinha atingido Peter, separando-nos. Eu começo a me atirar sobre ele, querendo lhe arranhar os olhos. — Vá em frente — ameaça ele. Eu me afasto. Não posso piorar as coisas para Peter.

A polícia começa a arrastar Peter do quintal em direção a um caminhão do exército que estacionara na estrada de terra, perto do final da lona. Há algo escrito na lateral em uma língua eslava que não reconheço. Um carro preto de polícia está parado logo à frente. Um motorista sai do caminhão em um uniforme militar e abre as portas traseiras, revelando duas longas fileiras de bancos dentro. Entendo, então, que está tudo acabado, ele não vai voltar.

— Não! — grito, correndo em direção ao caminhão.

Braços me agarram por trás, contendo-me. É Noa, embora não saiba de onde ela surgiu. Ela me envolve com ambos os braços.

— Pense em você... e no bebê. — Noa está certa. Ainda luto contra ela com toda a força de meu corpo, um leão tentando se libertar do tratador.

— Eles o estão levando, Noa — digo, desesperada. — Temos que impedir.

— Essa não é a maneira de fazê-lo — responde ela, com voz firme e baixa. — Você não vai poder ajudá-lo se for presa também. — Ela está certa, claro. Mas como posso ficar aqui, sem fazer nada, enquanto eles levavam embora todo o meu mundo?

— Faça alguma coisa — suplico, implorando para Noa me ajudar como eu a ajudara. Mas ela simplesmente se mantém abraçada a mim, tão impotente quanto eu.

Herr Neuhoff avança, correndo mais uma vez, o rosto vermelho de raiva e desespero. Ele estende a mão, segurando um pequeno saco pesado de moedas, provavelmente a maior parte do dinheiro que ainda resta no circo. Dá-lo nos deixaria arruinados, mas ele o faria para salvar a vida de Peter.

— Oficiais, esperem — implora ele. Por favor, Deus, eu rezo. Faça com que isso funcione. É nossa última esperança.

O capitão se vira e vejo em seus olhos um brilho de remorso que me assusta mais do que tudo no mundo.

— Eu sinto muito — diz ele. — Está fora de minha alçada.

Meu pânico redobra e me liberto das garras de Noa, correndo para frente.

— Peter! — Mas é tarde demais, os policiais já o estão colocando na parte de trás do caminhão e ele não resiste. Atiro-me contra a porta, meus dedos a apenas centímetros de Peter, quase roçando nele, mas não chego a tocá-lo. Viro-me para o policial mais próximo. — Leve a mim, em vez dele — digo.

— Astrid, não! — ouço Noa gritar atrás de mim.

— Leve a mim — repito, ignorando-a. — Sou esposa dele e judia — grito, sem me importar com o perigo que aquilo representa, não apenas para mim, mas para todo o circo.

O policial olha incerto na direção do capitão, esperando o comando.

— Espere aqui! — ordena o capitão. Ele desaparece, contornando a frente do caminhão, indo até o carro de polícia e retornando com alguns papéis. — Não temos nenhum registro de que haja um judeu no circo, e você não está listada entre os que vamos transportar. — Ele se vira para Peter. — É verdade que ela é sua esposa?

— Eu não tenho esposa. — Os olhos de Peter são como pedras. Dou um passo para trás, sentindo-me rasgar até a medula com a negação dele.

— Para trás — ordena o guarda, fechando a porta e separando Peter de mim para sempre.

— Não! — grito. Tento alcançar o caminhão mais uma vez. O guarda arranca meus dedos do para-choque, lançando-me para trás com tanta força que quase caio. Mas corro até o caminhão e fico na frente dele, de braços cruzados. Eles terão que me atropelar para sair.

— Astrid, pare... — ouço Noa falar novamente, a voz soando muito distante.

O policial que havia batido em Peter vem em minha direção.

— Saia da frente — ordena ele, erguendo o cassetete.

— Astrid, não! — grita Peter com mais angústia do que nunca, a voz abafada pelo vidro que agora nos separa. — Pelo amor de Deus, saia daí!

Eu não me movo.

O policial baixa o braço em minha direção. Tento recuar, mas é tarde demais. O cassetete bate em meu abdômen com um baque repugnante. A dor explode através de minha barriga e eu caio de lado no chão.

— Astrid! — grita Noa, mais perto agora, enquanto corre em minha direção. Ela joga o corpo sobre o meu, tentando me proteger.

— Chega! — ordena o capitão, movendo-se para conter o subordinado. O policial não para. Ele recua um dos pés e chuta meu flanco com força, encontrando um ponto que Noa não conseguiu cobrir. Algo parece se partir dentro de mim. Eu berro, minha dor reverbera pelas árvores.

Então, ouvindo um grunhido, levanto a cabeça. Herr Neuhoff marcha na direção da polícia, o rosto de um vermelho intenso de raiva posicionando-se entre nós e o guarda.

— Você se atreve a bater em uma mulher? — Nunca o vi tão furioso. Ele se ergue em toda a inteireza de seu um metro e sessenta, parecendo ficar maior e mais resplandecente ao enfrentar o alemão.

O policial levanta o cassetete novamente. O pânico cresce dentro de mim. Herr Neuhoff é um homem idoso; ele nunca sobreviverá a um golpe daqueles.

Herr Neuhoff leva as mãos ao peito e um olhar de surpresa se estampa em seu rosto. Ele desmorona no chão, como se tivesse sido atingido. Mas o guarda não o feriu e o cassetete continua no ar.

Noa corre até Herr Neuhoff. Tento me levantar para me aproximar dele também. Uma dor cortante como faca comprime minha barriga e caio dobrada sobre mim mesma de novo. Eu me arrasto pelo chão até onde ele está, tão rápido quanto posso. Sinto algo parecido com uma câimbra em meu estômago, cada vez mais forte. Sinto uma umidade dentro da saia, como se tivesse me sujado quando era criança. Que seja apenas o chão molhado, rezo.

Aproximo-me de Herr Neuhoff, cujo rosto está pálido e coberto de suor.

— Miriam — sussurra ele, e não sei dizer se pensa que sou sua esposa, falecida há muito, ou se está simplesmente se lembrando dela. Noa afrouxa o colarinho dele e Herr Neuhoff ofega, procurando ar.

Uma lembrança atravessa minha mente como um flash, eu e meus irmãos brincando entre os alojamentos de inverno quando era pequena, escorregando colina abaixo sobre um mar de ininterrupta brancura. Eu olhara para cima e vira Herr Neuhoff em pé, no topo da colina. Enquadrado por um céu azul-celeste, ele me lembrou Zeus, o deus grego, no topo do monte Olimpo. Ao me ver, ele sorrira. Mesmo naquela época, parecia que ele estava cuidando de nós.

— Médico! — grito, mas ninguém, nem a polícia, nem os guardas, vem nos ajudar. Noa se agacha a meu lado e observamos desamparadas, quando os olhos de Herr Neuhoff ficam sem expressão e frios.

Abaixo de mim, minha saia não está apenas úmida, mas ensopada, a aquosidade muito quente para ter vindo do solo. Sangue. Vou perder meu bebê também? O neném, que dias atrás eu não tinha certeza de querer, de repente é tudo o que tenho no mundo. Seguro a barriga, apertando-a para evitar que a vida dentro de mim se esvaia. Então começo a rezar, de uma forma como não fazia desde garotinha.

Ligam o motor do caminhão. Levanto as mãos quando ele começa a andar, o cano de escape vomitando fumaça sobre nós. Há um ruído de pancadas, Peter batendo na janela de vidro, vendo tudo que aconteceu, mas impotente, sem poder ajudar.

Estendo a mão como se quisesse tocá-lo. Uma dor aguda, pior do que a sentida quando o soldado me atingiu, atravessa meu ventre. Caio e me curvo como uma bola mais uma vez, abraçando os joelhos sobre o peito.

Ainda deitada no chão, viro a cabeça para olhar para Peter uma última vez. Através da janela, vejo-o soluçar abertamente agora. Sua tristeza me atravessa, cortante, sinto mais dor do que se tivesse levado qualquer golpe. Os olhos que, apenas há alguns minutos, fitaram-me tão amorosamente diminuem, os lábios que beijei, depois de trocarmos os votos sagrados, perdendo-se na distância.

O caminhão parte barulhento e Peter some de vista.

CAPÍTULO 19

Noa

— Astrid! — grito, correndo até ela quando o ronco do motor se desvanece na distância. Ela não responde, está imóvel no chão, um braço estendido na direção em que o caminhão sumiu.

Quando me aproximo, ela se curva.

— Não, não... — grita Astrid a meu lado, inúmeras vezes, apertando a barriga e chorando. Sento-me ao lado dela e levanto seu tronco, trazendo-a para o colo, embalando-a como a uma criança.

Então me viro para Herr Neuhoff. Não há nenhum sinal de respiração. Sua pele tem um mórbido tom de cinza, olhos fixos no céu. Lembro-me, em seguida, de sua tosse, seu problema no coração. Astrid levanta a cabeça, os olhos dela se arregalam de terror ao fitarem o corpo rígido de Herr Neuhoff.

— Precisamos de um médico — diz ela, desesperada, tentando se sentar. Então, com um gemido, curva-se sobre si mesma mais uma vez.

Passo o braço em torno dela, sem saber se ainda podemos ajudá-lo ou se Astrid está em estado de negação.

— Ele se foi. — Seguro-a com mais força enquanto ela soluça. Depois, com a mão livre, fecho os olhos de Herr Neuhoff e limpo um pouco de lama de sua bochecha. O rosto dele está pacífico, como se estivesse dormindo profundamente.

Astrid está pálida e fraca em meus braços. Suas mãos estão agarradas firmemente na barriga. Penso no bebê, em pânico. Mas não me atrevo a dizer nada em voz alta.

Uma multidão de artistas e trabalhadores permanecem parados a uma boa distância, observando-nos. Gesticulo para um dos homens, chamando-o.

— Precisamos levar Herr Neuhoff de volta ao vagão dele — instruo, forçando alguma autoridade em minha voz, na esperança de que me escutem. — Depois, procurem um agente funerário… — Astrid se afasta, sem querer ouvir os detalhes.

— Astrid, venha, deixe a gente ajudar você. — Fico em pé e tento levantá-la. Mas ela se deita no chão, ao lado Herr Neuhoff, recusando-se a se mover, como um cachorro que perdeu o dono. — Você não está ajudando Peter assim — acrescento.

— Peter se foi — diz ela, cada palavra carregada de tristeza.

Alguém toca com uma das mãos em meu ombro. Olho para cima e vejo Luc, com Theo nos braços. Quando tínhamos alcançado o descampado e visto a polícia, eu empurrara Theo para Luc e correra para ajudar Astrid. Felizmente, ele teve o bom senso de manter Theo fora de vista. Luc começa a se ajoelhar atrás de Astrid, para me ajudar a levantá-la. Mas eu abano a mão para o afastar; se Astrid vê-lo, só vai piorar as coisas.

— Venha, Astrid — imploro, esforçando-me novamente para ajudá-la a se levantar. Caminho com dificuldade, quase sucumbindo ao peso dela. Luc segue a certa distância, carregando Theo.

— Por quê? — Não posso deixar de perguntar enquanto cambaleamos em direção ao trem. — Por que eles prenderiam Peter? — Assim que vira os policiais, eu me perguntei se eles tinham tido notícia do casamento, que violava as leis de Vichy e do Reich. Mas se tivesse sido o caso, eles teriam levado Astrid também.

— O número — responde ela diretamente. Parte de mim já sabia a resposta. Eles queriam Peter por causa da maneira como ele zombou dos alemães no espetáculo.

Alcançamos o trem e eu ajudo Astrid a entrar no vagão-dormitório. Embora seja tarde, o carro está vazio, os outros ainda reunidos lá fora, falando sobre tudo o que tinha acontecido. Ajudo Astrid a se deitar no leito.

— Você deveria descansar — digo, tirando os sapatos dela. Ela não responde, mas se senta rigidamente, olhando para a frente. Apesar de tê-la visto aqui dezenas de vezes, ela parece estranhamente fora de lugar. Ela deveria estar com Peter, celebrando a noite de núpcias. Agora esse sonho acabou. Não parece nada provável.

Retorno até a porta do trem para tomar Theo de Luc. Então, tento entregar o bebê para Astrid. Normalmente, ele traz grande conforto para ela, mas agora Astrid abana a mão para o afastar.

— Astrid, temos que fazer os preparativos para Herr Neuhoff — começo a falar. — Temos que cancelar o show de hoje, claro. Mas, a partir de amanhã, a gente pode se apresentar novamente. Você não concorda? — Há súplica em minha voz, querendo que ela assuma o comando, como sempre fez. Mas Astrid está sentada, imóvel, sem força de vontade. Lágrimas inundam meus olhos e transbordam. Quero tanto ser forte por ela, mas não posso ajudá-la. — Ai, Astrid, não consigo acreditar que Herr Neuhoff se foi. — Mesmo conhecendo-o apenas há alguns meses, ele foi, de muitas formas, mais pai para mim do que o meu próprio.

— Ele não foi o único — responde ela bruscamente.

— Sim, claro — respondo às pressas, enxugando os olhos. Eu não tenho direito de chorar na frente dela quando ela havia perdido muito mais. — Mas nós não devemos desistir de Peter. Ele vai voltar. — Ela não responde.

De repente, seu rosto empalidece. Ela se deita, agarrando o estômago. Então, vira-se para encarar a parede e solta um gemido. Aquilo não é apenas pesar, eu percebo, mas dor. Logo em seguida vejo uma pequena mancha de sangue sob ela, escoando através da saia para o lençol.

— Ai, Astrid, seu bebê! — grito, deixando escapar seu segredo com meu pânico. A mancha aumenta a olhos vistos. — Vou até a cidade encontrar um médico.

Ela abana a cabeça com resignação.

— Não há nada a ser feito — responde Astrid. — É tarde demais.

— Alguém precisa examinar você — protesto. — Deixe, pelo menos, eu ir chamar Berta.

— Eu só quero descansar. — Há quanto tempo ela sabia que aquilo estava acontecendo?

— Sinto muito... — Procuro as palavras certas. — Eu sei como é perder um filho — Mas meu filho sobreviveu ao nascer; se isso é melhor ou pior, não sei.

— Na verdade, é melhor assim — diz ela sombriamente. — Eu nunca teria sido uma boa mãe.

— Isso não é verdade — discordo. — Vejo você com Theo e sei que não é verdade.

— Você tem que admitir, estou longe de ser o tipo apropriado para ser mãe. — Seus olhos não encontram os meus.

— Há muitos tipos de mãe — digo, tentando ajudar, mas sinto, ao mesmo tempo, como se estivesse apenas tornando as coisas piores.

— Sem um bebê, fico livre para atuar ou fazer qualquer outra coisa que queira — diz ela, como se estivesse tentando convencer a si mesma. Astrid rola na minha direção. — Nada vai mudar o que aconteceu. — Em seguida, ela olha para além de mim e seus olhos se arregalam. Viro-me e vejo Luc, que está constrangido à porta do vagão, sem ousar entrar, mas não querendo me deixar, depois de tudo o que tinha acontecido.

— O que ele está fazendo aqui? — esbraveja Astrid.

— Astrid... — Tento encontrar uma explicação para o porquê de eu estar com Luc, depois de ter jurado a ela que deixaria de vê-lo.

Mas não acho o que dizer.

— Muito conveniente como ele a tirou daqui, um pouco antes de a prisão acontecer — diz ela em francês, rispidamente, querendo que Luc ouça. — Ele devia saber.

— Não! — grito. Luc jamais nos trairia. Espero que Luc diga alguma coisa para negar a acusação de Astrid e se defender. Mas ele não diz nada. A desconfiança de Astrid me contamina. Luc tinha visto o número de Peter, e até mesmo o avisou sobre aquilo trazer problemas. Lembro-me das palavras de Luc para Peter na noite em que viera ao circo: *Eles vão prender você...* Era uma previsão ou ele sabia do que estava por vir?

— É tudo culpa dele! — enfurece-se Astrid, lançando toda a sua raiva e tristeza sobre Luc. Quero dizer a ela que Peter, não Luc, é culpado por fazer o número após Herr Neuhoff ter proibido. Mas agora não é o momento. Só iria piorar as coisas.

Luc levanta as mãos em sinal de rendição, sem vontade de brigar. Ele sai do trem e some no escuro. Sento-me ao lado de Astrid e a envolvo nos braços. Mesmo que Luc seja inocente, era por ter saído para encontrá-lo que eu não estava aqui quando Astrid precisou de mim. Ela estremece violentamente. Então fecha olhos e fica tão quieta que verifico se ainda está respirando. Neste momento, me dou conta do tamanho das perdas de Astrid: Herr Neuhoff, o filho e Peter, tudo tirado dela em uma única noite.

Ou talvez não. Eu olho para a porta do vagão.

— Segure para mim — digo a Astrid, empurrando Theo firmemente para seus braços.

Ando até a porta do vagão e desço, mas não vejo Luc. Talvez ele tenha ido embora. Um momento depois, ele sai do escuro.

— Ela está bem? — pergunta Luc.

— Não sei — digo, lutando contra as lágrimas. — Ela perdeu tudo.

— Sinto muito — diz ele. — Sinto como se tudo isso fosse culpa minha.

— O que você quer dizer? — Um nó se forma na minha garganta. Astrid estava certa sobre ele, afinal de contas?

— Meu pai estava reclamando do circo há mais ou menos uma semana — começa Luc lentamente. — Ele disse que a vinda do espetáculo para cá só causaria problemas. Eu disse a ele que tinha avisado Peter sobre o número, falado para que não fizesse de novo. Pensei que estava ajudando Peter. Mas isso só pareceu deixá-lo mais irritado.

— Peter escolheu fazer o número — respondo. — Não foi culpa sua.

Luc abana a cabeça.

— Tem mais. Papai me avisou para ficar longe de você ou haveria consequências. Achei que tinha tomado cuidado ao vir e voltar daqui. Mas, se ele pôs um de seus homens me espiando, e este me seguiu até aqui hoje à noite e viu o casamento... Sinto muito — diz Luc de novo, agarrando minha mão. Seu rosto observa o meu, olhos suplicantes.

— Você não teve intenção de fazer nada — digo. Mas me afasto. Mesmo sem ter a intenção, ele trouxera a ruína para o circo, exatamente como Astrid avisara. Fico com raiva de repente, não apenas de Luc, mas de mim mesma.

— Se você quiser que eu vá embora agora, eu entendo — diz Luc. — Você deve me odiar pelo que fiz.

— Não — respondo com firmeza. — Eu sei que não foi culpa sua. Mas nós precisamos corrigir isso.

— Como? — pergunta ele.

— Temos que fazer alguma coisa para encontrar Peter. — A dúvida nubla os olhos de Luc. Ele viu pessoas sendo presas pela polícia muitas vezes e sabe o quanto a tarefa é impossível.

Enrijeço os ombros. Falhei com Astrid uma vez antes. Não posso deixar isso acontecer de novo.

— Seu pai — digo. — Essa foi uma ação da polícia. Certamente ele sabe algo.

A dor atravessa o rosto de Luc diante da noção de que seu pai estava de alguma maneira envolvido.

— Vai ser a primeira coisa que vou falar com ele, logo pela manhã, e ver se ele sabe algo.

— Pela manhã pode ser tarde demais — respondo. — Nós temos que ir vê-lo agora.

— Nós? — repete Luc, sem crer.

— Eu vou com você — digo com firmeza.

Ele coloca a mão em meu ombro.

— Noa, você não pode.

— Você não quer que seu pai o veja comigo — digo, magoada.

— Não é isso. Mas tudo é tão perigoso agora. Por que você não pode apenas esperar aqui?

— Porque preciso fazer isso por Astrid. Vou ver seu pai agora, com ou sem você. — Eu fito os olhos dele diretamente. — Com você seria melhor.

Luc abre a boca para discutir mais.

— Tudo bem — diz ele enfim, parecendo pensar melhor sobre o assunto.

— Só me dê um minuto. — Olho para a parte externa do trem, onde algumas mulheres do circo se amontoam, conversando. — Elsie! — grito, chamando-a com um sinal de mão. A garota deixa o grupo e vem até mim. — Preciso que você tome conta de Theo. — Embora ainda não goste ou confie nela depois do que fizera com Theo, não tenho escolha. Astrid não está em condições de cuidar dele sozinha.

Astrid. Olho para trás, através da entrada do vagão, e vejo-a vergada sobre si mesma no leito, segurando Theo. Eu deveria ficar e confortá-la, mas preciso saber o que Luc descobre com o pai.

— Cuide de Astrid também — instruo Elsie. — Dos dois. Estarei de volta assim que puder. — Eu mesma deveria dizer a Astrid que estou indo, mas não quero que ela faça perguntas.

— Estou pronta agora — digo a Luc, colocando minha mão na sua quando ele começa a andar na direção das árvores.

Luc me conduz através da floresta por um caminho onde não estivera antes. Uma brisa gelada, fria como eu não sentia há semanas, faz com que as árvores dancem descontroladamente acima de nós, lançando sombras fantasmagóricas no chão enluarado.

Vários minutos mais tarde, a floresta se abre em um pasto inclinado, que termina em uma quinta. Não sei ao certo o que eu esperava da casa do prefeito.

Algo mais grandioso ou ameaçador, ou pelo menos um pouco maior. Mas é uma tradicional casa de campo francesa, com um longo telhado inclinado de ardósia cinza e três janelas. Há um caminho de laje que termina em uma porta arredondada, hera escalando a parede de ambos os lados. Uma bicicleta está encostada na cerca ao lado.

É madrugada e eu esperava que a casa estivesse calma. Mas, por trás das cortinas, as luzes ainda estão acesas. Paro de caminhar, de repente perdendo a coragem.

— Talvez isso tenha sido um erro.

— É o que eu estava tentando lhe dizer antes. Se papai vir você… — Luc começa a me empurrar para os baixos arbustos do lado da cerca. A bicicleta que está encostada ali cai sobre o chão duro, fazendo ruído. Antes que eu possa me esconder, a porta da frente se abre e um homem aparece em um roupão de veludo.

— Luc? — chama ele, perscrutando a escuridão. Ele é uma versão mais velha do filho, enrugada e curvada, mas com os mesmos olhos azuis e as mesmas feições. Ele devia ter sido bonito em sua época. — É você? — Em sua voz, ouço preocupação; um pai, com todos seus defeitos, ainda preocupado com o filho: não era bem o vilão que eu imaginara. Um cheiro forte de alho vem de dentro da casa; *coq au vin* feito mais cedo para o jantar, talvez, misturado a fumaça de charuto.

O prefeito dá um passo para fora, apertando os olhos na escuridão. Quando seus olhos se ajustam, eles travam sobre mim. Meu corpo se enrijece.

— Você é a garota do circo — diz o prefeito, uma nota de desdém na voz. — O que você quer?

Luc pigarreia.

— Um dos artistas deles foi preso — diz ele.

O prefeito fica tenso e, por um momento, acho que vai negar. Mas, então, ele assente com a cabeça.

— O palhaço russo. — Peter é tão mais do que aquilo, quero protestar. O marido de Astrid, o coração do circo.

— Certamente você pode fazer alguma coisa. — A voz de Luc está pedindo, lutando por nós.

— Ele estava apresentando números zombando do Reich — afirma o prefeito categoricamente. Sua voz é fria. — Os alemães querem julgá-lo por traição.

Imagino Astrid, ouço seus gritos quando tinham levado Peter.

— Pelo menos, deixe a gente vê-lo — aventuro-me a dizer.

O prefeito levanta as sobrancelhas, surpreso por eu ter falado.

— Isso é impossível.

Ele vai ser pai, eu quero dizer, apelando para o prefeito como alguém que tem um filho. Mas jurei guardar o segredo de Astrid e duvido que isso fosse influenciar o prefeito.

— O dono do circo morreu esta noite e precisamos muito mais de Peter agora. Por favor… — imploro, procurando as palavras certas, sem encontrá-las.

— Não tenho poder para interferir — responde o prefeito. — Ele foi levado para o velho campo de concentração do exército, na periferia da cidade, para ser deportado. A primeira coisa que vão fazer amanhã será enviá-lo para o Leste.

Um olhar aflito cruza o rosto de Luc.

— Eu pensei que não estavam mais usando o campo.

— E não estão — responde o pai, com um tom de crueldade em sua voz. — Só em casos especiais.

— Papai, faça alguma coisa — diz Luc, tentando de novo, ainda querendo acreditar. Vejo agora o rapaz que tinha defendido o pai, mesmo após as terríveis coisas que ele fizera.

— Não posso — afirma o prefeito categoricamente.

— Você não vai mesmo ajudar seu filho? — exige Luc. Há uma nova contundência em sua voz. — Suponho não ser uma surpresa, já que você vendeu seu próprio povo.

— Como você se atreve? — troveja o prefeito. — Eu sou seu pai.

— Meu pai ajudava pessoas. Meu pai nunca teria ficado parado, observando, enquanto nossos amigos e vizinhos eram presos. E ele teria feito algo para ajudar agora. Você não é meu pai — diz Luc com aspereza, e me pergunto se não foi longe demais. — Se mamãe estivesse aqui…

— Chega! — rosna o prefeito, a voz cortando a quietude do ar noturno. — Você não tem ideia das coisas que enfrentei, ou das escolhas que tive que fazer para protegê-lo. Se sua mãe estivesse aqui, era de você que ela teria vergonha. Você nunca agiu assim antes. — Seus olhos lançam raios na minha direção. — Deve ser coisa dela, lixo circense sem educação.

Luc dá um passo para frente, colocando-se entre mim e o pai.

— Não diga essas coisas sobre Noa.

— Não importa — responde o prefeito, dispensando-me com um abano de mão. — Eles vão embora logo, logo. Você deveria entrar agora, Luc.

— Não — diz ele, encontrando os olhos do pai. — Eu não posso mais ficar aqui. — Ele se vira para mim. — Vamos.

— Luc, espere! — chama o prefeito, aumentando a voz, surpreso.

— Adeus, papai. — Luc pega minha mão e me leva para longe, deixando o prefeito sozinho na entrada.

— Tem certeza de que quer fazer isso? — pergunto quando estamos atravessando o portão. Luc continua andando, olhos para a frente. Suas passadas são tão longas que quase tenho que pular para acompanhá-lo.

Chegamos à orla da floresta.

— Espere — digo, parando. — Tem certeza? Se você precisar voltar, eu entendo. Ele é seu pai, afinal de contas.

— Não vou voltar — responde ele.

— Você quer dizer nunca mais? — Ele confirma com a cabeça. — Mas aonde você vai? — Minha preocupação com ele aumenta cada vez mais.

Luc não responde; em vez disso, puxa-me para seus braços e aperta firmemente os lábios contra os meus, como se estivesse tentando apagar o que acabara de acontecer. Retribuo seus beijos, desejando que voltássemos no tempo para horas antes, antes de tudo ter mudado.

Então, ele recua.

— Sinto muito, Noa — diz Luc.

Por um momento, acho que ele está falando do beijo.

— Por Peter? — pergunto. — Não se desculpe. Você tentou...

— Não só por ele. Por tudo. — Ele me beija mais uma vez. — Adeus, Noa. — Então começa a se afastar na direção contrária, por entre as árvores, deixando-me para trás.

CAPÍTULO 20

Noa

O funeral é realizado no dia seguinte, em uma manhã ensolarada demais, no cemitério local, um emaranhado de lápides inclinadas na parte mais afastada de Thiers, ladeando a mesma estrada montanhosa que subimos no dia da parada, quando chegamos. A sepultura de Herr Neuhoff fica solitária, atrás das outras, sob um salgueiro. Olhando para o caixão fechado de carvalho, imagino como ele deve estar lá dentro, o corpo sem vida, cinza como cera no magnífico terno de mestre de cerimônias. Ele não pertence a este lugar. Deveria estar de volta à Alemanha, descansando eternamente ao lado da esposa. Em vez disso, vai ficar aqui para sempre. A tristeza me devora. Ele tinha sido tudo para nós, protegeu-nos. E agora se foi.

No final, foi a saúde de Herr Neuhoff o que o matara. Seu problema no coração vinha se agravando bem diante de nós, embora ele tivesse feito de tudo para escondê-lo e não nos preocupar. O estresse de manter o circo funcionando também não ajudou muito. Estávamos todos muito presos a nossas próprias preocupações para notar. Por fim, o enfrentamento com a polícia foi simplesmente a gota d'água. Ou, pelo menos, era o que pensávamos. Nunca vamos saber de verdade.

Hesitamos ao redor do caixão. Alguém deveria dizer algo sobre o benfeitor que foi tão importante para nós. Mas não temos um padre ou pastor; Peter se foi, e Astrid não tem condições. Na parte da frente, perto do túmulo, Emmet está sozinho, lágrimas escorrendo pelas gordas bochechas. O resto do pessoal do circo mantém distância, e eu não consigo evitar sentir pena dele.

Quando os coveiros baixam o caixão, abafo o choro. Quero estender a mão e tocá-lo mais uma vez, como se isso pudesse fazer voltar o tempo até alguns dias atrás, quando estava tudo certo. Astrid dá um passo à frente e lança um punhado de terra dentro do buraco no solo. Sigo seu exemplo, respirando fundo o cheiro de terra, sentindo a escuridão abaixo. Embora nunca tivesse ido a um funeral antes, o ritual me parece, de certa forma, familiar. Olho para dentro do buraco escuro. *Obrigada*, digo silenciosamente a Herr Neuhoff. Por salvar Theo e a mim. Por tudo. Em toda a minha vida, nunca houve outra pessoa que tivesse feito mais por mim. Recuo e limpo a sujeira de minhas mãos, em seguida entrelaço os dedos nos de Astrid.

Engolindo o bolo que se formou em minha garganta, escrutino o rosto de Astrid com o canto do olho. Sua pele está pálida e os olhos vazios. Mas ela não chorou. Como era possível? Há poucos dias, ela estava começando vida nova com Peter. Agora, tudo se foi. Astrid estremece, e eu a abraço, nosso pesar se unindo em silêncio. Meus olhos ardem e eu pisco para conter as lágrimas. Astrid fez muito, cuidou de mim e me protegeu; é minha vez de ser forte por ela agora. Meus braços envolvem seus ombros com mais força.

Em seguida, o funeral se encerra e começamos a longa e lenta caminhada de volta ao acampamento. Na distância, sinos repicam onze vezes. Dou uma última olhada para o túmulo, por cima do ombro.

À medida que contornamos a periferia da cidade, posso ver carroças e caminhões subindo a estrada íngreme da praça do mercado, crianças indo para a escola, mais quietas do que já foram um dia. Onde está Luc?, eu me pergunto. Mesmo agora, não posso deixar de pensar nele e em sua proposta de fugirmos juntos. Por um minuto, mesmo tendo dito não, tive um vislumbre de esperança, uma vida que poderíamos ter tido juntos. Isso, agora, como tudo mais, parece perdido.

Não o vejo desde a noite da prisão de Peter, e não havia nenhum bilhete no escaninho quando verifiquei nas duas últimas manhãs. Eu quase tinha esperança de que ele fosse aparecer no funeral e prestar respeito ao morto, mas isso não aconteceu. Talvez sentisse que não seria bem-vindo, ou que Astrid pudesse culpá-lo mais uma vez por tudo o que tinha acontecido.

Quando chegamos ao acampamento, não voltamos ao trem, mas nos aglomeramos no quintal como crianças órfãs.

— Devíamos ensaiar para o espetáculo — diz Gerda. Eu tinha quase esquecido: é terça-feira e haverá performance à noite. Bilhetes foram vendidos e a multidão virá.

— Mas não temos mestre de cerimônias — ressalta um dos cavaleiros. Cabeças meneiam afirmativamente. Fazer o espetáculo sem Herr Neuhoff é difícil de imaginar. Antes, Peter poderia ter preenchido a lacuna, mas ele também não está mais aqui.

— Eu posso ser o mestre de cerimônias — diz Emmet. Todos os olhos se voltam com cautela em sua direção. Ele não tem o tipo de personalidade necessária para envolver o público. Nunca o vi pisar no picadeiro. Mas não há alternativa. — Será apenas por um dia, antes de irmos embora — acrescenta ele. — Podemos descobrir outra opção depois.

— Um dia? — pergunta Helmut, o treinador de animais. — O que você quer dizer? Não devemos ir à próxima aldeia antes de sexta-feira. — Lembro-me de Astrid me dizendo que iríamos ficar em Thiers por três semanas, antes de passar para a próxima cidade, e esse tempo ainda não se esgotou.

— Vamos fazer as malas depois do espetáculo de hoje — responde Emmet. — Desmontar tudo. E não viajaremos para a próxima cidade. — Sinto um arrepio. — Iremos recuar até um local perto de Estrasburgo, na Alsácia-Lorena. — Ele dá a má notícia como se fosse uma espécie de trunfo.

Há um suspiro coletivo. *Hoje*. A palavra se espalha na minha cabeça. Emmet nos dissera que o circo seria mandado de volta, mas, na verdade, eu nunca esperava que fosse acontecer tão cedo. Volto-me para Astrid, buscando a ajuda dela, mas ela está alheia, como se não tivesse ouvido nada.

— Alsácia — murmura um dos acrobatas. — Ir para lá é o mesmo que ir para a Alemanha.

Lembro-me de que Astrid me falara sobre a luta de Herr Neuhoff para encontrar uma maneira de permanecermos na França.

— Podemos recorrer? — atrevo-me a perguntar.

Emmet abana a cabeça.

— Meu pai tentou reverter a ordem antes de tudo isso acontecer. Nosso pedido foi rejeitado. — Com a prisão de Peter e tudo o que aconteceu, não haveria prorrogação. E Emmet não é um batalhador; vai sempre escolher o caminho que ofereça menor resistência. Não podemos contar com ele para recorrer de novo. — Então, vamos nos apresentar na Alsácia.

Fico tensa, devorada pelo medo. Não posso voltar para tão perto da Alemanha com Theo. Seria muito perigoso. Olho para o sudeste, na direção das colinas, e imagino como seria pegar Theo e partir. Mas não poderia abandonar Astrid, de jeito nenhum, especialmente agora.

— E as cidades da França que temos programadas? — pergunto. Cabeças se voltam em minha direção. — Se começarmos a cancelar, não vamos ser convidados a voltar no próximo ano. Pense no dinheiro que vamos perder.

— No próximo ano? — zomba Emmet, apontando para trás dele. — O circo está morrendo, Noa. Não há dinheiro. Perdemos o nosso mestre de cerimônias e os alemães acabaram de levar uma de nossas estrelas. — Um gemido de asfixia, não exatamente um soluço, fica preso na garganta de Astrid. Emmet continua: — Eles nos deixaram livres até certo ponto. Mas, pode ser agora ou daqui a alguns meses, é o fim. Quanto tempo mais você acha que o espetáculo poderia continuar?

— Nós temos que continuar — diz Astrid. É a primeira vez que ela fala desde antes do enterro, e sua voz não tem nada da força habitual.

— Para salvar você? — retruca Emmet.

— Para salvar a todos nós — interponho —, inclusive você. Sabe o que os alemães fazem com quem esconde pessoas? — Dou um passo para trás, temendo ter dito mais do que devia.

Os olhos de Emmet se arregalam.

— Vamos continuar indo aos lugares aonde nos mandaram pelo resto da temporada — concede ele. — Pelo menos até quando conseguirmos nos sustentar financeiramente. Papai não deixou muito.

Um murmúrio perpassa os artistas. Estamos pesarosos por conta de Herr Neuhoff, claro, e vamos continuar assim por um longo tempo. O vazio criado por sua perda é imenso. Mas há um lado prático das coisas também: como o circo continuaria sem ele? Seria possível?

— Certamente seu pai tinha uma apólice de seguro? — pergunta Helmut.

Todos os olhos se viram em expectativa para Emmet, que se remexe, inquieto.

— Eu acredito que meu pai teve que descontá-la no inverno passado. A gente precisava do dinheiro para despesas.

— Ele está dizendo a verdade — diz Astrid calmamente. Melhor assim, penso eu. O dinheiro teria ido para Emmet, como herdeiro de Herr Neuhoff, e ele não teria usado para o bem maior do circo.

— Mas havia um testamento — continua Astrid. Os olhos de Emmet denunciam ciúme: ele não conhecia o pai ou seus negócios tão bem quanto Astrid. — Tinha uma cláusula que dizia que o circo não deveria ser vendido. — Atrás de mim, alguém suspira. Ninguém iria comprar o circo nesses tempos, mas, se possível, Emmet o teria vendido em nome do lucro e desapareceria depois.

— Isso é ridículo! — irrita-se Emmet. Ele tinha certeza de que tudo que restasse seria seu, que teria carta branca para fazer o que quisesse. Não esperava por isso.

— E estipula que todos os artistas devem ser mantidos, a não ser em caso de má conduta — acrescenta Astrid.

— Pelo menos tenho um artista a menos para pagar — diz Emmet friamente, cruzando os braços, enquanto dá o golpe final.

Astrid, aparentemente derrotada, não responde. Faço menção de abraçá-la, mas ela me ignora e começa a andar para longe.

— Não — diz ela quando começo a segui-la. Ela ergue um braço para me repelir.

— Arrumei um café da manhã tardio para todos — diz Emmet, ansioso para encerrar a discussão.

Percorremos o caminho até a tenda-refeitório sem palavras. Os cheiros frescos de salsicha e café passado fazem cócegas em meu nariz. Dentro, os poucos trabalhadores da cozinha que tinham permanecido no acampamento durante o funeral dispuseram o maior café da manhã que vi desde que viajamos para a França; ovos e até um pouco de manteiga de verdade, uma refeição planejada para agradar. Como sempre, faço o inventário do menu silenciosamente, catalogando aquilo que poderia levar comigo para dar para Theo.

— Muita comida — comento com um dos serventes, que está enchendo novamente o prato de batatas fritas. — Parece tolo desperdiçar tudo agora, não?

— Não teremos tempo de estocar gelo, se formos partir dentro de poucas horas — diz o serevente. — Temos que comer os alimentos perecíveis agora para que eles não estraguem.

Pego um pedaço de torrada e alguns ovos para mim, em seguida me sento a uma mesa vazia. Emmet vem carregando um prato atulhado de comida, o apetite aparentemente não afetado pela dor. Senta-se sem perguntar. Não fiquei sozinha com Emmet desde que ele me confrontou no casamento e luto contra o impulso de me levantar e sair. Então, lembro de sua tristeza no funeral.

— Que dia duro — comento, tentando ser gentil.

— As coisas vão ficar ainda mais difíceis — responde ele laconicamente. — Haverá mudanças quando chegarmos à Alsácia. Vamos ter que dispensar a maioria dos trabalhadores. — Aqueles homens são parte do circo e vêm fielmente a cada ano em troca de trabalho regular, uma promessa mantida por ambos os lados. Como ele poderia fazer isso?

— Pensava que o testamento de seu pai dizia que todo mundo permaneceria — comento.

— O testamento só falou dos artistas. — Ele se enraivece.

— Certamente, a intenção de seu pai…

— Meu pai não está mais aqui — diz ele, cortando-me. — Não podemos nos dar ao luxo de manter todo mundo. Vamos encontrar auxiliares nos locais aonde iremos. — Apenas um minuto antes, senti pena de Emmet. Agora, minha boa vontade vai diminuindo. As engrenagens na mente dele estão girando, prontas a sangrar o talento do circo, centavo a centavo, a fim de adquirir o maior benefício com o mínimo de trabalho possível. O corpo de Herr Neuhoff nem esfriou ainda e Emmet já está destruindo coisas. Ele pode ter realmente sofrido com a morte do pai, mas também a estava usando como desculpa para ser tão terrível quanto realmente era. — Podemos nos virar com metade deles, se todos contribuírem — acrescenta ele. A sugestão revela quão pouco ele sabe sobre o que fazemos. Até eu compreendo como a mão de obra e o conhecimento técnico são necessários.

Espio para trás, na direção do trem. Se Astrid estivesse aqui para argumentar com Emmet... Então me lembro de seu rosto abatido e da sua voz fraca. Em seu estado atual, Astrid não tinha condições de fazê-lo.

— Quando você vai dizer a eles? — pergunto.

— Não antes de chegarmos à Alsácia. Os trabalhadores podem ficar conosco até lá. — Emmet diz isso com benevolência, como se desse um ótimo presente. Mas não se trata de um benefício aos trabalhadores: ele quer que eles desmontem tudo, e voltem demitidos.

— E quanto aos contratos deles? — pergunto.

— Contratos? — repete Emmet ironicamente. — Só os artistas têm contratos.

Não levo a discussão adiante. Meus olhos passeiam pelo refeitório, em busca das mesas dos trabalhadores, onde um faz-tudo magro e grisalho está limpando o prato, ombros arqueados. Lembro-me da história do faz-tudo judeu, contada por Astrid, e a quem Herr Neuhoff tinha dado refúgio. Com Herr Neuhoff morto e Emmet demitindo os trabalhadores, o homem não teria nenhuma guarida. Tampouco Astrid teria, ou qualquer um de nós.

— Algumas dessas pessoas não têm uma casa para onde voltar — digo, assumindo propositalmente um ar vago.

— Como o velho judeu, você diz? — pergunta Emmet duramente. Sou incapaz de esconder a surpresa em meu rosto. — Eu sei sobre ele.

Imediatamente me arrependo de ter falado, mas é tarde demais para voltar atrás.

— Se você disser a ele antes de partirmos, pode ser que tenha a chance de escapar antes de irmos.

— Escapar? Ele não tem documentos. — Emmet se inclina para perto de mim, sua voz baixa, o hálito quente e azedo.

— Não vou contar a ele nem aos outros trabalhadores agora. E, se tiver juízo, é melhor não dizer nada também. — Ele não se preocupa em velar a ameaça. Meu sangue gela. Emmet não hesitaria em lançar uma pessoa aos lobos se isso servisse a seus propósitos, inclusive eu.

Sem querer ouvir mais, levanto-me e guardo no bolso o guardanapo que usei para embrulhar alguns ovos e torradas para Theo.

— Com licença — digo. Caminho da tenda-refeitório de volta para o trem.

Quando cruzo o descampado, passo por Drina, a vidente, sentada debaixo de uma árvore diferente, mais perto agora do que quando a vira antes. Ela esboça um leve sorriso e ergue o baralho de cartas de tarô para mim, uma oferta. Mas abano a cabeça. Não quero mais ver o futuro.

Naquela noite, o público ainda está saindo do acampamento, quando as equipes começam a desmontar o circo. Ao contrário do levantamento da tenda, seu desmonte é um anticlímax, uma visão que ninguém quer ter. Canos tinem ao caírem uns em cima dos outros e a lona começa a desmoronar como um paraquedas, ondulando até a terra. A enorme tenda, antes cheia de pessoas e risos, desaparece como se nunca houvesse existido. Piso sobre programas descartados e grãos de pipoca esmagados que cobrem o chão. O que será feito deste lugar depois de partirmos?

Examino a cena desoladora, olhando mais uma vez para Astrid. Ela não tinha vindo ao espetáculo. Mais cedo, enquanto me preparava para me apresentar, continuei procurando pelo quintal, esperançosa. Mas ela não saíra do trem a noite toda. Era a primeira vez que eu me apresentava sem ela por perto e me senti frágil, como se a rede de segurança tivesse sido removida de alguma forma. Com Herr Neuhoff morto, eu precisava dela mais do que nunca.

Gerda caminha até mim.

— Venha — diz ela. — Temos que nos trocar e nos preparar para partir. — Ela nunca havia falado tanto comigo desde que entrei para o circo e me pergunto se ela sente o quanto me acho perdida sem Astrid.

— Quando partimos? — pergunto, enquanto nos dirigimos para o trem.

— Dentro de algumas horas — responde Gerda. — Eles vão acabar o desmonte um pouco depois que dormirmos. Mas Emmet mandou que todos permaneçam a bordo.

Mais algumas horas até deixamos Thiers para sempre. Luc surge em minha mente. Eu não tinha tido a chance de contar a ele que estávamos indo embora, nem de dizer adeus. Olho ansiosamente na direção da cidade, querendo saber se há tempo de encontrá-lo. Penso sobre como poderia escapar despercebida, mas não ousaria ir até a casa do pai de Luc depois de tudo o que tinha acontecido, e não sei onde mais poderia procurá-lo.

No vagão-camarim, as meninas estão silenciosas tirando figurinos e maquiagem, e não há nada da emoção de quando tínhamos deixado Darmstadt. Quando termino de me trocar, volto ao vagão-dormitório. Espero encontrar Astrid, como frequentemente faço, segurando Theo. Mas ele está com Elsie.

Pego Theo dos braços dela.

— Onde está Astrid?

— Ela não voltou — responde Elsie.

— Voltou? — repito. Presumira que, já que ela não tinha ido ao espetáculo, ficara aqui, na cama, que era onde passara a maior parte do tempo desde a prisão de Peter.

— Ela não estava aqui desde antes do espetáculo — diz Elsie. — Pensei que estivesse com você.

Espio pela janela do vagão-dormitório. Para onde Astrid teria ido? Não a vi na lona durante o espetáculo, nem em qualquer lugar do descampado, já que a desmontagem só começara depois. Saio do trem carregando Theo e varro com os olhos toda a extensão dos vagões até a frente do trem, mas não a vejo. Ela não teria ido longe, bem quando estamos prestes a partir. A menos que tenha ido fazer uma última tentativa desesperada de encontrar Peter. Olho na direção da cidade, ficando cada vez mais preocupada.

Calma, penso. Mesmo Astrid naquele estado saberia que era impossível. Meus olhos percorrem o comprimento do trem na direção oposta, indo até a parte traseira, avaliando o último vagão, que pertencera a Herr Neuhoff. Então, estudando o carro que ficava à frente dele, entendo. Astrid não saiu. Em vez disso, foi até o lugar onde se sentia mais próxima de Peter. Começo a andar na direção do vagão dele.

Eu a encontro deitada na cama desfeita de Peter, curvada sobre si, de costas para mim. Ela aperta o lençol com as duas mãos.

— Astrid… — Sento-me a seu lado, aliviada. — Como não conseguia encontrar você, pensei… — Não termino o pensamento. Em vez disso, ponho a minha mão em seu ombro e faço-a rolar gentilmente, esperando finalmente ver lágrimas. Mas seu rosto é uma pedra, os olhos vazios. Embora o vagão esteja frio, a transpiração cobre seu lábio superior.

Minha preocupação volta a aumentar.

— Astrid, você está se sentindo pior? O sangramento começou de novo?

— Não, claro que não.

Estendo o braço e toco a cabeça dela.

— Você ainda está quente. — Eu deveria ter sido mais insistente quando ela se recusou a ver um médico, mas agora não há tempo.

Entrego Theo a Astrid, em seguida me deito ao lado deles, sentindo o cheiro de Peter nos lençóis sujos e tentando não pensar nas noites que ele e Astrid passaram aqui, durante a turnê. Quero contar o que Emmet disse sobre os trabalhadores, mas não posso sobrecarregá-la agora. Um momento depois, sua respiração ganha regularidade e, quando olho para ela, está dormindo.

Theo se mexe sem descanso ao lado dela, não está preparado para se aconchegar no ambiente desconhecido. Há um grande estrondo e todo o carro balança com a força de algo pesado sendo carregado para o vagão adjacente.

— Vai ficar tudo bem — digo, mais para mim do que para ele. Ponho a palma da mão suavemente sobre as costas de Theo, movendo-a em pequenos círculos apaziguadores. As pálpebras dele começam a subir e descer, cada vez permanecendo fechadas por um segundo a mais, como fazem quando ele está caindo no sono.

Quando Theo se acalma, eu viro de lado, pensando em Luc. Ele vai descobrir quando eu partir, claro, mas não até que seja tarde demais. Será, também, que saberá aonde fui? Ele prometeu me encontrar, mas não consigo enxergar como isso seria possível. Estaremos a centenas de quilômetros de distância.

Sento e espio pela janela o local familiar onde fica o descampado, a floresta que conduz à cidade atrás dele. Ainda estamos aqui. Posso sair do trem e ir ter com Luc, para que saiba aonde vamos e, ainda assim, voltar a tempo sem que ninguém perceba. Ou, talvez, até mesmo levar Theo comigo e fugir com Luc de uma vez por todas, penso, recordando a proposta dele. Mas para onde iríamos? Não temos documentos para cruzar a fronteira, nem dinheiro para comida e abrigo. Então, olho para Astrid. Mesmo se fosse possível, eu não ousaria. Fecho os olhos.

Algum tempo depois, há um grande repuxo e o trem anda para a frente com dificuldade. Sento-me mais uma vez e olho para o sudeste através da janela, imaginando a liberdade, que se encontra a apenas algumas centenas quilômetros, na Suíça. A meu lado, o corpo de Astrid sobe e desce metodicamente em sono profundo. Meu destino está ligado ao dela agora, aconteça o que acontecer.

O trem avança com vigor e a cidade de Thiers parece encolher, diminuindo cada vez mais sobre a terra, à medida que ganhamos velocidade. E então desaparece. Toco o vidro da janela onde a vila tinha estado segundos antes, deixando Luc — e nossa chance de liberdade — para trás.

CAPÍTULO 21

Astrid

O rangido de uma maçaneta girando, mãos empurrando fortemente a madeira. Por conta do sono, penso que estou de volta ao alojamento de inverno, Peter vindo me dizer que encontrou alguém no bosque, perto de Darmstadt. Mas quando abro os olhos, vejo que é apenas Noa, entrando apressada na pequena cabana que temos compartilhado nos últimos cinco dias, desde que chegamos à Alsácia. Fecho os olhos de novo, desejando que a visão de tempos anteriores retorne.

— Astrid? — A voz de Noa, tensa e urgente, arranca-me de minhas lembranças. Viro sobre a cama. Ela está olhando para fora da janela suja, o corpo rígido e o rosto pálido. — Você precisa se levantar.

— Eles vieram de novo? — pergunto, lutando para me sentar. Antes que ela possa responder, ouve-se um barulho alto lá fora, uma inspeção policial, oficiais chacoalhando vagões e as tendas. Antes, eu poderia ter corrido para me esconder. Mas não há nenhum esconderijo aqui. Deixem que me levem, penso comigo.

Uma batida forte na porta nos assusta. Eu sento, estico a mão para pegar meu robe. Theo solta um gemido. Noa abre a porta, revelando dois oficiais da SS. Sempre dois, medito. Exceto, claro, na noite em que tinham prendido Peter.

— *Wer ist da?* — Um dos homens, mais alto e mais magro, rosna. *Quem está aí?*

— Sou Noa Weil — responde ela, conseguindo evitar o tremor na voz.

O oficial aponta para mim.

— E ela?

Um momento de hesitação.

— Sou Astrid Sorrell — digo, vendo que Noa permanece calada. — A mesma a quem você fez esta pergunta dois dias atrás — adiciono, não me contendo. O que eles acham que vão encontrar de tão diferente cada vez que vêm?

— O que você disse? — ele pergunta. Noa me lança um olhar furioso.

— Nada — murmuro. Hostilizá-los não vai nos fazer nenhum bem.

O outro oficial dá um passo para dentro da cabine.

— Ela está doente? — Ele acena com a cabeça em minha direção.

Sim, eu quero dizer. Os nazistas são conhecidos por temerem doenças. Talvez, se pensarem que tenho algo contagioso, deixem-nos em paz.

— Não — responde Noa com firmeza, antes que eu possa abrir a boca. Os olhos dela dardejam nervosamente em minha direção.

— E a criança? — pergunta ele.

— Meu irmão mais novo — diz Noa com convicção. A esta altura a mentira já nos é familiar há muito tempo. — Os documentos dele também estão aqui. Os senhores estão com sede? — oferece Noa, mudando de assunto antes que ele possa fazer mais perguntas. Ela procura atrás da própria cama e saca uma garrafa de conhaque pela metade, que eu não sabia que ela tinha.

Os olhos do homem se arregalam, em seguida se estreitam novamente. É um risco calculado: será que ele vai aceitar o suborno ou acusá-la de roubar ou estocar a bebida? Ele pega a garrafa e começa a andar em direção à porta, o homem mais baixo a reboque.

Quando eles vão embora, Noa fecha a porta. Ela pega Theo e se joga na cama a meu lado.

— Eu não achava que eles viriam de novo, logo em seguida da outra vez — diz ela, abalada.

— Quase todos os dias, como um relógio — respondo, virando-me para o outro lado, olhando para fora da janela da cabine onde estamos alojadas desde nossa chegada. Na Alsácia, a mais desgastada das regiões, toda a pretensão de normalidade desapareceu. Para além de uma estreita faixa de rio, fica a cidade de Colmar; sua paisagem, outrora elegante, com igrejas renascentistas e casas de madeira, desmoronou após os ataques aéreos; árvores, que em outros anos estariam florescendo no início de maio, partidas ao meio como gravetos. Caminhões alemães e *Kubelwagen* ladeiam as estradas.

— O conhaque — digo. — Onde você conseguiu?

Uma expressão de culpa cruza o rosto de Noa.

— No vagão de Herr Neuhoff. Emmet estava vasculhando as coisas outro dia, pegando o que queria. Achei que não iria perceber.

— Você foi inteligente. — Graças a Deus, ela não lhes ofereceu comida. As rações foram reduzidas a uma fração do que eram em Thiers; mal temos o suficiente para alimentar a nós e Theo.

— Mas agora já era — aflige-se Noa. — Eles vão querer mais da próxima vez.

— Vamos pensar em algo — digo. Deito-me mais uma vez, a garganta arranhada graças ao halo de fumaça ardente e pó de carvão que paira constantemente no ar. A cabana, do tamanho suficiente apenas para mim, Noa e Theo, é apenas um pouco mais que uma barraca, com um telhado que vaza e um piso que é principalmente feito de sujeira. Não podemos dormir no trem, como fizemos em Thiers, por medo de que os pilotos da Real Força Aérea Britânica bombardeiem as linhas ferroviárias. Então nos mudamos para as cabanas baixas, que não são muito mais que barracas, sem encanamento interno, outrora utilizadas como galpões de trabalho por parte dos trabalhadores de uma pedreira vizinha. Não que sejam muito mais seguras. O descampado aqui fica perto da estrada e veículos militares roncam por ela a noite toda, tornando-a um alvo primário para ataques aéreos também. Noite passada, as bombas caíram tão perto que puxei Noa e Theo para debaixo de minha cama e ficamos amontoados sobre a terra fria até o amanhecer.

Faz quase uma semana que Peter foi preso, levado só Deus sabe para onde. Revejo a cena agora em meus pensamentos de vigília, como um sonho ruim que não posso apagar. Herr Neuhoff também se foi, deixado para trás em uma cova na encosta de uma colina, na Auvérnia. Abraço minha própria barriga, sentindo o vazio e lamentando tudo aquilo que nunca vai virar realidade. Depois de Erich e minha família, pensei que já tinha perdido tudo, que nada mais poderia ser tirado de mim. Mas aquilo, o golpe final, foi demais. Eu tinha me permitido ficar esperançosa mais uma vez, contra todas as promessas que fizera quando deixei Berlim. Permiti me envolver. E agora estou pagando o preço.

Noa põe a mão em minha testa.

— Sem febre — diz ela, o alívio evidente na voz. Deus a abençoe, ela que tanto cuida de mim. Mas sua preocupação é uma gota d'água, incapaz de preencher o oceano de vazio em meu coração.

Noa estende os braços e toma minhas duas mãos nas dela.

— Astrid, tenho uma notícia boa.

Por um segundo, meu coração para. Talvez ela tenha notícias de Peter. Então me controlo. Ela pode trazer os mortos de volta? Fazer o tempo recuar? Afasto-me.

— Não existem mais boas notícias.

— Emmet disse que você pode apresentar seu número de novo — fala Noa, e em seguida faz uma pausa, analisando-me o rosto à procura de uma reação. Ela espera que eu salte de alegria e vá me trocar, pondo o *collant* de treino? Antes, retornar ao trapézio era tudo o que eu queria. Mas isso não importa mais.

— Vamos treinar — insiste Noa, ainda tentando, com todas as suas forças, tornar as coisas melhores. Não ajuda nada, mas a amo por se preocupar. — Astrid, sei como isso é difícil. Mas ficar deitada aqui não vai mudar as coisas. Por que não voar de novo?

Porque fazer as coisas normais seria como aceitar a partida de Peter, acho eu. Uma traição.

— Para quê? — pergunto finalmente.

Noa hesita.

— Astrid, você deve erguer a cabeça de novo.

— Por quê?

Ela olha para o lado, como se não quisesse me dizer.

— Lembra de Yeta?

— Claro. — Yeta sobrevivera à queda e fora enviada a um hospital para convalescer, perto de Vichy. Sinto-me subitamente desconfortável. — Que é que tem ela?

— Eu perguntei a Emmet sobre Yeta antes de sairmos de Thiers e ele disse que ela estava sendo enviada de volta a Darmstadt, para terminar de se curar. Mas então ouvi os trabalhadores sussurrando que ela tinha sido levada do hospital e mandada para o Leste em um dos trens. — Noa abaixa a voz em um sussurro.

— Presa? — pergunto. Como Peter. Noa assente com a cabeça. — Ninguém é preso por uma perna quebrada, Noa. Isso é ridículo. Ela não fez nada de errado. — Mas, no momento mesmo em que pronuncio isso, duvido de minhas próprias palavras. Atualmente, uma pessoa pode ser presa por qualquer coisa. Ou por nada, nadinha mesmo.

— Disseram a ela que, se não podia atuar, então seus documentos de trabalho já não eram válidos — continua Noa. — Você tem que melhorar, Astrid, por todos nós. — Percebo que foi esse o motivo de Noa ter sido tão rápida ao dizer aos alemães que eu não estava doente. Eles conseguem farejar fraqueza e não querem nada além de explorá-la. — Por favor, venha comigo para o picadeiro. Se você não se sente suficientemente bem para treinar, pelo menos me observe e diga o que corrigir. — A voz de Noa é uma súplica.

— Atuar com uma arma apontada para a cabeça — digo. — Onde está alegria disso? — Não se trata de alegria agora, mas de sobrevivência. E Noa está certa: deitar aqui não vai mudar as coisas ou trazer Peter de volta. O circo, meu número, são as únicas coisas que tenho. — Tudo bem — digo, levantando-me. Ela leva Theo para a cabana ocupada por Elsie enquanto acho meu *collant* de treino e o seguro contra a luz, lembrando da última vez em que o tinha usado, sentindo o toque de Peter através do tecido. Minha garganta fica mais áspera. Talvez não consiga atuar, no final das contas. Mas coloco o *collant*. Quando Noa retorna, deixo que me guie para fora da cabine.

Atravessamos o descampado. Os trabalhadores deram seu melhor para montar tudo, desde a tenda de cerveja até o carrossel, exatamente como tinham feito em Thiers. Mas o terreno aqui fica à beira de um abismo: um campo de terra nos limites de uma pedreira abandonada, irregular e esburacado pelos combates do início da guerra.

Ao nos aproximarmos da lona, vislumbro o trapézio através da aba da entrada. Então paro. Como posso voar novamente, sabendo que Peter não estará ali para me ver?

Noa pega minha mão.

— Astrid, por favor.

— Eu posso fazer isso sozinha — digo, afastando-lhe a mão.

No interior, posso ver que nada está certo. A tenda foi porcamente erguida sobre um chão que não tinha sido devidamente preparado e com menos da metade dos trabalhadores, a maioria moradores locais e inexperientes. O que Herr Neuhoff teria pensado de seu grandioso circo, agora em frangalhos? O testamento estipulara que o circo seguisse funcionando, mas havia milhares de pequenos detalhes que ele não cobria, sobre salários e condições de vida, e horas de trabalho e tudo mais. Seria fácil culpar Emmet. Mas a ruína do circo não tinha começado com ele; as fissuras vinham se acumulando havia meses ou anos; só agora, nessa vila esquecida por Deus, sem ninguém para nos guiar, as fraquezas estavam sendo expostas, toda a sua profundidade revelada.

Basta. Meu corpo se enrijece. Com o circo em tal estado, Noa e os outros precisam de mim mais do que nunca. Começo a andar adiante com nova determinação, levanto a aba da tenda do circo, em seguida levanto a cabeça para avaliar o estado dos aparatos do trapézio. Acima, um objeto desconhecido e escuro me chama a atenção. Por um segundo, acho é um dos outros acrobatas aéreos ensaiando. Dou um passo para trás, ainda despreparada para encarar alguém.

A pessoa no ar não se move com vigor, no entanto, mas se pendura frouxamente.

— O que diabos...? — Eu me aproximo para ver melhor.

Na corda espanhola, onde eu atuei antes, está dependurado o corpo sem vida de Metz, o relojoeiro.

— O que foi, Astrid? — pergunta Noa quando me sento no chão. É quase impossível ouvi-la com o zumbido em meus ouvidos, cada vez mais alto. — Você está se sentindo bem? — pergunta ela. Seu olhar está focado no chão, em mim, não vê o horror que eu enxergo acima. — Isso foi um erro. Deixe-me ajudá-la a voltar para a cama...

— Chame os trabalhadores — ordeno, mas assim que digo isso, sei que é tarde demais. — Vá, agora. — Quero que ela saia da tenda para poupá-la da cena. Mas seus olhos seguem os meus para cima e ela solta um grito de gelar o sangue.

Pego Noa pelos ombros e a obrigo a deixar a tenda.

— Os trabalhadores — ordeno novamente, com mais firmeza agora. — Vá! — Sozinha agora, fito Metz. Vi Herr Neuhoff morrer poucos dias antes. Mas aquilo era diferente. Metz morreu porque era um judeu, e por pensar que toda a esperança chegara ao fim. Poderia ser eu ali. Fico em silêncio, tocando meu casaco no ponto onde a estrela deveria estar, um momento de solidariedade.

— Na tenda! — ouço Noa gritando lá fora. — Por favor, corram.

Dois trabalhadores correm para dentro da tenda. Fico sozinha, observando quando sobem a escada e, em seguida, tentam manejar a longa vara que usamos para puxar a barra do trapézio, a fim de recuperar Metz.

Eu me afasto, enjoada e sem querer ver mais. Noa entra correndo de volta, Emmet logo atrás dela.

— Maldição — pragueja ele.

— Devemos chamar a polícia? — pergunta Noa.

— Não, claro que não — retruca Emmet asperamente. — Não podemos nos dar ao luxo de atrair a atenção da polícia.

— Mas, se alguém o matou, precisamos denunciar — protesta ela com mais força do que eu imaginava que seria capaz diante de Emmet. Ele não responde, mas sai furioso da tenda.

Ponho a mão no ombro dela.

— Noa, ninguém o matou. Ele se matou.

— O quê? — Observo a expressão dela, lidando com a ideia.

— Você certamente já ouviu falar em suicídio.

— Sim, claro. Mas como você pode ter certeza?

— Não há sinais de luta — explico. — Eu só queria saber por quê.

O rosto de Noa está franzido.

— Ele deve ter descoberto.

— Descoberto o quê? — exijo.

Ela hesita, e posso dizer que Noa está escondendo algo de mim.

— Emmet disse que iria mandar os trabalhadores embora.

— O quê? — A ideia me deixa perplexa. Metz deve ter descoberto o plano de Emmet de alguma maneira. Com a família sumida e sem chance de abrigo, ele desistira, tirara a própria vida, em vez de deixar que a tirassem dele. Não vira outra saída.

— Desculpe por não ter lhe contado antes — diz Noa rapidamente. — Emmet me ameaçou para que eu não dissesse nada. E eu não queria que você ficasse preocupada... — Não ouço o resto de sua explicação, quando ando para fora da tenda.

A notícia se espalhou rapidamente através do descampado, e trabalhadores e artistas se agruparam. Dou uma volta em torno no pessoal do circo e encontro Emmet do outro lado, de pé, inquieto e separado dos demais.

— Como você pôde? — digo. — Nós precisamos dessas pessoas.

Seus olhos se arregalam.

— Você passou dias na cama e agora quer me dizer como administrar o circo? — rosna ele. — É muita audácia de sua parte.

— A audácia é sua, Emmet — ouço a voz de Noa atrás de mim. — Se você tivesse contado o seu plano antes de deixarmos Thiers, aquele homem poderia ter tido uma chance.

— Isso não lhe diz respeito — rebate ele.

— Você vai contar a eles ou conto eu? — Ele é pego de surpresa pelo desafio de Noa.

Os outros se aproximam agora, tendo ouvido.

— Contar-nos o quê? — exige uma das acrobatas.

Emmet se remexe desconfortavelmente, em seguida se volta para a multidão que se reuniu.

— Lamento lhes dizer que o circo está quase sem dinheiro. Vamos demitir todos os trabalhadores.

— Exceto os mestres de obra — interponho rapidamente. Estou excedendo meus limites, mas não me importo. Continuo rapidamente antes que Emmet possa protestar: — E aqueles que estão no circo há mais de cinco anos. — Se todos fossem embora ao mesmo tempo, não haveria ninguém para fazer o espetáculo.

— Maldição! — praguceja um dos trabalhadores. — Você não pode fazer isso!

— Não tenho opção — responde Emmet friamente.

— Cada um de vocês vai receber o pagamento de duas semanas e um bilhete de trem de volta para casa — acrescento. — Não é verdade, Emmet?

Emmet me olha com raiva. É evidente que ele não planejara aquilo.

— Sim, sim, claro. Se vocês forem embora em paz. Agora, se me derem licença, tenho negócios a tratar. — Ele se afasta, mantendo os olhos em nós como se tivesse medo de virar as costas. Quando se foi, os trabalhadores começam a se dispersar, ainda resmungando. Os artistas, poupados por ora, vão mais calmamente para o treino.

Por fim, ficamos apenas Noa e eu fora da tenda. Atrás de nós, irrompe um som estrondoso e me volto a tempo de ver os dois trabalhadores que tinham trazido Metz para baixo transportarem o corpo para fora da tenda do circo.

— Ai! — diz Noa, cobrindo a boca com a mão. — Astrid, eu ainda estou sem entender. Mesmo com as coisas tão ruins, simplesmente desistir assim…

— Não julgue — digo, a repreensão em minha voz mais aguda do que pretendia. — Às vezes, esconder-se o tempo todo acaba ficando insuportável.

CAPÍTULO 22

Noa

No dia seguinte, Emmet bloqueia meu caminho quando saio da tenda-refeitório e tento seguir para nossa cabana, depois do café da manhã.

— Onde está Astrid? — pergunta ele, os braços cruzados. — Ela não ia voltar a treinar? — ele pressiona.

— Por enquanto, não — digo. Escondo dele a tigela de mingau que peguei para Astrid.

— Agora que estamos fora de Thiers, não há nenhuma razão para ela não voltar a participar do espetáculo. Então, por que não está participando?

— Ela não está se sentindo bem — digo, mentindo instintivamente por Astrid, embora, se Emmet descobrisse, isso pudesse custar meu trabalho. Em certo sentido, é verdade. — E nós tentamos ontem, você viu. Mas aí houve esse negócio com os trabalhadores...

Ele abana a mão, como se o relojoeiro não significasse nada.

— Ela precisa voltar ao espetáculo amanhã — diz Emmet. — Todo mundo tem que carregar o próprio fardo por aqui. Chega de vadiagem para aquelazinha — acrescenta. A ideia de Astrid ser preguiçosa é tão ridícula que eu quase rio em voz alta. Quero argumentar novamente que é cedo demais para que ela volte a se balançar, depois de tudo o que passou, que ela precisa de mais alguns dias para se restabelecer. Mas sei que Emmet não vai se deixar convencer. Tomando meu silêncio como concordância, ele continua seu caminho.

Começo a andar de novo, puxando meu casaco sobre a cabeça para evitar a pesada garoa de primavera que começou a cair. Espio através da estrada, onde um riacho estreito nos separa da cidade de Colmar. Atravessara a ponte para a cidade uma vez, desde nossa chegada, para ver se havia algo para comprar no mercado que fosse diferente de nossas pequenas rações. Mas a viagem tinha sido inútil: o vendedor solitário, no que fora outrora um agitado mercado da cidade, tinha apenas um tipo de carne indefinido, que era muito dura para Theo, ainda que não tivesse mau cheiro. Na verdade, toda a cidade parecia desprovida de tudo pelos anos de guerra. As ruas estavam quase desertas ao meio-dia, com exceção de um cão vadio perto da sarjeta e da SS, que parecia espiar de todos os cantos. As persianas das casas e lojas estavam fechadas. As caras das poucas pessoas que vi (todas mulheres, uma vez que os homens da localidade tinham sido alistados contra a vontade e enviados em massa para lutar no Leste) estavam marcadas pela fome e pelo medo. Não havia diferença entre estarmos ali ou de volta à Alemanha. Corri do centro da cidade, passando pelo arame farpado e as trincheiras, que tinham sido erigidas como uma espécie caótica de fortificação em torno do perímetro, e retornei para o descampado. Não voltei à cidade desde então.

Dirijo-me à cabine, recordando o rosto vermelho de raiva de Emmet quando insistiu para que Astrid voltasse ao picadeiro.

Desde que chegamos à Alsácia, havia quase uma semana, ela permaneceu na cama, encolhida como um animal ferido. Exceto pela sua única tentativa de voltar à lona, que terminou quando encontramos o relojoeiro, Astrid não deixou a cabana. Eu tinha ficado por perto, fazendo o que podia por ela. Mas não era suficiente. Qualquer resquício de sua força de vontade parece ter desaparecido. *Salve-a,* os olhos de Peter pareciam dizer naqueles minutos finais, antes de ser levado. Mas como? Mesmo se a faço comer e beber água, sua alma sumiu. Eu mal posso cuidar de mim e Theo. Sob o peso de nós três, eu vou ser esmagada.

O que Emmet fará se Astrid se recusar a voltar ao espetáculo? Tremo só de pensar. Preciso deixá-la de pé e ativa.

Quando passo pelo trem, estacionado e vazio no fim da linha, meus olhos viajam melancolicamente até a parte de baixo do vagão-dormitório e o escaninho, através do qual Luc e eu tínhamos nos correspondido certa vez. Pergunto-me se Luc poderia ter seguido o circo depois de deixarmos Thiers, mas sei que é impossível. Ando até o escaninho e o abro, quase esperando que algo possa estar ali dentro. Claro que está vazio. Corro a mão sobre a madeira áspera, imaginando Luc fazer o mesmo.

Dentro da cabana, surpreendo-me ao encontrar Astrid sentada na cama e em seu roupão.

— Peter... — diz Astrid quando me aproximo.

Congelo. Será que ela enlouqueceu de tanta dor?

— Não, sou eu, Noa — digo, dando um passo adiante. Ela não está tendo delírios com Peter, e sim olhando para uma fotografia amassada. Eu me aproximo de Astrid cuidadosamente e dou uma olhada melhor na foto. É uma que nunca vi antes, dos dois sentados no quintal, sob um guarda-sol, em um dia ensolarado e vestindo roupas normais, não os trajes do circo.

— Onde foi tirada? — Quando Astrid a passa para mim, noto que suas unhas, antes perfeitas, agora estavam partidas onde ela as havia roído.

— Uma cidadezinha nos arredores de Salzburgo. Foi no verão, durante minha primeira temporada depois que voltei ao circo. — Antes de eu ter chegado, penso comigo. É estranho imaginar o circo quando eu não pertencia ainda a ele. — Nós não estávamos juntos, mas apenas começando a nos conhecer. — Ela sorri, os olhos distantes. — Nós conversávamos e jogávamos carta durante horas. Ele era bom em jogos de carta, *gin rummy*, pôquer. Começávamos com um drinque à tarde e, quando menos esperávamos, uma noite inteira tinha se passado.

Observo a fotografia. Mesmo naquela época, os olhos de Peter eram sombrios, como se ele soubesse o que estava por vir.

— Ele faria aniversário amanhã — acrescenta ela, e sua expressão entristece mais uma vez. Astrid fala como se Peter já estivesse morto. Eu luto contra o desejo de corrigi-la, sem querer dar falsas esperanças.

Na outra cama, Theo se mexe. Pego-o, beijando o topo de sua cabeça. Nossa única benção. Enfrentando todas as dificuldades, Theo vicejou. As bochechas ainda são redondas e o cabelo tem crescido grosso e encaracolado, um merengue escuro. Ainda segurando Theo, sento-me ao lado de Astrid com delicadeza. Tudo foi tirado dela, a possibilidade de um filho, o homem que ela amava. Ela não tem nada, exceto a nós. Envolvo-a em meus braços.

Mas não é o meu calor que ela procura. Ela se aproxima de Theo e o passo para ela, oferecendo-lhe um dos poucos confortos que ainda restam, pondo-o nos braços dela. Astrid se agarra a Theo como a uma boia no mar, parecendo extrair força do corpo minúsculo do bebê.

Pego a tigela ainda quente de mingau e a ofereço para ela, mas Astrid abana a cabeça.

— Astrid, você tem que comer.

— Não estou com fome.

— Pense em Peter.

— Eu *estou* pensando nele.

— A cada segundo, eu sei. Mas é isso o que ele quer para você? — Ela toma um gole relutante e a afasta mais uma vez.

— Emmet estava perguntando por você — digo, hesitante.

Ela levanta uma sobrancelha.

— De novo? — Eu balanço a cabeça afirmativamente. Ele é o chefe e mesmo Astrid só o enfrenta até certo ponto. Mas o que ele pode fazer por ela, realmente?

— Por favor, Astrid. Nós precisamos de você. *Eu* preciso de você. — Ela é minha única amiga no mundo e eu a estou perdendo.

Astrid levanta uma sobrancelha, como se o pensamento nunca houvesse lhe ocorrido antes. Ela suspira, então se levanta. Tira o robe e me surpreendo ao descobrir que ela já está vestindo o *collant*. O sentimento de gratidão me toma. Ela não vai me decepcionar.

— Vamos ensaiar — ordena ela.

Saímos do trem. Estamos no meio da manhã e o quintal está ocupado com treinadores alimentando animais, artistas em seu caminho para o treino. Os poucos trabalhadores que permanecem lutam para consertar equipamentos e colocar as coisas no lugar, com um terço de seu número habitual.

Na entrada da tenda, ela se vira para mim.

— Eu não quero fazer isso.

Por causa de Peter, do bebê perdido, ou de Metz?, eu me pergunto. Aperto a mão dela.

— Eu entendo. Mas você consegue. Eu sei que você pode.

Pelo menos ela está aqui, disposta a tentar. Eu me dirijo para a escada. Então, olhando para cima, onde o relojoeiro esteve dependurado, meu estômago se retorce. Paro, ainda segurando a escada e olhando para cima.

Pergunto-me se a lembrança do relojoeiro vai parar Astrid. Mas ela sobe a escada oposta sem hesitação. Então, na metade do caminho, ela para e fica preocupada.

— Tem alguma coisa errada — diz ela.

Tudo errado. O descampado não tinha sido preparado quando chegamos, a terra estava bruta e cheia de detritos.

— Pedi que nivelassem o solo — digo. Eu atuara aqui com Gerda um punhado de vezes, acostumei-me com o aparato débil e à maneira como a inclinação da Terra muda minha queda. Mas Astrid não veio aqui desde que viemos à cidade. Para ela, é destoante, uma desgraça.

— É a escada? — pergunto, puxando-a para lhe mostrar que está firmemente presa.

Mas Astrid abana a cabeça tristemente.

— É simplesmente tudo.

Observo-a atentamente, esperando que ela desça de novo e insista em ver o chefe da equipe responsável pelo solo. Astrid pode se recusar a se apresentar. Então, ela dá de ombros e continua subindo. Nem isso importa mais. Quando atinge o topo, agarra a barra, quase perdendo o equilíbrio. É cedo demais, temo; forçá-la a voltar ao trapézio tão rapidamente tinha sido um erro. Mas ela se endireita.

Começo a subir a escada, perguntando-me se ela vai precisar de minha ajuda. Mas Astrid estende a mão para me afastar.

— Preciso fazer isso sozinha. — Vou para longe da escada e volto até a entrada, permanecendo sob a sombra da porta da tenda e lhe dando espaço para que se reencontre com o trapézio. Ela salta sem hesitação, parecendo ficar mais forte e mais confiante, enquanto observo. Eu me perguntara se os dias de ausência ou toda a mudança por que seu corpo passou deixariam Astrid mais lenta ou enferrujada. Mas acontece o oposto: seus movimentos são mais intensos, como uma navalha afiada. Outrora, ela segurava a barra do trapézio levemente, com um toque artístico, mas agora ela se agarra ali como se fosse uma tábua de salvação. Seus movimentos são penosos, como se tentasse domar uma égua selvagem ou um grande cavalo, aliviando a raiva no próprio trapézio. Ela salta em uma série de piruetas e cambalhotas estonteantes. Sinto um ligeiro movimento de ar em torno de mim e posso quase sentir Peter admirando a performance comigo, como já fizera antes.

Ouço um barulho atrás de mim. Viro-me, por um segundo acreditando de fato que Peter possa estar ali. Mas claro que não, o espaço atrás de mim está vazio. O vento uiva através do acampamento, balançando a lona e produzindo mais uma vez o som que acabara de ouvir. Relaxo um pouco.

Então, de repente, um braço me agarra por trás, sem aviso. Antes que eu possa gritar, alguém me puxa para fora da tenda. Desvencilho-me e giro, preparando-me para lutar contra o agressor.

Ali, à entrada da grande tenda, está Luc.

— Luc! — Pisco os olhos, perguntando-me se a figura alta e sombria diante de mim não é uma espécie de sonho estranho. Mas ele está aqui. Fico olhando em descrença. Como pode ter feito um percurso tão longo para me ver?

— Noa — diz ele, estendendo a mão e tocando minha bochecha. Eu me lanço em seus braços e Luc me envolve firmemente.

Puxo-o para mais longe da tenda, atrás do abrigo de um galpão. É melhor que ninguém o veja.

— Como você nos encontrou?

— Eu fui até o circo, procurando por você — diz Luc. — Mas você partiu. — O rosto dele desmorona. — Depois disso, voltei para a casa de meu pai. Não era isso que eu tinha planejado — acrescenta ele rapidamente. — Mas eu precisava ver se ele sabia aonde o circo tinha ido. Não queria crer que a culpa era, em parte, dele. Mas precisava saber. — Posso dizer, vendo a dor em seus olhos, que, mesmo depois de tudo o que aconteceu, parte dele ainda queria acreditar no pai. — Ele negou, claro. Mas eu achei a ordem, com a assinatura dele, em sua mesa. — A voz de Luc pesa com tristeza. — Eu o confrontei e ele admitiu a verdade. Então parti para vir encontrá-la. — Imagino sua jornada, através de quilômetros, para chegar a mim. Ele me beija os lábios longa e profundamente. Seu rosto está áspero por falta de barbear, os lábios salgados e por lavar.

Um momento depois nos separamos. Embora tenham se passado apenas alguns dias, o rosto dele parece mais magro, maçãs do rosto marcadas. Ele têm olheiras, como se não dormisse há dias.

— Você comeu? Precisa descansar. — Procuro no descampado um lugar onde o possa esconder.

Luc abana a mão, como se a questão não fosse importante.

— Eu estou bem.

Inclino-me sobre ele que me abraça apertado.

— Sinto muito ter ido embora sem avisá-lo.

— Eu sabia que você não teria feito isso se houvesse escolha, que algo devia ter acontecido. — Posso ver nos olhos dele a profundidade de sua preocupação comigo.

— Você me encontrou — digo, aninhando-me ainda mais no abraço.

— Eu a encontrei — repete ele. — A questão é: e agora?

Ele se afasta de mim, endireitando-se, e vejo o conflito em seus olhos. Luc está a centenas de quilômetros de casa. Será que vai simplesmente me dar adeus e voltar?

— Não quero perder você de novo, Noa — diz ele e eu prendo a respiração, esperando que proponha uma vida juntos mais uma vez.

— Mas eu vou me juntar ao *Maquis*. — Ouvindo isso, minha esperança se esvazia. Tinha ouvido falar dos combatentes da resistência que operam nos bosques. Mas nunca os vi e eles parecem ser uma lenda em comparação com os tímidos aldeões. Aquilo parece perigoso, e distante. — Há uma unidade deles a leste daqui, na floresta Vosges, e se eu conseguir chegar lá, posso ajudar — acrescenta ele.

— Mas isso é tão perigoso — protesto, levantando a cabeça para encontrar os olhos dele.

Ele alisa meu cabelo para trás.

— Não estou fugindo, Noa. Você me ensinou a não ter medo. Pela primeira vez na vida, vou fincar pé e lutar.

— Então a culpa é minha por você estar caminhando para a morte? — digo, meio de brincadeira.

Luc sorri. Então, quando pega minha mão, seu rosto fica sério mais uma vez.

— Eu só queria dizer que essa coisa entre nós abriu meus olhos. Não posso mais me sentar e ficar assistindo. Tenho que fazer alguma coisa. E o trabalho que a resistência está fazendo, interrompendo a comunicação e as vias férreas, é mais importante que nunca para preparar a invasão aliada. Há rumores de que ela virá em breve, agora que o tempo melhorou.

Ele me atrai para perto de si mais uma vez, envolvendo-me nos braços e beijando minha testa.

— Mas não quero deixá-la. Está na hora de almejar algo maior, para nós dois. Se... se você pensasse na possibilidade de ir comigo.

— Para o *Maquis*? — pergunto.

— Sim. Há também algumas mulheres que estão ajudando com seu trabalho. — Eu percebo, com orgulho, que ele está pensando em mim, e que sou forte o suficiente. — Você iria? — pergunta ele, olhos esperançosos.

Quero muito dizer que sim. Se apenas fosse tão simples.

— Não posso — digo, colocando a mão em seu peito. — Você sabe disso.

— Se é por conta de Theo, podemos encontrar um lugar seguro até que isso tudo acabe — responde ele, pousando a mão em cima da minha e entrelaçando nossos dedos. — Então poderíamos criá-lo como nosso próprio filho.

— Eu sei, mas não é só isso. Astrid, ela arriscou tudo por nós. Não posso abandoná-la agora. — Antes, Astrid poderia ter sido capaz se arranjar sozinha, mas agora já não consegue nem governar a própria vida. Tudo foi tirado dela, exceto nós.

— Achei que você iria dizer isso. — Seu rosto fica mais resoluto. — Tenho que fazer isso, no entanto. Não há mais lugar para mim lá em casa.

— Quando você vai? — pergunto.

— Esta noite. Se caminhar através das colinas depois de anoitecer, devo conseguir encontrar o acampamento do *Maquis* antes do amanhecer. — Ele faz uma pausa. — Queria tanto que você fosse comigo.

— Eu sei. — Mas não vou e, então, isso é um adeus. Abraço-o com mais força. Estamos juntos, bem colados, desejando que o momento dure apenas um pouco mais. Recuo ligeiramente para olhar de volta para a tenda. — Preciso ir. Astrid está esperando por mim. — Ele assente com a cabeça. — Estou tão preocupada com ela — confidencio. — Primeiro, perdeu o bebê, e agora Peter.

— Desculpe não ter podido ajudar mais — acrescenta ele, a voz baixa, cheia de culpa.

— Você não deve se culpar. Eu não o culpo.

— Na verdade, essa é outra razão para eu ter vindo.

— Não estou entendendo — digo. Que outra razão pode haver?

— Eu deveria ter lhe dito antes, mas estava animado demais para ver você de novo. — Ele enfia a mão no bolso e tira um envelope. — Uma carta chegou à aldeia.

Ele a estende e imagino o pior, notícias provenientes de quilômetros de distância. Aconteceu alguma coisa com minha família?

Mas quando estico o braço para pegar a carta, Luc puxa a mão de volta.

— Não é para você. — Eu a tomo dele de qualquer maneira e, vendo o carimbo postal de Berlim no envelope, minha respiração para.

A carta é para Astrid.

CAPÍTULO 23

Astrid

Doze metros. É a distância que separa a vida e a morte, a mais ínfima divisão.

Voltei para o picadeiro como disse que faria e fingi ensaiar para Noa, e saltei como se nada tivesse mudado. Ela desapareceu da tenda, porém, deixando-me sozinha, e então volto à plataforma. Antes, o movimento de voar através o ar significava tudo para mim. Agora, cada balanço é como uma faca em meu coração. O espaço cavernoso, alto, acima do picadeiro, que tinha sido um lar, é quase insuportável.

Espreito por cima da borda da plataforma como se mirasse um penhasco, olho o abismo da rede lá embaixo. Tentei me matar uma vez, depois de Erich me dizer que fosse embora. Ele saíra do apartamento caminhando ostensivamente, para me dar tempo de me arrumar e partir, incapaz de suportar me olhar ou talvez para evitar a histeria, que ele considerava tão incivilizada. Corri até o armário e peguei um frasco de pílulas e uma garrafa de vodca, engolindo ambos impulsivamente, tudo que consegui. Imaginei-o encontrando meu corpo e chorando pelo que fizera. Mas, depois de alguns minutos, percebi que ele não ia voltar para verificar. Ele já tinha me cortado de sua vida. Eu me arrependi imediatamente, enfiei um dedo na garganta e vomitei uma confusa matéria semidigerida. Havia jurado então nunca mais viver em função de um homem de novo. A perda de agora é maior, no entanto — perdi tudo.

Afastando a lembrança, pulo e tento voar mais uma vez. Mas não resta mais nada para mim aqui. *Pule, desista de tudo.* Os pensamentos fazem tique-taque em minha cabeça enquanto me balanço. Incapaz de suportar a vertigem por mais tempo, lanço-me de volta à plataforma pela segunda vez. Minhas pernas tremem quando olho para baixo. Foi isso o que o relojoeiro sentiu? Vejo-o pendendo das cordas, o pescoço quebrado, a boca aberta, os membros rígidos. Eu poderia pular e terminar com tudo, tanto quanto Metz. Se eu morrer aqui, será de acordo com meus próprios termos, e não na mão de terceiros. Estico um pé sobre a borda da plataforma, testando...

— Astrid? — chama Noa da entrada, abaixo de mim. Assustada, oscilo, agarrando-me na escada para me equilibrar. Estava tão presa a meus pensamentos que não a vi regressar. O rosto dela é uma máscara de preocupação. Noa conseguiu ver o que eu estava considerando fazer? Ou adivinhara?

Ela não parece ter notado o que estive prestes a fazer. Em vez disso, gesticula para que vá até ela, observando-me sombriamente enquanto desço a escada.

— Qual é o problema? — pergunto, à medida que minha inquietação cresce. — Diga.

Ela me estende um envelope.

— Chegou uma carta para você.

Congelo. Cartas só podem significar más notícias. Pego-a com mãos trêmulas, preparando-me para ler notícias sobre Peter. O envelope traz marcas postais de Darmstadt, no entanto. Eu o seguro com o braço esticado, como se o conteúdo pudesse ser contagioso. Só por um momento, quero ficar suspensa no tempo, protegida do que está escrito ali.

Mas nunca fui muito boa em me esconder da verdade. Rasgo o selo. Dentro há outro envelope, endereçado a mim, não no Circo Neuhoff, mas no antigo alojamento de inverno de minha família. De Berlim. A caligrafia pesada de Erich se estende pelo envelope. *Ingrid Klemt,* escrevera ele, usando meu nome de solteira. Não o dele. Mesmo depois de tanto tempo, a rejeição ainda dói. Alguém, quem quer que tenha reenviado a carta, fizera uma cruz sobre o nome e adicionara meu nome artístico, Astrid Sorrell. Deixo cair o envelope. Noa o recupera rapidamente e entrega para mim. O que Erich estaria querendo?

— Você quer que eu abra para você? — pergunta Noa gentilmente.

Abano a cabeça.

— Eu posso fazer isso. — Rasgo o envelope, que está manchado e desgastado. Um pedaço de papel escorrega para fora. Meus olhos se enchem de lágrimas quando o pego e a letra familiar, não a de Erich, aparece.

Querida Ingrid,

Rezo para que esta carta a alcance, e que a encontre bem e segura. Fugi de Montecarlo antes da invasão e não tive tempo para escrever. Mas cheguei à Flórida e encontrei trabalho em um parque de diversões.

— O que foi? — pergunta Noa.

— Jules. — Meu irmão mais novo, o mais fraco e improvável, sobrevivera de alguma forma. Ele deve ter enviado a carta para mim em Berlim e Erich a reenviara.

— Eu pensava que estavam todos...

— Eu também. — Meu coração bate mais rápido agora. Jules está vivo. Na América.

— Mas como pode? — pergunta Noa.

— Não sei — respondo, mal sendo capaz de processar minhas próprias perguntas, quanto mais as de Noa. — Jules estava administrando o circo no sul da França quando a guerra começou. De alguma forma, ele conseguiu escapar. — Continuo a ler em silêncio.

Escrevi para mamãe e papai durante meses, mas não recebi resposta. Não sei se você teve notícias, mas sinto muito dizer-lhe que eles morreram em um campo de concentração na Polônia.

— Ai! — Cubro a boca para estancar o soluço que rasga minha garganta. Apesar de eu saber há muito tempo, em meu coração, que meus pais não poderiam ter conseguido escapar, algo em mim se agarrara à esperança de que eles ainda pudessem estar vivos. Agora, sou confrontada com a verdade e é muito pior.

— O que foi? — pergunta Noa. Ela se curva para ler a carta por sobre meu ombro. Então me abraça, por trás, e me embala gentilmente. — Astrid, sinto muito, muito mesmo.

Não respondo, mas sento silenciosamente, dando tempo a mim mesma para entender que o que imaginei de pior era verdade.

— Tem mais coisa na carta — diz Noa suavemente, algum tempo mais tarde. Ela aponta para o papel, que jaz amassado em meu colo, indicando o texto, algumas linhas abaixo de onde eu tinha parado de ler depois de saber sobre o destino de meus pais. Abano a cabeça. Não consigo. Ela pega o papel e limpa a garganta, em seguida começa a ler em voz alta:

Não consegui encontrar os gêmeos. É possível que sejamos apenas nós dois agora. Sei que você não quer deixar seu marido, mas consegui um visto no consulado suíço em Lisboa. Eles dizem que serve por quarenta e cinco dias. Por favor, contemple a ideia de vir morar comigo, pelo menos até que a guerra acabe, e em seguida você pode retornar. Nós só temos um ao outro agora.

Seu irmão, Jules

Tento processar tudo aquilo enquanto Noa me devolve o papel. O envelope traz marcas oficiais de Berlim. Jules o enviara para o apartamento que Erich e eu compartilhamos no passado. Erich deve ter lido e depois remetido pelo correio, fazendo de tudo para que chegasse até mim. Ele reenviou a carta para a casa da minha família em Darmstadt, sabendo que, de alguma forma, eu iria até lá. Mas não há mais alojamento de inverno para minha família, de modo que o agente do correio deve ter entregado na propriedade dos Neuhoff. Talvez Helga, que ficava lá durante todo o ano para cuidar do alojamento de inverno em nossa ausência, tenha corrigido meu nome e endereçado a carta para nossa primeira parada, em Thiers.

— Como chegou aqui? — pergunto.

Noa limpa a garganta.

— Reenviada de Thiers — diz ela. Eu faço que sim com a cabeça. O circo sempre deixa o endereço do próximo destino para que sejam enviadas contas e outras mensagens. Tantas paradas ao longo do caminho, a carta poderia não ter chegado jamais às minhas mãos. Mas chegou.

— Minha família — digo em voz alta. Não tenho certeza do que isso significa, não mais. O soluço que eu retive por tantos meses rasga pela minha garganta. Choro, em seguida, pelo irmão que sobrevivera e pelos outros que haviam perecido. Meus pais e irmãos, todos se foram.

Ou assim eu pensei ao longo desses muitos meses. Mas Jules está vivo. Lembro de nossa despedida na estação de Darmstadt alguns anos atrás, precipitada pela impaciência de Erich para embarcar no trem. Imagino como Jules deve estar agora, um pouco mais velho, mas ainda exatamente o mesmo. Em algum lugar, uma pequena parte do circo de nossa família persiste, como uma semente levada a uma nova terra para ser plantada.

Olho para o envelope novamente, que é mais espesso do que deveria ser, estando vazio.

— Há mais uma coisa aqui dentro. — Duas coisas, na verdade. Retiro, primeiro, um recibo bancário qualquer. Mas está escrito em uma língua que não me é familiar e as únicas palavras que reconheço são as do meu próprio nome. — Mas o que será que...?

Noa dá um passo à frente.

— Posso ver? — pergunta ela. Entrego-lhe o papel. — Não consigo ler, mas parece ser dinheiro para sua viagem, depositado em sua conta bancária, em Lisboa. — Ela me devolve o recibo.

Encaro-a, aturdida.

— Eu não tenho essa conta.

— Parece que foi aberta cerca de seis semanas atrás — acrescenta ela, apontando para a data. — Seu irmão fez o depósito?

Eu estudo o papel.

— Acho que não. — Há só uma transação, um depósito de Berlim. Dez mil marcos, dinheiro suficiente para eu chegar aonde quer que precise ir, inclusive na América.

— Quem, então?

Respiro profundamente.

— Erich.

Erich, após ler a carta de Jules, quis assegurar que eu tivesse recursos para ir encontrar meu irmão na América. Ele havia me dado o último e único presente que podia: uma chance de escapar. Balanço o envelope uma última vez e retiro um pequeno cartão. Uma permissão de saída alemã, também preenchida com a letra pesada de Erich e contendo o selo oficial do Reich. Ele tinha pensado em tudo para garantir que eu pudesse sair dos territórios ocupados e estar em segurança com Jules. Erich fizera aquilo por culpa ou amor? Embora seja um pedaço de meu passado anterior a Peter, transcorrido há tanto tempo que quase parecia um sonho, parte de mim não impediu que eu sentisse afeto pelo homem que se importava tanto comigo a ponto de fazer tudo aquilo, mas que não fora capaz de lutar por nós.

— Astrid, você pode ir encontrar seu irmão. — A expressão de Noa brilha com esperança e a perspectiva de eu encontrar segurança. Então um conflito se estabelece em seu rosto quando ela percebe que vai ser deixada para trás.

— Eu não posso deixá-la — digo. De repente, ela parece ainda mais jovem e vulnerável do que no dia em que chegou. Como poderia conseguir viver sem mim?

— Você vai. Theo e eu vamos ficar bem — responde ela, tentando sem sucesso afastar o tremor da voz. Em seguida, analisando os papéis de novo, franze a testa. — A carta de seu irmão disse que o visto serve para quarenta e cinco dias. A carta levou mais de um mês para chegar até aqui. E não há como saber quanto tempo você levará para chegar a Lisboa, ou aos Estados Unidos a partir de lá. Você precisa ir embora imediatamente. Esta noite. Você vai, não vai? — pergunta Noa, com a voz cheia de esperança e medo ao mesmo tempo.

Sem responder, começo a andar na direção do trem.

— Mas, Astrid — chama Noa atrás de mim. — Eu pensei que íamos treinar. Claro, se você está de partida...

Não tem mais importância, termino a frase por ela silenciosamente.

— Vá em frente sem mim — digo. — Depois de todas as notícias, não tenho condições.

Ando de volta para a cabana onde Elsie está cuidando de Theo.

— Menino lindo — digo. O rosto dele se abre em um largo sorriso de reconhecimento. Quando vou pegá-lo, Theo estende os braços para mim pela primeira vez. Algo brota dentro de mim, outra onda de tristeza, subindo e ameaçando arrebentar. Eu a abafo. Mais tarde, haverá tempo para lágrimas. Agora, preciso descobrir o que fazer.

Trago Theo para junto de mim, segurando-o em um braço, o cartão de permissão de saída no outro, como se pesasse ambos em uma balança. Como posso abandonar Noa e ele? Sem Peter, eles são tudo o que me resta no mundo, ou assim eu pensava, até a carta de Jules chegar. Agora devo pensar nele também. Sou a única família que ele tem. E Jules trabalhou tão duro para conseguir o visto para mim, minha única chance de ficar em segurança; deixá-lo ir para o lixo seria um crime.

Theo toca em meu queixo com a mão pequena, arrancando-me de meus pensamentos. Seus olhos escuros me fitam, penetrantes. A ideia de deixar Noa e Theo sozinhos para enfrentar um destino incerto é incomensurável. Tem que haver outra maneira.

Meus olhos passeiam até a cama. Embaixo dela, o baú de Noa e o meu estão alinhados, lado a lado, com perfeição. Um plano começa a se formar em minha mente. Eu ponho Theo sobre a cama, depois vou atrás de minha mala, para começar a fazê-la.

CAPÍTULO 24

Noa

Observando Astrid caminhar de volta para a cabana, sou tomada pela tristeza. Assim que Luc me entregou o envelope, tinha pensado em não dá-lo a Astrid. Más notícias certamente acabariam com ela. Porém não podia esconder a verdade. E agora ela está indo embora. Não posso culpá-la. Eu podia ver no conflito em seus olhos que a decisão de nos deixar não é fácil. Ela conhecia a mim e Theo havia apenas alguns meses — não deveríamos ter importância, não quando ela tem uma família de verdade, que precisa dela. Parte de mim quer correr atrás de Astrid, e pedir-lhe para não nos deixar.

Luc põe a cabeça para fora, em torno da lateral do galpão onde estava escondido.

— Espere aqui — disse-lhe eu antes de correr para entregar a carta a Astrid. Não queria que ela o visse, mas também não estava disposta a vê-lo desaparecer e me deixar tão cedo, depois que tínhamos acabado de nos encontrar novamente. Analisando-o agora, sinto-me de repente culpada. Havia mentido para Astrid sobre como a carta chegara ao circo. Mas não suportaria admitir a ela, adicionando mais um fardo a sua vida arruinada, que eu tinha quebrado a promessa de não ver Luc.

— Está tudo bem? — pergunta ele.

— Não — digo. — Quer dizer, sim e não. Astrid descobriu que os pais dela estão mortos.

— Isso é terrível — responde ele, sua voz carregada de compreensão. — Pensei estar ajudando, trazendo a carta.

— Você *estava* ajudando — insisto. — Mas como você a conseguiu?

— Alguns dias atrás, eu estava na agência dos correios quando ouvi uma mulher comentar sobre o circo estar partindo de repente. Ela disse coisas terríveis, que o circo pegou dinheiro para realizar espetáculos e fugiu. Disse a ela que estava errada. Quando o agente do correio entreouviu, disse que havia uma carta para o circo. Ele falou que tinha um endereço de encaminhamento, mas, quando vi que era uma carta para Astrid, soube que deveria trazê-la pessoalmente. Pensei que talvez fossem notícias de Peter. — A voz de Luc baixa e eu posso ver como ele ainda se sente culpado. — Agora, acho que não devia ter trazido — termina ele com tristeza.

— Não, ela tinha que saber a verdade — respondo. — Estou feliz por você ter vindo. Não foi de todo ruim. O irmão de Astrid enviou um passe da América. Quer que ela vá morar com ele. — Minha voz falha quando conto essa última parte.

— Isso é uma boa notícia, não é? — pergunta Luc, parecendo confuso.

Forma-se um nó em minha garganta, tornando difícil responder.

— Suponho que sim — consigo dizer, envergonhada por meu egoísmo. Quero tanto, tanto mesmo, ficar feliz por saber que Astrid estará a salvo e livre. — Só não consigo imaginar o circo sem ela — acrescento.

Há uma comoção atrás de nós, vozes são ouvidas quando dois acrobatas caminham em direção à tenda do circo. Luc me puxa para trás do galpão, de modo a não ser visto.

— Agora você pode reconsiderar minha proposta — diz ele. Inclino minha cabeça, intrigada. — Você disse antes que não iria comigo porque não poderia deixar Astrid. — Minha mente ainda está anuviada depois de tudo o que aconteceu com Astrid e eu quase me esqueci de nossa conversa anterior. — Mas tudo é diferente agora. — A voz de Luc aumenta com urgência. — Se ela está indo embora, certamente você também pode fazer o mesmo, não?

Na afobação do momento, não tinha pensado nisso. Luc está certo: com Astrid longe, não há nada que me mantenha aqui. Posso pegar Theo e partir. Olhando para a tenda e o quintal atrás dela, no entanto, sinto uma fisgada de dúvida. O circo é o único lugar seguro que conheci, desde que meus pais me expulsaram de casa. Não consigo me imaginar aqui sem Astrid, mas não posso me imaginar indo embora. O circo não estará aqui por muito mais tempo também, lembro a mim mesma. Emmet disse que o fecharia no final da temporada. Então, isso também terá desaparecido.

— Noa... — A voz de Luc está pesada de preocupação. — Uma vez que a polícia perceba que Astrid partiu, haverá questionamentos. — Haverá mais que questionamentos. Emmet ficará furioso ao perder uma das estrelas do espetáculo. — Ficar aqui, não vai mais ser seguro para você. Você vem comigo agora, não vem?

Eu olho para ele ansiosamente, dividida entre a vida que conheço no circo e a possibilidade de um futuro com Luc.

— Confie em mim — suplica ele, os olhos redondos e grandes.

Eu já confio, diz uma voz dentro de mim. Algo clica em minha mente e tudo se encaixa no lugar.

— Vou com você. Com Theo — acrescento rapidamente.

— Claro — responde Luc, como se isso nunca tivesse sido posto em dúvida. Então seu rosto é tomado pelo conflito. — Mas como? Se formos para onde estão os guerrilheiros, não haverá lugar para uma criança.

— Jamais poderia ir sem ele — insisto.

— Vamos encontrar um jeito — responde Luc, pegando minha mão. — Vamos todos ficar juntos. — Sua voz é firme; Theo é seu tanto quanto meu agora. Jogo os braços em volta do pescoço de Luc, agradecida. — Então você vai? — Os lábios dele estão sobre minha bochecha, depois em meu pescoço, mil beijinhos persuasivos.

— Sim, sim — grito, mas, um segundo depois, faço força para me afastar. Estamos juntos em plena luz do dia, quase escondidos pelas árvores florescentes. A realidade bate em mim: vou sair do circo com Luc. Mas, antes que possamos começar uma vida juntos, tenho que lhe contar tudo. Não posso ir adiante carregando uma mentira. — Luc...

— Preciso ir agora — diz ele, sem me ouvir. — Tenho o nome de um contato na resistência que está a dez quilômetros daqui e pode nos dizer qual é a melhor maneira para chegarmos aos *Maquis*. — Ele olha por cima do ombro. — Eu estarei de volta para pegar você antes de anoitecer.

— Onde posso encontrá-lo? — pergunto.

— Há um barranco do outro lado da pedreira — responde ele, apontando. — Cerca de um quilômetro para o leste. Vou encontrá-la lá às nove da noite.

— Mas o espetáculo estará apenas na metade.

— Eu sei, mas nós temos que partir então, para percorrer o caminho até a floresta dos Vosges em segurança, antes do amanhecer. Você pode lidar com isso? — Aceno afirmativamente com a cabeça e ele me beija e começa a se afastar.

— Luc, espere. — Ele se vira para trás. Estou desesperada para lhe contar a verdade. Mas seu rosto parece tão esperançoso que não consigo. — Encontro você às nove.

Ele começa a caminhada, os passos leves. Quero chamá-lo de novo, despreparada para vê-lo ir embora. Mas logo ele estará de volta e, na próxima vez, irei junto.

Quando volto para a tenda, a tristeza me perturba. Tudo está mudando. Acabei de conhecer este lugar, que sentia ser o mais próximo de um lar, e estou partindo de novo. Não posso evitar me perguntar onde tudo isso vai terminar e onde estarei quando puder finalmente me fixar e parar de ir de um lado a outro.

Um tom de rosa crepuscular toma o céu quando me aproximo do vagão-camarim para me preparar para minha última performance. Observo as outras meninas vestindo figurinos e pondo maquiagem como se fosse apenas mais um espetáculo. Estou aliviada, elas não suspeitam de nada. A diferença está presente, porém, na maneira como Astrid passa resina em mim e enrola meus pulsos, fazendo o mesmo que em outras noites, mas com muito mais cuidado. Sentindo o toque quente e seguro dela em meus antebraços, fico cheia de tristeza mais uma vez. Seguiremos para destinos diferentes. Não havia nenhuma razão para esperar que ficássemos juntas, não é como se fôssemos realmente uma família. Tudo chegou ao fim muito mais cedo do que eu esperava. Quero contar a ela sobre Luc e meu plano de partir com ele. Mas Astrid nunca vai entender. Não posso simplesmente ir embora sem lhe contar, no entanto. Talvez um bilhete...

As outras garotas terminam de se vestir e se dirigem à lona. Mas Astrid permanece ali. Ela pega uma bolsa, mais macia que uma mala, que não notara antes, debaixo de uma das penteadeiras. Ela reorganiza algo na bolsa, suficientemente pequena, de modo a não atrair atenção. Os pertences que levará consigo.

O nó se forma de novo em minha garganta e está maior agora.

— Você vai mandar notícias, para a gente saber se está em segurança, certo? — pergunto, a voz não mais que um sussurro. Ela não responde, mas balança a cabeça ligeira e afirmativamente, enquanto continua empurrando as roupas para baixo, tentando abrir um pouco mais de espaço. Claro, não estarei aqui para receber a mensagem dela. Terei partido e ela não vai sequer saber disso.

Impulsivamente, aproximo-me para abraçá-la, mas ela endurece e me mantém a distância. Eu enrubesço, estapeada pela rejeição.

— O que foi? — Pergunto-me se fiz algo para deixá-la mais uma vez irritada.

— Não vou partir.

— Como assim? É claro que vai. — Por um segundo, eu me pergunto se ela está brincando, mas sua expressão é séria, olhos sombrios. Preparo-me para refazer todos os argumentos anteriores sobre como ela não pode ficar e como seria insensato desperdiçar o passe. — Você vai — repito.

Ela abana a cabeça:

— Você é que vai.

Encaro-a, incrédula.

— Não estou entendendo.

Astrid está me estendendo o envelope que Luc trouxera.

— Você precisa do passe. Para pegar Theo e ir embora. — Eu não pego o passe e a mão dela fica dependurada do ar.

— Você não pode me dar isso.

— Você vai usar o meu *kennkarte* — continua ela. — A foto não está muito boa. Se você pintar o cabelo, mantiver a cabeça baixa, ninguém vai saber que você não sou eu. E os documentos permitem que você leve uma criança.

— Você não pode estar falando sério. — Dou passos ao redor dela e vou até a bolsa que ela vinha embalando, e começo a vasculhar. Debaixo de uma camada fina de roupas dela mesma, há fraldas de pano de Theo e botas extras. Ela vinha planejando aquilo o tempo todo.

Então Astrid estende o passe para mim mais uma vez.

— Você deve partir esta noite, pouco antes de o espetáculo terminar. Há uma estação de trem, não a que chegamos, a outra, cerca de quinze quilômetros para o sul. Você vai apanhar o trem para Lisboa e obter o passe no consulado. — Ela faz tudo parecer tão simples, como se fosse uma simples ida à cidade para comprar pão. — Em seguida, use o dinheiro de Erich para comprar uma passagem... — Ela continua com suas instruções, mas eu não a ouço. O rosto de Luc aparece em minha mente. Eu deveria ir embora com ele, começar uma vida juntos.

Percebendo a hesitação em meu rosto, ela para no meio da frase.

— O que é? — pergunta, impaciente, como se eu estivesse questionando seu julgamento com relação a um número acrobático.

O passe é a única chance de sobrevivência de Astrid. E ela está disposta a desistir de tudo por mim.

— Não vou pegá-lo — digo. — Ficar aqui, sendo judia, é suicídio.

— Exatamente. É por isso que você precisa pegar Theo e partir.

— O passe é seu. *Você* tem que usá-lo — persisto, enfrentando-a mais do que nunca.

— Tenho tudo planejado — responde ela, incansável. — Vai ser melhor. É a única opção.

— Há outra maneira. — Respiro fundo. — Você leva Theo. Dessa forma, os dois ficarão seguros. — As palavras arranham minha garganta como cacos de vidro. Eu poderia lhe entregar Theo e então eles ficariam a salvo. Mas deixá-lo me mataria.

— Não, o lugar de Theo é com você — insiste Astrid. — Você é que deve ir.

Eu vou, penso comigo. Com Luc. Mas é claro que Astrid não sabe disso. Ela está disposta a dar tudo por mim. E, ainda assim, estou mentindo.

— Astrid — digo lentamente —, eu *estou* indo.

— Não estou entendendo — diz ela, a testa se enrugando. — Você acabou de dizer que não vai pegar o passe. Então, como pode ir?

— Não, mas Luc... — começo.

— Ele de novo? — corta ela, estreitando os olhos. — O filho do prefeito. O que ele tem a ver com o que quer que seja?

— Ele está aqui, na Alsácia. — Nuvens de tempestade parecem se formar nos olhos de Astrid. — Foi ele que trouxe a carta de seu irmão — acrescento, na esperança de que isso vá ajudar. Mas posso dizer, pela fúria em seus olhos, que não será o caso.

— Você prometeu, não, jurou que não o veria de novo — inflama-se ela. — No entanto, o fez, mesmo depois de tudo o que ele aprontou comigo.

— Eu não... Quer dizer, eu não queria vê-lo — protesto fracamente. Então paro, sem querer mentir novamente. — Desculpe não ter lhe contado. Luc está indo ao *Maquis*. — Eu me pergunto se isso vai fazê-la respeitá-lo mais.

Mas a raiva não parece se apaziguar.

— Então, bom para ele. — *Bons ventos o levem*, seu tom parece dizer, na verdade. — Que a jornada seja segura — acrescenta, sem calor. Sinto-me cada vez mais zangada com Astrid. Luc tentou ajudar Peter, arriscou a própria vida para lhe trazer a carta de Jules. E, mesmo depois de tudo o que Luc fez por nós, ela ainda não se permite aceitá-lo. Astrid o odeia por quem ele é. Nunca vai vê-lo de forma diferente. — Eu ainda não entendo o que isso tem a ver com você pegar o passe — acrescenta ela.

— Luc foi fazer contato com a resistência e, em seguida, vai voltar. Ele quer que eu vá junto. — Há um silêncio, Astrid olhando para mim perplexa e incrédula. — E Theo — adiciono. — Luc quer cuidar dele também.

— Quando? — pergunta ela finalmente.

— Esta noite.

— Então, você ia embora com ele sem me dizer nada? Vocês iriam simplesmente escapar despercebidos.

— Eu iria com ele depois de você ter ido embora — digo, como se isso fosse, de alguma maneira, melhorar as coisas. — Sinto muito.

— Aonde exatamente você estava pensando em levar Theo? — exige ela. — Você não teria abrigo, nem um passe de trânsito, nem mesmo documentos decentes. Não há lugar para uma criança, ninguém lá para cuidar dele por você. O que você estava planejando fazer? Carregá-lo com você enquanto corre pela floresta com os guerrilheiros? — À medida que ela salienta todas as falhas em meu plano, agora revelado, vejo todas as coisas em que eu e Luc não havíamos pensado direito na pressa do momento.

— Nós vamos conseguir — digo teimosamente.

— Bom, isso não importa mais — declara Astrid. — Temos o passe agora e você vai embora.

Tento de novo:

— Certamente, ir embora com Luc seria mais seguro se fosse sozinha.

Astrid abana a cabeça com firmeza:

— Ir a Lisboa e sair da Europa é o mais seguro. Você deve ser forte sozinha. Você tem que fazer o que é melhor para Theo. — Ela estende o passe de novo, como se tudo estivesse definido.

Faço um gesto para pegar o envelope. Então hesito, vendo Luc e uma vida compartilhada com ele esperando por nós. Devolvo o passe.

— Não — digo, ouvindo a força na minha voz, decidindo por mim mesma. Meu futuro é com Luc. E, se eu for com ele, Astrid terá o passe. Dessa forma, ambas teremos uma chance.

Seus olhos se arregalam, surpresos.

— Como você se atreve? Eu lhe ofereci tudo, e você quer desistir por causa de um rapaz?

— Não é tão simples assim... — começo.

— Estou dizendo a você pela última vez: pegue o passe e vá. — Ela o estende para mim, a voz fria como o aço. O espaço entre nós parece crescer.

Olho para Astrid, hesitante. Ir com Luc contra a vontade dela certamente representaria a ruptura final. Outrora, teria feito o que quer que Astrid me pedisse, qualquer coisa pela aprovação dela. Mas algo tinha mudado nos últimos dias. Fui eu que tive que cuidar de Astrid, tomar decisões por ela, por todos nós, na verdade. Não posso mais simplesmente ouvir. Preciso fazer o que acho melhor.

— Sinto muito — digo, dando um passo para trás.

Seus olhos se arregalam, surpresos, depois se estreitam novamente, raivosos. Então se vira e se distancia de mim.

— Astrid, espere — digo, tentando de novo. Se eu apenas pudesse fazê-la compreender. Mas Astrid prossegue para fora, deixando-me sozinha.

Ao longe, o sino toca, indicando que os espectadores devem tomar seus lugares. E nos convidando a voar pela última vez.

CAPÍTULO 25

Noa

Esse deve ser o último espetáculo.

Lágrimas escorrem pelo meu rosto agora, quando a música de abertura sobe em um crescendo e as luzes da tenda se apagam. O que há de errado comigo? Pensei que quisesse isso, deixar o circo e encontrar um caminho para a minha liberdade e a de Theo, e ter um futuro com Luc. Mas acabei de encontrar esta vida e acabei aprendendo a amá-la. Não estou pronta para partir.

— Acrobatas aéreos, ao trapézio! — chama alguém. Entro na tenda procurando Astrid. Não a vejo e gostaria de saber se ela está com tanta raiva a ponto de se recusar a se apresentar comigo. Mas, um momento depois, ela aparece do lado oposto da tenda e começa a andar na direção do picadeiro, dentes cerrados. Eu hesito. Como podemos nos apresentar como uma equipe quando ela está furiosa comigo? A audiência espera no escuro em expectativa e alheia aos nossos problemas. Não há outra escolha.

Subo a escada oposta à de Astrid e seguro a barra.

— Alê! — chama ela, a voz fervendo. Voo, cortando o espaço na direção dela. Quando me solto, vejo a raiva, ou antes, a mágoa de ter sido traída, em seus olhos. As mãos dela não buscam as minhas. Ela quer perder de propósito a hora de me aparar, quer me desapontar como eu a decepcionei. Cair aqui não seria como fora quando estávamos no alojamento de inverno, ou mesmo na cidade anterior. A rede foi mal erguida e o chão abaixo é duro como pedra. Se cair aqui, vou morrer. Fecho os olhos quando começo a cair, longe dela.

Então, algo agarra meus tornozelos firmemente. Astrid, salvando-me contra a própria vontade. Mas seu ritmo está bem atrasado e ela agarrou a parte fina do peito do meu pé, em vez do tornozelo, tornando minha sustentação impossível. Estou escorregando por entre os dedos dela. Desesperadamente, Astrid me lança na direção da barra para o retorno, sem nem um pouco de sua precisão habitual. Ela me joga com tanta força que eu dou uma cambalhota no ar. A plateia vibra, confundindo erro com uma nova façanha ousada.

Meus braços encontram a barra. Balanço de volta para a plataforma e a escalo desajeitadamente. Quando me endireito, quero terminar o número ali mesmo. Aquilo já foi longe demais. Mas Astrid espera na plataforma oposta, ordenando que terminemos o que começamos.

— Alê!

Antes que eu possa responder, ouve-se um estrondo, seguido por um ribombar e uma pancada abafada. Trocamos olhares nervosos, a raiva entre nós momentaneamente esquecida. Ataques aéreos não são uma novidade; ocorrem desde o início da guerra, primeiro realizados pelos alemães, para enfraquecer os países que queriam ocupar, e mais recentemente pelos aliados em territórios alemães. Eles vêm em golpes crus e ousados, sem se importar com quem possa estar no caminho. Desde nosso retorno à Alsácia, aconteciam quase que diariamente. Mas é a primeira vez que acontece durante o espetáculo. A tenda deve ser o maior estabelecimento fora da cidade. Serviria como um bom alvo, vista de cima?

Lá vem outro estrondo, mais perto dessa vez. Alguns espectadores abandonam os assentos e vão na direção das saídas, enquanto serragem e gesso caem das estacas como neve. A tenda não oferece nenhuma proteção. Talvez devêssemos terminar a apresentação e fazer com que todo mundo volte para casa. Meus olhos e os de Astrid se enfrentam. *Continue com a apresentação*, comanda seu olhar. Não podemos nos dar ao luxo de devolver o dinheiro dos ingressos que a multidão certamente pediria caso o resto do espetáculo fosse cancelado. Minhas mãos tremem quando as estico para agarrar a barra e outra explosão ameaça me lançar no chão. Mas me seguro com força. Mais uma passada é tudo o que me separa da liberdade.

— Alê! — Voo, cortando o espaço, e Astrid me apara, em seguida me envia de volta pela última vez.

Logo, acabou, e o público oferece uma profusão de aplausos. Hora de ir — finalmente. Sigo meu caminho saindo da tenda e atravesso o quintal, chegando à cabana, onde Theo e Elsie, que está tomando conta dele, dormem. Eu me troco, pondo roupas comuns, antes de pegar a bolsa que Astrid tinha embalado. Levanto Theo, que se remexe e me fita com olhos sonolentos, e o acomodo no outro quadril.

— Hora de ir — sussurro antes de sairmos da cabana.

Quando atravesso o quintal, vejo Astrid mais uma vez. Ela acena, chamando-me. Por um segundo fugaz, espero que nossa performance conjunta tenha sido capaz de apaziguar sua raiva. Mas, quando me aproximo, seus olhos ainda soltam centelhas. Ela arrebata Theo de mim.

— Isso é uma coisa de que vou sentir falta — diz ela, abraçando-o sobre o peito.

— Astrid... — Procuro por palavras que tornem as coisas melhores entre nós, mas não encontro nenhuma.

— Apenas vá — ordena ela, passando Theo de volta para mim. Ele solta um único grito de protesto. — Pelo menos nunca vou ter que vê-la de novo. — Suas palavras são como uma faca e, quando Astrid se vira e vai embora, sei que não haverá mais despedidas.

Começo a ir atrás dela. Não posso suportar partir e deixar Astrid furiosa comigo. Mas não há alternativa. Eu disse a Luc que o encontraria às nove horas, daqui a quinze minutos, portanto. Tenho que ir.

Da tenda vem o ruído da música. A voz de Emmet gorjeia pelo alto-falante, tão distante do brilho que o pai tivera. Olho para trás com gratidão. O circo foi meu refúgio, minha segurança e meu lar, de uma forma como nunca esperara. Mesmo agora, que está quebrado e perto do final, o circo é a mais verdadeira família que conheço. Indo embora, que esperança posso ter de que vá me sentir assim de novo?

Então, ergo os ombros e começo a me afastar com Theo. Que lembrança ele vai reter de tudo isso? Esforço-me para não demorar quando passo pelos vagões do trem. Corro abaixada, para não ser vista, tendo o cuidado de não sacudir muito Theo. *Mais rápido*, ouço Astrid me enxotando em minha mente quando aumento a velocidade dos passos, rumo ao leste, na direção que Luc indicara. Desejo o abrigo das árvores, mas a terra aqui é estéril e exposta. Alguém pode nos ver a qualquer momento, perguntar por que estou fugindo. Forço-me a ir mais devagar, passando a andar normalmente enquanto luto para recuperar o fôlego.

Quando começo a caminhar em direção à pedreira e os risos e aplausos da multidão desaparecem atrás de mim, minhas dúvidas ressurgem mais uma vez. Como poderemos sobreviver, nós dois com uma criança e nada mais? Afasto minhas preocupações. Quero ir com Luc. Vejo a imagem de uma vida compartilhada com ele, como Luc havia prometido. Apesar de meus medos, haveria dois de nós, unidos e lutando por nossa sobrevivência e a de Theo. Sem ele, eu estaria sozinha — de novo.

Estamos bem longe do circo e a terra fica mais rochosa, inclinando-se numa descida bastante íngreme. Aperto Theo firmemente, conduzindo-nos pela encosta escarpada. O caminho que eu segui termina no que parece ser um poço de pedras mal recortadas. Luc disse que estaria lá no intervalo, esperando por mim.

Mas a pedreira está vazia.

É cedo, digo a mim mesma, afastando minha inquietação. Vasculho o arbusto que brota entre as pedras, na extremidade da pedreira, perguntando-me se ele está escondido. Os ramos permanecem imóveis, o ar parado.

Cinco minutos se passam, em seguida dez. Luc ainda não está aqui. Uma lista de desculpas atravessa minha mente: ele se perdeu, teve que voltar atrás para ter certeza de que não estava sendo seguido. Talvez tivesse ficado doente. Theo, cansado ou talvez com fome, começa a fazer um estardalhaço.

— Shh... — acalmo-o, enfiando a mão no bolso para pegar um pedaço de biscoito que deixara ali mais cedo. — Só mais um pouquinho.

Olho por sobre a borda do poço da pedreira, para o campo plano e vazio. O pavor se forma e pesa em meu estômago. Luc não virá.

Como isso pode estar acontecendo? Nossos planos foram determinados. O pânico me invade. Talvez tenha acontecido algo a Luc. Vi seu rosto há apenas algumas horas. Ele havia pedido, não, implorado, para que eu fosse com ele — pareceu tão feliz quando eu disse sim. Mudara de ideia e percebera que ter a mim e Theo a seu lado seria demais? Ou talvez Astrid estivesse certa o tempo todo. Permaneço imóvel na pedreira fria e escura, lágrimas ardendo nos olhos — tola e abandonada mais uma vez.

Algo roça minha bochecha então. Theo está me olhando, seus dedos suaves chegando a mim como tinham feito na floresta, na noite em que o havia tirado do vagão. Pedaços daquela noite voltam em flashes: um pequeno punho cerrado com firmeza, que nunca se abriria novamente, braços esticados para uma mãe que já não estava mais ali. Imagens que não posso suportar à luz do dia. Soluço, e lágrimas se derramam sobre mim. Não chorei quando meu pai abriu a porta e me forçou a sair para o frio, com nada mais que minha bolsa. Nem quando vi o vagão de bebês roubados, mortos e morrendo. Agora, as lágrimas jorram ininterruptamente e eu estou sofrendo com tudo aquilo. Aperto os olhos com as mãos, desejando que as visões parem. É irremediável, vou levar aquela noite que encontrei o vagão do trem comigo para sempre. Salvar Theo não servira só a ele — tinha sido minha chance de redenção.

Talvez ainda seja. Vejo Astrid em pé, diante de mim, estendendo um bilhete para a liberdade. Ela está com tanta raiva que não sei se o daria de novo. E há uma parte de mim que não quer ficar com o passe, a única chance de sobrevivência dela. Mas, por Theo, devo tentar.

Olho para o céu. *Você nunca vai voltar,* Astrid disse uma vez. Ela está certa. Já não posso mais contar com Luc ou minha família para que me salvem. Em vez disso, vou levar-nos a um lugar onde Theo esteja seguro, onde uma ida ao circo não seria tirada dele só porque é judeu; um lugar onde as pessoas não o olhassem com estranheza. Não é mais por Luc, nem mesmo por meus pais que estou procurando agora. É por uma casa que seja minha.

Espreito por cima do ombro, na direção da lona. Se eu voltar e participar da saudação final, ninguém, além de Astrid, vai perceber que me ausentei. Posso lhe pedir o passe após o espetáculo. Trago Theo para meu outro quadril. Ele chora abertamente, seus lamentos cortando a escuridão enquanto eu sigo a encosta íngreme para fora da pedreira.

— Shh... — acalmo-o. Dou uma última olhada esperançosa por sobre o ombro, na direção de onde Luc deveria ter vindo. Sem ver ninguém, viro e volto para o circo.

Aproximo-me da lona mais uma vez. Então, lembrando da raiva no rosto de Astrid quando saí, mais cedo, diminuo o passo. O que poderia dizer para fazê-la me perdoar? Quando chego ao quintal, ouço a música do ato final trompeteando alegremente, crescendo com extremo entusiasmo. O circo está se reunindo para a saudação final. Através da aba da tenda, vejo o lugar onde costumo ficar, no topo da plataforma, e imagino a cara confusa de Gerda, que está normalmente ao meu lado, perguntando aonde eu tinha ido. A saudade me preenche e desejo ir para o lugar ao qual pertenço, em meio a uma família de circo, pela última vez. E mesmo que esteja triste por Luc não ter aparecido e estarmos partindo em breve, parte de mim não evita que me sinta feliz por estar em casa.

Mas, ao me aproximar mais da tenda do circo, minha felicidade se desvanece. Há um cheiro estranho no ar, como se alguém tivesse deixado a pipoca doce mais tempo no fogo do que devia, só que mais forte. Algo atinge meu nariz então — um cheiro de queimado. É um incêndio, e próximo. Minha mente volta para o ataque aéreo que ouvimos durante nosso número. Nenhuma bomba havia atingido as proximidades, mas talvez tivesse fagulhas espalhadas ou mesmo um cigarro jogado descuidadamente na parte central. É a tenda do circo? Nós sempre tomamos grandes precauções contra incêndio. Olhando para cima, vejo algo cintilar no tecido, perto do *hauptmast*: uma chama, que cresce imensamente enquanto a observo. Ninguém, nem uma pessoa no meio da multidão que permanece na tenda, demorando-se, nem os artistas que seguem para o quintal, parece ter percebido ainda. Ninguém, a não ser eu.

Seguro Theo com mais força e começo a correr desabaladamente.

CAPÍTULO 26

Astrid

Estou na plataforma, acima do picadeiro. Sozinha, mais uma vez.

Depois que Noa foi embora, subi para a plataforma. Bons ventos a levem, queria dizer enquanto a imaginava partindo. Em vez disso, encontrei-me sofrendo com a perda. Mesmo assim, não foi Noa que amaldiçoei naquele momento, mas a mim mesma. Como me odiava por me preocupar com as pessoas, e o fizera de novo! Era Erich me abandonando mais uma vez, a mesma dor. Lembrei da lição que aprendera no dia em que deixei Berlim, aguda em meu cérebro agora como deveria ter estado há muito tempo: só podia confiar em uma única pessoa nessa vida: em mim.

Tanto faz, penso agora. Com Noa saindo, fico livre para usar o passe e ficar com meu irmão. Após a saudação final, vou escapar antes que alguém perceba. Pondo de lado os pensamentos relativos a Noa e Theo, minha mente foca em Jules, que está esperando por mim.

Minha deixa vem na música e eu desato as cordas de suas amarrações. Emmet tinha me dito no último minuto que acrescentou o número do tecido ao segundo ato. Foi só então que notei as cordas novas, instaladas às pressas onde o relojoeiro tinha se dependurado alguns dias antes. Queria protestar. Não que Metz me despertasse sentimentalismo. A questão é que fazia semanas que eu não ensaiava e o trapézio por si só seria bem desgastante. Mas não queria dar a Emmet motivo para brigar, afinal seria o último espetáculo antes de desaparecer dali para sempre.

Envolvo o tecido em mim e deixo a plataforma. Não há nenhuma barra em que se possa segurar firme, apenas duas tiras finas de cetim. Giro em torno delas, estendo a perna. Se o trapézio de voo era como ginástica, como disse uma vez a Noa, então a faixa era como a natação, perfeita e graciosa. Ou, pelo menos, fora antes; agora meus braços estão fracos por causa das semanas sem treinamento e meus movimentos são agitados. Tenho dificuldade com o número. Mas o público não pareceu notar.

Percorro o caminho de volta até a plataforma quando aplausos estrondeiam, meu corpo banhado em suor. Não desço. Meu número vem pouco antes do final e preciso ficar aqui para a saudação. Quando os elefantes faziam curvetas, intercaladas com cavaleiros em suas montarias, ouve-se um grito vindo de baixo.

— Fogo! — grita alguém. Vejo, em seguida, um lampejo de chamas atrás de uma das arquibancadas, crescendo mais a cada segundo. As chamas estão apenas de um lado da tenda. Se todos evacuarem pela saída dos fundos agora, vai ficar tudo bem. Fizemos treinamentos contra incêndio antes. Herr Neuhoff ou Peter, se estivessem aqui, teriam pedido calma.

— Fogo! — grita uma mulher de novo e todo mundo começa a correr, esmagando uns aos outros ao deixarem as arquibancadas, caindo. Os espectadores das primeiras fileiras inundaram o picadeiro em pânico, os elefantes saíram correndo.

Olho freneticamente o pesadelo que se desenrola abaixo. A parte superior da tenda está queimando. Outrora, os trabalhadores teriam agarrado os baldes de areia e água, sempre colocados perto das estacas com tanto cuidado, e lutariam para salvar a tenda. Mas quase todos foram embora, demitidos por Emmet. Um homem forte entorna areia e, em seguida, atira o balde antes de correr na direção oposta. Os cuidadores tentam salvar os elefantes, persuadindo-os a saírem da tenda. Mas as feras lutam contra o próprio salvamento, plantando os pés em pânico, e os treinadores fogem, cada criatura está por si. O tigre se encontra deitado de lado, imóvel, sucumbindo à fumaça. O que seria do circo sem ele? Contra o céu chamejante, vejo a sombra escura de Emmet fugindo, um covarde até o fim.

Fico imobilizada na plataforma, assistindo à cena abaixo como se de uma grande distância ou em um filme. Mas o calor vai ficando cada vez mais incômodo sobre minha pele, e me lembra que aquilo é real. Recordo que mais cedo, antes de receber a carta de Jules, eu queria morrer. Se eu não fizer nada, será meu fim. Isso seria tão terrível? Sinto Jules e uma vida na América escapando como um sonho.

Não, abano minha cabeça, afastando os pensamentos. Meu irmão está esperando por mim. Eu tenho que sair daqui. Vou para a escada. Mas, quando começo a descer, um dos elefantes gira, batendo contra a escada e a soltando de suas amarras. Ela oscila precariamente. Agarro os degraus quando ameaçam se afastar. A escada se inclina para um lado, ameaçando cair a qualquer momento.

Olho em volta desesperadamente. A barra do trapézio do aparador está centímetros acima, quase fora de alcance. Atiro-me para cima, agarrando-a com uma das mãos. Meus dedos envolvem a barra. E agora? Há muitas pessoas abaixo, correndo sob a rede, para que possa cair de forma segura. Olho a plataforma, longe, em seguida chuto o ar para tentar me balançar até ela. Mas está muito distante, não adianta.

Fico pendurada, impotente, a fumaça enchendo meus pulmões e fazendo com que meus olhos queimem. Meus braços, já esgotados do espetáculo, latejam de dor. Preciso continuar agarrada. Mais alguns minutos e não haverá ninguém abaixo de mim que possa ferir quando cair. Mas será tarde demais — a rede queima agora, tornando impossível aterrissar com segurança.

— Astrid! — chama uma voz através da névoa de fumaça. Noa. Ela fica na entrada da tenda. Por que ela voltou? Noa vem até mim com olhos desesperados e arregalados. — Astrid, segure firme! — Ela olha para Theo, que se contorce em seus braços, e em seguida para mim, sem saber o que fazer. Vejo-a entregar Theo para uma das dançarinas, pedindo que o leve para fora, longe da fumaça e do calor abrasador. Mas a dançarina entra em pânico e foge, deixando a criança para trás. Noa caminha para a escada oposta à minha, ainda segurando Theo.

— Saia! — grito. O que ela está pensando, arriscando a vida dela e a da criança daquele jeito? Mas Noa continua a subir. No topo, ela põe Theo deitado, o mais recuado possível, para que não role e caia, e prende a orla do lençol dele à plataforma. Em seguida, agarra a barra e salta, parecendo fora de lugar em sua roupa normal.

— Astrid, tente me alcançar — chama ela quando balança perto de mim. Não me solto. Ela nunca foi apanhadora na vida. Ela não vai conseguir. — Astrid, a gente precisa sair. — Noa me salvar é a última coisa que eu quero agora. — Peter iria querer que você lutasse — acrescenta ela. — Não desista assim.

— Peter se foi — digo entorpecida.

— Eu sei. Mas nós estamos aqui. E, se você não se soltar, todos nós vamos morrer, inclusive Theo. — Suas palavras, um eco das minhas para ela quando

Noa chegou ao circo, são verdadeiras. Em desespero, giro e coloco as pernas ao redor da barra, esticando os braços para ela. Dou um balanço e a alcanço. Ela não consegue me pegar e eu tento de novo.

Nossas mãos se encaixam e um olhar de triunfo se forma em seus olhos.

— Peguei você — diz ela, mas eu não retribuo o sorriso. Isso não muda nada.

— Só nos leve de volta — ordeno. Mas como? Provavelmente, ela não vai conseguir balançar-me de volta para a plataforma. — Não — digo, apontando para um canto da rede, perto da escada, onde não há fogo. — Lance-me naquela direção.

— Você quer que eu a largue? — Os olhos dela estão arregalados, descrentes.

— Não há outra opção. Aponte para o canto e arremesse com força. — Ela olha para baixo, incerta. — Você tem que fazê-lo agora. — Em mais alguns poucos minutos, o resto da rede estará em chamas e minha única chance de escapar, perdida. — Você tem que me soltar. — Ela respira fundo e chuta o ar para ganhar impulso e nos balançar para mais perto, na direção que indiquei. Noa nunca foi uma aparadora nem arremessou ninguém na vida. Mas ela me solta, e sua mira é boa. Caio suavemente, corpo tenso e joelhos relaxados, e pouso no pedaço da rede que está intacto, bem perto do canto.

Ergo a cabeça e olho para o trapézio onde Noa ainda paira, desejando poder lhe dizer que saltasse também. Mas Theo ainda está na plataforma.

— Depressa! — grito. Ela oscila para trás, mais alto, desesperada para alcançar a plataforma. Ela escorrega, quase caindo. Mas seus dedos agarraram a borda e ela puxa o corpo para cima da plataforma.

Noa pega Theo e começa a descer a escada. Mas os movimentos dela são lentos e desajeitados quando ela tenta prosseguir, segurando a criança, que, histérica de terror, grita e se debate em seus braços.

— Aqui! — grito, correndo para a parte inferior da escada.

— Pegue-o — berra ela, deixando Theo cair até mim, quase o atirando. Ele pousa em meus braços com um baque sólido, chorando mais alto. Cubro o nariz e a boca de Theo. Tenho que levá-lo para fora. Um homem, tentando fugir da tenda, esbarra em mim, enviando ondas de dor através de meu ombro. Seguro Theo com mais firmeza. Olho para a porta aberta, de onde o ar fresco e frio me chama, meus pulmões repletos de fumaça.

Acima, há um chiado, que cresce e se transforma em um gemido.

— Saia! — grita alguém, empurrando-me para a saída. Então me viro. Noa ainda está sofrendo para chegar ao chão, mas ela está muito no alto para que eu consiga alcançá-la.

A escada inteira começa a balançar, inclinando-se muito para um dos lados. Há uma colisão estrondosa e o aparato de trapézio começa a vir para cima de mim. O *chapiteau* foi enfraquecido pelas chamas e toda a coisa está começando a desmoronar.

Atravesso a entrada da tenda segurando Theo. Com um baque ensurdecedor, a tenda cai, fazendo chover fogo no chão. E Noa some de vista.

CAPÍTULO 27

Noa

Theo está perdido.

Busco-o no escuro, desesperada. Mas meus braços se fecham em torno do nada, como na noite em que tentei alcançá-lo no telhado da estação de trem. Ele sumiu.

— Theo! — grito várias vezes. Não há nenhuma resposta.

— Aqui está ele. — Astrid. Ela parece tão distante. Tento descerrar os olhos, mas cacos de vidro arranham meu rosto e eu só consigo abrir uma fresta. Suficiente para ver Theo, que ela colocou sobre de mim. Ele está aqui, mas não posso senti-lo através da dor abrasadora, pior que mil picadas de abelha.

Estou deitada no chão, a uns cinco metros da tenda. Como cheguei aqui? A distância, o que resta do *chapiteau* fumega, reduzido a uma pilha de lona carbonizada e estacas partidas. A brigada de incêndio, tarde demais, espalha água sobre os destroços para que não tornem a se inflamar e toquem fogo na ressecada floresta vizinha.

Tento alcançar Theo com os braços, mas Astrid me empurra suavemente para baixo de novo.

— Não — consigo dizer, a voz rouca. — Eu preciso. — Ela o coloca mais para cima em meu peito, sem soltá-lo. — Ele está bem?

— Perfeitamente bem — assegura ela. Procuro a criança para ver se a fumaça tinha prejudicado seus pequenos pulmões. Ele tosse em protesto. Mas sua cor é boa e os olhos brilham.

Então eu me deito, incapaz de manter a cabeça erguida por mais tempo.

— Descanse — insiste Astrid e, quando puxa Theo de volta, posso ver que há marcas de queimaduras nos braços dela.

— O que aconteceu? — pergunto. Ela hesita, como se não quisesse me dizer. — Eu não sou criança, lembra? Sem isso de esconder a verdade de novo.

— A tenda caiu em cima de você — responde ela calmamente.

Revivo o momento em minha mente, sinto-a puxando-me dos destroços ardentes, que caem sobre mim e me esmagam contra a terra.

— Não consigo sentir minhas pernas — digo, com falta de ar. Há uma dor aguda quando respiro, então um espasmo de tosse corta através de mim como um punhal.

Astrid limpa minha boca com a manga da blusa e, quando ela se endireita, o tecido está manchado de vermelho. Pânico cruza seu rosto e ela olha em torno de si desesperadamente.

— Médico! — grita ela e posso dizer, por causa de sua voz falhada, que não é a primeira vez que tenta encontrar ajuda.

Mas ninguém responde ou vem em nosso auxílio. Somos somente nós agora.

— O socorro estará aqui em breve — promete Astrid.

A distância, ouço o zumbido de uma sirene. A polícia estará aqui em breve também. Haverá perguntas, uma investigação.

— O passe — lembro. Astrid deve ir embora imediatamente. — Depois desta noite, será inútil para mim. Você tem que ir.

Ela abana a mão, como se espantasse uma mosca.

— Não vou deixar você. — Alguns minutos antes, ela me queria longe. Mas não está mais com raiva. Por fim, ela me perdoou. Astrid sabe todos os meus segredos agora e não me virou as costas; exatamente o que eu sempre quis. Alívio substitui minha dor.

— Você tem que ir embora. — Levanto a mão e toco Theo. — Leve-o. — As palavras me ferem a garganta.

— Mas... — começa a protestar Astrid.

— Agora — acrescento. — Ou será tarde demais. — Eu me deito, fraca.

— Você ainda pode ir — pressiona ela, sem querer ver a verdade diante dela. — Vou lhe dar o passe, como disse antes. Você pode partir com Theo e os dois podem ficar juntos.

Sua voz é tão séria que, por um segundo, quase acredito.

— Não — digo quando a realidade desaba sobre mim mais uma vez. Meu sonho de escapar e ser livre com Theo foi destruído. Tusso, respirando ruidosamente, procurando ar.

— Vou procurar ajuda — diz Astrid novamente, começando a se levantar.

— Fique comigo. — Eu uso minha última gota de energia para pegar a mão dela. — Não vou sobreviver.

Ela abana a cabeça, mas, ao mesmo tempo, é incapaz de negar a verdade diante de si.

— Não posso deixar você para trás — diz ela, ainda lutando para me convencer.

— Que escolha temos? — O circo se foi; o fogo fizera o que a guerra não conseguira. — Você tem que levar Theo. Você é a única esperança dele.

Theo se retorce em meu colo, como se reconhecesse o próprio nome pela primeira vez. Corro a mão pela suavidade de sua cabeça e, naquele momento, vejo diante de mim o homem que ele vai ser quando crescer. Ele não vai me conhecer. Lágrimas escorrem de meus olhos, queimando a carne viva em meu rosto. Como seus pais biológicos, vou desaparecer da memória de Theo para sempre.

Algum dia você vai ter que deixá-lo ir. As palavras de Astrid, faladas na noite do primeiro espetáculo, voltam a mim tão claramente como se ela as estivesse falando agora. Como uma das predições de Drina se tornando realidade.

— Você conseguiu — diz ela em meio às lágrimas. — Você se tornou uma trapezista. — E, nesse momento, eu tenho tudo.

Quase tudo.

— Luc — digo. Embora ele tenha falhado comigo, não posso deixar de pensar nele. A dor me atravessa quando lembro da traição de Luc. — Você estava certa a respeito dele. Tentei me encontrar com ele, como planejamos. Mas Luc não apareceu. Ele não se importava comigo, nem um pouco.

— Não, não, isso não pode estar certo — protesta Astrid. — Ele veio de muito longe até aqui por você. Isso não faz sentido. Com certeza teve um motivo. Se quiser, tento encontrar Luc — oferece ela. — Descubro por que ele não pôde ir se encontrar com você e lhe conto o que aconteceu. — Nós duas sabemos que isso é impossível. Ele desapareceu e Astrid não tinha como encontrá-lo.

Mas a amo pela oferta.

— Primeiro, você elogia meu voo e, agora, está sendo agradável com relação a Luc — falo com a voz áspera. — Eu devo estar mesmo morrendo. — Então, nós duas rimos de modo tão inverossímil que minha garganta arranhou como um disco antigo em um fonógrafo. Meu peito se ergue com a dor.

Astrid pega Theo de mim e o embala nos braços. Desejo que eu fosse capaz de embalá-lo. Ela levanta a cabeça. Há uma espécie de clareza nela agora e, no brilho de seus olhos, vejo os muitos irmãos da grande família de circo que a precedera. Algumas horas antes, não tinha certeza de que Astrid poderia sobreviver sozinha. Como ela vai fugir e cuidar de Theo? Mas Astrid parece mais forte do que vinha parecendo desde que perdeu Peter. E, com Theo, ela não estará sozinha. Ele olha para mim enquanto Astrid o embala suavemente, sem entender.

— Vá agora, antes que seja tarde demais — consigo dizer, usando o último pedacinho de força que me resta. Astrid não protesta, mas beija minha bochecha e, em seguida, abaixa Theo para que faça o mesmo.

Eles precisam partir agora, enquanto ninguém está olhando. Fecho os olhos, sabendo que ela não vai embora enquanto eu ainda estiver aqui. Astrid não se afasta, mas se deita a meu lado, ainda segurando Theo. Diminuo o ritmo de minha respiração e, de repente, estamos nós três de volta no vagão, dormindo juntos como uma só pessoa. Sinto ela se mexer e o espaço a meu lado esfriar quando se levanta para caminhar na direção das árvores.

Fecho meus olhos com força, incapaz de vê-los indo embora.

Quando os abro de novo, eles sumiram.

Mas não estou sozinha. O céu se desanuviou e, quando olho para o campo de estrelas, ainda não bastante claro, vejo rostos. Primeiro, Peter, olhando Astrid de cima, cuidando dela.

— Consegui. — Eu a salvara, embora não da maneira como ele planejara.

Em seguida, mais longe na distância do céu noturno, vejo Luc. Nunca saberei por que ele não se encontrou comigo. Mas eu o perdoo. *Espere por mim, meu amor. Estou a caminho.*

E, por fim, vejo Herr Neuhoff. No final, depois de os artistas terem feito suas reverências para a plateia, e deixado o picadeiro, ele permanece como antes, sozinho sob o holofote. Ele passeia os olhos pela multidão, dá aquele toquinho na aba do chapéu, um convite e uma despedida.

E, então, a escuridão.

EPÍLOGO

Astrid

Paris

Não era eu quem deveria ter partido.

Meus olhos se desanuviam. Ainda estou em pé, diante do vagão, no museu, olhando para o escaninho vazio. Quase posso sentir Noa deitada a meu lado, a bochecha quente contra a minha, enquanto nossas respirações subiam e desciam em uníssono.

Ainda estava escuro quando os olhos de porcelana de Noa se fecharam pela última vez. Eu já tinha visto corpos feridos antes — o relojoeiro e mesmo uma vez um treinador atacado por um tigre. Mas Noa era a mais frágil. As estacas pesadas que caíram sobre ela esmagaram suas pernas e, provavelmente, tinham quebrado sua coluna. Ela poderia ter simplesmente fugido quando o fogo começou. Mas voltou para me salvar, e isso lhe custara tudo.

Passo a mão sobre os olhos agora, recordando. Embora eu tivera muitos irmãos, ela era muito, mas muito mais próxima, a irmã que nunca tive. Estive disposta a abrir mão de minha liberdade para que ela tivesse a dela. Claro, isso estava fora de questão com seus ferimentos. Olhando para seu rosto lastimável e seu corpo ferido e desamparado, não podia suportar abandoná-la. Eu era a única esperança de sobrevivência de Theo, no entanto. Então esperei até que os olhos de Noa tivessem se fechado pela última vez e, em seguida, comecei a cruzar o campo infértil, Theo firmemente aconchegado em mim. Endireitei a postura, verdadeiramente sozinha pela primeira vez.

A providência pareceu sorrir para mim e para Theo durante nossa fuga, como se dissesse que já havíamos sofrido o bastante. Fizemos a maior parte do caminho até Lisboa de trem, depois fomos a pé para a cidade. Lá, o passe que meu irmão arranjara estava esperando no consulado. Embora a cidade estivesse cheia de refugiados, desesperados para fugir, o dinheiro que Erich depositara foi suficiente para comprarmos um lugar a bordo de um navio a vapor. Pequenos lances de sorte, quando antes houvera tão poucos. Talvez fosse mais do que eu merecesse.

Algumas semanas depois de nosso navio ter chegado a Nova York, recebemos a notícia de que os Aliados haviam aterrissado e estavam se dirigindo a Paris. O fim da guerra, embora não houvesse chegado, estava à vista. Fui açoitada pela dúvida: talvez deixar a Europa tivesse sido um erro. Nós poderíamos ter sido salvos. Mas não havia como voltar no tempo.

Eu nunca voei de novo depois da noite do incêndio. Encontramos uma vida nos subúrbios de Tampa, onde meu irmão Jules administrava um parque de diversões. Trabalhei duro, vendendo bilhetes e concessões. Voltar ao trapézio era mais do que eu e Jules poderíamos ter suportado. No início, temia que a vida fora do picadeiro fosse sufocante e estranha, como fora com Erich. Mas, sozinha, eu estava livre.

Só agora consegui voltar à Europa. Afasto as lembranças de minha mente e fito a exibição circense, celebrando números e espetáculos daquela época antiga. Claro, a exposição não faz menção a um dos maiores feitos do circo — salvar vidas.

Há uma foto solitária de Peter, resplandecente em sua fantasia de palhaço. Por trás da maquiagem branca, estão os olhos tristes e sombrios que apenas eu conhecia. Em uma nota abaixo de sua imagem pode-se ler: *Mortos em Auschwitz em 1945*. Isso não é bem verdade. Peter, eu descobrira nos arquivos do Yad Vashem décadas antes, fora condenado por um tribunal nazista em Auschwitz a morrer diante de um pelotão de fuzilamento. Na manhã em que os guardas vieram buscá-lo, encontraram-no enforcado na cela. Encosto-me no espesso vidro que cobre sua foto, amaldiçoando-o por separar a imagem e minha pele.

E o que aconteceu com Erich? Por algum tempo, não soube de seu destino. Eu me perguntava se ele morrera em combate ou talvez fugira para a América do Sul, como aquele açougueiro nazista, Josef Mengele, e os outros bastardos que nunca foram levados à justiça. Então, cerca de três anos após o final da guerra, recebi uma carta de um escritório de advocacia em Bonn, que me encontrou através da conta bancária em Lisboa, informando-me que Erich havia me deixado uma pequena herança. Foi só então que eu soube que ele fora morto quando o edifício de apartamentos na Rauchstrasse havia sido atingido por um morteiro. O edifício foi bombardeado em 7 de abril de 1944, poucos dias depois de ele encaminhar a carta de Jules para mim. O ataque aéreo chegara de madrugada, quando todos os que viviam lá ainda estavam dormindo. Eu estaria na cama também, e certamente morta, se Erich não tivesse me expulsado de casa. Doei o dinheiro deixado por ele ao Comitê de Distribuição Conjunta de Fundos Americanos.

Nunca me casei novamente. Curei-me uma vez, depois de Erich, mas perder Peter foi simplesmente demais. Dois desgostos, como os que eu tinha conhecido, eram suficientes para qualquer vida.

O rosto de Noa aparece em minha mente. Não há nenhuma foto dela na exposição, além de parte de seu rosto atrás de um dos acrobatas em uma foto de todo o circo fazendo sua reverência final. Ela atuara por tão pouco tempo, uma nota de rodapé sem nome ao longo dos séculos de história circense. Mas eu a vejo, jovem e bela no trapézio, experimentando o encantamento de voar pela primeira vez. Ela conheceu desgostos também em uma vida que durou apenas uma fração da minha. Sempre me pergunto sobre Luc: por que não apareceu ao encontro com Noa em sua última noite de vida? Embora não gostasse dele, parecia que realmente queria cuidar dela. O que o impediu de ir buscá-la?

Foi essa pergunta que, em grande parte, me trouxe aqui. Isso, e uma ideia de onde poderia encontrar a resposta, uma vez que percebera que o vagão retratado no *Times* era o nosso. Olho para o carro mais uma vez, os olhos focados no escaninho, na parte de baixo da traseira do carro. Noa e Luc haviam deixado mensagens um para o outro ali, pensando que ninguém mais sabia. Eu os vira, porém, trocando confidências ali como crianças brincando de correio. Tolos! Se outra pessoa houvesse descoberto, eles teriam comprometido a todos nós. Mas eu esperei, deixei ela se divertir, observando com cuidado para me certificar de que ninguém mais vira. Quando li o artigo no jornal sobre a exposição circense, vislumbrei o vagão de trem que era tão improvavelmente nosso, e pensei ser possível que o rapaz tivesse deixado uma mensagem para Noa lá, explicando-se.

Só que agora encontrei o escaninho vazio.

Inclino-me contra a lateral do vagão, pressionando minha cabeça contra a madeira gasta. Como se segurasse uma concha para ouvir o mar, vozes que não estão mais lá ecoam. Então dou alguns passos e vou mais adiante pela exposição.

Há uma pintura a óleo que nunca vi antes, de uma jovem mulher em um trapézio. Suspiro. A figura pálida, magra, é Noa, sem sombra de dúvida, o traje de lantejoulas era um dos que eu lhe dera. De onde saíra aquilo? Se alguém tivesse pintado o retrato dela, enquanto ela estava no circo, com certeza teria sabido.

Aproximo-me e aperto os olhos para a pequena placa abaixo da pintura:

Pintura a óleo encontrada na posse de um jovem não identificado, morto quando os alemães bombardearam uma fortaleza da resistência perto de Estrasburgo, em maio de 1944. Sua ligação com o circo e a modelo de sua pintura é desconhecida.

Congelo, e meu sangue corre frio. Noa tinha me dito certa vez que Luc queria ser pintor. Eu não sabia que ele era tão talentoso. A imagem tinha sido feita com grande habilidade, o artista tinha o mais evidente dos afetos por sua modelo. Estudando a obra de Luc, estou certa agora de que ele não teria abandonado Noa.

Ela tinha me dito, também, que ele planejava se juntar ao *Maquis*, e que tinha ido para um local de resistência não muito longe do acampamento. Ouço então as bombas que choveram na noite do nosso último espetáculo e descubro o motivo de ele não ter ido encontrá-la. Noa e Luc haviam morrido na mesma noite, apenas a quilômetros de distância, nem saber. Lágrimas enchem meus olhos e rolam pelo rosto.

Fico olhando para a pintura de Noa, emoldurada com um vidro para protegê-la da idade e do desgaste.

— Ele não a abandonou, no final das contas — sussurro.

No reflexo do vidro, atrás de mim, algo se move. Uma mulher está atrás de mim, com um cabelo que é como uma cúpula branca. Noa, penso comigo, ainda que saiba ser impossível. Giro em direção à imagem, fantasiando que ela está aqui e posso pedir perdão por tudo o que fiz.

— Mamãe?

Eu me viro.

— Petra. — Minha linda menina. Lá está ela, a criança que eu supostamente perdera tantos anos atrás. Levo a mão à barriga, sentindo, como o tenho feito tantas vezes ao longo dos anos, o golpe que quase a tirou de mim. Meu milagre.

— Agora, como eu sabia que iria encontrá-la aqui? — Não há raiva em sua voz. Apenas um sorriso naqueles lábios cheios e olhos escuros que sempre vou ver como se estivessem por trás de uma camada branca de maquiagem. Atuando.

No começo, a perda de minha gravidez não tinha sido uma mentira. Houvera uma dor aguda e sangramento naquela noite terrível, quando o guarda me surpreendeu. Tinha dado como certo, após o golpe, que perdera a criança. Mas, alguns dias depois, enquanto eu estava no topo do trapézio, considerando a possibilidade de saltar, senti o retorno daquela náusea familiar. Reconheci imediatamente o que era: meu bebê, desafiando as probabilidades, insistindo em levar a vida adiante.

Eu não contara a Noa, ela jamais teria pegado o passe se soubesse que eu ainda estava grávida. Não é que eu quisesse perder a liberdade ou viver para meu filho. Eu queria, tanto que conseguia sentir o sabor de ser mãe. Mas Noa era mais jovem, não tão forte. Ela precisava ir, e levar Theo com ela. Sem o circo, Noa não teria nada. Eu poderia ir levando, dar um jeito, encontrar outro lugar para atuar e sobreviver. Mas ela mal conseguia cuidar de si mesma e de Theo com toda a nossa ajuda. Ela não sobreviveria sozinha. Então, eu menti.

Meu plano era bom e poderia ter funcionado, se não fosse por Luc e o incêndio. Se houvesse tido uma chance. Mas como o fogo começou? Ao longo dos anos, eu me perguntei se não fora obra de um trabalhador do circo descontente ou mesmo de Emmet, querendo se livrar de tudo aquilo. Ou talvez um pedaço perdido dos estilhaços de uma das bombas. Até hoje não sei.

No fim das contas, não teve importância. O fogo, não a guerra, tinha levado Noa, tão ao acaso quanto Herr Neuhoff tinha sido abatido pelo próprio coração. Eu não tinha escolha, a não ser tomar o passe e salvar Theo.

E minha filha. Petra tem características do pai, mas é *petite* como eu, cirurgiã da Médicos Sem Fronteiras com um pouco mais que um metro e meio e uma força digna de reconhecimento. Estico o braço por cima do cordão de veludo que limita a exposição para tirar a franja dos olhos dela instintivamente, como se tivesse seis anos. Só que o cabelo dela é quase completamente branco. Como é estranho ver sua própria filha envelhecer! Petra, protegida e nascida nos Estados Unidos, não sabia nada sobre as dificuldades vividas por nós. Quase nada. Minha filha nascera cega de um olho, a única lesão que o cassetete do guarda lhe infligira na noite em que prenderam Peter.

Quando Petra dá um passo à frente para me abraçar, alguém mais alto aparece atrás dela.

— Mãe, venha aqui. — Obedeço e me aproximo para abraçar Theo, que passa a altura da irmã por uma cabeça, seu próprio cabelo grisalho e grosso. Embora eles não sejam irmãos de sangue, suas fisionomias se parecem muito.

— Você também veio? — pergunto, repreensiva. — Seus pacientes não precisam de cuidados?

— Nós somos uma espécie de combo — responde ele, colocando um braço em volta dos ombros da irmã. É verdade, os dois não poderiam ser mais próximos.

Ambos haviam se tornado médicos. Petra, que herdou de mim o gene das viagens, deu a volta ao mundo trabalhando, e Theo, sempre contente em ficar, era cirurgião em um hospital na mesma cidade onde eu os criara, com sua esposa e minhas três belas netas, já grandes agora. Meus dois filhos, feitos de tecidos diferentes e, no entanto, tão iguais em forma. E a medicina é uma espécie de empresa de família para eles, tanto quanto o circo fora para mim e meus irmãos.

Fecho o escaninho com meu traseiro para que Petra e Theo não o vejam, deixo que me guiem para fora da exposição e me vejo de volta ao outro lado dos cordões de veludo.

— Como você chegou aqui tão rápido? — pergunto a Theo. — Eu só saí de Nova York há dois dias.

— Foi pura sorte eu estar em uma conferência em Bruxelas quando recebi o telefonema do asilo — responde ele. — Telefonei para Petra e ela veio de Belgrado. — Petra passava a maior parte do tempo no Leste Europeu, ajudando refugiados. Ela fora atraída para essa parte do mundo, da qual lutamos tanto para escapar.

Olho com adoração para meus filhos. Em seus rostos, posso ver o passado, tão certo quanto Drina outrora lera o futuro: Peter é tão prontamente visível em nossa filha, é como tê-lo andando ao meu lado quase todos os dias. Theo não nasceu de Noa, mas, de alguma forma, absorveu tanto de sua fisionomia, como que por osmose, suas expressões e até mesmo a maneira de falar. Ela o amou tanto durante os poucos meses em que cuidou dele, que, mesmo se o tivesse dado à luz, Theo não seria mais parecido com ela.

Então há aquele outro rosto que nunca sai de minha mente, embora nunca o tenha conhecido, nem nunca visto uma fotografia dele. O filho de Noa, tomado no nascimento. Vejo-o próximo a Theo, pergunto tantas vezes como ele seria como homem.

— Mãe... — A voz de Theo corta meus pensamentos. — Você simplesmente fugiu do asilo. Estávamos tão preocupados.

— Eu tinha que ver a exposição — me justifico fracamente.

Theo dá um passo para trás, notando o retrato de Noa.

— É ela, não é? — pergunta ele, a voz embargada. Ele e Petra, ambos sabem sobre Noa. Contei a meus filhos, quando tinham idade suficiente, a verdade sobre Noa e a forma como ela tinha salvado Theo. Mas os detalhes sobre como ela acabara ficando no circo e o outro irmão, que ainda pode estar por aí... bom, algumas coisas são melhores não ditas. Assinto com a cabeça. — Ela era linda.

— Linda — repito. — De tantos jeitos que você nunca vai saber, eu acho. Foi pintado por um rapaz que ela conheceu quando estava com o circo. Ela o conhecia havia apenas um curto tempo, mas eles se amavam muito. Nunca soube o que acontecera com ele, até hoje.

Olhamos para a imagem por um tempo, sem nada dizer.

— Você está pronta para ir agora? — pergunta Petra gentilmente.

— Não — respondo com firmeza. — Eu não estou pronta para sair.

— Mãe — diz Theo pacientemente, como se falasse com uma criança. — Sei que o circo era uma grande parte da sua vida. Mas agora tudo já se foi. E é hora de ir para casa.

Limpo minha garganta.

— Primeiro — digo —, preciso lhes contar uma coisa.

A testa de Petra se franze de um jeito que lembra tanto o do pai:

— Não estou entendendo.

— Vamos. — Gesticulo para um banco ao lado da exposição. Sento e seguro suas mãos, puxando ambos para baixo e os fazendo se sentar, um de cada lado. — Há mais nessa história do que você ou seu irmão sabem. Antes de encontrar Theo, Noa teve um bebê.

— Sério? — A voz de Petra fica apenas levemente surpresa. Tais coisas são comuns nos dias de hoje, mal suscitam o escândalo que eram quando éramos jovens.

— Sim — respondo. — É o capítulo ausente da história, aquele que nunca foi contado. Eu sou a única pessoa que sabe disso e não vou ficar aqui por muito mais tempo. Preciso lhes dizer agora, para que a verdade não se perca.

— Ela era mãe solteira e o pai era um soldado alemão, então o Reich levou o bebê dela. Noa nunca soube o que aconteceu com a criança. Então, ela encontrou você, Theo, e era como uma segunda chance. Noa o amava como se você tivesse nascido dela — acrescento rapidamente, dando uma batidinha em sua mão. — Mas ela nunca esqueceu o filho. Desculpem por eu nunca ter dito isso antes. O segredo não era meu para contar.

— Por que você está nos dizendo agora? — pergunta Petra.

— Porque não vou ficar aqui para sempre. Alguém precisa saber a história e levá-la adiante. — Olho para a pintura de Noa mais uma vez. — Estou pronta agora.

Petra se levanta e estica a mão para mim:

— Então vamos.

Eu tomo sua mão e nossos dedos se entrelaçam. Theo fica do meu outro lado. Eu me inclino para meu lindo menino e ele faz uma reverência com a cabeça até nossas testas se tocarem.

— Indo juntos mais uma vez — digo. Deixo-me levar por eles, lentamente, para fora do museu, sentindo as mãos invisíveis que nos guiam.

NOTA DA AUTORA

Alguns anos atrás, enquanto pesquisava, deparei-me com duas histórias notáveis nos arquivos do Yad Vashem. A primeira era um relato sobre as "crianças desconhecidas" de partir o coração: um vagão cheio de bebês — arrancados de suas famílias e muito pequenos para saberem os próprios nomes — que se e que se dirigia a um campo de concentração.

O segundo era uma história de um circo alemão que abrigou judeus durante a guerra. O Circo Althoff acolhera uma jovem judia, Irene Danner, que, por sua vez, também vinha de outra família de circo. Várias partes da história me pareceram fascinantes. Em primeiro lugar, aprendi que o circo não abrigara apenas Irene Danner, mas sua irmã, mãe e pai. Seu pai, Hans Danner, não era de fato judeu e servia como soldado no exército alemão. Quando o exército alemão lhe deu licença e ordenou que ele se divorciasse da esposa judia, ele desafiou a ordem e juntou-se a sua esposa e a seus filhos na clandestinidade. Também descobri que Irene Danner se apaixonara por um palhaço que fazia parte do Circo Althoff, Peter Storm-Bento, e que tiveram filhos juntos.

Outra coisa que me intrigou quando pesquisava foi a rica história das dinastias de circo judias, que cobria séculos, incluindo a família Lorch, da qual a mãe de Irene Danner descendia. Há outras famílias circenses, como a Blumenfeld, que tinha dez ou mais irmãos atuando e gerenciando o circo. Infelizmente, eles foram em grande parte aniquilados pelos alemães.

Lendo as histórias notáveis das crianças desconhecidas e dos circos, sabia que, de alguma forma, elas tinham que se juntar. E então criei a história de Noa, uma jovem menina holandesa, expulsa de casa depois de engravidar, que, apesar de estar sozinha e sem dinheiro, encontra coragem para resgatar um dos bebês do trem. Eu a fiz encontrar uma aliada em Astrid, uma trapezista judia, cujo coração se partiu quando o marido não fez a mesma escolha corajosa que Hans Danner fizera na vida real, repudiando o casamento.

O menino do vagão não é uma biografia; e minha história não é a mesma das do notável pessoal de circo que pesquisei, mas sim ficção. Tomei grandes liberdades com relação à natureza dos números circenses e à forma como essas pessoas viviam e se apresentavam durante a guerra. Mas fui muito inspirada pelas pessoas reais que encontrei durante a pesquisa: a maneira como Irene Danner e Peter Storm-Bento persistiram em seu amor, apesar de ser proibido pelo Reich, a coragem com que o dono do circo, Adolf Althoff, abrigava judeus, e as maneiras engenhosas usadas por ele para escondê-los quando os alemães vinham a sua procura.

Quando Adolf Althoff recebeu a honra de ser nomeado "Justo entre as Nações" pelo Yad Vashem, em 1995, ele disse:

— Nós, pessoas do circo, não vemos nenhuma diferença entre raças ou religiões.

Considero este livro, ainda que uma obra de ficção, um tributo à coragem dessas pessoas.

AGRADECIMENTOS

Costumo dizer que *O menino do vagão* é o mais duro dos livros, escrito nos tempos mais difíceis. Porque o escrevi enquanto lidava com uma grave doença de família, testando até o limite meu mantra: eu posso escrever acima de qualquer coisa. O livro em si também foi mais difícil do que qualquer coisa que já havia escrito por tratar de alguns assuntos sombrios. Percebi, por exemplo, que para escrever a cena com os bebês no vagão, eu ia ter que colocar, em sentido figurado, meus próprios filhos no trem. Ainda que seja sempre grata àqueles que apoiam minha escrita, estou ainda mais em dívida com eles dessa vez, por causa da enormidade da tarefa.

Aprender sobre o circo foi um desafio e me fez ter um profundo respeito e admiração pelo trabalho duro e o talento necessário para realizar números circenses, e especialmente artes acrobáticas. Manifesto minha mais profunda gratidão a Suzi Winson, da Circus Warehouse, por seu conhecimento, tempo e paciência relativos a tudo o que diz respeito ao trapézio de voo.

Também sou muito grata a Stacy Lutkus e Aime Runyan pela ajuda com as línguas alemã e francesa respectivamente, e a minha constante caixa de ressonância, Andrea Peskind Katz. Quaisquer erros, no entanto, são todos meus.

Sou tão grata por, finalmente, estar trabalhando com a talentosa Erika Imranyi; nossa colaboração, aguardada por tanto tempo, é um desejo que se tornou realidade. Minha gratidão também a Natalie Hallak, Emer Flounders e toda a equipe da MIRA pela atenção e pelo talento. Meu time dos sonhos não estaria completo sem a admirável agente Susan Ginsburg, da Writer's House, cuja liderança constante e visão são os faróis orientadores de minha carreira.

Eu me considero abençoada por fazer parte de uma maravilhosa comunidade de pessoas ligadas ao livro, on-line e pessoalmente. A única coisa que me impede a tentação de enumerá-los todos aqui é saber que certamente iria deixar alguém de fora. Mas me sinto em débito eterno para com blogueiros de literatura, bibliotecários e livreiros, amigos da autora e leitores que me mantêm na luta todos os dias.

Todos os livros que escrevi até hoje contaram com a colaboração de muitas pessoas, e nenhum mais que *O menino do vagão*. Agradeço a meu marido e sua capacidade de cuidar das crianças. A minha mãe e a meu irmão, que nos ajudam vinte e quatro horas por dia. A meus sogros, a amigos queridos e a meus colegas da Rutgers School of Law. Acima de tudo, sou grata a minhas três pequenas musas, sem as quais nada disso seria possível — ou valeria a pena.

Este livro foi impresso pela umlivro para a HarperCollins Brasil.
A fonte usada no miolo é Arno Pro, corpo 11,5/14,3.
O papel do miolo é Pólen Natural 80g/m², e o da capa é cartão 250g/m².